Cálculo
MORTAL

J. D. ROBB

SÉRIE MORTAL

Nudez Mortal
Glória Mortal
Eternidade Mortal
Êxtase Mortal
Cerimônia Mortal
Vingança Mortal
Natal Mortal
Conspiração Mortal
Lealdade Mortal
Testemunha Mortal
Julgamento Mortal
Traição Mortal
Sedução Mortal
Reencontro Mortal
Pureza Mortal
Retrato Mortal
Imitação Mortal
Dilema Mortal
Visão Mortal
Sobrevivência Mortal
Origem Mortal
Recordação Mortal
Nascimento Mortal
Inocência Mortal
Criação Mortal
Estranheza Mortal
Salvação Mortal
Promessa Mortal
Ligação Mortal
Fantasia Mortal
Prazer Mortal
Corrupção Mortal
Viagem Mortal
Celebridade Mortal
Ilusão Mortal
Cálculo Mortal

Nora Roberts
escrevendo como

J.D. ROBB

Cálculo MORTAL

Tradução
Renato Motta

1ª edição

Rio de Janeiro | 2022

CIP-BRASIL. CATALOGAÇÃO NA PUBLICAÇÃO
SINDICATO NACIONAL DOS EDITORES DE LIVROS, RJ

R545c
Robb, J. D., 1950-
Cálculo mortal / J. D. Robb ; tradução Renato Motta. - 1. ed. - Rio de Janeiro : Bertrand Brasil, 2022.
(Mortal; 36)

Tradução de: Calculated in death
ISBN 978-65-5838-123-5

1. Ficção americana. I. Motta, Renato. II. Título. III. Série.

22-79673
CDD: 813
CDU: 82-3(73)

Meri Gleice Rodrigues de Souza - Bibliotecária - CRB-7/6439

Copyright © Nora Roberts, 2013

Título original: *Calculated in Death*

Texto revisado segundo o Acordo Ortográfico da Língua Portuguesa de 1990.

2022
Impresso no Brasil
Printed in Brazil

Todos os direitos reservados. Não é permitida a reprodução total ou parcial desta obra, por quaisquer meios, sem a prévia autorização por escrito da Editora.

Direitos exclusivos de publicação em língua portuguesa somente para o Brasil adquiridos pela:
EDITORA BERTRAND BRASIL LTDA.
Rua Argentina, 171 – 3º andar – São Cristóvão
20921-380 – Rio de Janeiro – RJ
Tel.: (21) 2585-2000
que se reserva a propriedade literária desta tradução.

Seja um leitor preferencial. Cadastre-se no site www.record.com.br e receba informações sobre nossos lançamentos e nossas promoções.

Atendimento e venda direta ao leitor:
sac@record.com.br

A pobreza quer muito; mas a ganância quer tudo.
— Publílio Siro

Dinheiro sem honra é uma doença.
— Balzac

Capítulo Um

Um vento violento castigava o dia de novembro, cortante como pequenas facas que vão até os ossos. Ela havia se esquecido de levar as luvas, mas tudo bem, pois acabaria destruindo mais um par de luvas desnecessariamente caríssimas assim que selasse as mãos.

Por enquanto, a tenente Eve Dallas enfiou as mãos congelantes nos bolsos quentes do seu casaco e encarou a morte.

A mulher estava ao pé da pequena escadaria que descia até o que parecia ser um apartamento no subsolo. Pelo ângulo da cabeça, Eve não precisava que um legista lhe dissesse que o pescoço estava quebrado

Eve deduziu que a vítima tinha uns quarenta e poucos anos. Não usava casaco, observou a tenente, embora o vento gélido não pudesse incomodá-la mais. Estava com roupa de trabalho — blazer, blusa de gola alta, calça social, e botas com saltos baixos de boa qualidade. Provavelmente era uma combinação elegante, mas Eve deixaria que sua parceira, a detetive Peabody, fizesse essa avaliação assim que chegasse ao local.

Nada de joias, pelo menos não havia nenhuma à vista. Nem mesmo um *smartwatch*.

Nada de bolsa, nada de pasta de trabalho, nem uma pasta de arquivos.

Nada de lixo nem pichações na escada. Nada além do corpo caído contra a parede.

Depois de algum tempo, ela se virou para a policial fardada que havia atendido ao chamado da Emergência.

— O que aconteceu?

— Recebemos o chamado às duas e doze da madrugada. Eu e meu parceiro estávamos a dois quarteirões de distância, em uma loja de conveniência vinte e quatro horas. Chegamos aqui às duas e quatorze. O dono do imóvel, Bradley Whitestone, e uma tal de Alva Moonie estavam na calçada. Whitestone relatou que eles não chegaram a entrar no apartamento, que está em reforma e, portanto, desocupado. Ele trouxe Moonie para ver o apartamento e encontraram o corpo.

— Às duas da manhã?

— Sim, senhora. Eles falaram que tinham saído mais cedo para jantar e depois foram a um bar. Tomaram alguns drinques, tenente.

— Entendi.

— Meu parceiro está com eles no carro.

— Vou falar com os dois daqui a pouco.

— Concluímos que a vítima já estava morta. Não tinha nenhum documento de identificação. Nem bolsa, joias ou casaco. O pescoço dela está quebrado, obviamente. É possível ver algumas outras marcas nela: um hematoma na bochecha, a boca machucada. Parece um assalto que acabou mal. Só que... — a policial corou ligeiramente.

— Não acho que seja esse o caso.

Mostrando interesse, Eve assentiu com a cabeça para incentivá-la a continuar.

— Por que diz isso?

— Com certeza não foi só um assalto, porque levaram o casaco. Isso tomaria algum tempo. E se ela caiu ou foi empurrada escada abaixo, por que está apoiada na parede, em vez de tacada na base da escada? Fica fora do campo de visão de quem passa pela calçada. Parece uma desova. Senhora.

— Está querendo uma vaga na Divisão de Homicídios, policial Turney?

— Não quis ser desrespeitosa, tenente.

— Não foi. Ela poderia ter sofrido uma queda feia, caído de mau jeito e quebrado o pescoço. Então, o assaltante desceu atrás dela, a leva para fora de vista, pega o casaco e todo o resto.

— Sim, senhora.

— Eu também acho que não foi isso que aconteceu, mas precisamos de mais do que achismos. Aguarde um pouco, policial. A detetive Peabody está a caminho. — Enquanto falava, Eve abriu seu kit de trabalho e pegou o Seal-it.

Protegeu as mãos e as botas enquanto examinava a área.

Aquela região do East Side de Nova York era silenciosa, pelo menos àquela hora. A maioria das janelas dos apartamentos e das vitrines das lojas estava escura; o comércio e até os bares já tinham fechado. Alguns estabelecimentos ainda estavam abertos, mas não eram perto o bastante para que houvesse testemunhas.

Eles conduziriam interrogatórios pelas redondezas, mas as chances de aparecer alguém que tivesse visto o que aconteceu eram muito pequenas. Sem contar com o frio rigoroso, já que o ano de 2060 aparentemente estava determinado a manter a cidade presa em suas garras gélidas e a maioria das pessoas estaria no conforto de suas casas.

Exatamente como ela estava, aninhada em Roarke, antes de ser chamada.

Isso é o que a gente ganha por ser policial, pensou. *Ou, no caso de Roarke, por se casar com uma.*

Com as mãos e os pés selados, ela desceu a escada, analisou a porta do apartamento e depois se agachou ao lado do corpo.

É, quarenta e poucos anos, cabelo castanho-claro preso. Pequeno hematoma na bochecha direita, um pouco de sangue seco na boca. As duas orelhas tinham furos, então, se ela estava usando brincos, o assassino teve tempo de removê-los, em vez de arrancá-los.

Ao levantar a mão da morta, Eve viu que a pele estava esfolada perto do dedão. Como se ela tivesse queimado a mão ao ser arrastada sobre um tapete, refletiu. Em seguida, pressionou o polegar direito da vítima em seu aparelho de identificar digitais.

Marta Dickenson foi o nome que apareceu na tela. Raça mista, quarenta e seis anos, casada com Denzel Dickenson. Dois filhos, moradora do Upper East Side. Funcionária da Brewer, Kyle & Martini, uma empresa de contabilidade com escritório a oito quarteirões dali.

Quando pegou os medidores, seu cabelo curto e castanho balançou com o vento. Ela tinha se esquecido de colocar um gorro. Seus olhos, quase no mesmo tom castanho dourado de seu cabelo, permaneceram impassíveis e tranquilos. Não pensava no marido da morta, nos filhos, nos amigos e na família — não naquele momento. Pensava apenas no corpo, na posição, na área e na hora da morte: vinte e duas e cinquenta da noite.

O que você estava fazendo, Marta, a oito quarteirões do trabalho e longe de casa em uma noite gélida de novembro?

Ela iluminou a calça com a lanterna e notou vestígios de fibra azul colados ao tecido preto. Com todo o cuidado, pegou os fios com sua pinça, ensacou-os e marcou a calça para os peritos analisarem.

Ouviu a voz de Peabody atrás de si e a resposta do policial. Eve se levantou. Com isso, a barra do casaco longo de couro ondulou em torno de sua silhueta alta e esguia, e ela se virou para ver Peabody — ou pelo menos parte dela — descendo a escada.

Peabody tinha se lembrado de colocar um gorro e um par de luvas. O gorro cor-de-rosa — *rosa, pelo amor de Deus!* —, que tinha um pompom chamativo no topo, cobria o cabelo e a testa da sua parceira até a altura dos olhos. Um cachecol todo colorido dava voltas em seu pescoço, logo acima do casaco puffer cor de ameixa. O gorro combinava com as botas de caubói cor-de-rosa que Eve estava começando a suspeitar que Peabody usava até para dormir.

— Como você consegue andar com tanta roupa?

— Fui andando até o metrô e depois vim da estação até aqui. Pelo menos eu fiquei quentinha. Caramba! — Uma breve expressão de compaixão surgiu no rosto de Peabody. — Ela não está nem de casaco!

— Ela não está reclamando. Marta Dickenson — informou Eve, e relatou a Peabody as informações principais do caso.

— Aqui é longe do trabalho e da casa da vítima. Talvez ela estivesse indo a pé de um lugar para o outro, mas por que não pegar o metrô, ainda mais nesse frio?

— Boa pergunta. O apartamento está em obra e desocupado. Muito conveniente, não acha? O jeito como ela está caída ali no canto. Assim, o corpo só seria encontrado de manhã.

— Por que um assaltante se importaria com isso?

— Essa é outra boa pergunta. Seguindo o seu raciocínio, se o assassino realmente se importava com a descoberta do corpo, como saberia que esse apartamento estaria desocupado?

— Talvez ele more aqui perto? — sugeriu Peabody. — Ou é da equipe de obras?

— Pode ser. Quero dar uma olhada dentro do imóvel, mas antes vamos conversar com quem ligou para a polícia. Pode chamar o legista.

— E os peritos?

— Ainda não.

Eve subiu a escada e foi até a viatura. Assim que fez um sinal para o guarda que estava ao volante, um homem saiu pela porta traseira.

— É você quem está no comando? — As palavras se embolaram por conta do nervosismo.

— Isso, sou a tenente Dallas. Sr. Whitestone?

— É. Eu...

— Você chamou a polícia.

— Isso. Isso mesmo, assim que encontramos a... ela. Ela estava... a gente estava...

— Você é o dono deste imóvel?

— Sou, sim. — Um homem muito atraente com seus trinta e poucos anos respirou fundo e expeliu o ar numa fumacinha. Quando voltou a falar, sua voz parecia mais calma e suas palavras, mais lentas. — Na verdade, meus sócios e eu somos donos de todo o prédio. São oito apartamentos que ficam no terceiro e quarto andar. — Ele olhou ao redor. Também não estava de gorro, observou Eve, mas usava um sobretudo preto de lã e um cachecol listrado preto e vermelho.

— Sou o dono do andar de baixo todo — continuou ele. — Estamos reformando para transferir nossa empresa para cá, usando os dois primeiros andares.

— E o que é que vocês fazem nessa empresa?

— Somos consultores financeiros. Grupo WIN. Whitestone, Ingersol e Newton. W-I-N.

— Entendi.

— Vou morar no apartamento do subsolo; pelo menos esse era o plano. Eu não...

— Por que você não me conta como foi a sua noite? — sugeriu Eve.

— Brad?

— Fique aí no carro, é mais quente, Alva.

— Não aguento mais ficar sentada. — A mulher que saiu do carro era loura e elegante. Usava um casaco de pele de algum animal e botas de couro de saltos finos que iam até o joelho. Assim que se aproximou, entrelaçou seu braço no de Whitestone.

Eles pareciam ser a mesma pessoa, analisou Eve. Ambos muito bonitos, bem vestidos e mostravam sinais de choque.

— Tenente Dallas. — Alva estendeu uma das mãos. — A senhora não se lembra de mim?

— Não.

— Conversamos um pouco no baile de gala da Big Apple, na última primavera. Sou uma das integrantes do comitê. Enfim, isso não vem ao caso —, disse ela, sacudindo a cabeça enquanto o vento soprava seu cabelo. — Isso é horrível. Aquela mulher, coitada. Levaram até o casaco dela. Não sei por que isso me incomoda tanto, mas é muita maldade.

— Algum de vocês tocou no corpo?

— Não — respondeu Whitestone. — Saímos para jantar e depois fomos tomar uns drinques no Key Club, a alguns quarteirões daqui. Eu estava contando a Alva sobre a obra que estamos fazendo e ela ficou interessada, então viemos até aqui para eu fazer um tour para ela. Meu apartamento já está quase pronto, então... Eu estava pegando a chave e ia digitar a senha no painel quando a Alva deu um berro. Eu nem tinha visto, tenente... a mulher morta. Só fui ver quando a Alva gritou.

— Ela estava bem no canto — relatou Alva. — Antes, quando eu gritei, eu achei que fosse uma moradora de rua. Não percebi que ela... até que entendemos tudo.

Ela se inclinou para Whitestone e ele pegou-a pela cintura.

— Não tocamos nela — disse Whitestone. — Eu me aproximei um pouco, para ver de perto, mas deu para perceber que... Eu vi que ela estava morta.

— Brad queria que eu entrasse no apartamento, para me aquecer, mas eu não podia fazer isso. Não podia esperar lá dentro sabendo que ela estava aqui fora, no frio. A polícia chegou muito rápido.

— Sr. Whitestone, vou precisar de uma lista com os nomes dos seus sócios e das pessoas que estão trabalhando aqui na obra.

— É claro.

— Assim que derem essa lista e suas informações de contato à minha parceira, vocês estão liberados. Nós manteremos contato.

— Podemos ir embora? — quis confirmar Alva.

— Por enquanto, sim. Gostaria da sua autorização para analisar o apartamento e o prédio.

— Claro, qualquer coisa que a polícia precisar. Estou com as chaves e as senhas aqui comigo — ofereceu ele.

— Tenho uma chave mestra. Se houver algum problema, eu te aviso.

— Tenente? — Alva a chamou novamente enquanto Eve se virava para ir embora. — Quando eu a conheci naquele evento achei que o que você fazia era meio glamoroso. Como foi com o caso Icove e o fato de a história toda virar um grande filme. Tudo me pareceu muito empolgante. Mas não é. — O olhar de Alva voltou para a escada. — É um trabalho pesado e triste.

— Ossos do ofício— respondeu Eve, e voltou a seguir na direção da escada. — Vamos esperar até amanhã para começar os interrogatórios — instruiu à policial Turney. — Ninguém vai contar muita coisa se os acordarmos a essa hora. O prédio está todo vazio, não só este apartamento. Certifique-se de que as testemunhas sejam levadas para onde quiserem ir. Qual é a sua delegacia, Turney?

— É a 136ª. DP, tenente.

— E o seu comandante?

— Sargento Gonzales, senhora.

— Se você quiser participar dos interrogatórios, posso liberar isso com o seu comandante. Esteja aqui às sete e meia da manhã.

— Sim, senhora! — respondeu ela; faltando só bater uma continência.

Achando graça da reação da policial, Eve desceu a escada, colocou algumas senhas, destrancou as portas e entrou no apartamento subterrâneo.

— Acender luzes! — ordenou a tenente, e ficou satisfeita quando elas acenderam em intensidade máxima.

A sala de estar — pelo menos ela presumiu que fosse a sala de estar, que ainda não estava mobiliada — era bem espaçosa. As paredes, as que já estavam pintadas, brilhavam como um pão recém-assado; as partes do piso que não estavam cobertas com lonas reluziam em um acabamento sofisticado de tons escuros. Materiais e suprimentos, todos empilhados de forma ordenada nos cantos, evidência do trabalho em andamento.

Tudo muito organizado e de maneira prática, provavelmente a obra estava no fim.

Então por que uma das lonas estava enrolada, ao contrário das outras, expondo uma grande parte do piso reluzente?

— Parece que alguém tropeçou nesse pano neste lado, ou lutado em cima dele — disse ela enquanto se aproximava, filmando toda a sala antes de se curvar para endireitar a lona. — Tem muitos respingos de tinta, mas... — Ela se agachou, pegou a lanterna e iluminou a lona. — Eu acho que isso aqui é sangue. Só algumas gotas.

A tenente abriu seu kit de trabalho, recolheu uma pequena amostra e marcou o local para os peritos examinarem.

Seguiu para uma ampla cozinha comprida, com piso também reluzente sob as lonas e protetores.

Quando já tinha feito a primeira sondagem — passando pelo quarto principal e o banheiro, depois pelo segundo quarto, ou escritório, e segundo banheiro — Peabody entrou.

— Eu já comecei a investigar as duas testemunhas — começou a parceira. — A mulher tem muita grana. Não no nível de Roarke, é claro, mas ela tem dinheiro para comprar aquele casaco e aquelas botas supermag.

— Deu pra perceber.

— Ele também tem bastante dinheiro. A família é rica, mas ele já começou a ganhar sua própria grana. Tem um registro de embriaguez e perturbação da tranquilidade, mas de dez anos atrás. O lance dela é velocidade alta. Já recebeu um monte de multas por isso, geralmente no trajeto para a casa nos Hamptons.

— Você sabe como é para chegar aos Hamptons. O que você vê nesse lugar, Peabody?

— Um trabalho muito bem-feito, muito cuidadoso, muitos detalhes, dinheiro bem gasto e bolsos cheios o bastante para investir em um trabalho bem-feito, com atenção aos detalhes. E... — tirando do pescoço uma parte do seu imenso cachecol, Peabody passou por cima do espaço marcado por Eve. — Algo nesta lona que parece sangue.

— A lona estava embolada, que nem um tapete quando você tropeça nele. Todas as outras proteções estão bem lisinhas.

— Acidentes acontecem em construções. Às vezes envolve sangue. Só que...

— Sim, só que... Temos sangue em uma das lonas e um corpo do lado de fora. O lábio dela estava cortado e tinha sangue seco nele. Não era muita coisa, então alguém pode não ter reparado em alguns poucos pingos, ainda mais com a lona embolada.

— Eles a trouxeram para cá? — Peabody franziu o cenho e se virou para olhar a porta. — Não vi nenhum sinal de arrombamento, mas vou verificar novamente.

— Não teve arrombamento. Eles poderiam ter usado uma picareta, mas isso demoraria muito. Provavelmente eles sabiam a senha, ou tinham um baita de um decodificador.

— Levando tudo isso em consideração, acho que podemos dizer que isso não foi um assalto que acabou mal.

— Não. E não é muito inteligente, o assassino. Se ele é forte o suficiente para quebrar o pescoço de alguém, por que bater na mulher? Ela está com um hematoma na bochecha direita e um corte no lábio.

— Ele deu um soco nela. Um jab de esquerda.

— Não acho que tenha sido um soco, isso seria burrice. Foi um golpe com as costas da mão. Homens só dão tapas em mulheres quando querem humilhá-las. Geralmente socam quando estão irritados, bêbados, ou não estão nem aí para o sangue e os estragos. Eles batem com as costas da mão quando querem machucar e intimidar. Além do mais, a marca das juntas dos dedos no rosto dela parece muito que foi um golpe com as costas da mão.

Eve já tinha levado um número considerável de tapas para saber reconhecer os sinais.

— Ele foi inteligente e controlado o bastante para não socá-la nem espancá-la — disse Eve. — Mas não o suficiente para não deixar rastros. Não foi inteligente o bastante para levar a lona. Ela tem um ralado leve na mão direita que parece ter sido arrastada e fibras azuis na calça. Talvez seja do carpete de algum carro.

— Você acha que alguém a agarrou e a forçou a entrar em um carro?

— É possível. Ele teve que trazê-la até aqui, para este apartamento vazio, de alguma forma. Foi inteligente ter pegado os objetos de valor da mulher, incluindo o casaco, e ter simulado um assalto. Mas deixou as botas dela. São de boa qualidade e parecem novinhas. Se você é um assaltante que se deu ao trabalho de tirar o casaco da vítima, por que deixar as botas?

— Se ele a trouxe até aqui, é porque queria privacidade — lembrou Peabody. — E algum tempo. Não parece ter sido estupro. Por que a vestiria de novo?

— Ela estava indo ou voltando do trabalho.

— Voltando — confirmou Peabody. — Quando pesquisei o nome da vítima, recebi um alerta. O marido dela entrou em contato com a polícia porque ela não tinha voltado para casa. Trabalhou até tarde, mas não voltou para casa. Ela falou com ele pelo *tele-link* quando estava saindo do escritório, segundo o alerta. Isso foi pouco depois das vinte e duas horas.

— Quanta informação para um simples alerta, ainda mais para uma mulher que demorou algumas horas para chegar em casa.

— Eu também achei e fui pesquisar mais sobre ele. Denzel Dickenson, da Esquire, é o irmão caçula da juíza Gennifer Yung.

— Isso explica tudo. — Eve soltou um suspiro. — Agora a coisa ficou feia.

— É, percebi.

— Chame os peritos, Peabody, e marque prioridade para este caso. É melhor tomarmos todas as medidas possíveis já que vamos investigar a morte da cunhada da juíza.

Eve passou uma das mãos pelo cabelo e repensou seus planos. Ela tinha pensado em ir ao prédio onde fica o escritório da vítima para refazer a possível rota feita por ela ao voltar para casa e explorar a região. Em seguida, faria o caminho de volta antes de seguir para a casa da vítima, aproveitando para examinar o chão, pensar na ordem dos acontecimentos e a direção pela qual a vítima seguiu. Só que agora...

— O marido deve estar andando de um lado para o outro há quatro horas. Vamos dar a ele as más notícias.

— Eu odeio essa parte — murmurou Peabody.

— No dia que você deixar de odiar vai ser hora de encontrar outro trabalho.

Os Dickenson moravam em uma das quatro coberturas com jardim num dos edifícios mais admirados do Upper East Side. O prédio elegante de pedras cinza e vidro erguia-se sobre um bairro onde as babás e os passeadores de cães dominavam as calçadas e os parques.

No sistema noturno de segurança a entrada do visitante precisava ser autorizada, algo que Eve achava insuportável.

— Tenente Eve Dallas e detetive Delia Peabody. — Ela segurou o distintivo diante da tela do sistema de segurança. — Precisamos falar com Denzel Dickenson, Cobertura B.

Por favor, digam a natureza da sua visita, entoou uma suave voz robotizada.

— Eu descreveria a natureza da minha visita como não sendo da sua conta. Escaneie os distintivos e autorize a nossa entrada.

Sinto muito, mas a Cobertura B está com a proteção acionada. O acesso ao prédio e a qualquer apartamento exige liberação do supervisor, de um inquilino registrado ou uma notificação referente a alguma emergência.

— Escuta aqui, sua inteligência artificial de merda, isto é um assunto oficial da polícia. Escaneie os distintivos e libere o nosso acesso. Senão eu vou voltar com mandados de prisão para o supervisor, o chefe da segurança e os proprietários, sob a acusação de obstrução da justiça. E você estará numa pilha de lixo ao amanhecer.

O uso de linguagem inapropriada é uma violação da...

— Linguagem inapropriada? Ah, eu tenho muito mais linguagem inapropriada para você. Peabody, entre em contato com a Promotora Cher Reo e consiga mandados de prisão para todas as pessoas que eu citei. Vamos ver se eles vão gostar de ser arrastados para fora da cama a essa hora da noite, algemados e transportados para a Delegacia porque este deus de lata computadorizado se recusa a liberar o acesso à Polícia.

— Deixa comigo, tenente.

Por favor, apresentem seus distintivos para digitalização e coloquem a palma da mão no leitor para verificação.

Eve ergueu o distintivo com uma das mãos e colocou a outra sobre o leitor.

— Abra a porta. Agora!

Identificação confirmada. Acesso liberado.

Eve abriu a porta e andou pelo piso de mármore preto do saguão até as portas brancas e brilhantes do elevador cercadas por dois vasos do tamanho de uma pessoa, de onde saíam flores vermelhas cheias de espinhos.

Por favor, aguardem aqui até que o sr. e/ou a sra. Dickenson sejam notificados de sua chegada.

— Cala a boca, sua máquina idiota. — Eve entrou direto no elevador e Peabody apertou o passo para acompanhá-la. — Cobertura B! — ordenou. — E se você vier com mais papo furado, eu juro por Deus que destruo sua placa-mãe.

Quando o elevador começou a subir lentamente, Peabody soltou um suspiro de prazer.

— Isso foi divertido.

— Odeio perder meu tempo com esses eletrônicos.

— Bem, na verdade você perdeu tempo para o programador do sistema.

— Você tem razão. — Eve cerrou os olhos. — Você está certíssima. Me lembre depois de dar uma pesquisada. Quero descobrir quem programou aquela idiota intrometida.

— Isso pode ser mais divertido ainda. — O sorriso alegre de Peabody desapareceu assim que o elevador parou. — Isso aqui não vai ser nada divertido.

Foram até a porta da Cobertura B. Mais segurança, reparou Eve. E com um sistema dos bons: leitor de palmas, olho eletrônico e câmera. Ela apertou a campainha para acionar o sistema.

Olá!

Uma criança, pensou Eve, confusa por um momento.

Nós somos os Dickenson.

As vozes foram se intercalando — uma masculina, outra feminina, depois uma menina e um menino —, cada uma delas se apresentando.

Denzel, Marta, Annabelle, Zack.

Então um cachorro latiu.

E esse é o Cody, continuou a voz do menino. *Quem são vocês?*

— Ahn... — Ainda meio desnorteada com aquilo, Eve ergueu seu distintivo para a câmera.

Observou uma luz vermelha examinar o objeto. Logo depois, uma voz robotizada mais tradicional avisou:

Identificação realizada e confirmada. Aguarde um instante, por favor.

Não demorou muito até que Eve visse a luz de segurança mudar de vermelho para verde.

O homem que escancarou a porta estava de calça de moletom azul-marinho, casaco de moletom cinza e tênis de corrida surrados. O cabelo curto revelava indícios de cachos acima do rosto moreno e exausto. Seus olhos cor de chocolate amargo se arregalaram por um segundo, e em seguida se encheram de medo. Antes de Eve ter chance de falar, a tristeza dele o consumiu, prevalecendo até seus medos.

— Não. Não, não! — Ele caiu de joelhos, abraçando-se, como se a tenente o tivesse chutado.

Peabody imediatamente se abaixou para ajudá-lo.

— Sr. Dickenson.

— Não! — repetiu ele, quando um cão do tamanho de um pônei Shetland entrou, trotando. O cão olhou para Eve, que pensou logo na sua arma de atordoar. Mas o cachorro apenas ganiu baixinho e se aproximou de Dickenson.

— Sr. Dickenson — disse Peabody, quase sussurrando — Deixa eu ajudar o senhor. Vamos até uma poltrona.

— Marta. Não! Eu sei quem vocês são. Eu conheço você. Dallas, policial da Divisão de Homicídios. Não!

Como a pena que estava sentindo do homem venceu sua desconfiança do cão gigantesco, Eve se agachou para falar.

— Sr. Dickenson, precisamos conversar.

— Não fale nada! Não! — Ele ergueu a cabeça e encarou Eve com os olhos desesperados. — Por favor, não me diga o que tem para falar.

— Eu sinto muito.

Ele começou a chorar. Abraçou o cachorro, balançando-se sobre os joelhos, aos prantos.

Aquilo era necessário. Mesmo que ele já soubesse, as palavras tinham de ser ditas para o homem, para que ficassem registradas. Eve sabia disso.

— Sr. Dickenson, lamento informar que a sua mulher foi morta. Nós sentimos muito pela sua perda.

— Marta. Marta. Marta! — Repetiu ele várias vezes, como um mantra; uma oração.

— Quer que a gente entre em contato com alguém — ofereceu Peabody em um tom gentil. — Sua irmã? Um vizinho?

— Como? Como?

— Vamos nos sentar — propôs Eve, e ofereceu uma das mãos.

Ele ficou encarando a mão estendida e então colocou sua mão trêmula na dela. Era um homem alto e forte. As duas mulheres tiveram de reunir suas forças para colocá-lo de pé, e ele começou a cambalear como um bêbado.

— Eu não... O quê?

— Vamos nos sentar. — Enquanto falava, Peabody o guiou até a espaçosa sala de estar bem colorida, aconchegante e bagunçada com coisas do dia a dia de uma família com crianças e um cachorro gigantesco. — Vou pegar um pouco de água para você, está bem? — continuou Peabody. — Quer que eu ligue para a sua irmã?

— Genny? Sim. Genny.

— Está bem. Sente-se aqui.

Ele relaxou e o cão imediatamente pousou suas patas enormes nas pernas do homem, colocando a cabeça gigante em seu colo. Quando Peabody saiu para procurar onde ficava a cozinha, Dickenson se virou para Eve. As lágrimas continuavam a escorrer pelo rosto, mas o choque inicial já tinha passado.

— Marta. Onde a Marta está?

— Ela está com o médico legista. — Ela viu Dickenson estremecer, mas continuou. — Ele vai cuidar dela. Nós vamos cuidar dela. Sei que é um momento difícil, sr. Dickenson, mas preciso fazer algumas perguntas.

— Conte o que aconteceu. Você precisa me contar o que aconteceu. Ela não voltou para casa. Por que ela não voltou para casa?

— É o que temos de descobrir. Quando foi a última vez que o senhor falou com a sua esposa?

— Nós conversamos por volta das dez da noite. Ela estava trabalhando até mais tarde e ligou quando estava saindo do escritório. Eu disse: "Peça um carro, Marta, chame um motorista." Ela disse que eu era muito preocupado. Mas eu só não queria que ela fosse andando até o metrô, ou tentasse chamar um táxi. Estava tão frio.

— Ela pediu o carro?

— Não. Ela só riu. Disse que uma boa caminhada até o metrô ia fazer bem. Havia passado o dia inteiro vidrada na tela do computador, e ela... ela... ela queria perder uns dois quilos. Ai meu Deus. Ai Deus! O que aconteceu? Foi um acidente? Não... — respondeu a própria pergunta, fazendo que não com a cabeça. — Vocês são da Divisão de Homicídios. Alguém matou a Marta. Alguém matou a minha mulher, a minha Marta. Por quê? Por quê?!

— Você sabe se alguém tinha motivos para fazer mal a ela?

— Não. De jeito nenhum. Ninguém. Não! Ela não tem nenhum inimigo.

Peabody voltou com um copo de água.

— Sua irmã e o marido já estão a caminho.

— Obrigado. Foi um assalto? Eu não consigo entender. Se alguém quisesse levar a bolsa dela ou as joias, ela teria entregado sem pensar duas vezes. Fizemos uma promessa um ao outro quando decidimos ficar na cidade. Não nos colocaríamos em situações de risco desnecessárias. Temos filhos para cuidar. — A mão que segurava a água começou a tremer novamente. — As crianças! O que vou dizer aos nossos filhos? Como eu posso contar uma coisa dessas aos nossos filhos?

— Os seus filhos estão em casa? — perguntou Eve.

— Sim, é claro. Estão dormindo. Eles esperam que ela esteja aqui amanhã quando acordarem para ir à escola. Ela está sempre aqui quando as crianças acordam.

— Sr. Dickenson, eu preciso perguntar uma coisa. O senhor e a sua mulher estavam passando por problemas no casamento?

— Não. Eu sou advogado. Minha irmã é juíza criminal. Sei que você precisa me investigar. Então, preste bastante atenção. — disse ele, com os olhos marejados novamente. — Pode investigar. Faça o que tiver de fazer. Mas me conte o que aconteceu com a minha esposa. Por favor, me conte o que aconteceu com Marta.

Era melhor ir direto ao ponto, refletiu Eve. Era melhor ser curta e grossa.

— O corpo dela foi encontrado pouco depois das duas da manhã numa escada externa de um prédio a aproximadamente oito quarteirões do escritório onde ela trabalhava. O pescoço estava quebrado.

Ele soltou um suspiro pesado e puxou o ar novamente.

— Ela não teria andado tanto, ainda mais à noite e sozinha. E também não caiu da escada, ou você não estaria aqui. Ela foi... ela foi estuprada?

— Não há indícios de agressão sexual segundo os exames iniciais, sr. Dickenson. Você tentou entrar em contato com a sua esposa entre a última ligação que recebeu dela e a nossa chegada aqui?

— Estou ligando para o *tele-link* dela de cinco em cinco minutos. Comecei por volta das dez e meia, acho, mas ela não atendeu. Ela nunca me deixaria preocupado desse jeito por tanto tempo. Eu sabia que algo... Preciso de um minuto. — Ele se colocou de pé, vacilante. — Preciso de um minuto — repetiu, e disparou para fora da sala.

O cão observou o dono sair e então foi cautelosamente até onde Peabody estava e colocou uma das patas sobre o joelho da detetive.

— Algumas vezes são piores que outras — Peabody murmurou, e ofereceu ao cachorro o conforto que conseguiu.

Capítulo Dois

Eve ficou de pé e deu uma volta pela sala, aproveitando para liberar a tensão e formar uma opinião mais concreta do lar dos Dickenson.

Havia fotos emolduradas por toda a casa. Retratos de família, em sua maioria, mostrando a vítima em dias felizes com o marido e as crianças. Outras fotos dos filhos — uma menina belíssima, ainda na fase inocente da puberdade e um garoto de uma fofura contagiante que combinava com a voz do sistema de segurança.

Obras de arte expostas tendiam para paisagens e imagens do mar, todas em lindos tons pastel. O tipo de arte que as pessoas de fato conseguem entender, refletiu Eve. Nada de extravagante ou pomposo, nem na arte e nem nos móveis. Eles apostaram em um ambiente confortável e no que Eve supôs ser apropriado para crianças. E talvez para cachorros também. Algo adequado para uma família.

Mas havia muito dinheiro investido ali. O imóvel por si só já transmitia a mensagem de modo discreto.

A lareira, em uma das fotos enfeitada com meias de Natal, as crianças e aquelas grandes flores vermelhas que as pessoas inventam de usar na decoração do Natal, ainda estava acesa. Uma lareira de verdade com madeira de verdade. Ele tinha mantido a lareira acesa, pensou Eve, sentindo pena do homem, mas logo lembrou que isso nunca fazia bem nenhum para a vítima nem para o sobrevivente.

— O lugar é bem espaçoso — disse Eve, tentando ser casual.

— Duas crianças e um cachorro desse tamanho? Eles precisam de espaço.

— Pois é. Eles não têm um casarão longe do centro, então fizeram um na cidade. Ele é advogado corporativo, certo? — lembrou-se, pela rápida pesquisa que havia feito.

— Isso, um dos sócios da firma. Grimes, Dickenson, Harley & Schmidt.

— Por que os escritórios de advocacia corporativa sempre têm nomes de escritórios de advocacia corporativa? Ele atua em que área?

Peabody equilibrou seu tablet e a enorme cabeça do cão em sua perna.

— Ele é especialista em planejamento patrimonial e sucessório e direito tributário. Muita grana envolvida.

— A mesma área da nossa testemunha. Interessante. Veja se existe alguma conexão entre Dickenson e Whitestone e as empresas deles.

— A empresa de Dickenson tem dois andares que ficam... no prédio do Roarke, a sede dele.

— Mais imóveis valiosos.

— Não encontrei nenhuma ligação entre os dois, mas pode ser que eles tenham alguns clientes em comum.

— Aposto que têm. — Ela fez uma pausa ao ouvir o som da porta da frente abrindo e se virou.

A juíza Gennifer Yung entrou apressada. Seu passo vacilou quando viu Eve, e, por um instante —, apenas por um breve instante — seu corpo pareceu fraquejar. Mas, logo em seguida, ela ajeitou a postura e adotou uma expressão apática. Atravessou a sala até onde Eve estava, andando à frente de um homem magro de descendência asiática.

— Tenente.
— Juíza Yung. Meus pêsames.
— Obrigada. Onde o meu irmão está?
— Ele precisou de um minuto.

A juíza Yung assentiu com a cabeça.

— Daniel, essas são a tenente Dallas e a detetive Peabody. Esse é o meu marido, doutor Yung.
— E as crianças? — perguntou o Dr. Yung. — Elas já sabem?
— Ainda estão dormindo. Acho que eles não sabem de nada ainda.

O cão já tinha abandonado Peabody e agora balançava o rabo como um chicote enquanto rodeava a juíza e o marido.

— Ok, Cody, bom menino. Senta!... Senta!

Uma mulher exuberante com pele morena lisinha, olhos escuros proeminentes, uma reputação de feroz e destemida no tribunal. A juíza Yung colocou a mão na cabeça de Cody e a acariciou suavemente.

— Vou falar com Denzel. Sei que vocês têm perguntas a fazer e sei que o tempo é um fator importante nessas situações, mas quero passar alguns momentos com... — ela se interrompeu quando Denzel voltou à sala, com o rosto devastado.

— Genny. Ai Deus, Genny! Marta!
— Eu sei, querido, eu sei. — Ela foi até ele e o abraçou.
— Alguém quebrou o pescoço dela.
— O quê? — A juíza recuou um pouco e segurou o rosto do irmão entre as mãos. — *O quê?!*
— Elas disseram que o pescoço dela... Por que eu não insisti mais para ela chamar um carro para ela? Por que eu não liguei para eles e mandei que a buscassem?

— Ssh... Vem aqui. Vamos para a outra sala por um instante. Pode se apoiar em mim, querido. Daniel!

— Sim, claro. — Yung se virou para Eve. — Vocês aceitam um café?

Eve daria de tudo por uma xícara de café, mas não queria dar trabalho.

— Não, obrigada. Você estava em casa quando seu cunhado ligou para a esposa?

— Estava. Foi por volta de meia-noite e ele já estava desesperado. Marta não atendia ao *tele-link* e já estava quase duas horas atrasada. Ele já tinha ligado para a equipe de segurança do prédio e eles informaram que ela tinha saído de lá por volta das dez, se não me engano. Então ele ligou para a polícia, mas, como a senhora sabe, aparentemente tem pouca coisa a se fazer quando uma pessoa só está demorando a chegar em casa. Aí ele ligou para a irmã, pedindo ajuda.

— Pelo que você contou, acho que seria correto eu dizer que a sra. Dickenson não tinha o hábito de chegar tarde em casa.

— Não, nunca. Quer dizer, não sem avisar Denzel, pelo menos. Ela jamais iria preocupá-lo dessa maneira, do mesmo modo que ele jamais faria isso com ela. Nós sabíamos que tinha algo de errado, mas eu nunca pensei... Nunca imaginei isso.

— Você conhece bem a sra. Dickenson?

— Perdão, podemos nos sentar? Esse é um momento muito difícil. Eu sinto que... — Ele desabou em uma cadeira. — Não estou me sentindo muito bem.

— Quer que eu pegue um pouco de água para você, dr. Yung?

Ele abriu um sorriso calmo para Peabody.

— Não, mas obrigado mesmo assim. Você perguntou se eu conhecia Marta — disse ele, voltando-se para Eve. — Conheço a Marta muito bem. Somos uma família, e para Genny, Denzel, e Marta, família é tudo. Minha esposa e o irmão sempre foram próximos um do outro. As crianças! — Ele olhou em direção à escada em espiral. — Estou preocupado com as crianças. Eles são jovens demais para passar por uma coisa dessas, eles vão perder muito da inocência hoje. — Ele fechou os olhos por um momento. — Vocês devem querer saber como era o casamento deles, de Marta e Denzel. Sou casado com uma advogada, e juíza, já faz trinta e seis anos — acrescentou, em seguida, com um longo suspiro, juntou as mãos sobre o colo. — Sei que é algo que têm de investigar. Mas eles se amavam muito. Tinham uma vida boa, uma família feliz. Eles às vezes discordavam, e até brigavam? Obviamente! Mas eram uma equipe, eram perfeitos juntos, se completavam, se é que você me entende. Às vezes algumas pessoas dão sorte nas escolhas que fazem e nas pessoas que entram em suas vidas. Eles tiraram a sorte grande.

— Você conhece alguém que desejaria o mal dela... ou o de Denzel que poderia fazer alguma coisa com ela?

— Não. — Ele fez que não com a cabeça. — Sinceramente, não consigo nem imaginar. Os dois são pessoas felizes e bem-sucedidas em seus trabalhos, têm bons amigos.

— Advogados costumam fazer inimigos — lembrou Eve.

— Juízes também. Sei muito bem disso. Mas o Denzel cuida principalmente de direito patrimonial e sucessório, tributário e financeiro. Ele não se envolve em litígios, não lida com direito penal nem da família... o tipo de coisa que pode despertar fortes emoções. Ele é um homem dos números.

— E Marta era contadora.

— Eles se entendiam — disse ele, com o esboço de um sorriso.

— Compartilhavam clientes?

— Sim, de vez em quando. — Ele se levantou da poltrona assim que Dickenson voltou para a sala.

— A Genny está programando café. Ela... ela perguntou se você poderia ir lá falar com ela por um momento, tenente.

— Tudo bem. — Eve olhou para Peabody que respondeu com um leve aceno de cabeça.

— Sr. Dickenson, gostaria de fazer mais algumas perguntas a você — começou Peabody, enquanto Eve ia até a cozinha.

Ela passou por outra sala de estar. Ali os móveis eram mais claros e confortáveis, e ficavam todos direcionados para uma televisão gigantesca. Havia mais fotos nas prateleiras, vários troféus e caixas com tampa.

O espaço se abria para uma grande sala de jantar com uma mesa escura onde havia um grande vaso azul com flores brancas. E esse ambiente dava na cozinha, onde tinha mais madeira escura nos armários, um tom cinza-claro nas bancadas e uma mesa, que Eve presumiu ser a que eles costumavam usar para as refeições, que ficava junto ao sofá abaixo da janela, para as pessoas sentarem e comer ali.

Potinhos lindos, no mesmo tom de azul do vaso, estavam alinhados em outra janela e continham o que Eve conseguiu reconhecer como temperos.

A juíza Yung estava de pé em frente à ilha central separando canecas azuis em uma bandeja.

— Meu irmão nunca vai conseguir superar isso. Eles se conheceram na faculdade, e foi isso. Eu não aprovava o relacionamento deles no início. Queria que ele terminasse a faculdade de direito, passasse no exame da Ordem dos Advogados e tivesse uma carreira bem-sucedida antes de entrar em um relacionamento sério. — Ela abriu um armário e pegou uma leiteira. — Sou dez anos mais velha que Denzel e sempre cuidei dele. Querendo ele ou não. — Ela deu um sorriso tímido. Mas sua tentativa serviu apenas para destacar seus olhos avermelhados de tanto chorar.

— Mas não demorou muito tempo para que Marta me conquistasse. Eu a amava muito. Ela era a minha irmãzinha querida. — Seus olhos vermelhos se encheram de lágrimas antes de ela se virar e abrir a geladeira branca cintilante para pegar o leite. Em seguida, se recompôs. — Eles esperaram para ter filhos, focaram no casamento, na carreira e, quando tiveram as crianças, deram toda a atenção a elas. Decidiram continuar trabalhando. Ambos amavam o trabalho. Sentiam-se realizados nessa área e dedicavam o tempo livre que tinham um ao outro e à família. Um equilíbrio invejável. Denzel nunca mais vai encontrar esse equilíbrio de novo. — Ela colocou o leite na bandeja e acrescentou um potinho com cubos de açúcar. — Estou falando isso por uma razão — continuou, ao ver que Eve se mantinha em silêncio. — Sei que você precisa investigar o meu irmão. O cônjuge é sempre o primeiro suspeito. Vou te entregar uma lista com o nome dos amigos, vizinhos, colegas de trabalho e supervisores deles. Além da babá e do pessoal da limpeza. E de todas as outras pessoas que você precisar ou quiser interrogar.

— Obrigada. Vamos precisar do *tele-link* que ele usou para falar com Marta, e temos de dar uma olhada nos outros aparelhos eletrônicos e meios de comunicação também. Ajudaria muito o nosso trabalho se tivéssemos permissão para revistar toda a residência e quaisquer veículos, bem como o escritório dele.

— Denzel vai providenciar tudo que vocês quiserem. Fará tudo o que vocês pedirem. Mas para manter a integridade da investigação, não posso emitir esse mandado. Vou pedir a outro juiz que o faça e assine. Isso não deveria ser feito por mim. Só queria pedir que você fizesse tudo quando as crianças não estiverem em casa. Vou pedir a Denzel para ir lá para casa com elas nesse dia.

— Tudo bem, sem problemas.

— Conte-me o que você sabe até agora.

— Não posso dar muitos detalhes no momento. Você sabe disso, eu sinto muito. Só posso dizer que parece ter sido um assalto infeliz que terminou da pior forma possível. Imagino que ela estivesse com uma bolsa, talvez uma pasta com documentos.

— Sim. Provavelmente as duas coisas. Ela estava com uma pasta executiva de couro marrom e alça tiracolo e detalhes em prata. Denzel deu de presente a Marta quando ela foi promovida, há uns cinco anos atrás. Ela sempre estava com a aliança de casamento no dedo. Um anel de ouro branco com dois corações gravados. E tem o smartwatch que Daniel e eu demos a ela no aniversário de quarenta anos dela. Tanto o anel quanto o smartwatch estão no seguro. Podemos conseguir fotos e descrições de tudo.

— Isso ajudaria muito.

— Você deve querer as informações bancárias deles. Os dois têm suas próprias contas individuais, mas a maioria dos bens deles é mantida numa conta conjunta. Forneceremos todas essas informações. Você sabe que o Denzel não matou a Marta.

— Juíza...

— Você tem de fazer o seu trabalho, precisa ser minuciosa e eliminar qualquer suspeita sobre ele o mais rápido possível. Mas no fundo você sabe que não foi ele. Você é inteligente, é cautelosa e acho que tem uma boa intuição. Não preciso pedir que dê o seu melhor por Marta, porque sei que você já vai fazer isso. — Quando sua voz vacilou, ela parou por um momento, colocou os dedos nos olhos e respirou fundo algumas vezes. — Pouco tempo atrás — disse ela — eu brinquei com Daniel. Às vezes, pessoas como a gente, com os nossos trabalhos, têm de relevar os riscos com quem amamos e quem se preocupa conosco. Brinquei dizendo que, se algum dos imbecis que eu mandei para a prisão cumprisse suas ameaças contra mim, ele deveria se certificar de que *você* liderasse a equipe de investigação da minha morte. "Chame Eve Dallas", foi o que disse a ele. E estou falando sério, se você não tivesse pegado o caso de Marta, eu faria tudo ao meu alcance para colocar você como investigadora principal. Quero que você e a detetive Peabody descubram quem fez isso, quem matou aquela mulher linda, quem a tirou do meu irmão, dos filhos deles, de nós. Ai, Deus!

Ela parou de falar num soluço e estremecia, enquanto cobria o rosto com as mãos.

— Ai, Deus! Preciso resolver as coisas, tenho de resolver as coisas e continuar fazendo o que for preciso até que tudo esteja em ordem. É o que posso fazer. — Ela baixou as mãos e se recompôs. — Se o Morris não estiver examinando o corpo dela, como geralmente acontece nos crimes que você investiga, por favor, providencie isso. Pode ser?

— Sim. Pode deixar.

— Assim ela vai ter os melhores profissionais cuidando dela. É tudo que eu posso pedir por enquanto.

— Você sabe qual casaco ela estava usando?

— Casaco?

— Ela não estava de casaco quando foi encontrada. Levando em conta a temperatura...

— Meu Deus! — Yung respirou fundo e massageou a têmpora. — Num dia como hoje, ela teria usado o seu casacão comprido de lã cinza, com mangas e botões pretos. E um cachecol. Ela sempre usava cachecol, tinha uma coleção e tanto. Não sei se saberia dizer qual mesmo que eu pudesse examinar todas as peças que ficaram em casa. O Denzel deve se lembrar.

— Vamos perguntar a ele depois.

— Eu preciso ver meu irmão agora. As crianças... — ela fez uma pausa e respirou fundo. — As crianças vão acordar daqui a pouco.

— Vamos dar privacidade a vocês.

— Obrigada. Vou providenciar tudo que você precisa o mais rápido possível. E se precisar de mais alguma coisa, é só falar.

Quando elas saíram do prédio para o amanhecer ainda escuro, Peabody colocou a mão nos olhos imitando o gesto da juíza Yung.

— Não tinha como ser pior.

— Vai piorar ainda mais quando as crianças acordarem. — Eve entregou a Peabody a saco de evidências contendo o *tele-link* que

Denzel havia dado a elas. — Vou deixar você na Central. Entre em contato com McNab e diga pra ele aparecer com aquela bunda magra lá. Quero que ele examine esse *tele-link*.

Enquanto falava, abriu a porta do carro e sentou-se ao volante.

— Eu pedi a Harpo, a autoproclamada rainha dos cabelos e das fibras, que examinasse as fibras encontradas na calça da vítima. Vou investigar isso mais a fundo. Yung está providenciando um mandado de busca e apreensão para a residência, os veículos e escritórios deles. Faça com que os detetives Carmichael e Santiago entrem em ação assim que a autorização sair, mas eles precisam ter certeza de que a família não estará em casa. Eles vão para a casa da juíza.

Ela acelerou e fez uma curva em direção ao centro da cidade.

— Quero que o policial Carmichael escolha uma equipe para conduzir os interrogatórios perto do local onde o corpo foi encontrado. Ele deve encontrar a policial Turney na cena do crime às sete e meia, então não perca tempo. Entre em contato com o sargento Gonzales na 136ª. DP e diga a ele que solicitei a policial Turney para o serviço.

— Você quer a primeiro policial que chegou à cena do crime?

— Quero a Turney. Ela tem bons instintos. Vejo uma pequena Peabody ali.

— Ah, é? — Peabody aprumou-se, e logo depois fez um beicinho. — Ela...

— *Nem pense* em me perguntar se ela tem uma bunda menor que a sua, um rosto mais bonito, lábios mais carnudos ou seja lá o que você quer saber. Só vá fazer o que eu mandei.

— Eu não estava pensando na bunda dela — murmurou Peabody —, mas agora eu estou.

— Quero toda a DDE na pesquisa dos eletrônicos e, assim que tivermos as informações do seguro, quero uma análise dos itens que ela estava usando: aliança de casamento, smartwatch e o casaco. Mais tarde a gente fala com o marido para ver se ele se lembra dos brincos e do cachecol que Yung diz que a vítima pode ter usado. Ele não aguentava mais falar naquele momento. Faça uma busca nos locais de trabalho deles. Procure por quaisquer conexões entre eles ou de um ou os dois com a empresa de Whitestone. Deve ter algo ali. Se esta foi uma morte aleatória, eu não me chamo Eve Dallas.

— Ah, não muda, nada.

Eve poupou Peabody do seu olhar severo quando fez outra curva para cortar caminho pela cidade. Os quarteirões passavam depressa e suavemente. Ainda era muito cedo para as pessoas estarem andando pelas calçadas e faixas de pedestre, e tarde para os táxis passarem carregando baladeiros e festeiros.

Evitou passar pela Times Square, de onde esse pessoal nunca saía; em seguida passou batido por um ônibus de dois andares cheio de passageiros sonolentos que estavam a caminho do trabalho ou voltando dele.

— Alguém sequestrou Marta e teve que fazer isso perto do trabalho dela. Ou então eles esperaram por ela em um táxi e aguardaram o momento certo para pegá-la. Eles a levaram para aquele apartamento vazio porque sabiam que não teria ninguém lá. Das duas uma: ou eles tinham as senhas para entrar ou são muito bons em arrombar residências. Depois eles bateram nela.

— Você acha que foi um soco leve com a mão direita e um tapa com as costas da mão esquerda.

— Sim, é o que me parece. Um tapa assim na bochecha já iria doer muito, derrubá-la e deixá-la morta de medo. São muitos hematomas para um único golpe, mas não tem marcas suficientes que indiquem um soco forte. — Ela relembrou o rosto da vítima. — Provavelmente ela levou mais de um tapa. Vamos ver se o Morris consegue dizer se ela foi imobilizada por uma arma de atordoar ou sedada, mas eu duvido muito. Eles queriam forjar um assalto. Se eles a tivessem atacado ou drogado, abririam uma brecha para uma investigação mais minuciosa.

Preferiram arrastá-la até um carro e levaram-na para o apartamento, onde teriam mais privacidade.

— Para quê? Pode ter sido uma vingança direcionada à juíza Yung; essa possibilidade sempre existe. Sim, elas são muito chegadas, mas eles procurariam atacar alguém ainda mais próximo: a própria Yung, o marido dela, uma dos filhos ou netos. Ela tem duas filhas, caso você esteja se perguntando. E as duas têm um filho.

— Isso não foi vingança. — Eve já havia pensado nessa teoria várias vezes, mas encontrou alguns furos e descartou a possibilidade. — Eles teriam feito um estrago maior na vítima, deixando claro que se tratava de uma vingança. E, sim, iriam atrás de alguém mais próximo que a cunhada. Talvez quisessem pressionar o marido da vítima para conseguir alguma coisa, mas, se foi possível pegá-la, também conseguiriam fazer o mesmo com ele. E a pressão seria maior se ela estivesse viva. Talvez quisessem obter informações sobre algum cliente. Ela devia saber muitos podres envolvendo dinheiro, fraudes, informações sobre contas bancárias. Eles sabiam que ela estava trabalhando até tarde, então ou ficaram de olho nela ou tinham um informante no trabalho dela — ou talvez *já fossem* da empresa.

Ela estacionou na delegacia.

— Vou visitar Morris. Assim que o escritório da vítima abrir, falarei com o supervisor e com seus colegas de trabalho. Quero uma lista dos clientes dela e os arquivos. E quero a mesma coisa do marido.

— É só ir atrás de onde o dinheiro está.

— É sempre um bom caminho. Agora, cai fora!

— Já estou indo.

Eve foi embora, viu que horas eram e ligou para Roarke pela central multimídia do carro. Nem tinha amanhecido direito, mas ela sabia muito bem que ele já devia estar acordado havia pelo menos uma hora, e provavelmente já tinha comprado um sistema solar.

— Olá, tenente.

Lá estava ele, preenchendo a tela do painel, aqueles incríveis olhos azuis em alerta naquele rosto criado num dia em que Deus estava muito bem-humorado. Como a sua juba de cabelo preto sedoso estava presa, ela percebeu que ele já estava trabalhando.

— Achei melhor te avisar que não vou voltar para casa.

— Eu imaginei. — Seu sotaque irlandês enfeitava suas palavras como uma música. — Coma alguma coisa.

— Acho que vou fazer isso depois de passar no necrotério. A máquina de venda automática deles é péssima.

— Pelo visto, a situação não é nada boa.

— Assassinato nunca é bom, mas até que este não foi muito caótico. Mas... a vítima era mãe de dois filhos, e eu parti o coração do marido dela quando relatei o crime. Família privilegiada do Upper East Side, o homem e a mulher do mercado financeiro, moravam em uma cobertura. Mas sem ostentar, sabe? Um lugar aconchegante com fotos das crianças por toda parte. E ela era cunhada da juíza Yung.

— Juíza Yung?

— É, da vara criminal, uma das melhores que eu conheço. — Ela mostrou um pouco de pena ao relatar tudo a Roarke, só um pouco, só com ele. — A casa dele estava num clima pesado de amor e luto. O ar estava até um pouco sufocante.

— É difícil ser a pessoa que não tem outra escolha se não a de abrir as portas para o dilúvio.

— São ossos do ofício, mas, como Peabody costuma dizer, alguns casos são piores do que outros. Esse foi péssimo. Yung vai tentar facilitar a investigação para mim o máximo possível, isso inclui conseguir mandados de busca, todas as informações necessárias e acesso total a tudo.

— Mas...

— Mas, a mãe de duas crianças que ajudou a construir o que parece ser um lar muito feliz ainda está morta, e isso não vai mudar. Enfim... O que você sabe sobre a Brewer, Kyle & Martini?

— Hum, é basicamente uma empresa de contabilidade empresarial, mas também atendem àqueles que têm tanto dinheiro quanto uma empresa.

— Não trabalham para a sua?

— Não, mas eu daria uma boa olhada neles se decidisse sair da que me atende atualmente. Eles têm uma reputação de serem confiáveis e transparentes. Quem trabalha lá, a vítima ou o marido?

— A vítima. O marido é advogado da Grimes, Dickenson, Harley & Schmidt. Ele é o Dickenson, do quarteto. Direito imobiliário e baboseiras financeiras são a área dele.

— Não conheço nenhum deles, mas posso tentar descobrir algo.

— Não deve ser difícil. Os escritórios deles são no mesmo prédio da sua empresa.

— Isso realmente facilita as coisas.

— Só se você tiver tempo. É sempre bom ter alguém por perto que saiba dessas merdas ligadas a dinheiro. Mais um para você pesquisar: Grupo WIN, investimentos, gestão de bens, algo assim.

— Também não acho que eu conheça, mas é fácil conseguir informações. Onde eles entram na história?

— Bradley Whitestone, o W, encontrou o corpo do lado de fora do seu apartamento em reforma, na madrugada de hoje. Ele estava com uma mulher com quem obviamente esperava transar. Ela disse que nós a conhecemos em uma festa de gala. Uma tal de Alva Moonie.

— Da família Moonie, aqui de Nova York. Uma família muito rica e tradicional do ramo de construção naval. Não conheço a peça pessoalmente, mas posso dizer que ela tinha fama de rebelde, vivia de festas, viagens caríssimas, compras, bebidas, drogas e sexo até alguns anos atrás.

— Ela tinha cara de rica — lembrou Eve. — Mas não me passou a ideia de que era selvagem.

— Acho que atualmente ela faz o design ou ajuda com a decoração dos navios de cruzeiro e também faz alguns trabalhos voluntários. Ela é suspeita do crime?

— Está lá no fim da lista, mas nunca se sabe.

— Você sabe. Ou vai saber já, já — corrigiu. — Como foi que ela morreu, a mãe dos dois filhos?

— Alguém quebrou o pescoço dela. A menos que Morris me conte algo diferente — acrescentou, assim que estacionou o carro em frente ao necrotério. — Vou falar com ele agora. A gente se vê à noite.

— Coma alguma coisa — repetiu ele.

— Tá bom, tá bom... — Mas ela sorriu antes de encerrar a ligação.

Às vezes você tem sorte, pensou Eve, lembrando-se das palavras de Daniel Yung. *Ela havia tirado a sorte grande com Roarke, um homem que a entendia e a amava como ela era.*

E outras vezes, pensou, enquanto caminhava pelo longo túnel branco do necrotério, *a sorte acabava, como no caso de Marta e Denzel Dickenson.*

Ainda era muito cedo para a mudança de turno, Eve se deu conta, enquanto ouvia o eco dos próprios passos. As pessoas dali estavam lidando com os mortos que a cidade trazia durante a noite, ou preenchendo papelada em suas salas, ou utilizando partes de corpos no laboratório para fazer coisas que ela não queria nem imaginar.

Parou na frente da máquina de venda automática, mas rejeitou até mesmo a ideia de tomar o que eles vendiam como café naquele lugar em particular. Em vez disso, pegou uma Pepsi e ingeriu um pouco de cafeína enquanto ia para a sala de Morris.

Se ele ainda não tivesse sido chamado, Eve o convocaria, atendendo ao pedido de Yung.

Mas ela ouviu a música — um saxofone triste e um baixo melancólico — assim que abriu as portas duplas.

Morris tinha Marta Dickenson sobre a mesa de necropsia, já aberta com um corte em Y, e delicadamente erguia o coração dela para pesá-lo.

Ele se virou para encarar Eve, seus olhos escuros imensos por trás dos óculos de visão microscópica.

— Nosso dia começou quando o dela acabou.

— Ela estava fazendo hora extra no trabalho. O dia dela não terminou muito bem.

— Ela tem filhos. Procurei indicações de estupro, mas não encontrei nenhum indício de abuso sexual, só achei evidências de que ela teve pelo menos um filho.

— Dois.

Ele assentiu com a cabeça enquanto trabalhava. Estava com uma roupa marrom-escura debaixo de sua capa protetora; um terno bem-cortado e uma camisa de cor creme. Tinha o cabelo preso em uma longa trança.

— Eu ia colocar você nesse caso se já não estivesse trabalhando nele.

— Peguei o turno da noite essa semana. Sem folga. — Ele olhou para cima novamente. — Alguma razão específica para você querer que eu a examine?

— Ela é a cunhada da juíza Yung.

— Genny?

Eve ergueu as sobrancelhas.

— Você e Yung se tratam pelo primeiro nome?

— Nós gostamos dos mesmos tipos de música. Ela é a mulher do irmão da Genny? Do Denzel? Eu os conheci uma vez, quando a Genny organizou um sarau musical na casa dela. Eu não a reconheci, mas a Genny sempre falou dela com muito carinho.

— A juíza está facilitando bastante o nosso trabalho, para termos acesso total e rápido a tudo que precisarmos.

— Você não suspeita do marido?

— Não, mas temos que investigar. A *causa mortis* foi o pescoço quebrado?

— Isso mesmo. Foi alguém muito forte e habilidoso. Não foi por conta de uma queda. O relatório disse que ela foi encontrada aos pés de uma escada.

— Uma escada curta e não, não foi uma queda. Ela não caiu. Eles a colocaram lá quando terminaram, tentaram forjar um assalto. Só que não foi.

— Ela tem alguns ferimentos leves. Hematoma no rosto, lábio cortado, ambos por um golpe, de mão aberta, não um soco, um hematoma ao redor da boca, além do outro no pulso direito, outros mais leves em ambos os joelhos e no cotovelo esquerdo, e queimadura na palma da mão direita.

— Joelhos e mão. Como se ela tivesse sido arrastada em algum tipo de tapete ou carpete? — Eve levantou uma das mãos e fez como se estivesse empurrando algo.

— Sim, essa seria a minha conclusão. Encontrei fibras na mão esfolada e já as enviei para o laboratório.

— Fibras azuis?

— Sim, e li nas suas anotações que você também tinha encontrado na calça dela. Como você já havia designado Harpo, mandei para ela examinar as que removi também.

— Ótimo.

— Eu acabei de começar a examiná-la e não tenho muito mais a dizer.

— Alguma marca de arma de atordoar? Alguma toxina?

— Marcas muito leves de uma arma de atordoar, pouco acima da escápula esquerda.

— Achei que não haveria marcas desse tipo — murmurou Eve, enganchando os polegares nos bolsos da frente da calça enquanto se aproximava do corpo. — Se você quer que pareça um assalto, deixar marcas da arma de atordoar é muita burrice. Um assaltante comum não teria acesso a essas coisas. Eles costumam usar facas. Na escápula? — continuou ela. — Então ele atacou por trás.

— Exato, e eu diria que foi uma voltagem leve, apenas o suficiente para deixá-la incapacitada ou tonta por alguns instantes. Vou examinar com todo o cuidado do mundo. Enviei uma amostra de sangue para exame toxicológico. Posso pedir urgência no caso.

— Não seria uma má ideia. — Eve deu uma volta em torno do corpo, fazendo sua própria análise. — Pegaram a vítima quando estava saindo do prédio onde trabalhava; não foi lá dentro, a não ser que eles pudessem desligar o sistema de segurança. Mas por que fazer isso? Por que deixar migalhas de pão? Era só tapar a boca dela com a mão, empurrá-la ou jogá-la dentro de uma van; seria muito mais rápido. O choque pode ter sido necessário no caso da pessoa que a matou ser outra mulher, ou alguém mais baixo, que ficou com medo da vítima revidar e fugir.

— Os pequenos arranhões nos joelhos e na mão parecem ter sido provocados por uma queda sobre um tapete. No apartamento, será?

— Não tem tapetes nem carpete lá. Só lonas, todas bege, nenhuma azul. Mas ela pode ter sido jogada em um carro com carpete interno azul. Estava tonta por causa do choque e não conseguiu se segurar direito, então raspou na superfície áspera. Essa pode ter sido a forma como ela ficou com hematomas nos joelhos e fibras na calça, por causa do transporte. Eles certamente não andaram oito quarteirões com ela até chegarem à cena do crime, logo ele ou eles tinham transporte.

— Harpo deve conseguir identificar o tipo de carpete, o fabricante e o lote de tingimento.

— Ou vai perder a coroa dela. Uma pessoa sozinha conseguiria fazer isto — refletiu Eve, enquanto andava ao redor da mesa. — Era só eletrocutá-la e empurrá-la para a traseira de uma van ou de um carro, mas ela se recuperaria de um choque leve muito depressa. Seria preciso mantê-la calada e presa, dirigir o carro, tirá-la de lá, levá-la até o prédio e destrancar a porta. É mais provável que tenha sido duas pessoas, uma para dirigir e outra para cuidar dela.

— E com mãos grandes — disse Morris. — Seja lá quem a tenha matado, não foi uma pessoa baixa. O padrão dos hematomas indica mãos grandes.

— Ok. Ok. — A necessidade de atordoar Dickenson fazia menos sentido agora, mas fatos eram fatos. — Então ele não queria arriscar. Talvez a ideia de simular um assalto tenha sido coisa de última hora. Independente disso, eles a levaram para um apartamento vazio no subsolo e tinham acesso direto ao imóvel, já que não há sinal de arrombamento. Eles queriam assustá-la, queriam que ela tivesse medo suficiente para cooperar, dar a eles o que queriam e contar tudo que sabia. Tapa com as costas da mão... — Eve balançou a própria mão no ar. — Ela cai, fica com hematomas no rosto e seu cotovelo bate no chão. Quando terminaram, coisa que não levou muito tempo, um deles quebra o pescoço dela. Com as mãos?

— Sim, tenho quase certeza que sim, e foi da esquerda para a direita. Pelo ângulo, pelo hematoma e pelo aspecto da fratura, minha conclusão é que foi da esquerda para a direita e por trás.

— Por trás, novamente. Então ele é destro, forte e treinado. Quebrar um pescoço não é tão fácil assim. Ele também é preparado e controlado o suficiente para não fazer muita bagunça, mas não é exatamente um profissional. Talvez seja um militar ou paramilitar, acostumado a matar em campo, onde você não precisa limpar as coisas antes de os policiais chegarem. Encontrei um pouco de sangue em uma lona de proteção que estava embolada num canto do chão. O apartamento está sendo reformado. Com certeza o sangue é dela.

— Não encontrei lesões defensivas. — Morris ergueu a mão da vítima com delicadeza. — Não há nada nas unhas, nem nos dentes. Então, sim, eu diria que deve ser o sangue dela.

— Tudo correu conforme o planejado, exceto pelo sangue que eles não viram e pelo fato de que o dono do apartamento quis se dar bem com a namoradinha e a levou até o local do crime, o que nos ajudou a encontrar o corpo mais depressa. Mas fico me perguntando se eles conseguiram o que queriam. Será que tinha alguma coisa com ela? Será que ela sabia o que eles queriam?

— Não tenho como responder a essa pergunta, mas pela falta de evidências de defesa e de luta? Pela falta de evidências de ela ter sido amarrada? Não há evidências de tortura, apenas ferimentos relativamente leves. Está parecendo que ela deu a eles tudo o que queriam, seja lá o que fosse.

Eve pensou na cobertura aconchegante outra vez. Nas fotos de crianças felizes, no cão imenso.

Sim, ela teria falado e dado o que eles queriam. Se ela soubesse.

— Primeiro eles iam atacá-la, assustá-la e machucá-la só um pouco. Depois, diriam que, se ela contasse tudo ou entregasse o que eles queriam, eles não iriam machucá-la mais. Mataram-na por trás. O assassino não precisava da adrenalina de matar cara a cara. Foi um trabalho, uma missão, uma tarefa. Ele provavelmente não viu necessidade de prolongar a situação nem de causar mais dor ou medo nela.

— Não foi pessoal.

Morris concordou com a cabeça, mas colocou a mão no ombro de Marta e disse:

— Acho que ela não concorda muito com isso.

Capítulo Três

Eve forçou passagem se esquivando das pessoas em seu caminho para conseguir atravessar a delegacia em plena troca de turno. Policiais saíam do turno da noite, alguns chegavam para o novo turno e outros que, como no caso dela, tinham recebido um caso novo e tentavam entrar ou sair do prédio para acompanhar o caso.

Eve parou na máquina de venda automática para analisar suas opções, decidiu que todas eram péssimas e se contentou com algo ridiculamente anunciado como uma massa folhada dinamarquesa com recheio de mirtilo.

Digitou a senha do produto escolhido. Não obteve nada além de um zumbido estridente e luzes piscando.

— Vamos lá, sua lata velha! — Ela repetiu o processo, e dessa vez recebeu alguns bipes fracos. — Droga, eu sabia que a trégua não iria durar muito.

Seu triste histórico com máquinas de venda automática a assombrava, e agora ela queria a porcaria pálida, uma imitação barata de um doce de padaria, para o café da manhã. Era uma questão de princípios.

Deu um chute forte na máquina.

Vandalismo ou o uso de força bruta nesta máquina ou em qualquer outra deste recinto resultará na suspensão do privilégio de usar as máquinas por um período de trinta a noventa dias. Por favor, insira a moeda, cartão ou a senha autorizada e o código do produto desejado.

— Foi o que eu acabei de fazer, sua porcaria inútil.

Ela recuou para chutar a máquina mais uma vez.

— Oi, Dallas! — Baxter, o mais elegante dos seus detetives, se aproximou. — Algum problema?

— Esta lata velha idiota não quer me entregar essa porcaria ridícula disfarçada de tortinha dinamarquesa.

— Deixa eu tentar. — Assobiando, Baxter digitou sua própria senha e selecionou a tortinha dinamarquesa.

O produto deslizou suavemente para o compartimento vazio. Eve olhou para o doce enquanto a máquina listava alegremente seus ingredientes megassilábicos e seu valor nutricional duvidoso.

— Prontinho, tenente. — Baxter pegou a tortinha e a ofereceu a Eve. — Este é por minha conta.

— Como as máquinas sabem que sou eu? E por que se importam?

— Talvez esteja relacionado à química corporal, ou algo a ver com energia.

— Isso é bobagem.

— Bem, você conseguiu o seu doce.

— É verdade. Obrigada.

— Então, Trueheart e eu fechamos o caso de duplo assassinato. Foi a ex-namorada que não queria ser ex.

Eve acessou seus arquivos mentais.

— O espancamento em Chelsea?

— Esse mesmo — confirmou ele, enquanto iam andando. — Ela meteu a porrada neles até não poder mais com uma chave de roda. Eu achei que a-ex-que-não-queria-ser-ex tinha contratado ou seduzido alguém. Ninguém espera que uma mulher seja responsável por um estrago daqueles.

— Por que não?

— Bem, você sabe, tenente. As mulheres geralmente escolhem veneno ou algo menos violento. Principalmente se levarmos em consideração que a garota tem só um metro e meio de altura e menos de cinquenta quilos. Não imaginava que ela tinha a capacidade nem a força para fazer o que fez. Trueheart que a fez confessar.

— Trueheart. — Eve pensou no policial educado e de bom coração que ela colocara para ser treinado por Baxter.

— Ele insistiu na tese de que "não há raiva maior que a de uma mulher rejeitada" desde o início, e não desistiu. Explorou muito bem as fraquezas dela, Dallas, durante todo o interrogatório, como um cão que não larga o osso até quebrá-lo.

Ela notou o orgulho em sua voz, como se estivesse falando do irmão mais novo, e viu que a dupla tinha funcionado bem.

— Eu tenho que admitir que foi lindo. Ele foi todo simpático e compreensivo, contando que já teve o coração partido. — Com um sorriso, Baxter levou uma das mãos ao coração. — Fez ela se identificar com ele e a deixou desabafar sobre como o cara a tinha sacaneado muito, e toda essa merda.

— Foi uma boa pegada — elogiou Eve.

— Foi mesmo, e nem é a melhor parte. Ele começou uma ladainha sobre como ela devia ter ficado magoada ao ver a nova companheira do ex com aquela camisola sexy com estampa de leopardo, ele até usou a palavra sexy. A burrinha acabou explicando a ele que a estampa era de tigre e disse que a vadia era magra igual a um palito e nem tinha peito para preencher a camisola. A vítima tinha comprado a camisola, que o meu menino sabia que tinha estampa de tigre, naquela tarde, portanto a ex não poderia tê-la visto usando a peça a não ser que estivesse naquele quarto. O garoto a pegou nisso e conseguiu uma confissão completa. Descobriu como ela tinha subido pela escada de incêndio, porque sabia que o ex sempre deixava a janela do quarto um pouco aberta para entrar ar fresco. Espancou ele primeiro, perdeu a linha com a nova namorada e voltou para bater mais um pouco no cara. Em seguida, foi até a lavanderia que ficava no porão. Ela sabia a senha porque o namorado não havia mudado, lavou as roupas que estava usando, limpou-se, foi embora e jogou a chave de roda no rio.

— Ela fez um bom trabalho. O laboratório já está com as roupas?

— Já. Deixei o garoto acompanhar o caso. Nós dois descobrimos que ela estava envolvida de alguma maneira, mas foi ele quem a viu com a chave de roda na mão, correndo esse risco enorme. — Ele parou de falar um momento para fazer suspense. Como sabia que havia mais, Eve esperou ele continuar. — Trueheart não é mais um novato, Dallas. É um daqueles que provavelmente vai ser sempre inocente, mas você entende o que eu quero dizer. Ele merece uma chance para atuar como detetive.

Ela já tinha prometido considerar esse pedido, e, embora o pedido de Baxter surgisse um pouco antes do esperado, Eve não podia culpá-lo.

— No início do ano. Se ele quiser, pode fazer o exame no início do ano. Assim ele vai ter mais tempo para conseguir um pouco mais de experiência e estudar. Fale isso para ele. Você o treinou muito bem, Baxter.

— Ele é dos bons, chefe. Achei que ele não passava de um peso morto quando você me mandou treiná-lo, mas o garoto é de ouro. Obrigado.

— Deixa ele bem preparado — sugeriu Eve. — Aquele exame não é para maricas.

— Ele é um querido, mas não é nenhum maricas.

Quando eles entraram na sala de ocorrências, as coisas já estavam agitadas. Eve fez um aceno com a cabeça para que Peabody a acompanhasse, seguiu para a sua sala e foi direto programar café no AutoChef.

— O Morris confirmou que a *causa mortis* foi o pescoço quebrado. Sem lesões defensivas aparentes. Os hematomas que ela tem podem ser, e provavelmente são, resultado do sequestro e dos golpes que recebeu. Ele quebrou o pescoço dela com as mãos.

— Ai, dói só de imaginar.

— Acho que ela não sentiu tanta dor. Ele a atordoou primeiro, por precaução, talvez um choque leve na escápula.

— Por trás, como se fosse uma emboscada.

— Exato, e eu aposto que as fibras que estavam na calça dela e as que Morris tirou da mão direita da vítima são do interior do veículo utilizado para transportá-la. Vou montar o quadro do crime e registrar tudo. O que você conseguiu?

— O McNab já está trabalhando no *tele-link*. A DDE está esperando o sinal verde para analisar os outros aparelhos eletrônicos. Os policiais Carmichael e Santiago estão disponíveis para realizar as buscas, e Carmichael está com os interrogatórios. Eu emiti um alerta para a aliança de casamento e para o smartwatch, e também entrei em contato com o marido sobre os brincos para podermos divulgar um alerta de tudo. Ela estava com uns brincos de ouro pequenos em forma de coração, presente das crianças do último Dia das Mães. Tomara que a gente consiga recuperar tudo. Essas coisas... De qualquer forma, a gente pode ter sorte se o assassino decidir penhorá-los ou vendê-los.

— Eles não são profissionais, então pode ser que isso aconteça.

— Eu comecei uma pesquisa sobre as finanças do casal. Ambos têm um bom seguro de vida, mas também estão muito bem de dinheiro. Ele ganha consideravelmente mais que a esposa, mas ela também não fazia feio. Eles têm investimentos de baixo risco e longo prazo, e já tinham uma conta direcionada para a faculdade dos filhos. — Ela pegou o bloco de notas e o folheou apenas para refrescar a memória. — São donos da cobertura onde moram e também pagam a hipoteca de uma casa em Oyster Bay, Long Island. São donos de um carro só, uma van imensa para toda a família, o modelo mais novo, mas não muito chamativo. Possuem algumas obras de arte e joias. Dickenson e Grimes abriram a empresa há onze anos e fizeram outras sociedades ao longo do tempo. A firma tem uma excelente reputação no mercado. A vítima trabalhava para Brewer & Cia. há mais ou menos o mesmo período, sempre crescendo na carreira, mas ficou um tempo afastada quando as duas crianças nasceram, licença-maternidade padrão. A babá está com eles desde o nascimento do primeiro filho. Eu levantei tudo o que podemos querer sobre ela.

— Ok, vamos conversar com a babá, com os colegas de trabalho da vítima e com os sócios do marido.

— Fiz uma busca cruzada e alguns clientes em comum apareceram. Até agora separei dois deles que usaram ou ainda usam a firma de contabilidade da vítima.

— Analise as informações para depois investigarmos todos os nomes em comum. — Ela olhou para baixo quando seu computador notificou a chegada de um arquivo. — Aqui está o mandado. — Ela colocou o documento para imprimir e leu o que estava escrito. — Yung disse que a família está indo para a casa dela. Entregue o mandado a Carmichael e mande-os ao trabalho. Dê ao DDE o sinal verde. Esteja pronta para... Senhor!

Ela ajeitou a postura quando o Comandante Whitney surgiu à sua porta. Eve já esperava o contato dele, e em pouco tempo, mas preferia que ele a tivesse chamado a sua sala, lhe dado mais tempo para se preparar.

— Fiquei sabendo que a cunhada da juíza Yung foi assassinada.

— Isso, mesmo, senhor. Acabei de voltar lá do apartamento do marido da vítima. Ainda não preparei meu relatório porque estou esperando alguns resultados do laboratório.

— Conte tudo para mim.

— Peabody, pode começar a agitar as coisas. Comandante — começou ela, e lhe apresentou um relatório oral completo.

Ele era um homem grande na sala minúscula de Eve. Seu rosto ilegível se manteve sério enquanto ouvia, em seguida se aproximou da janela estreita para olhar a manhã melancólica.

— Você não está suspeitando do marido?

— Não, nem um pouco — disse-lhe Eve. — Mas vamos investigá-lo também. Ele e a juíza têm sido bastante cooperativos. Mandei os detetives Carmichael e Santiago a caminho da residência da vítima, onde eles vão fazer uma busca completa, e a DDE foi pegar os eletrônicos. O McNab já está com o *tele-link* do marido. O que sabemos até agora é que ela foi raptada por uma ou mais de uma pessoa desconhecida, por motivos ainda não determinados. Mas o ataque não foi aleatório, não foi um assalto e não temos evidências, nesse estágio inicial de que o caso esteja relacionado à juíza Yung. Vou investigar mais a fundo a testemunha e os sócios dela, para ver em que a vítima estava trabalhando ou tinha trabalhado, e também os seus clientes atuais.

Ele fez que sim com a cabeça e se virou para Eve.

— A mulher do irmão de uma juíza influente... a mídia vai fazer uma festa. O porta-voz da Polícia vai fazer uma declaração, assim você ganha tempo para as investigações.

— Aleluia — cantou Eve. — Obrigada, senhor.

— Eu conheço Yung, como a maioria de nós. Você precisa saber que ela e o marido são amigos do secretário de segurança Tibble e a esposa dele.

— Entendido.

— Mantenha-me informado.

— Pode deixar, senhor. — Assim que ele saiu, ela pegou os arquivos do caso e montou um quadro com a foto de Marta Dickenson no centro. Analisou a linha do tempo novamente, examinou o interrogatório com as testemunhas e depois com o cônjuge. Depois deu uma olhada nas fotos, já impressas, que havia tirado da cena do crime.

Respingos de sangue na lona, refletiu. Uma limpeza malfeita. O sequestro foi rápido, bem cronometrado. O assassinato em si foi rápido e brutal. Alguém treinado, pensou novamente, mas não um profissional.

Então, quem teria contratado, ou já tinha em seus contatos, dois bandidos treinados — ou brutamontes, seguranças, guarda-costas — que não teriam nenhum problema em quebrar o pescoço de uma mulher indefesa?

Comece com o porquê, pensou, e juntou suas coisas.

Seu *tele-link* tocou novamente.

— Dallas?

— Olá, tenente. — Harpo, com seu cabelo ruivo espetado, apareceu na tela. — Achei que você gostaria de saber das minhas descobertas sobre aquelas fibras.

— Você já as identificou.

— Da próxima, pode me passar algo mais desafiador. Trata-se do carpete interno dos modelos Maxima Cargo, Mini Zip e 4X Land Cruiser. A coloração de carpete azul metálica vem de fábrica com os modelos cujo exterior é azul anil, mas também dá para encomendar e fazer um personalizado. A GM apresentou essa nova cor no ano passado, então o modelo do carro é de 2059 ou 2060. Só que as fibras ainda estão revestidas com o selante original de fábrica, isso significa que não houve muito uso nem desgaste.

— Parabéns pelo bom e rápido trabalho, Harpo.

— Como eu disse, foi moleza. As amostras do necrotério batem e há vestígios de sangue nelas. Verifiquei com os rapazes do laboratório de sangue, e agora temos certeza de que tanto o sangue da lona, quanto o da fibra são da sua vítima.

— Excelente trabalho.

— Muitos de nós já depuseram diante da juíza Yung... Vou te mandar os relatórios.

— Está bem. Obrigada, Harpo.

— Esse é o nosso trabalho — disse ela. — Mas ninguém faz melhor do que eu.

Naquelas circunstâncias, Eve não tinha nem o que discutir.

— Peabody! — chamou ao entrar na sala de ocorrências.

Peabody pegou o casaco e correu para alcançá-la.

— O McNab terminou de analisar o *tele-link*. Tudo corrobora com o que Dickenson disse. A vítima ligou, disse que ia trabalhar até mais tarde e eles conversaram sobre comida, filhos, coisas de casa. Ela tornou a ligar para ele pouco depois das dez para avisar que já estava voltando para casa. Ele tentou convencê-la a chamar um motorista, mas ela ignorou o pedido do marido, exatamente como ele contou. Ela também disse que ia levar trabalho para casa, mas só iria mexer com ele na manhã seguinte; tinha combinado de trabalhar de casa até meio-dia.

— Ele se esqueceu de falar isso.

— O McNab vai enviar uma cópia de todas as ligações. Ele disse que dá para ver claramente a vítima vestindo o sobretudo, um cachecol, até mesmo um chapéu e luvas, enquanto falava com o marido. Ela ligou para ele pelo *tele-link* da mesa do escritório. McNab disse que ela estava com a pasta que Yung descreveu e uma bolsa vermelha transversal também. Mais a aliança de casamento, o smartwatch e os brincos em forma de coração.

— Ótimo! — McNab podia ser o namorado de Peabody, mas isso não afetava seu trabalho.

— Eles conversaram por pouco mais de três minutos. Ela pediu a ele que servisse uma grande taça de vinho e talvez ele se desse bem mais tarde. Ele brincou, dizendo que não, talvez *ela* se daria bem. Isso faz tudo ficar mais triste. De verdade.

— Tristeza não faz parte da equação nesse momento — disse Eve, enquanto saíam do elevador e se encaminhavam para a garagem. — A ligação confirma a história do marido e também nos mostra como era o relacionamento do casal. Se somarmos isso ao interrogatório inicial, o comportamento dele e as finanças dos dois... ele está livre de suspeitas. A menos que a gente descubra que ele tinha outra mulher, ele não tem nenhum motivo para ter matado a esposa. — Ela sentou-se no banco do motorista. — A Harpo me passou os resultados. Precisaremos fazer uma pesquisa em Maxima Cargos, Mini Zips e 4X Land Cruisers, com carpete interior azul metálico. Anos 2059 ou 2060.

— É um bom ponto de partida.

— É um ponto de partida, ponto. O sangue na lona e alguns vestígios encontrados nas fibras são da vítima. Então confirmamos que ela foi capturada, colocada em um veículo, transportada, levada para dentro do apartamento e assassinada. Casaco, chapéu, luvas, cachecol e joias foram levados e ela foi largada do lado de fora.

— Vou começar uma busca para ver se algum dos nomes que já temos tem um veículo que bata com a descrição.

— Vamos descobrir que trabalho era esse que ela estava levando para casa e ver se conseguimos descobrir por que mataram Marta.

Como sabia muito bem qual era o seu trabalho, Peabody já foi pegando o tablet enquanto Eve saía da garagem. Vamos começar com as coisas mais importantes.

— Sylvester Gibbons é o supervisor direto da vítima. Pelo que eu entendi, ela trabalha em uma área que faz auditorias independentes. Negócios, corporações, fundos fiduciários.

— Auditorias. Isso só é feito quando eles estão procurando algo suspeito.

— Imagino que sim. Ou para se certificar de que está tudo certo.

— Algo suspeito — repetiu Eve. — Está aí uma maneira de atrapalhar uma auditoria, ou pelo menos atrasá-la: matando o auditor.

— Isso é algo muito pesado e extremo. Sem contar que se os números não batem, vão acabar aparecendo de um jeito ou de outro, certo?

— Talvez eles precisem de tempo para consertar as coisas. Sequestram a auditora, descobrem tudo que ela sabe, o que registrou e com quem conversou. Depois de obter informações, matam ela e fazem tudo parecer um assalto. Agora têm algum tempo para corrigir os números ou, se estiver roubando dinheiro de algum lugar, devolver o valor. Se tudo tivesse dado certo, todo mundo acharia que Marta simplesmente deu muito azar. Eles não iriam começar a investigar o trabalho dela logo de cara. Pode ser que a gente esteja na frente deles. Entre em contato com a juíza Yung.

— Agora?

— Uma medida preventiva. Ninguém que trabalha com finanças vai querer entregar os documentos de um cliente para a polícia. Precisamos de um mandado que inclua tudo em que a vítima trabalhou no mês passado. Yung vai conseguir agilizar isso para a gente, não vamos perder tempo com isso.

— É como ter um juiz só para a gente, sempre disponível. Não no sentido de suborno, nem de ter conchavo com algum juiz.

— Aham. Mas só fale o necessário. Queremos ser minuciosos e cobrir tudo o que há. Você sabe o que fazer.

— Eu nunca tive que fazer com um juiz antes. Isso também soou estranho. Ou perturbadoramente sexual.

— Só arranja um mandado para a gente, Peabody!

Eve pensou em outra coisa que tinha disponível. Por um acaso, ela era casada com um nerd da matemática. Dinheiro era a língua de Roarke e ele era fluente.

Ela procurou uma vaga e quando encontrou uma rente à calçada, a apenas um quarteirão e meio do trabalho da vítima, considerou-se com sorte.

— A juíza diz que vai conseguir o mandado — relatou Peabody.
— Mas isso pode levar um pouco de tempo. O material é sensível e existem questões de privacidade. Se pudermos mostrar evidências razoáveis de que a vítima foi morta *por causa* do seu trabalho, a coisa correrá mais rápido.

— Podemos mostrar evidências se olharmos o que eles têm no trabalho. — Mas ela já havia previsto isso. Pelo menos as engrenagens já estavam em ação.

O céu começou a despejar uma neve derrapante, feia e gelada, fazendo os pedestres acelerarem o passo. Em segundos, um vendedor ambulante com espírito empreendedor surgiu empurrando um carrinho e abriu-o para revelar um estoque de guarda-chuvas por três vezes o preço normal.

Em poucos segundos, foi cercado de compradores.

— Eu não negaria um guarda-chuva — Peabody murmurou.

— Vê se cresce.

— Por que não podia nevar? Pelo menos neve é bonita.

— É, até se transformar em montes escuros e encardidos no meio-fio. — Colocando as mãos nos bolsos para se aquecer, Eve apertou o passo chegando ao prédio. Abriu as portas do saguão, balançou a cabeça como um cachorro molhado respingando gotinhas geladas.

Mostrou o distintivo para o segurança.

— Brewer, Kyle & Martini.

— Quinto andar. É sobre a sra. Dickenson? Ouvi a matéria no jornal vindo para cá.

— Sim, é sobre ela.

— Então é verdade. — Ele comprimiu a boca e fez que não com a cabeça. — A gente sempre torce para que seja um engano, sabe? Ela era uma pessoa legal, sempre me cumprimentava.

— Você não estava aqui ontem à noite?

— Eu saí às quatro e meia da tarde. Ela bateu o ponto às dez horas e oito minutos. Fui ver no banco de horas quando cheguei por causa da matéria.

— Ela costumava trabalhar até tarde?

— Eu não diria que é um costume, mas, é, às vezes acontecia. Todos eles trabalham até depois da hora. Ainda mais na época da declaração do imposto de renda. — Sacudiu a mão num gesto de "nem me fale" — Eles praticamente se mudam para cá.

— Alguém veio perguntar por ela?

— Não para mim. Quer dizer, sempre aparecem visitas, clientes e algumas pessoas perguntando por ela e pela empresa. Mas todos devem registrar a entrada.

— Você poderia nos mostrar os registros das entradas da última semana?

— Não vejo por que isso seria um problema.

— E fazer uma cópia de tudo para os nossos arquivos?

Ele trocou o peso do corpo de um pé para o outro.

— Isso eu preciso pedir para o meu chefe. Se vocês forem subir, podem passar aqui na saída. Acho que ele vai autorizar, considerando tudo que aconteceu.

— Está ótimo. Obrigada.

— Ela era muito simpática — repetiu. — Conheci o marido e os filhos também. Eles vinham buscá-la, de vez em quando. Uma família legal. É uma pena, isso sim... uma pena de verdade. Pegue um dos elevadores à direita. Vou falar com meu chefe.

— Obrigada, mais uma vez. Veja como o policial Carmichael está — disse a Peabody. — Veja se ele conseguiu alguma coisa.

— Se o cara da segurança já sabe, todo mundo no escritório dela já sabe também — comentou Peabody.

— Pois é, isso mata o elemento surpresa.

— E torna tudo um pouco menos pior.

Nem tanto, pensou Eve quando as portas do elevador se abriram. Ela ouviu alguém chorando, o som abafado atrás de uma porta fechada. As duas pessoas atrás da mesa da recepção — um homem e uma mulher — estavam de pé, abraçados.

Não havia ninguém sentado na sala de espera solene e sem graça decorada em tons de creme e marrom.

A mulher se afastou e fez um esforço perceptível para se recompor.

— Sinto muito, senhora. Todos os compromissos de hoje foram cancelados. Tivemos uma morte na família.

— Estou ciente. — Eve exibiu seu distintivo.

— Vocês estão aqui por causa de Marta.

— Sou a tenente Dallas e esta é a detetive Peabody. Estamos investigando a morte dela, sim. Precisamos falar com Sylvester Gibbons.

— Claro. Sem problemas. — Ela puxou alguns lenços de papel. — Marcus?

— Pode deixar, vou chamá-lo agora mesmo.

O homem saiu correndo.

— Vocês gostariam de sentar? Ou de café? Quer dizer, vocês aceitam um café?

— Não, obrigada. Você conhecia bem a sra. Dickenson?

— Muito bem. Pelo menos acho que sim. — Ela secou os olhos. — Nós... nós fazíamos ginástica juntas, duas vezes por semana. E conversávamos todos os dias, quer dizer, todos os dias de semana. Não consigo acreditar! Ela era muito cuidadosa, e a região por aqui é segura. Ela não deve ter reagido nem discutido com um assaltante. — As lágrimas brotaram e transbordaram novamente. — Eles não precisavam ter feito isso com ela.

— Alguém veio aqui querendo falar com ela?

— Não.

— Ela teve algum problema com alguém do escritório, alguém da empresa?

— Não. Eu saberia, eu escuto tudo da minha mesa. As pessoas aqui são legais. Todos nos damos bem.

Ninguém se dá bem o tempo todo, mas Eve deixou passar.

— E quanto aos clientes. Algum problema ou reclamação?

— Não sei. Talvez. Não sei dizer.

— As pessoas não gostam de ser auditadas. Alguém já reclamou disso, do trabalho que ela fazia?

— O departamento jurídico que trata desse tipo de coisa. Eu não estou entendendo. Ela foi assaltada, então por que...

— É procedimento padrão — disse Eve. — Precisamos ser minuciosos.

— Claro. Claro. Sinto muito. Estou tão chateada. — Ela engasgou com as palavras enquanto pegava mais lenços de papel. — A gente ficou bem próxima com a ginástica.

— Vocês conversavam sobre trabalho? Ela já falou sobre os clientes dela com você? Sobre as auditorias?

— A Marta nunca faria isso. Seria antiético. Mas se ela por alguma razão fosse fofocar com alguém, provavelmente teria sido comigo. É que... bem, as pessoas ficam mais soltas quando malham juntas. E chegamos a sair algumas vezes para beber depois da academia, como uma recompensa. A gente conversava sobre os nossos filhos, roupas, esse tipo de coisa. Homens, maridos. — Ela exibiu um sorriso fraco. — Nenhuma de nós duas queria falar sobre trabalho fora do escritório.

— Ok.

— Eu... ah, Sly! — Ela falou aquela sílaba em um gemido abafado, e então desabou na cadeira e cobriu o rosto com as mãos.

— Nat. — Um homem muito magro com cabelo loiro esvoaçante e olhos azuis marejados de lágrima fez a volta na mesa da recepção e deu um tapinha no ombro da mulher. — Por que você não vai para casa?

— Quero ficar e ajudar. Não conseguimos ligar para todas as pessoas que têm hora marcada para hoje. Eu só preciso de... uns minutos.
— Ela se levantou e saiu correndo.
— Vai demorar mais do que alguns minutos. — Cansado, ele passou a mão pelo rosto e se virou para Eve e Peabody. — Tenente Dallas?
— Sr. Gibbons?
— Sim. Ahn, estamos meio avoados hoje. Marta... — Ele balançou a cabeça. — Vamos para a minha sala. — Com movimentos desajeitados, como se não conseguisse lidar com o comprimento de seus braços e pernas, ele foi na frente, passando por uma área cheia de estações de trabalho, onde havia mais lágrimas e olhos vermelhos, e seguiu por um pequeno corredor onde as portas dos escritórios permaneciam fechadas.
— Essa é a sala de Marta. — Ele parou e olhou para a porta fechada. — Vocês precisam vê-la?
— Precisamos, sim. Mas eu gostaria de falar com você primeiro. A porta dela está trancada?
— Sim, ela deve ter trancado quando saiu, essa é a política da empresa. Eu só destranquei quando cheguei, depois que soube... Para ver se tinha alguma coisa... Sinceramente, não sei por que fiz isso e tranquei a porta de novo.
Eles passaram por uma área de descanso, onde algumas pessoas estavam sentadas conversando em voz baixa, e continuaram até o final do corredor.
A sala de Gibbons ficava em um canto, onde costuma ser a sala dos supervisores. Eve achou o lugar minimalista, funcional e bizarramente organizado. A mesa dele tinha dois computadores, duas telas sensíveis ao toque, várias pastas empilhadas cuidadosamente, uma floresta de lápis, afiados como armas mortais, em várias cores fortes e um porta-retratos triplo com fotos de uma mulher gordinha com um sorrido estampado no rosto, um menino também sorridente e um cachorro muito feio.

— Por favor, fiquem à vontade. Eu, ahn... café. Vou pegar café para vocês.

— Não precisa, obrigada. Estamos bem.

— Não é trabalho algum. Eu ia pegar um para mim — disse ele, com ar distraído. — Estava na sala de descanso, tentando... me consolar, eu acho. Não somos um departamento grande e fazemos parte de... bem, uma empresa muito unida. Todos aqui se conhecem e já trocaram alguma ideia, pode se dizer. Nós... nós... temos um time de *softball* da empresa e comemoramos os aniversários na sala de descanso. Marta fez aniversário no mês passado e todo mundo comeu bolo. Ai, meu Deus. A culpa é minha. Tudo isso é minha culpa.

— Por que diz isso?

— Porque eu pedi a ela para fazer algumas horas extras. Pedi para ela trabalhar até mais tarde. Estamos com a equipe desfalcada essa semana, pois dois dos nossos auditores estão numa convenção. Eles já deveriam ter voltado, mas sofreram um acidente... um acidente de carro. Um deles quebrou a perna e o outro está em coma. Ou melhor, estava. Acabei de saber que ele acordou, mas eles o colocaram em coma induzido novamente, por algum motivo. Não houve danos cerebrais, mas ele quebrou várias costelas, precisa fazer mais exames e... Desculpe. Não é por isso que vocês estão aqui.

— Quando foi que você pediu a Marta para trabalhar até mais tarde?

— Ontem. Ontem de manhã, quando eu falei com o Jim, o que quebrou a perna. Eles não conseguem viajar de volta. Estão em Las Vegas, numa convenção. Eu acabei de falar isso. Desculpe. Eles não vão conseguir voltar ao trabalho por alguns dias, na melhor das hipóteses, e tínhamos algumas auditorias pendentes. Pedi a Marta para pegar alguns dos casos. Eu mesmo trabalhei até oito da noite, mas levei o resto do trabalho para casa. Marta ainda estava aqui quando eu saí.

Ela me agradeceu pelo jantar. Eu tinha pedido comida para a gente por volta das seis da tarde. Para mim, Marta e Lorraine.

— Lorraine?

— Lorraine Wilkie. Ela e Marta trabalharam até mais tarde. Lorraine e eu saímos na mesma hora, mas eu tinha deixado com Marta a maior parte do trabalho. Ela é a melhor funcionária que temos. A melhor! Não imaginei que ela fosse ficar até tão tarde. Deveria ter dito a ela para ir embora junto comigo. Eu deveria ter colocado ela dentro de um táxi. Se eu tivesse feito isso, ela estaria bem agora.

— No que ela estava trabalhando?

— Em várias coisas.

Ele pegou o *tele-link* do bolso quando o aparelho tocou, olhou para a tela e apertou "ignorar".

— Perdão, não é urgente. A Marta estava concluindo uma auditoria e tinha acabado de pegar outra. Dei a ela mais três, uma que tinha sido atribuída a Jim, e as outras de Chaz. E também pedi a ela para revisar o que o estagiário tinha feito.

— Você acha que a Marta poderia ter comentado com alguém sobre esses casos, detalhes ou nomes?

— Não. Essas informações são confidenciais.

— Vamos ter que ver no que ela estava trabalhando. Preciso que você me dê acesso aos arquivos.

— Eu... Eu não sei se entendi. — Ele levantou as mãos, as palmas para cima, como se quisesse uma explicação. — Eu faria qualquer coisa para ajudar, mas eu não posso entregar material confidencial. Eu não entendo.

— Sr. Gibbons, temos motivos para acreditar que Marta não foi vítima de um assalto qualquer. Achamos que ela foi sequestrada ao sair do trabalho e levada para outro local, onde foi morta. Levaram a pasta dela. Lá devia ter pelo menos parte de seu trabalho e alguns documentos.

Quando abaixou as mãos, ele ficou simplesmente atônito.

— Não estou entendendo nada do que você está falando. Não estou te entendendo.

— Temos motivos para acreditar que Marta Dickenson era um alvo específico e pode ter sido assassinada por conta de seu trabalho.

Ele se jogou numa poltrona, pesadamente.

— Mas eles disseram... no relatório... que ela tinha sido vítima de um assalto.

— E eu estou torcendo para que continuem dizendo isso, por enquanto. Mas eu garanto a você: não foi isso que aconteceu, e peço para manter isso em sigilo. Quem sabia que ela estava trabalhando até mais tarde ontem à noite?

— Eu... Eu sabia. A Lorraine; a Josie, a assistente de Marta; a assistente de Lorraine; minha assistente... — Com a cabeça abaixada, ele passou as mãos algumas vezes pelos cabelos ralos. — Ah, caramba. Qualquer um poderia saber disso. Não era segredo.

— Alguém da equipe de limpeza, da manutenção, da segurança?

— Sim. Bem, a equipe veio limpar as salas enquanto ainda estávamos trabalhando. E a segurança exige registro da entrada e saída do prédio. Eu não estou entendendo — repetiu.

— Basta entender que precisamos ver *no que* ela estava trabalhando.

— Eu... eu... preciso falar com o Departamento Jurídico. Se eu pudesse, juro, entregaria tudo agora, qualquer coisa que precisasse. Ela era minha amiga. Você acha que alguém a matou por causa de uma auditoria?

— É uma das nossas teorias.

— Não consigo imaginar uma coisa dessas. — Ele começou a passar os dedos nas sobrancelhas, para a frente e para trás, sem parar.

— Fale com o seu advogado. Diga a ele que já pedimos um mandado de busca e ele já está sendo emitido. A juíza Yung cuidará disso.

— Eu espero que sim, e bem depressa. — Ele se levantou. — Acho que você está errada, mas se houver alguma chance, por menor que seja, quero que você tenha tudo o que precisar. Ela era minha amiga — repetiu. — Eu era responsável por ela aqui, no local de trabalho. Não sei como vou conseguir contar isso a Denzel... A culpa é minha, não importa a forma como tudo aconteceu. A culpa é minha.

— Não, não é — disse Eve sem rodeios, porque achou que ele precisava ouvir isso. — A culpa é da pessoa que a matou.

Capítulo Quatro

Gibbons levou Eve até a sala de Marta e, em seguida, foi procurar a assistente dela, seguindo o pedido da tenente.

Embora menor que a sala de seu supervisor, o espaço de trabalho de Marta tinha o mesmo nível de organização e funcionalidade. Ela tinha dado alguns toques pessoais no ambiente, notou Eve. Fotos de família, um porta-lápis torto que devia ser obra de uma criança, ou de um adulto nada talentoso. Uma planta com folhas verdes estava exposta de forma exuberante na janela.

Eve reparou no bilhete colado na frente de um pequeno AutoChef.

— Três quilos — leu Eve.

— Isso é um lembrete pessoal de que ela queria perder três quilos, daí ela não programaria algo gorduroso. Você nunca precisou se preocupar com seu peso — acrescentou Peabody. — Quem precisa emagrecer apela para todos os tipos de artifícios e incentivos.

— Ela gostava do trabalho, segundo os depoimentos. Mas não considerava aqui uma segunda casa, como acontece com algumas pessoas. Ela deixou sua sala confortável, mas não tem muitos itens pessoais. Só algumas fotos e o porta-lápis, basicamente.

Eve percebeu que ela mesma tinha mais coisas em sua sala na Central, que era ainda menor, coisas pequenas: um peso de papel que dava a ela algo para mexer e se distrair; um móbile de cristal que refletia a luz do sol pendurado em sua janela minúscula, só porque ela gostava da peça ali; a arma falante idiota que Peabody tinha lhe dado, porque aquilo a fazia rir.

Chegou a ter uma planta, uma vez, mas, como quase matou a pobrezinha por pura negligência, desistiu da ideia.

Eve se virou para o *tele-link* da mesa e ordenou que a máquina repassasse a lista de ligações do dia anterior.

Assuntos internos da empresa, nada que destoasse. Algumas ligações com clientes, que ela anotou; outra para o Departamento Jurídico, para falar de um assunto delicado que Eve nem entendeu direito; uma para a babá, avisando que ela iria se atrasar e pedindo para ela ficar mais um pouco e ajudar Denzel a servir o jantar para as crianças; por fim, suas duas últimas conversas com o marido.

Assim que desligou o *tele-link*, olhou para cima e viu o rosto pálido e cheio de lágrimas da mulher que estava na porta.

— Eu ouvi a voz dela. Pensei que... Quando eu ouvi a voz dela.

— Você é Josie Oslo?

— É. Sou Josie, assistente de Marta.

— Sou a tenente Dallas e esta é a detetive Peabody. Você devia se sentar um pouco. Precisamos fazer algumas perguntas.

— Eu só fiquei sabendo quando cheguei aqui. Nunca ligo a TV pela manhã. Não tenho tempo. Mas quando cheguei aqui, a Lorraine, a sra. Wilkie, estava chorando. Então todo mundo começou a chorar. Ninguém sabia o que fazer. — Ela olhou ao redor da sala em uma busca inútil que a fez pressionar os dedos contra a boca. — Sly... o sr. Gibbons estava um pouco atrasado. Ele tentou entrar em contato com o marido de Marta, mas ninguém atendeu, então ele tentou falar com alguém da polícia, mas eles não lhe deram nenhuma informação. Ele disse que achava melhor cancelarmos todos os compromissos de hoje e de amanhã. E nos liberou para irmos para casa, só que ninguém foi embora, pelo menos até agora.

— Ficar próximo de outras pessoas que a conheciam pode ajudar — reconfortou-a Peabody, e conduziu Josie gentilmente até uma cadeira.

— Acho que sim. Quando ouvi a voz dela, pensei: *Viu? Foi um engano! Estava tentando convencer a todos que isso devia ser algum engano. Só que não é.*

— Não, sinto muito, não é um engano. — Eve se apoiou na mesa da vítima. — Há quanto tempo você é assistente de Marta?

— Há uns dois anos. Vim para cá logo depois de terminar a faculdade. Agora eu faço pós-graduação em meio período.

— Houve algum problema recentemente?

— A impressora de Marta quebrou. Mas eu já resolvi.

— Algo que seja mais fora do comum — especificou Eve.

— Não, acho que não. Mentira! Eu me esqueci. O Jim e o Chaz sofreram um acidente de carro em Las Vegas. Eles foram a uma convenção lá e deveriam estar de volta ontem, mas os dois estavam em um táxi que foi atingido. Chaz... quer dizer, o sr. Parzarri e o sr. Arnold ficaram machucados. Foi por isso que Sly teve que dividir o trabalho extra entre Marta e Lorraine. E foi por isso que Marta ficou trabalhando até mais tarde. Foi esse o motivo.

— Como assistente dela, você deve saber no que ela estava trabalhando. Deve ter um registro de contatos recebidos e compromissos.

— Sim, claro.

— Sabe de alguma ligação recente que tenha causado preocupação ou que tenha sido desagradável ou incomum?

Josie desviou o olhar.

— Não.

— Josie. — Eve falou bruscamente o suficiente para que o olhar da mulher voltasse para o dela. — Você precisa contar para a gente.

— Marta disse que eu não deveria falar nada sobre isso.

— Isso foi antes. — Peabody se sentou ao lado de Josie. — Você quer ajudar Marta e fazer o que é certo para ela e para a família dela, certo?

— Sim, claro que sim. Ela não queria que Sly ficasse chateado e disse que cuidaria disso.

— Cuidaria do quê? — exigiu Eve.

— Cuidar da... da sra. Mobsley. Ahn... a Marta estava trabalhando na auditoria do fundo fiduciário dela a pedido dos curadores. Marta estava apenas fazendo o seu trabalho, mas a sra. Mobsley se mostrou muito chateada e revoltada com tudo. Disse que o dinheiro era dela e que não permitiria que uma idiota que só queria limpar a conta dela, essas foram as palavras dela, desse alguma chance para aqueles imbecis prejudicarem ela. Ela disse que Marta se arrependeria se não fizesse o que ela queria.

— E o que ela queria?

— Acho... acho que ela queria que Marta... sabe como é... ajustasse alguns valores para que tudo parecesse estar dentro dos conformes. Na verdade, eu não deveria comentar sobre contas e pessoas.

— Você está repassando informações à polícia sobre uma possível ameaça — lembrou-lhe Eve.

— É só que eu ajudei a organizar os valores, pesquisei alguns dados e... bem, a sra. Mobsley estava roubando, de certa forma. Pegava quantias indevidas e disfarçava a transação para que parecesse uma despesa aprovada. Como os curadores são os nossos verdadeiros clientes, Marta teve que apresentar um relatório autêntico a eles. Marta disse à sra. Mobsley que, se ela continuasse a assediá-la, ela seria obrigada a dar parte de todas as conversas entre elas duas para os curadores e para o tribunal. Foi então que a sra. Mobsley explodiu de raiva. Marta pediu que eu entrasse e fechasse a porta, então me contou tudo. Eu já tinha ouvido uma parte da conversa, de qualquer modo, mas ela disse que, como eu estava ajudando na auditoria, precisava saber o que aconteceu. Marta pediu que eu a avisasse o mais rápido possível, caso a sra. Mobsley ou qualquer outra pessoa me procurasse para falar sobre essa auditoria, ou tentasse me pressionar.

— E alguém fez isso?

— Não. Pessoas como a sra. Mobsley nem percebem que os assistentes existem, pelo menos é o que eu acho. Caso ela tornasse a entrar em contato com a nossa empresa, eu deveria dizer a ela, à sra. Mobsley, que Marta não estava disponível. Mas ela me instruiu a gravar a ligação e tudo que ela me dissesse. Marta falou que, se a sra. Mobsley não parasse com isso, ela contaria tudo a Sly, e eles informariam o problema aos curadores.

— Você tem o nome completo dessa sra. Mobsley e as informações de contato dela?

— Sim, claro. Candida Mobsley. Posso conseguir o endereço dela, endereços, na verdade. — corrigiu Josie. — E também o nome dos curadores. Devo contar isso ao Sly? O que vocês acham?

— Deve, mas agora fale mais sobre ontem. Mobsley tentou entrar em contato com a Marta?

— Ontem, não. Todo mundo estava muito ocupado e chateado também, por causa do acidente. Marta ficou responsável por três auditorias, duas delas estavam muito no início ainda. Fiquei até depois da hora para ajudar, mas ela me disse para ir para casa por volta das oito da noite, mais ou menos. Eu fui embora porque estava muito cansada. Minha colega de quarto acabou de terminar com o namorado, então ficamos conversando por algumas horas.

— Ok. Repasse todas essas informações à detetive Peabody e, por favor, peça a Lorraine Wilkie vir até aqui.

— Está bem. — Josie se levantou. — Só queria dizer que a Marta era uma ótima chefe. Era mag trabalhar para ela e eu aprendi muito.

Peabody esperou até que Josie saísse.

— Candida Mobsley está sempre nos jornais e tabloides. Vive entrando e saindo de clínicas de reabilitação por uso de drogas e abuso de álcool. Algo que ela costuma usar como desculpa quando acaba com outro carro, bate em alguém que não gosta, destrói uma suíte de hotel e por aí vai. Ela viaja muito. O dinheiro dela é fruto de uma herança que já está na terceira ou quarta geração da família. Aparentemente, ela está gastando tudo o mais rápido que consegue.

— Como é que você sabe disso tudo?

— O McNab e eu gostamos de ficar a par de fofocas às vezes. É divertido. Ela já ficou noiva não sei quantas vezes, e foi casada por cinco minutos depois de uma cerimônia multimilionária em uma propriedade privada em South Sea Island. Disseram que só o vestido custou...

— Não me interessa.

— Desculpa, eu me empolguei. O que estou dizendo é que ela é podre de rica, mimada demais e tem um histórico de comportamento agressivo.

— Alguém que poderia contratar um assassino medíocre para assassinar uma contadora com quem ela estava irritada.

— Sim, poderia. Além do mais, ela já ficou com uns caras barra-pesadas alguns anos atrás. Gente que saberia como contratar um assassino de aluguel medíocre.

— Ok, consiga todas as informações dela e vamos conversar com a figura. Por que você não desce agora e vê se o segurança já conseguiu a cópia dos registros para a gente? Se não tiver conseguido, dê uma pressionada nele.

— Eu amo esse trabalho. — Saltitando de alegria diante da perspectiva de entrevistar os ricos e infames, Peabody saiu no mesmo instante em que outra mulher apareceu à porta.

Josie tinha feições suaves, era jovem, energética e vestia roupas da última moda. Lorraine, por sua vez, parecia talhada como um lápis muito bem apontado. Magra e curvilínea, com cabelo cinza e curto, vestia um terninho masculino azul-marinho com uma camisa social branca.

Seus olhos podiam estar inchados, mas estavam secos e firmes enquanto avaliavam Eve.

— Você é a encarregada de descobrir quem fez isso com Marta?

— Isso. Sou a investigadora principal.

Lorraine assentiu intensamente ao entrar.

— Você me parece capaz. — Ela se sentou, cruzou as pernas e as mãos no colo. — Em que eu posso ajudar?

Eve lhe repassou o básico. Estava claro que a colega de trabalho de Marta não tinha a menor ideia dos problemas com Mobsley. Além do mais, não era tão fácil de manipular para obter informações sobre o trabalho quanto a assistente delicada.

— O que fazemos aqui é extremamente sigiloso. Temos a obrigação de manter as informações confidenciais. E, na verdade, Marta e eu trabalhamos em contas diferentes. Segundo a política da empresa, não misturamos clientes. Em caso de rescisão de contrato ou de vida ou morte... — ela se interrompeu e pressionou os lábios finos por alguns instantes. — Quer dizer, em caso de doença... Sylvester passa alguma auditoria ou cliente para um de nós.

— Como no caso do acidente que fez com que você e Marta assumissem outros trabalhos.

— Exatamente. Nós temos uma boa reputação, que conquistamos e merecemos, somos muito precisos, discretos e eficientes. Nosso departamento é parte do motivo para essa reputação. Obviamente

Chaz e Jim não vão poder trabalhar por vários dias, talvez semanas. O trabalho não pode esperar.

— Devido à natureza sigilosa do seu trabalho, você já foi ameaçada ou assediada alguma vez?

— Na maioria dos casos, lidamos com corporações e grandes empresas. Os advogados dos clientes podem discutir com os nossos, mas geralmente estão ocupados demais discutindo com os tribunais que aprovaram ou ordenaram a auditoria. Tiveram algumas raras ocasiões, ao longo dos anos, em que o cliente descobriu quem estava fazendo a auditoria e recebemos ligações furiosas; um confronto pessoal aqui no escritório é algo ainda mais raro. Nesses casos, entende-se que há uma razão para a raiva e o medo. — Ela deu de ombros. — Na maior parte do tempo, trabalhamos em paz e silêncio, em um ambiente muito agradável.

— E quanto a subornos?

Lorraine sorriu.

— Bem, não é nenhuma surpresa quando alguém enrascado em uma auditoria oferece ao auditor ou a algum outro funcionário um suborno para acobertar o que a auditoria iria revelar. Se a pessoa aceita o suborno, está correndo o risco de ser presa, pagar uma multa absurda, perder uma licença conquistada à custa de muito trabalho e ser demitida da empresa.

— Quando o suborno é tentador, alguns podem achar que vale a pena.

— Talvez, mas é uma coisa burra e imediatista de se fazer. Os números não mentem, tenente. Mais cedo ou mais tarde, a verdade aparece e o dinheiro rápido e fácil da propina se mostra uma péssima escolha. A Marta jamais faria isso.

— Você tem certeza absoluta disso?

— Absoluta. Ela gostava do trabalho dela e era bem remunerada. O marido também gosta do que faz e recebe bem, também. Eles têm

Cálculo Mortal

filhos e ela nunca, nunca arriscaria humilhar a família expondo as crianças a um escândalo. E integridade era a essência da Marta.

Pela primeira vez, a voz de Lorraine vacilou e seus olhos secos e firmes ficaram úmidos.

— Perdão. Estou tentando não me emocionar, mas é muito, muito difícil.

— Eu entendo. Você ajudou muito. Se lembrar de alguma coisa importante, por favor entre em contato comigo. Qualquer detalhe.

— Pode deixar. — Lorraine se levantou. — Eu também volto para casa andando naquela direção, quando o tempo está bom. Na verdade, Marta e eu costumávamos ir juntas. Moro a dois quarteirões de onde disseram que ela foi encontrada. Eu gosto de passear pela cidade. Nunca me preocupei em andar por aquele bairro. Eu moro ali. Agora eu... Vai demorar até eu voltar a perambular por lá sem preocupação.

— Só mais uma coisa — disse Eve, quando Lorraine ia em direção à porta. — Você tem alguma ligação ou conhece o Grupo WIN?

— WIN? W-I-N? — Ela franziu os lábios quando Eve assentiu. — Acho que me soa familiar, mas não sei de onde eu conheço esse nome. Não me lembro de ter feito nenhum trabalho para eles ou sobre eles.

— Ok. Obrigada.

Dallas falou com todo o resto da equipe e escutou o que eles tinham a dizer também, assim que Peabody voltou com a cópia dos registros do sistema de segurança. Embora as declarações dos funcionários confirmassem que Marta era uma mulher querida pelos colegas de trabalho, não descobriram nada relevante. Ela não se surpreendeu quando o mandado ficou retido nas garras do departamento jurídico, mas saiu do prédio certo de que Yung daria um jeito de consegui-lo.

E Eve tinha conseguido uma pista, no fim das contas.

— Vamos encontrar essa tal de Candida Mobsley, mas quero passar pela cena do crime antes, depois vou conversar novamente com as duas testemunhas e falar com os sócios de Whitestone. Comece a busca pelo veículo usado na captura da vítima.

Ela manobrou o carro e saiu. Depois de já ter percorrido alguns quarteirões, viu que Peabody estava dormindo com o tablet na mão.

Eve a cutucou com o cotovelo.

— Sim, senhora! O que houve?

— Tem uma delicatéssen neste quarteirão. Vai comer alguma coisa. E traz algo para mim.

— Sim, ok. Desculpa. Ontem nós ficamos com Mavis e os amigos dela até tarde. O cansaço está batendo.

— Tome um energético, se precisar.

Peabody passou as mãos no rosto e, bocejando, se arrastou para fora da viatura. Eve deu uma volta pela vizinhança e caminhou contra a tempestade de neve, até chegar em frente ao prédio onde Marta Dickenson foi assassinada.

O lugar era bonito, concluiu, mesmo com o tempo ruim. Um imóvel decente, com estilo arquitetônico antigo, e novinho em folha depois da reforma. Ela pensou que os proprietários não teriam problemas para ocupar aqueles apartamentos.

Se os interessados ignorassem o pequeno detalhe de que um assassinato ocorreu ali.

De pé sob a leve neve que caía, ela fechou os olhos.

Eles devem ter estacionado a van ou um veículo com tração nas quatro rodas, porque seria um absurdo usar um carro menor para sequestrar alguém, perto da entrada do prédio. Marta teria que sair de lá alguma hora. Esperar era apenas parte do trabalho. As câmeras de segurança não pegam a calçada. Era melhor esperar ela sair.

Um deles deve ter saltado do carro, ela supôs. Deixado Marta andar um pouco e a surpreendido por trás, atordoado-a, abafado seu grito e a jogado no porta-malas em questão de segundos. Um devia estar no banco do motorista e o outro, no traseiro com ela. Bastaria cobrir a boca da vítima com a mão, mantendo-a abaixada caso ela lutasse ou fizesse barulho. O trajeto era curto. Um dos dois deve ter saído do carro, destrancado a porta do prédio e voltado para o automóvel. Conduziram-na para dentro do prédio. Não levaria muito tempo. O "como" não era difícil, concluiu Eve. Isso já estava bem claro. Já o "porquê" era mais complicado.

— Tenente.

Ela se virou e viu o policial Carmichael se aproximar, com a jaqueta da farda molhada e o rosto vermelhinho de frio.

— Vi a detetive Peabody na delicatéssen. Estávamos prestes a tirar nossa hora de almoço.

— O que você conseguiu?

— Nada demais. Ninguém com quem falamos viu ou ouviu nada. Encontramos uma possível testemunha, estava do outro lado da rua num apartamento do quarto andar com vista para cá. Ela acha que talvez tenha visto uma van estacionada aqui, ontem à noite.

— Que tipo de van?

— Escura — disse ele, torcendo os lábios de um jeito irônico. — Talvez preta, talvez azul-escura, talvez cinza-escura. Ela não faz ideia da marca, nem do modelo, muito menos da placa. A tela de privacidade dela estava com defeito, ela estava tentando consertar, e acha que viu uma van parada aqui. Ela tinha certeza de que as luzes estavam acesas no apartamento do subsolo. Percebeu isso porque estava acompanhando a obra do prédio. Ela imaginou que a van fosse de algum dos operários, trabalhando até mais tarde, talvez.

— Que horas eram?

— Por volta das dez e meia, segundo ela. Ela tentou consertar a tela de privacidade por mais algum tempo e depois foi procurar o cara que mora com ela. Ele acabou caindo no sono enquanto assistia TV na poltrona. Falei com ele por *tele-link*. Ele não se lembra de nada. Batemos em muitas portas. Num bairro como esse, as pessoas se mostram bastante solícitas com a polícia, a maioria delas. Mas muita gente não estava em casa quando fomos de porta em porta. Vamos tentar falar com eles de novo em algumas horas.

— Tá bom. Como a Turney se saiu?

Carmichael sorriu um pouco.

— Ela não desiste.

— Leve-a nessa segunda série de interrogatórios, se ela quiser. — Era bom que ela entendesse, pensou Eve, que trabalhar com homicídios, como a maior parte do trabalho policial, era basicamente andar, esperar, fazer perguntas e cuidar da papelada.

Ela desceu a escada, rompeu o lacre e entrou no apartamento.

Não havia nada para ver ali, na verdade. Tudo estava exatamente do mesmo jeito, exceto pela fina camada de pó deixada pelos peritos e o cheiro quase que enjoativo de produtos químicos pairando no ar.

Eles não a levaram para além da sala de estar, na frente. Não tinha necessidade. Havia janelas com tela de privacidade. Dava para ver a luz acesa, mas não era possível identificar movimentos nem atividade. Tinha um bom isolamento acústico. Várias pessoas poderiam ter passado pela calçada, mas não conseguiriam ouvi-la gritar.

Eles levaram a pasta de trabalho dela. Isso foi mais do que uma encenação, mais que um disfarce. Fazia parte da missão. Levar o trabalho dela, os documentos, o caderno, o tablet, tudo o que ela carregava.

A vítima tinha dois filhos em casa, não teria bancado a heroína. E para quê? Por alguns números, o dinheiro de outras pessoas? Ela teria contado a eles tudo que quisessem saber, caso soubesse a resposta.

Marta não revidou porque acreditava que eles a deixariam ir se ela contasse tudo, desse o que eles queriam e cooperasse.

— É o que faz mais sentido — murmurou Eve, andando pela sala. — Conte tudo, dê-nos o que queremos e a coisa não precisa ficar feia.

Ela acreditaria neles, porque a outra alternativa era assustadora demais.

Peabody entrou e trouxe consigo o aroma de algo delicioso com ela.

— Uma sopa de frango com macarrão, e pão de ervas finas. Eles fazem tudo lá mesmo, na delicatéssen. Pedi duas grandes para viagem para a gente. O Carmichael conseguiu te achar?

— Aham. Ele achou uma possível testemunha que viu uma van estacionada na frente do prédio, mas ela não nos deu nada específico, só que era uma van escura. Faça a pesquisa seguindo essa informação, uma van de carga. — Eve pegou a embalagem que Peabody lhe entregou, cheirou e depois provou. — Nossa, isso está muito bom.

— Está mais que muito bom. Eu vim comendo a minha no caminho, não consegui me segurar. O cheiro estava me matando. Parece a sopa que a minha avó fazia.

— Provavelmente tem algo ilegal aqui dentro. Eu não ligo. — Eve não tinha percebido o quanto estava fraca até sentir seu nível de energia aumentar novamente.

— Eles conseguiram o que queriam — declarou Eve. — Se ela tivesse dito que não sabia, que não tinha o que eles queriam ou algo do tipo, eles a teriam machucado ainda mais, quebrado alguns dedos, deixado um olho roxo e causado mais alguns ferimentos até que ela desistisse, ou eles tivessem a certeza de que ela não tinha nada o que eles estavam procurando. Eles conseguiram o que queriam de forma muito rápida e fácil.

— E, mesmo assim, mataram a coitada.

— Esse sempre foi o plano. Independentemente do que ela soubesse, tivesse ou fizesse. Eles não podiam correr o risco de ela contar o que havia acontecido para mais ninguém. O trabalho dela e este lugar têm ligação com os proprietários ou com alguém da equipe de construção. Eu apostaria nos proprietários, mas também vamos investigar o pessoal da obra. Para uma obra como essa é preciso gastar uma boa grana, e empresas desse nível ganham bastante para isso. Aposto que passam por auditorias regularmente.

Eve mordeu um pedaço de pão.

— Com certeza tem algo ilegal nessa comida. Vamos conversar com a testemunha e com os sócios dele.

— Você ainda quer conversar com a Candida, né?

— Depois, se você conseguir ficar acordada por tempo suficiente para encontrá-la.

— Já recarreguei a minha bateria. Talvez eu devesse comprar cinco litros dessa sopa. Não! Vou mandar um e-mail para minha avó e pedir, com muito carinho, para ela me enviar um pouco da que ela faz.

— Você é muito cara de pau. — Eve saiu do prédio, ainda tomando a sopa. — Escreve um e-mail para ela dizendo que acabou de tomar uma sopa tão boa quanto a dela, deixe subentendido que talvez seja até melhor, e que isso fez você se lembrar dela e blá-blá-blá. Conte como foi bom tomar uma sopinha em um dia ruim e frio em Nova York, blá-blá-blá. Ela vai preparar uma tigela imensa de sopa e te enviar, só para provar que a dela é melhor.

Peabody entrou no carro e encarou Eve.

— Você já conheceu a minha avó? Porque isso é o tipo de coisa que ela faria. Brilhante!

— É por isso que eu sou tenente e você não.

— Verdade. Você vai comer todo o seu pão?

— Vou.

— Foi o que eu imaginei. — Peabody pegou seu tablet novamente e começou a pesquisar o paradeiro de Candida Mobsley.

— Ela está na cidade — informou a Eve —, segundo a assistente pessoal. A agenda dela está cheia, mas eu não disse que era policial. Também não disse que *não era* policial, porque acho que a palavra a faria sumir antes de conseguirmos alcançá-la.

— Por fim, algum jogo de cintura.

— Deve ter sido a sopa.

Eve estacionou em Midtown. A neve tinha diminuído bem, mas o frio continuava intenso. Ela ficou grata pela sopa que mantinha seus ossos aquecidos enquanto elas entravam em um prédio comercial alto.

Eve apresentou seu distintivo para a segurança, informou aonde ia e se espremeu para entrar no elevador lotado.

— Dallas, existem mais de dois mil veículos Maxima Cargo anos 59 e 60 com placas de Nova York. Se incluirmos Nova Jersey, o número dobra.

— De cor escura? Preto, azul-marinho e cinza-escuro?

— Sim, esses são *apenas* os de cores escuras.

— Veja se usando o filtro interior com carpete azul metálico você consegue eliminar mais alguns. — Ela se lembrou do relatório de Harpo sobre o selante de fábrica e completou: — Por enquanto, foque nos modelos 2060.

Depois de subirem dezoito andares numa lata de sardinha, elas saíram e Eve foi até a lista das empresas que funcionavam naquele andar.

— Grupo WIN — apontou. Andou um pouco para a esquerda e encontrou a placa da empresa fixada em portas duplas.

— São mais de oitocentos veículos registrados com essas características — relatou Peabody. — Só em Nova York.

— Vamos fazer uma busca padrão e cruzar os proprietários dos carros com os nomes que temos na nossa lista. Se não aparecer nada, podemos expandir nossa busca.

Ela empurrou as portas. A pequena recepção havia sido decorada com cores vibrantes. Muitos tons vermelhos, brancos cintilantes e cores cromadas. A morena atraente atrás do balcão exibiu um sorriso lento e caloroso.

— Posso ajudá-las?

— Sou a tenente Dallas e esta é a detetive Peabody. — Eve colocou seu distintivo no balcão.

— Ah... Deve ser aquela coitadinha que o Brad encontrou ontem à noite. Vocês já descobriram o responsável?

— Precisamos ver o sr. Whitestone — disse Eve.

— Claro. Desculpe. Ele está muito abalado com o ocorrido. — Ela deu umas batidinhas no fone de ouvido. — Brad? A polícia está aqui. Sim, tenente Dallas. Pode deixar. — Ela tocou novamente no fone. — Vou levá-las até o escritório dele. Vocês aceitam algo para comer ou beber?

Era capaz de Eve não querer comer mais nada depois daquela sopa, nunca mais.

— Não, obrigada. Os sócios do sr. Whitestone estão disponíveis?

— O Jake está em um almoço de negócios e deve voltar às duas porque tem uma reunião às duas e meia. O Rob está com um cliente. Posso avisar à secretária dele que vocês estão aqui, caso precise falar com ele.

— Faça isso, então.

Antes que ela pudesse abrir a porta, Whitestone saiu. Assim como a blusa de Lorraine, sua camisa era imaculadamente branca e alinhada, combinando com o terno muito bem cortado. Mas seus olhos eram cercados por olheiras profundas.

— Obrigado, Marie. Tenente. Detetive. Espero que estejam aqui para me dizer que encontraram o assaltante. — Ele deu uns passos para trás para deixá-las entrar em sua salinha elegante. Uma janela grande, notou Eve, um espaço com ar-condicionado e um minibar. Além da arte contemporânea, uma estação de trabalho em preto brilhante e algumas poltronas para visitantes no mesmo vermelho vivo da recepção.

— Nós confirmamos que Marta Dickenson foi assassinada dentro do seu apartamento.

— O quê? *Dentro* do apartamento?

— Não foi um assalto. Quando foi a última vez que você esteve no apartamento?

— Eu... — ele se sentou. — Anteontem. Passei lá para falar com o mestre de obras sobre alguns detalhes.

— Nome?

— Jasper Milk, da Milk & Filhos Construções. A empresa começou com o avô dele. São todos verdadeiros artistas. E muito respeitados no ramo. Eles *sempre* trancam bem o prédio. E nós temos um sistema de alarme de segurança.

— Sim, eu vi. Quem tem as senhas do sistema?

— Eu, o Jasper também tem. Os meus sócios e... Ah, a designer, Sasha Kirby, da empresa City Style. Se a pessoa invadiu...

— Não há sinais de invasão.

Eve observou a expressão dele mudar, passando de confusão para compreensão, e então para uma negação insistente.

— Olha, eu confio em absolutamente todas as pessoas que têm a senha e acesso ao apartamento. Não vejo como alguém possa ter conseguido entrar lá.

— As provas não mentem, sr. Whitestone.

— Talvez não, mas com certeza não fazem sentido. O sistema de segurança é todo novo.

— Brewer, Kyle & Martini. Empresa de contabilidade e auditoria. A vítima trabalhava para eles, e encontramos alguns clientes em comum entre a sua firma e a deles.

Ele não parecia mais confuso ou em negação, mas um pouco enjoado.

— Eu não conheço esse nome, assim, de cabeça. Posso pedir para a minha secretária verificar, mas... Você pode me dizer os clientes que temos em comum?

— Peabody.

Na mesma hora, Peabody recitou a pequena lista de nomes que ela já havia encontrado.

— Eles não são meus. Reconheço o nome de Abner Wheeler. Ele é um dos clientes de Jake. E a Blacksford Corporation é cliente de Rob. Tenho certeza desses, mas para confirmar os outros eu preciso verificar alguns documentos ou falar com Rob e Jake.

— Nós vamos ter de conversar com os seus sócios.

— Sem problemas. Mas eu não entendo. Por que alguém usaria o nosso novo imóvel para matar aquela mulher?

— Boa pergunta — respondeu Eve.

Capítulo Cinco

Whitestone levou-as para uma pequena sala de reuniões e se desculpou pelo tamanho do lugar e sua simplicidade.
— Esse é um dos motivos pelo qual decidimos investir no novo prédio. Precisamos de mais espaço. Começamos a levar algumas coisas daqui para lá, estamos praticamente de mudança.
— Não tem problema. Os negócios devem estar indo bem.
— Estão, sim. — Seu rosto se iluminou. — Temos tido um crescimento constante, construímos uma carteira de clientes fiéis e adquirimos uma boa reputação. O prédio no Upper Manhattan é imponente, parece importante. A percepção molda a realidade, na área de finanças.
— Sim, e não é só no mercado financeiro.
— Vou procurar o Jake e o Rob.
— Antes disso, se importa de me contar um pouco mais sobre o histórico da empresa? Há quanto tempo vocês são sócios?

— Oficialmente? Vamos fazer cinco anos agora. Rob e eu fomos colegas de faculdade. Compramos a nossa primeira propriedade no primeiro ano depois que nos formamos; era um pequeno espaço comercial no Lower West Side. — Ele relaxou enquanto falava, e um ar nostálgico marcou seu tom de voz. — Foi ideia do Rob, e ele ainda teve que me convencer. Gosto de dinheiro — disse ele, com um sorriso. — Gosto de negociar, calcular os riscos e os lucros, mas estava receoso em investir em um pequeno espaço comercial. O Rob não desistiu até eu concordar com ele. Foi a melhor decisão que já tomei, porque isso nos deu o pontapé inicial como equipe. Trabalhamos como burros de carga naquele lugar. Fazíamos basicamente tudo sozinhos, e foi ali que eu aprendi muito sobre as recompensas do trabalho duro. Quando conseguimos crescer, tivemos bons lucros, investimos a maior parte no mercado, já como sócios, exploramos a área juntos e ganhamos um pouco mais de dinheiro.

— Parece que vocês se deram bem.

— Nos demos, sim, e continuamos trabalhando. Depois da faculdade, fui trabalhar para a Prime Financial e Rob trabalhou para a Allied, mas a gente sempre se encontrava e conversava sobre montar nossa própria empresa. Rob conheceu Jake na Allied, e nós três nos demos bem logo de cara. Então acabamos comprando outro lugar juntos. Assim que fizemos isso, já tínhamos o que chamamos de fundo de investimento WIN. Começamos esse lugar com ele. O tio de Jake é o Ingersol na Ingersol-Williams Corp. Ele deu uma das subsidiárias dele para a gente gerenciar, e o meu pai também deixou na nossa mão um pequeno fundo fiduciário; e foi assim que começamos a funcionar.

— É bom trabalhar com amigos — disse Eve de maneira direta. — Se você puder encontrar os seus, resolveremos tudo isso e deixamos em paz.

— Só um instante. Ah, e fiquem à vontade para pegar um café ou o que quiserem. O café daqui é muito bom.

Talvez, pensou Eve. Decidiu e programou uma xícara para ela e outra para Peabody.

— Ele é um cara muito empolgado — comentou Eve.

— É mesmo, mas se você não se empolga com o próprio trabalho, sua vida fica uma bosta.

— Ele também não me parece um idiota, o que certamente teria de ser, caso planejasse ou participasse de um assassinato, fizesse tudo no apartamento e então... Opa! Ele mesmo descobre o corpo.

— A não ser que ele quisesse atenção, ou talvez buscasse fazer parte da investigação.

Eve negou com a cabeça.

— Não é o caso dele, nem desse assassinato. Isto foi um assassinato encomendado, não uma missão pessoal. — Eve estreitou os olhos quando experimentou o café. — Isso aqui é uma torra do Roarke.

— Ah, Deus. Notícia boa do dia.

— O negócio está indo bem — repetiu Eve.

Whitestone voltou.

— O Rob está terminando uma reunião com um cliente e já vem para cá. O Jake está voltando de um almoço de negócios. Não deve demorar muito. Vocês precisam que eu fique aqui? Tenho um cliente marcado para daqui a pouco, mas posso remarcar.

— Acho que vimos o que tínhamos de ver com você, por agora.

— Tudo bem. Olha, sei que isso pode parecer insensível da minha parte, mas você teria como me dar uma previsão de quando a equipe da obra vai poder voltar a trabalhar no apartamento? Só para a gente ter uma ideia e replanejar tudo.

— Imagino que tudo esteja liberado hoje no fim do dia, ou no máximo amanhã.

— Ok.

— Sugiro que você mude as senhas e que tenha muito cuidado com as pessoas a quem vai fornecê-las no futuro.

— Pode ter certeza disso. Ah, aqui está Rob. Tenente Dallas, Detetive Peabody, esse é Robinson Newton.

— É um prazer, apesar das circunstâncias.

Ele entrou na sala com uma postura de extrema confiança, e um toque de autoridade. Eve reconheceu a combinação. Roarke também era assim... tinha essas características de sobra. Robinson Newton reforçava a postura com um terno risca de giz feito meticulosamente sob medida com uma camisa em um tom um pouco mais escuro das riscas cinza e uma ousada gravata vermelha.

Por baixo do terno ele tinha o físico de um *quarterback*: musculoso, forte e em excelente forma.

Seu cabelo médio e com franjas destacava as maçãs do rosto salientes em um tom de pele da cor do café claro que Peabody tomava. Seus olhos, com um tom de verde muito vivo e ousado, encontraram os de Eve e depois os de Peabody. Ele estendeu a mão para cada uma delas — um aperto de mão suave, firme, seco — e apontou para a mesa de reuniões.

— Estamos como os espartanos no momento, mas, por favor, sentem-se. Sinto muito por deixá-las esperando.

— Não tem problema.

— Soube do assalto hoje de madrugada. É uma notícia horrível, mas, quando o Brad me disse que você era a policial responsável, fiquei mais tranquilo. Acompanhei alguns de seus casos, sobretudo depois de ter lido o livro sobre o Caso Icove. Na verdade, acabei de conseguir ingressos para a premier do filme. — Ele fez um sinal de positivo com o polegar para seu parceiro. — Seis ingressos, para ser mais preciso. Ai, desculpe — disse, rapidamente. — Vocês não estão aqui para falar sobre Hollywood e tapetes vermelhos. Como podemos ajudá-las?

— Você tinha acesso ao apartamento.

— Isso. Todos nós temos acesso a todas as áreas do prédio.

— Você pode me dizer onde estava ontem à noite entre nove da noite e meia-noite?

— Posso. — Ele colocou a mão no bolso, pegou uma pequena agenda eletrônica, digitou algo nela e colocou-a sobre a mesa diante de Eve. — Jantando com a minha noiva e com os pais dela no *Tavern on the Green*; eles gostam de tradição. Tínhamos reservas para as oito da noite e saímos pouco depois das dez. Lissa e eu pegamos um táxi e fomos nos encontrar com alguns amigos no Bar Reno's que fica no centro da cidade. Não ficamos muito tempo lá, uma hora, no máximo. Depois voltamos para casa de táxi. Chegamos lá por volta de meia-noite. Nós somos suspeitos?

— É procedimento padrão — respondeu Eve, automaticamente. — A vítima foi morta dentro do apartamento ao qual você tem acesso. Saber onde você estava ajuda. Vou precisar dos nomes das pessoas com quem esteve, só para deixar registrado.

— Vou pedir para a minha secretária separar uma lista de nomes e contatos. Mas a gente nem conhecia a vítima. Conhecia? — perguntou a Whitestone.

— Eu não conhecia. Mas ela trabalhava para uma das empresas de contabilidade dos seus clientes. A Blacksford.

— Ela era da Brewer, Kyle & Martini? Tenho três... acho que são três... clientes com eles. — Ele pegou a agenda de volta e colocou-a no bolso. — Mas não me lembro de ter conhecido ela. Eu trabalho com Jim Arnold.

Eve exibiu uma foto de Marta.

— Você se lembra de já tê-la visto, ou de ter sido apresentado a ela?

— Não. Sinto muito. Eu almocei com o Jim várias vezes e com Sly, Sylvestor Gibbons, mas nunca fiz negócios com essa mulher.

— Ajudaria bastante se você passasse os nomes de quaisquer clientes que você tenha e que também se relacionem com a empresa da vítima.

— Sem problemas. Você não acha que foi um assalto? Um episódio aleatório? Tenho certeza de que qualquer pessoa naquele bairro sabe que o prédio está sendo reformado e ainda não foi alugado.

— Não vimos sinal de arrombamento — garantiu Eve.

— Talvez a equipe não tenha ligado o sistema de segurança do prédio.

— Não é algo que eles esqueceriam — lembrou Whitestone.

— Erros acontecem, Brad.

— Estamos investigando todas as possibilidades — começou Eve, e parou quando ouviu vozes.

— Ah, é o Jake. — Whitestone saiu da sala por um momento e voltou com seu outro sócio. — Meu cliente está subindo. Se vocês não precisarem mais de mim...

— Manteremos contato — disse-lhe Eve.

— Jake Ingersol, estas são a tenente Dallas e a detetive Peabody. Estarei na minha sala.

— Que confusão, hein? — Ingersol estendeu a mão, sacudiu depressa e de maneira entusiasmada, e se apoiou na mesa. — Que coisa terrível, tudo o que aconteceu. Brad está muito mal com isso.

Enquanto Whitestone passava uma energia contagiante e Newton, sua confiança despreocupada, Ingersol parecia um cãozinho agitado, sempre em movimento e com olhos ávidos.

Assim como seus sócios, ele usava um belo terno, uma gravata combinando, com um nó perfeito, e sapatos impecavelmente lustrados. O cabelo castanho com mechas mais claras tinha cachos que pendiam em torno do rosto e o faziam parecer muito jovem, até um pouco inocente. Mas seus olhos, embora fossem de um castanho caloroso, eram intensos e sagazes.

— Café Diablo — disse Newton, com a voz calma.

— Fazer o quê? Foi isso que o cliente pediu. Eu já começo empolgado — explicou a Eve — e, quando tomo umas xícaras de café Diablo Locas duplo, fico mais agitado que nunca. Mas já soube por alto sobre o acontecido. Brad me disse que tudo aconteceu dentro do apartamento? *Dentro?*

— Isso mesmo.

— Instalamos um sistema de segurança excelente lá. Eu não entendo como isso pode ter acontecido.

— Acreditamos que eles tinham as senhas.

Ele abriu a boca, fechou-a novamente e recostou-se na poltrona.

— Meu Deus, Rob. Foi alguém da equipe de Jasper?

— Não sabemos — disse Newton rapidamente.

— Vocês têm algum motivo para suspeitar de alguém da equipe de construção? — quis saber Eve.

— Apenas ligando os pontos. — Ele se levantou e pegou uma garrafa de água do minibar. — Poucas pessoas têm as senhas. Com certeza nós não matamos ninguém.

— Jasper e a equipe dele trabalharam na minha casa por seis meses antes de começarem a obra no prédio — apontou Newton. — Nunca sumiu uma caneca de café em casa.

— Eu sei. Olha só, eu sei, eu também gosto dele. Bastante. Acho que alguém não trancou o prédio, só isso, e quem matou aquela mulher teve sorte, simples assim.

Eve mostrou a foto de Marta para Ingersol.

— Você a conhece?

— Não, eu... Espera um minuto. — Ele se aproximou um pouco mais e analisou a foto. — Talvez, mas não consigo dizer de onde.

— Ela trabalhava para a Brewer, Kyle & Martini — disse Newton, antes que Eve tivesse chance.

— É isso! — Ingersol estalou os dedos da mão direita e da mão esquerda... clac, clac. — Foi lá que eu a vi. Alinhamos alguns pontos com os contadores dos nossos clientes a respeito de impostos, investimentos, estratégias de portfólio. Tenho alguns clientes que usam essa empresa. Eu trabalho com Chaz Parzarri e Jim Arnold, mas eu a conheci algum tempo atrás. Só de passagem. Caramba, eu a conhecia!

— Você consegue me dizer onde você estava ontem à noite entre nove da noite e meia-noite?

Sua boca se abriu por um momento. Ele ergueu a garrafa de água e tomou um gole.

— Mais uma vez: caramba! Nós somos suspeitos?

— É procedimento padrão — repetiu Eve.

— Sim, claro, eu estava... deixe-me pensar. — Ele puxou sua agenda eletrônica. — Saí para beber com Sterling Alexander, da Alexander & Pope Properties; ele é um dos clientes que compartilho com Chaz. Nós, ahn, nos encontramos por volta das seis e meia no Blue Dog Room. Acho que ele foi embora por volta das sete e quinze, por aí. Ia jantar com alguém, eu acho. Terminei meu drinque e fui encontrar com uns amigos para jantar, uma mulher com quem estou saindo e um outro casal. No Chez Louis. Acho que saímos umas dez e meia. Alys e eu voltamos para a minha casa e ficamos lá.

— Eu gostaria de uma lista de nomes e o contato dessas pessoas, para os nossos registros.

— Claro. — Ele olhou para Newton de novo. — Isso tudo é muito estranho.

— Também vou precisar de uma lista com os nomes de quaisquer outros clientes que vocês têm em comum com a empresa da vítima. — Sem mais delongas, Eve se levantou. — Agradecemos pela sua cooperação.

Demorou algum tempo para ela conseguir todos os nomes e contatos de que precisava, e a recepcionista era tagarela.

Eve descobriu que ela tinha conseguido aquele emprego um ano atrás, quando o número de clientes estava crescendo e havia a possibilidade de contratar uma recepcionista de verdade, em vez de assistentes que precisariam tomar conta. Os sócios planejavam se fundir a um pequeno escritório de advocacia e, juntos, ir para um novo espaço. Esperavam contratar mais um sócio dali a um ano.

— Uma combinação interessante — comentou Eve, quando elas saíram da empresa.

— Acho que funciona bem para eles. São muito tranquilos... e vou te contar uma coisa... que cara malhado era aquele!

— Sim, eu reparei.

— Eu amo a bunda magra e os ombros ossudos de McNab, mas *Mamma Mia*! De qualquer forma, Newton é o bom de papo, Whitestone é o carismático e Ingersol é o hamster.

— Hamster?

— É, sempre correndo. Vá lá, faça isso, resolva aquilo!

— É, algo desse tipo.

— Todos eles têm álibis.

— Vamos investigá-los, mas acredito que serão confirmados. O sr. Malhadão provavelmente tem a força necessária para quebrar um pescoço, mas ele não seria burro para usar o próprio imóvel para fazer isso. Talvez ele, ou Ingersol, quisesse manchar a imagem de Whitestone. Mataria dois coelhos com uma cajadada só. Mas eles não sujariam as mãos para isso. São trabalhadores sérios.

— Mas é para investigá-los do mesmo jeito né? — disse Peabody.

— Óbvio que sim.

— Nenhum dos três tem uma van Cargo no nome deles. Nem no nome da empresa.

— Veja se as finanças de Newton, as famílias dos sócios e os negócios das famílias.

Mais uma vez ela se sentou ao volante. A energia que repôs com a sopa de frango mágico não duraria muito mais tempo, mas ela ainda queria investigar algumas coisas mais.

— Vamos ver se conseguimos ter uma conversa com Mobsley.

— Ai meu Deus!

— E tente não ser inconveniente.

— Sei muito bem como me comportar — bufou Peabody. — Estou em um filme, sabia? Eu já atuei com estrelas de cinema. Vou a uma premier importante e não precisei mexer um dedo para conseguir ingressos. Eles foram *enviados* para mim.

— Sei, sei.

— Ah, qual é? Não é possível que você não esteja nem um pouco animada. A Mavis me disse que o vestido que Leonardo fez para você é lindo de morrer.

Eve se lembrou vagamente de que a cor do vestido era magenta, segundo Leonardo, que havia se juntado a Roarke, contrariando Eve quando ela disse que não via motivos para não usar um preto básico já que ela tinha vários.

— Não sei por que eles precisam fazer tanto alvoroço por causa de um filme. Você vai lá, assiste ao troço e come pipoca.

— O filme é sobre *a gente* — explicou Peabody, e como não era boba nem nada e conhecia Eve, completou: — Além do mais é muito importante para Nadine.

Nadine Furst era uma repórter excepcional, uma celebridade, autora de best-seller e... caramba!... amiga de Eve. Não tinha como faltar ao evento.

— Eu já vou comparecer à premier, não vou?

— Nós vamos aparecer lá totalmente maravilindas, nos misturar com celebridades, que a gente conhece de verdade, e andar pelo tapete vermelho. Que nem estrelas! Acho que vou passar mal.

— Não vomite na minha viatura! Agora eu estou mais preocupada em descobrir quem diabos matou Marta Dickenson do que ficar parada em um tapete vermelho idiota enquanto as pessoas olham para mim embasbacadas.

Peabody sabiamente esqueceu de mencionar toda a preparação para ao evento que ela e Mavis já haviam organizado, algo que incluía cabelo e maquiagem feitos por Trina.

Eve tinha medo de Trina.

— Que cara é essa? — quis saber Eve.

— É a minha cara de "vamos focar no assassinato".

— Não é nada.

— Estou levando esse caso muito a sério — insistiu Peabody. E quase suspirou de alívio quando o *tele-link* do painel tocou.

— Olá, tenente. — O detetive Carmichael surgiu na tela. — Terminamos a inspeção na residência da vítima. Nada fora do normal. Examinamos o veículo dela, mesma coisa. McNab analisou os aparelhos eletrônicos peça por peça. Nada.

— Eu já imaginava. Estamos tentando conseguir um mandado para os dados do trabalho dela e a lista de clientes.

— O McNab só falou que havia alguns arquivos de trabalho no computador de casa da vítima.

— É mesmo? — Eve sorriu. — Pegue tudo, o mandado que temos nos concede isso. Mande ele fazer cópias de todos os arquivos. Quero que você e Santiago batam um papo com Sasha Kirby, designer da City Style. Ela projetou a cena do crime, por assim dizer, e tinha acesso ao local e ao sistema de segurança. — Viu que horas eram e calculou o tempo. — Depois disso eu tenho alguns álibis para você verificar.

— Pode deixar.

Eve desligou.

— Peabody, entre em contato com Yung e avise a ela que a residência do irmão dela já está liberada. Veja se consegue algum tipo de previsão de liberação do mandado. Temos uma pequena pista aqui — murmurou. — Pode ser que haja algo relevante no computador pessoal dela. Quem sabe?

Aquele era o dia das coberturas e do Upper East Side, decidiu Eve. Desta vez ela não teria escolha a não ser passar pela segurança e ficar esperando no saguão dourado e branco repleto de flores. Como Eve já tinha se preparado para o pior, simplesmente levantou as sobrancelhas quando a segurança a liberou de forma muito educada.

— Achei que a Mobsley fosse mandar a gente catar coquinho — disse Eve, enquanto elas subiam.

— Talvez esteja curiosa. Ou se sentindo culpada. De acordo com o canal de fofocas, ela está sempre aprontando alguma coisa.

— Pois é, por isso eu estava preocupada.

Eve deu de ombros e entrou em um saguão decorado em azul safira e verde-esmeralda. Mais flores, desta vez em vasos altos e brancos, cercadas por velas tão altas quanto elas.

Um homem todo de preto, cabelo louro platinado e quase tantos brincos quanto McNab surgiu de largas portas duplas azuis.

— Por favor, entrem. Candida as receberá em breve. Estamos servindo chá de erva-de-gato hoje.

— Eu dispenso.

— Podemos preparar outro se quiserem. — Ele apontou para um espaço enorme que parecia um pequeno palácio sob uma tempestade de neve. Cada centímetro do lugar era branco: sofás, mesas, tapetes, luminárias, almofadas. O único detalhe colorido vinha do retrato com moldura branca que mostrava a anfitriã deitada, nua, numa cama branca. Sua enorme juba de cabelos louros e lábios vermelhos intensos pareciam saltar da tela.

Até as cortinas nas janelas que ocupavam uma parede toda eram de um branco transparente, de modo que a cidade ao fundo parecia flutuar nas nuvens.

Mas, na opinião de Eve, não de um jeito bom.

Algo se moveu naquela imensidão branca. Ela viu que havia um gato branco gigante, piscando os olhos em um tom de verde vívido, estirado em uma espécie de divã. Ele as observou enquanto sua cauda mexia-se preguiçosamente.

Eve gostava de gatos. Ela mesma tinha um. Mas aquele ali, assim como a sala cheia de janelas, lhe provocou arrepios.

— Estamos de jejum hoje, então não posso lhes oferecer comida. Nem cafeína, mas temos uma água maravilhosa, direto das montanhas do Andes em degelo.

— Eu aceito a água — disse Peabody, antes que Eve pudesse recusar pelas duas.

— Por favor, sintam-se em casa.

— Fiquei curiosa para saber o gosto da água dos Andes — explicou Peabody, quando ele as deixou.

— Eu tenho quase certeza de que tem gosto de água. Quem aguenta morar nesse lugar?

— Acho que está me dando um pouco de dor de cabeça. Está machucando meus olhos e tenho que ficar piscando para ver onde as coisas realmente estão. Caraca, aquilo *não é* um gatinho!

— O quê? — Eve olhou para trás. Não, aquilo não era um gatinho... pelo menos não era um *gato comum*. Talvez fosse um leão branco de pequeno porte, ou um tigre, ou...

— É um filhote de pantera branca.

Candida, com um suéter branco, calças brancas justas e diamantes brancos com um brilho intenso entrou descalça na sala. Seu cabelo caía em torno de um rosto tão belo e tão intenso quanto seus diamantes.

— Esta é Delilah. — Ela acariciou a filhote de pantera ao passar por ela. — A Aston foi pegar chá para vocês?

— Água — corrigiu Eve. — Obrigada por tirar um tempo para conversar conosco.

— Ah, não é nada. — Ela riu, acenou com a mão e se acomodou em um sofá branco arredondado, quase desaparecendo ao afundar nele. — Eu geralmente passo muito tempo conversando com a polícia. Bem, meus advogados passam. Sei quem você é e fiquei interessada. Eu achei que você seria mais velha.

— Mais velha do que o quê?

Candida riu de novo.

— Eu vou à premier do seu filme.

— Não é o *meu* filme.

— Adoro premiers. Nunca sabemos quem vamos encontrar, ou quem vai reparar na gente. Nunca se sabe o que pode acontecer, e não há nada melhor do que ver de perto os vestidos pavorosos que algumas mulheres usam. Leonardo fez o seu.

— Não estou aqui para falar sobre meu guarda-roupa.

— Que pena. Eu poderia ficar horas falando sobre roupas. Aí está você, Aston! Por favor, pode verificar se Delilah já comeu o lanchinho dela?

— Claro. — Ele colocou o chá na mesa ao lado de Candida e ofereceu os dois copos que estavam na bandeja para Eve e Peabody.

— Então... por que vocês estão aqui? Não tenho muito tempo. Tenho compromissos.

— Marta Dickenson foi assassinada ontem à noite.

Candida esticou os braços e mudou de posição para ficar mais reclinada.

— Quem é Marta Dickenson e o que é que isso tem a ver comigo?

— Ela é a contadora que estava fazendo a auditoria do seu fundo fiduciário. Aquela que você ameaçou.

— Ah, ela.

— Isso mesmo... ela.

— Se alguém a matou, não faz a menor diferença para mim.

— Ah, não?

— Não. Eu perguntei ao Tony, e ele me disse que simplesmente designariam outra pessoa para lidar com a auditoria. Talvez eles não sejam tão desagradáveis que nem ela.

— Quem é Tony?

— Tony Greenblat. Ele é o cara que cuida do meu dinheiro.

— Um dos administradores?

Ela soltou um grunhido desdenhoso.

— Ah, ele não é um velho mão de vaca e peidorrento. É meu gerente de finanças pessoais, e meu advogado também. Um deles. Está trabalhando para que eu receba o *meu* dinheiro do *meu* fundo fiduciário.

— Então, Tony deve tê-la avisado que não adiantaria muito matar Marta Dickenson.

— Sim. Não! — Com uma carranca no rosto, ela levantou do sofá. — Você está tentando me confundir. Eu não sou burra, sabia?

Não, pensou Eve, *você está muito além da burrice.*

— Por que você perguntou a Tony sobre ela?

— Bem, ela morreu, não é mesmo? Pensei que talvez isso me ajudasse de alguma maneira. Mas Tony disse que não, então... — Ela deu de ombros e bebericou o chá.

— Se você não conhecia a Marta, como afirmou ao responder a minha pergunta, por que perguntou sobre ela a Tony?

As sobrancelhas de Candida se juntaram no que Eve assumiu ser uma tentativa de pensamento profundo.

— E daí? Tudo bem, eu sabia *quem ela era*.

— *E daí* que você mentiu para uma policial durante uma investigação de assassinato. Se você mentiu sobre algo simples assim, minha tendência é acreditar que também mentiria sobre coisas mais importantes. Como por exemplo ter planejado o assassinato de Marta Dickenson.

Com um movimento raivoso, Candida bateu sua xícara branca com força contra a mesa branca.

— Eu não fiz isso.

— Você ameaçou e assediou a vítima. Fez ligações furiosas e ameaçadoras para Marta, e ela reagiu aconselhando você a parar de fazer isso e desistir, senão ela informaria os curadores e o tribunal. Agora ela está morta.

— E daí? — insistiu Candida. — Posso dizer o que eu quiser, não existe lei contra isso.

— Você está enganada.

— É tipo liberdade de expressão. É tipo a Quinta Emenda ou algo do tipo. Pode pesquisar!

— Farei isso, com certeza — murmurou Eve. — Já que estamos falando sobre direitos, vou ler os seus, para que todos entendam.

Candida voltou a ficar emburrada quando Eve recitou os direitos e as obrigações legais dela perante uma investigação.

— Até parece que eu já não ouvi tudo isso antes.

— Bem, vale a pena repetir. Então você entendeu todos os seus direitos e deveres?

— Sim, grande coisa!

— Por que você não nos conta o que disse à sra. Dickenson quando estava exercendo a sua interpretação dos seus direitos constitucionais?

— O quê?

— Qual é a sua versão do papo com Marta Dickenson?

— Caraca, porque você não perguntou *isso* logo de cara? Tudo o que fiz foi pedir a ela para aliviar um pouco as coisas... aquele dinheiro é *meu*, e é simplesmente irritante eu ter que implorar àqueles idiotas mãos de vaca toda vez que quero mais. E eu fui *legal* com ela. Até mandei flores, não mandei? E prometi que daria a ela dez mil por baixo dos panos se ela simplesmente liberasse o meu acesso ao dinheiro. Dez mil é uma boa grana para uma vaca contadora.

— Você sugeriu à sra. Dickenson que falsificasse a auditoria a seu favor e, em troca, daria a ela dez mil dólares?

— Isso mesmo. Eu fui *superlegal*. E ela ficou toda irritada. Então eu disse "tudo bem, tudo bem, ofereço vinte mil", mas ela só sabia dizer "terei de denunciar você se continuar com essa merda", ou algo assim.

— Peabody, suas algemas ou as minhas?

— Podemos usar as minhas?

— Do que vocês estão falando? Fiquem longe de mim. — Candida se encolheu no sofá. — Aston!

— Srta. Mobsley, você acabou de confessar que ofereceu um suborno a Marta Dickenson no valor de vinte mil dólares em troca da falsificação da auditoria ordenada pelo tribunal. Isso é crime.

— Não é!

— Pode pesquisar! — sugeriu Eve, enquanto Aston entrava na sala. — Nem mais um passo, meu chapa, a menos que você queira ser algemado e indiciado.

— Qual é o problema? O que está acontecendo? — reagiu ele

— Elas estão dizendo que podem me prender por eu ter sido legal com aquela contadora idiota que morreu. Eu só disse que daria uma boa grana para ela.

Obviamente um pouco mais inteligente que a sua patroa, Aston fechou os olhos e lamentou.

— Ai, Candida.

— Qual é o problema? *Qual é o problema?!* O dinheiro é *meu*. Eu só ia dar um pouco pra ela...

— Tenente, por favor, Candida não entende as implicações do que está dizendo. A senhora pode nos dar um momento, é muito rápido? Vou falar com o advogado dela. Ele vai vir imediatamente.

— Vamos tentar outra coisa antes. Seja sincera, completamente sincera. Responda às perguntas sem papo furado e veremos o que podemos fazer.

— Claro, Claro. Agora, Candida, você precisa responder às perguntas da tenente. Precisa dizer a ela toda a verdade.

— Eu já disse!

— Você mentiu na sua primeira resposta. Tente de novo.

— Não reconheci o nome dela de cara, ué, só isso.

— Peabody. As algemas.

— Está bem, está bem. Caramba! Eu só fingi que estava me fazendo de difícil. Nada demais. E já admiti que sabia quem ela era, não foi?

— Você a ameaçou.

— Talvez eu tenha dito algumas coisas que não devia. Eu estava chateada. Os curadores é que são os verdadeiros idiotas. E também o meu avô, por ser um cara tão pão-duro. E meus pais, pelo amor de Deus, por que...

— Eu não dou a mínima para os administradores, para o seu avô nem para os seus pais, embora tenha pena de todos eles. Eu ligo para Marta Dickenson.

— Eu *não fiz* nada! Acabei de dizer que daria dinheiro a ela, como um favor. Você faz isso para mim e eu te pago. Eu pago muitas pessoas para fazer várias coisas.

— Tenente — tentou Aston.

— Silêncio! — Ela olhou para baixo e teve uma sensação familiar ao ver o filhote de pantera branca se esfregando e se enroscando entre as canelas de Eve. Que esquisito. — Você ligou para ela várias vezes e a ameaçou se ela não cooperasse.

— Eu estava chateada! Fui legal com ela no começo e ela ficou irritada comigo. Aí eu fiquei irritada também.

— Você disse que ia fazê-la se arrepender daquilo.

— Isso aí! Conheço pessoas que fariam ela se arrepender do que fez.

— É mesmo?! — exclamou Eve, e Aston gemeu baixinho.

— Eu já estava até armando tudo. Os mãos de vaca sempre querem que eu faça investimentos inteligentes, certo? Pois então, eu estava pensando em comprar aquela empresa idiota onde ela trabalha. Então eu poderia chutar ela pra fora daquele lugar.

— Seu plano era comprar a empresa e demitir a Marta?

— Óbvio! Tony disse que eles não estavam interessados em vender a firma, mas as pessoas sempre cedem quando você oferece dinheiro suficiente. Mas então ele também disse que, mesmo que eles vendessem a empresa, os tribunais idiotas simplesmente designariam outra empresa para fazer essa droga de auditoria, mas eu pensei nos meus *princípios*. Eu tenho princípios, como qualquer pessoa.

— E conhecendo tantas pessoas importantes, talvez você tenha contato com pessoas que saberiam como assustá-la. Ou dar uma liçãozinha nela.

— Ahn? Tipo... — Candida fingiu socar o ar. — Ah, qual é?! — Ela riu. — Se eu quisesse bater nela, eu mesmo daria umas porradas nela. O problema é que se eu agredir alguém dentro dos próximos oitenta e um dias vou ter que aturar mais sessões de controle de raiva, e isso é um porre tão grande que eu não ia aguentar! Ela deve ter irritado mais alguém, ué. Foi o que eu pensei quando soube que tinha sido um assassinato. Pessoas que mexem com o dinheiro das outras geralmente irritam os donos da grana.

Quando o filhote tentou escalar a perna de Eve, ela lhe fez um carinho de leve entre as orelhas e o afastou. Quando ele saiu de perto dela, se esticou e em seguida se encolheu como uma bola. E ela concluiu que o filhote tinha mais cérebro do que a dona.

— Tudo bem.

— Tudo bem o quê?

— É isso que precisamos saber no momento. Entraremos em contato se precisarmos de mais alguma coisa.

Aston juntou as mãos em súplica.

— Devo chamar o advogado?

— Por enquanto não. Enviar flores é legal, suborno não é legal — explicou ela a Candida. — É *ilegal*. Tente se lembrar disso. Vamos, Peabody.

Quando elas entraram no elevador outra vez, Eve soltou um suspiro pesado.

— Conclusão?

— Achei que ela seria maliciosa e esperta. Quer dizer, com todo aquele dinheiro a gente imagina que ela seria uma pessoa inteligente. Mas é burra como uma porta. Mais burra, até. É tapada demais para ter planejado um assassinato, ou então é tapada demais para não admitir, como se estivesse simplesmente pagando a alguém para lhe fazer um favor.

— Concordo. Ela pensou em comprar a empresa de auditoria para poder demitir a auditora. — Eve balançou a cabeça, incrédula. — Porque ela tem *princípios*.

— Sem falar nos direitos da Quinta Emenda... ou algo assim.

— Sim. Ela deveria ter invocado a Quinta Emenda, em vez de se incriminar pelo suborno.

— Ah... mas ela só estava sendo legal.

Eve balançou a cabeça em negativa e soltou uma risada.

— E então, como estava a sua água dos Andes?

— Molhada.

Capítulo Seis

Depois de olhar a hora, Eve resolveu mandar Peabody entrevistar Jasper Milk. Queria dar seguimento à investigação com Alva Moonie. A pretendente, e cotestemunha, de Bradley Whitestone poderia acrescentar mais informações sobre os três sócios.

Encontrou Alva em sua casa, que dessa vez não era uma cobertura, mas uma bela casa de tijolinhos no Upper West Side.

Eve aprovou o sistema de segurança, principalmente porque ninguém ficou enrolando ela. Pouco tempo depois, Alva abriu a porta; estava descalça e usava um vestido roxo curto e justo.

— Tenente Dallas, que timing, hein. Acabei de chegar do trabalho.
— Trabalho?
— Eu trabalho para uma organização sem fins lucrativos criada pela minha família. Entre, por favor.

O hall de entrada tinha paredes quase da mesma cor do vestido de Alva e nele havia um tapete de ladrilho com estampas geométricas.

Alva virou à esquerda e entrou em uma espaçosa sala de estar com pé-direito alto, muito estilosa, que ficava em algum ponto entre a cobertura dos Dickenson e o apartamento de Candida. Eve logo percebeu pela arte, pelos tecidos e pelas antiguidades espalhadas pelo ambiente que ela era rica. E viu muito conforto nas almofadas profundas, nas muitas cores e na lareira acesa e aconchegante.

— Eu estava prestes a tomar uma taça de vinho. Tive um dia longo. Você me acompanha?

— Não, obrigada, mas fique à vontade.

— Sissy vai trazer a bebida. Minha governanta — explicou. — Ela foi minha babá e até hoje cuida de mim. Por favor, sente-se. Eu já estava esperando uma visita sua. Você já descobriu o que aconteceu com aquela mulher, tadinha?

— A investigação está em andamento.

— O Brad me ligou uma hora atrás, mais ou menos. — Alva sentou-se com as pernas dobradas no assento. — Ele me contou que você tinha conversado com ele e os outros. E que você suspeita que ela foi morta dentro do apartamento e que era um alvo específico.

— Ele poupou meu tempo com a explicação.

— Não era pra ele ter me contado?

— Não tem problema. — Eve ergueu o olhar e viu uma morena alta e atraente entrando com uma bandeja que tinha uma garrafa de vinho tinto, duas taças e uma tabuazinha com queijos e frutas.

— Obrigada, Sissy. Esta é a tenente Dallas. Esta é Cicily Morgan, meu porto seguro.

— É um prazer conhecê-la, tenente. — Ela falou com um sotaque que Eve reconheceu como "britânico chique". — Aceita uma taça de vinho?

— Estou em horário de trabalho, mas agradeço mesmo assim.

— Café? Chá?

— Não, obrigada.

— Vou deixar vocês a sós.

— Sissy, sente-se e tome uma taça de vinho comigo, já que a tenente Dallas não pode. Tudo bem se ela ficar? — perguntou a Eve. — Já contei toda a história a Sissy.

— Sem problemas — disse Eve. — Vim apenas para fazer mais algumas perguntas. Talvez você possa me contar um pouco mais sobre o seu relacionamento com Bradley Whitestone.

— A gente se conheceu em uma campanha beneficente há algumas semanas. Ele está interessado em mim. — Ela sorriu enquanto servia vinho nas duas taças. — Ou no meu currículo, pelo menos. Eu não ligo. Ele tem ideias novas e boas, e uma abordagem atraente.

— Então não é exatamente um relacionamento pessoal.

— Isso ainda não está definido. Gosto dele, mas tomo cuidado. Nem sempre fui assim, não é, Sissy? — Ela deu um tapinha na mão de Sissy e ganhou um sorriso discreto como resposta.

— Você era jovem, talvez um pouco cabeça-dura.

— Um pouco? — Alva jogou a cabeça para trás e deu uma risada. — Sissy é discreta. Passei por uma fase rebelde há algum tempo, nem tanto assim, considerando a minha idade. Boates, boates, mais boates, festas, homens. Até mesmo algumas mulheres, só para dizer que experimentei. Joguei muito dinheiro no lixo só porque eu tinha. Até que me apaixonei loucamente pelo homem errado. Ele me magoou.

— Sinto muito.

— Resumindo, ele me spancou até me deixar inconsciente, me estuprou e depois me espancou de novo. Roubou minhas coisas, me colocou para fora do meu próprio apartamento... completamente nua. Se um dos vizinhos não tivesse me ouvido, me acolhido e chamado a polícia, não sei o que poderia ter acontecido.

— Eles o pegaram?

— Ah, pegaram, sim. Foi um julgamento horrível. Tive que comparecer ao tribunal tanto quanto ele. Minha família, incluindo a Sissy, me apoiou. Mesmo depois de tudo que eu havia dito e feito.

— Não me lembro de ter ouvido sobre isso.

— Aconteceu em Londres. Eu tinha me mudado para lá... mas ficava lá e aqui. Foi há quatro anos. Sissy foi morar comigo e cuidou de mim. Fiz terapia e depois voltei para casa. Eu voltei a ser uma pessoa diferente, muito melhor que aquela que saiu daqui.

— Você voltou a ser a pessoa que sempre foi — corrigiu Sissy. — Só demorou um pouco para reencontrá-la.

— Como eu não queria perder essa pessoa de novo, pedi a Sissy para voltar e ficar comigo. Ela é meu norte. Comprei essa casa e tento merecer uma segunda chance. Isso conclui a versão condensada da minha história de vida.

— Aqui é bem legal. Um ambiente... aconchegante.

— Obrigada, é exatamente isso que queremos.

— Acabei de vir de um lugar que não era tão agradável. Você conhece Candida Mobsley?

— Sim, conheço. — Com outro olhar rápido para Sissy, que simplesmente suspirou, Alva tomou mais um gole de vinho. — Ela foi uma das mulheres com quem passei algum tempo, então... posso dizer que a conheço, sim. A gente deu o que falar por alguns meses, naqueles velhos tempos. Eu e ela, a gente não tem mais... o mesmo estilo de vida, mas eu esbarro com ela de vez em quando em algum evento ou festa. Ela não mudou muita coisa. Ela está... — um ar de surpresa cintilou em seu rosto, e Alva baixou o copo. — A Candida está envolvida no que aconteceu?

— Não, eu acho que não.

— Ela é muito inconsequente, um pouco maluca e, sendo sincera, não é muito inteligente.

— Sim, já percebi tudo isso.

— Ela é quem gostaria de ser — acrescentou Sissy, em seguida se empertigou e completou: — Sinto muito, meu comentário foi grosseiro e desnecessário.

— Mas é verdade — confirmou Alva. — Quando ela consome drogas, algo que faz com certa frequência, sempre entra em brigas. Bate nas pessoas e atira coisas nelas. Na verdade, é mais pirraça do que briga. Mas eu não a imagino fazendo algo assim, o que fizeram com aquela mulher.

— Ela tem dinheiro suficiente, e contatos, para contratar alguém que faria isso por ela — assinalou Eve.

— Não, mesmo assim. Se ela tivesse problemas com alguém, ela teria um grande acesso de raiva, esbanjar dinheiro por aí, faria ameaças, gastaria mais dinheiro, mas... matar alguém? — Alva pegou o vinho novamente e recostou-se. — Honestamente, não acho que isso passaria pela cabeça dela, ou que ela mesma fosse capaz de algo assim. E, se por algum motivo ela fosse, considerando que não é muito esperta, ela se gabaria disso.

— Interessante — comentou Eve. — Eu pensei a mesma coisa.

— Talvez eu devesse trabalhar na polícia... — Alva riu outra vez — Nem que me paguem. Então... você não perguntou, tenente, mas eu vou dizer. Também não consigo imaginar o Brad fazendo uma coisa dessas. É verdade que só o conheço há algumas semanas, mas hoje eu consigo avaliar melhor o caráter das pessoas. O que acha, Sissy?

— Sim. Eu gosto dele. Ele é educado, animado e está sempre de bom humor e entusiasmado.

— Meu norte — repetiu Alva. — Ontem à noite eu e Brad nos divertimos muito, relaxamos um pouco, passamos momentos leves e descontraídos. Fomos jantar, depois tomamos alguns drinques. Eu comentei alguma coisa sobre como deveria ser interessante reformar um prédio inteiro. Gostei de saber que ele tinha montado a empresa com os amigos, e que eles estavam reformando aquele prédio. Conversamos um pouco sobre isso, e ele me disse que o prédio ficava perto de onde a gente estava, caso eu tivesse interessada em visitar a obra.

— Daí vocês foram ver pessoalmente a obra — incentivou Eve.

— Sim, exatamente. Eu realmente queria ver o que ele e os sócios tinham feito. Ele ficou animado para me mostrar e feliz por eu querer ver. Acho que talvez estejamos mudando o nosso relacionamento para algo mais pessoal. Só que depois de irmos lá... nós dois ficamos muito chocados. Ele me trouxe aqui para casa e entrou um pouco. Nenhum dos dois queria ficar sozinho. Ele dormiu algumas horas no quarto de hóspedes.

— E quanto aos sócios dele? O que sabe sobre eles?

— Eu os conheci. Conheci "O Corpo" — rindo, Alva abanou a mão na frente do rosto. — Jantamos com ele, Rob e a noiva, e com o Jake, que estava com uma mulher. Nada de negócios, acho que era porque ainda estávamos nos primeiros encontros, foi tudo muito agradável. Depois, pedi a meu pai que fizesse algumas pesquisas sobre eles, em termos profissionais e pessoais. Não corro mais riscos. Meu pai gostou do que viu. Acho difícil que os contrate profissionalmente, mas se eu quiser muito, ele vai ceder.

— Tudo bem. Acho que consegui tudo que queria.

— Você está trabalhando direto desde que nos encontramos de madrugada, tenente?

— Esse é o meu trabalho.

— Não consigo nem imaginar. Sissy e eu lemos o livro sobre o Caso Icove. Nós vamos à premier.

— Alva, leve um acompanhante.

— Farei isso. — Alva entrelaçou o braço no de Sissy. — Minha acompanhante aqui. Nós gostamos muito do livro.

— É uma história fascinante — disse Sissy. — Tive pena daquelas mulheres, das meninas, das crianças.

— Eu também. — Eve ficou de pé. — Agradeço pelo tempo e pela honestidade de vocês. Na minha opinião, você está fazendo um bom trabalho com essa segunda chance que deu a si própria.

Ela colocou a viatura em piloto automático, em parte porque estava morta de cansaço, mas também porque queria fazer outras pesquisas a caminho de casa. Começou a investigar cada funcionário da empresa da vítima e da firma de Whitestone.

O que ela precisava agora, decidiu Eve, era vasculhar os arquivos que McNab tinha copiado do computador de casa da vítima. Isso lhes dava o que fazer, até Yung conseguir um mandado.

Admitiu que não conseguiria analisar direito as finanças, os números, as auditorias, o que quer que fosse, a menos que esvaziasse a cabeça e descansasse.

Ao passar pelos portões, esfregou os olhos ressecados e pensou que era muito bom voltar para casa.

O vento frio e forte de novembro tinha arrancado as últimas folhas das árvores que se erguiam sobre o amplo gramado verde. Mas isso só deixava a vista da casa mais à mostra, com suas pequenas e grandes torres que a deixavam parecida com um castelo de pedras cinza. Ela já conseguia se imaginar lá dentro — no calor, na cor, no silêncio.

A primeira coisa que ia fazer era tomar um banho quente, muito quente, absurdamente quente, com todos aqueles jatos levando embora tudo de ruim que havia passado no dia. Talvez tirasse vinte minutos para um cochilo, em seguida. Depois, um pouco de comida na mesa de sua sala enquanto ela revirava um monte de números que esperava compreender.

Parou na imensa entrada na frente da casa, saiu do carro e, de tão aliviada por simplesmente estar lá, quase entrou em casa feito uma múmia.

Summerset estava no saguão, um pesadelo perturbando seu tão sonhado descanso. Com seu corpo esquelético no terno preto habitual, ele a fitou com um olhar crítico enquanto Galahad, o gato gordo, se mantinha aninhado a seus pés.

— Se o gato tivesse arrastado algum animal semimorto para dentro de casa, certamente seria você — comentou o mordomo.

Deliberadamente, Eve tirou a jaqueta e a pendurou no suporte da escada.

— Só porque ele teria percebido que *você* não valia a pena. — A resposta foi meio sem graça, mas deu pro gasto, pensou ela.

O gato foi na direção de Eve e começou a se esfregar na sua perna. De repente, parou. Arqueou o corpo e a farejou com um brilho selvagem em seus olhos bicolores.

Em seguida recuou, olhou para ela e chiou.

— Ei!

— Pelo visto, tenente, o gato acha que é *você* que não vale a pena.

Por um momento ela ficou confusa e arrasada. Aquele era o *seu gato*, e na verdade ele já tinha até salvado a vida da dona. Duas vezes!

Entretanto, agora ele parecia a versão eriçada de um gato assustado no Halloween, com as costas arqueadas, o pelo arrepiado e quase rosnando.

Foi então que ela se lembrou do filhote de pantera.

— Não foi culpa minha. Fui interrogar uma pessoa. A mulher tinha um filhote de pantera em casa. Eu não chamei o animal para tomar leite e comer biscoitinho.

Galahad, obviamente achando as desculpas dela tão esfarrapadas quanto seus insultos diários, deu as costas para a dona, empinou a cauda como que diz "foda-se" e voltou para Summerset.

— Tudo bem, que seja. — Resmungando para si mesma, ela subiu as escadas. — Quem foi que trouxe você para este palácio para gatos, afinal? — Eve foi até o quarto com cara fechada. Parou apenas por um momento para fazer uma pergunta a Summerset. — Onde está Roarke?

Boa-noite, querida Eve. Roarke não se encontra na residência neste momento.

— Tudo bem. – Ela não poderia nem reclamar do gato para o marido.

Tudo bem.

Subiu na plataforma onde ficava sua enorme cama, sentou-se na beirada para tirar as botas. E chutou-as para longe.

— Ah, que se dane! — conseguiu dizer antes de se arrastar, deitar de bruços na cama e apagar.

Uma hora depois, Roarke chegou. Ele também tinha tido um dia longo e difícil. Queria apenas a sua esposa e uma grande taça de vinho, mais ou menos nessa ordem.

A mesma comitiva o cumprimentou no saguão.

— A tenente está lá em cima — informou Summerset enquanto Galahad, com o corpo apenas meio arqueado agora, foi devagarinho farejar as calças de Roarke.

— Que bom.

— Ela parecia exausta.

— Não é nenhuma novidade. O que é isso? — Ele se abaixou para acariciar o gato, que continuava a farejá-lo.

— Aparentemente ele quer se certificar de que você foi leal porque sentiu o cheiro de outro gato na roupa da tenente.

— Ah! Bem, eu não tive tempo para interações com gatos hoje. — Enquanto Roarke tirava seu sobretudo, Summerset estendeu a mão para segurá-lo. — Obrigado. Vamos subir, então — disse ao gato. — Tenho certeza que ela vai te compensar.

Ele subiu a escada com o gato atrás dele.

Se ela tivesse ido direto para seu escritório pessoal, ele serviria um pouco de vinho para ambos, decidiu Roarke. E a convenceria a se deitar um pouco. Ele mesmo poderia aproveitar alguns minutos de descanso. Mas antes queria tirar a porcaria do terno.

Foi quando a encontrou, deitada ainda de bruços sobre a cama.

— Isso também serve.

Tirou o terno, vestiu uma calça larga e uma camiseta de manga comprida. *O vinho pode esperar*, decidiu, e deitou na cama ao lado de Eve. Ela se remexeu um pouco quando ele a envolveu com o braço, murmurou algo que soou como *números* e voltou a dormir.

O gato deu um salto ágil e pulou na cama ao lado do quadril de Roarke. Com a esposa aninhada à sua frente e o gato em suas costas, Roarke, por sua vez, caiu no sono.

Eve repassou os eventos do dia em sonhos, do jeito estranho de sempre, através de paisagens brancas, calçadas geladas e escritórios vazios onde um som de choro ecoava sem parar.

Ela estava na cobertura dos Dickenson, com as mãos na cintura.

— Não está aqui — disse ela a Galahad, que a ignorou. — Ninguém pediu que você viesse, mas estou lhe dizendo... não está aqui. Não tem nada aqui além de tristeza. Está tudo limpo. — Ela saiu pela porta e entrou no apartamento ainda em construção. — Tem só um pouco de sangue, que eles não devem ter visto. Desleixados, muito desleixados. Eles a largaram na porta. Isso foi uma declaração? Se sim, foi para quem, a declaração?

Whitestone? Mas não era ele que deveria ter encontrado o corpo. Um pedestre no início da manhã, talvez. Porém, era mais provável que fosse alguém da equipe de construção.

Mas ela não conseguira encontrar nenhuma conexão entre a vítima e os trabalhadores.

Eve virou-se e viu as fotos emolduradas dos filhos da vítima e do marido. Tempos mais felizes.

— A família era tudo para ela. — Daniel Yung estava sentado no sofá confortável, as mãos perfeitamente cruzadas no colo. — Ela teria feito, dado e dito qualquer coisa para protegê-los.

— Sim, ela teria pensado nos filhos assim que foi raptada, teria pensado em voltar para casa, para eles. Para junto das crianças, principalmente. É isso que as mães fazem, não é mesmo?

Sentiu o cheiro da própria mãe e viu Stella encarando-a com desgosto, parada na porta.

— Ela teria pensado em si mesma, como todo mundo — declarou sua mãe, no sonho. — Odiava ficar presa naquele lugar com crianças choronas. Igualzinho a mim. Ela não é melhor do que eu.

Eve a estudou por um momento, os olhos amargos, a boca torcida de desgosto, a garganta ensanguentada, cortada pela lâmina de McQueen. E sentiu apenas uma leve irritação.

— Ah, não me enche! Não tenho tempo para você. Nem tudo tem a ver com você.

— Você acha que ela pensou nos dois pirralhos ou no idiota que meteu eles nela?

— Acho, sim. Ela pensou nos filhos dela, na vida dela, e deu aos canalhas que a mataram tudo o que eles queriam. Mas ela ainda *sabia* o que era, ou pelo menos sabia o bastante para ser uma ameaça. Dinheiro, auditorias, carteiras, investimentos. São os números! Em algum momento os números não vão bater. Como vou saber quais são os malditos números corretos e os errados?

Roarke se aproximou dela e acariciou seu cabelo com a mão.

— Você precisa mesmo de uma resposta?

— Ah, é. Eu tenho você.

Ela abriu os olhos e fitou longamente o azul intenso dos olhos dele.

— Você estava resmungando durante o sonho.

— É? Eu estava?

— Você falou: "Eu tenho você." E tem mesmo. Eu estou sempre aqui para você.

Ainda grogue, Eve acariciou os cabelos dele, como ele fez no sonho com os dela.

— Eu estava meio que repassando o caso enquanto dormia. Tem a ver com dinheiro, muito dinheiro, eu acho. Do tipo que é investido, auditado e guardado em contas especiais. E você estava lá, no sonho. Na cena do crime.

— E o que foi que eu disse?

— Você estava me lembrando de que eu tenho um especialista em grandes quantias de dinheiro à minha disposição. Tenho certeza de que vou precisar de um.

— É sempre um prazer te servir.

— O McNab encontrou um arquivo que eu preciso analisar, ou então pedir para *você* analisar.

Ela começou a se levantar, mas ele rolou para cima dela.

— Quero meu pagamento adiantado.

— Eu dei um puxão de orelha sobre suborno ainda hoje.

— Pode me prender depois. — Ele soltou o coldre que ela ainda não havia tirado. — Prefiro você desarmada, no momento. E pelada.

— Você sempre me prefere sem roupa.

— Culpado! — Ele colocou seus lábios nos dela. — Ah, agora sim.

Parecia que fazia vários dias desde que ela estivera em casa, na cama, com ele. Estar de volta ali era uma dádiva, sentir seu corpo reagindo, e permitir que sua mente se afastasse do trabalho, do sangue, da morte e da dor, e ir em direção ao prazer.

— Pelo menos dessa vez você não está vestindo um monte de roupas. — Ela tirou a camiseta dele por cima da cabeça e deslizou as mãos pelas suas costas.

— Eu estava preparado. — Ele a puxou para cima para puxar o coldre e tirar sua jaqueta. — Você não estava.

— Eu só queria descansar. — Ela sorriu quando ele tirou seu suéter. — Ainda estou fazendo isso. — Ela se enroscou nele, ainda usando sua camiseta regata, a calça e o colar com o diamante gigante que ele havia lhe dado.

Com as pernas em volta da cintura de Roarke, ela o desequilibrou e inverteu suas posições até ficar montada nele.

— Acho que esse cochilo me deixou revigorada. — Ela tirou a camiseta e a jogou longe. — Mas bem que eu gostaria de uma mãozinha, agora.

— Eu tenho duas. — Ele as fechou sobre os seios dela.

— Tem mesmo. — Ela fechou os olhos e deixou que as sensações a envolvessem.

Inclinou-se na direção dele e mergulhou naquele beijo que era calor e luxúria envolvidos na promessa do que estava por vir.

Magra e forte, ele pensou. Olheiras de cansaço rodeavam seus olhos, mas a energia aumentava em seu corpo. Sua Eve, seu presente no final de um dia longo e difícil.

Quando ele a girou sobre a cama, ouviu a risada presa em sua garganta, e reparou que o som logo se transformou num ronronar assim que substituiu as mãos pela boca. O coração dela batia sob seus lábios, o ritmo acelerando enquanto as mãos dele vagavam sobre o seu corpo. Ela impulsionou os quadris para cima quando ele puxou sua calça para baixo e os lábios dele foram deslizando pelo torso, pela barriga. Enquanto ele a provocava, deslizava e a dominava, Eve perdeu o ar, e os dedos que acariciavam as costas dele cravaram-se em sua pele.

O corpo dela contraiu, depois relaxou. Gemeu suave como seda de prazer.

Ele sabia exatamente o que fazer. Sempre sabia. Com ele, ela conseguia amar sem medo, sem dúvidas, e saber que era amada da mesma forma. Puxou-o para si à procura daquele amor, pelas boas-vindas, e mais uma vez olhou para seus olhos azuis.

Quando ele a preencheu por completo, a alegria encontrou o prazer. Os movimentos revelavam a urgência. Devagar, devagar para então irem crescendo até o topo e caindo para um momento que os desligava de tudo, exceto aquela combinação, aquela fusão de corpos. Ela segurou o rosto dele com as mãos enquanto cada estocada a levava além.

Nos olhos dele, ela se viu voar. E o viu voar logo em seguida.

Como o seu relógio biológico já estava todo errado, ela não encontrou um bom motivo para não ficar deitada ali por mais alguns minutos. Talvez a ideia de esvaziar a mente e recarregar as energias não tivesse saído exatamente como ela havia planejado.

Mas aquilo tinha sido melhor.

— Conversei com pessoas demais hoje — começou ela.

— Nem me fale.

Ela olhou para o céu pela claraboia acima da cama e se perguntou quando foi que havia anoitecido por completo.

— Você nunca se cansa de conversar com as pessoas.

— Óbvio que me canso.

— Mas você pode pagar às pessoas para conversar com outras pessoas. Pode até mesmo pagar às pessoas para conversarem com as outras pessoas com quem você *não quer* conversar.

Achando aquilo divertido, ele entrelaçou seus dedos com os dela.

— Mas quem falaria com elas?

— Você poderia fazer tudo por mensagem de texto ou e-mail, sem nunca precisar conversar com uma única pessoa. Quanto a mim, posso apenas sonhar com dias assim.

— Ah, mas se eu pagasse às pessoas para conversar com outras pessoas, algo que eu realmente faço quando necessário, e depois pagasse a mais pessoas para falar com as pessoas que paguei antes, não tenho dúvidas de que algumas coisas se perderiam no meio do caminho, e eu terminaria tendo que falar com ainda mais pessoas depois que tudo estivesse uma bagunça completa.

— Pode ser, mas você gosta mais de lidar com pessoas do que eu.

— Isso é verdade, mas aí tem o fato de que você arrisca a sua vida pelas pessoas todos os dias.

— Não hoje, no caso.

— Então, devemos comemorar. Estou doido para beber uma taça de vinho.

Ela levantou a cabeça dele com as mãos e o encarou por um tempo.

— Você teve um dia ruim.

— Não, um dia tumultuado e longo, mas no final não foi tão ruim assim. Ainda mais a volta pra casa.

— Bem, essa parte não conta.

— Sempre conta. — Ele se aproximou para beijá-la.

— Então eu digo a mesma coisa. Quero um banho, talvez um pouco de vinho e, já que eu paguei adiantado, quero que você analise os arquivos da vítima.

— Trato é trato. Banho, vinho, comida... e a minha parte do acordo.

— Eu já comi hoje, mais cedo.

— Comeu o quê?

Ela riu e rolou para fora da cama com ele.

— Comi um bolinho dinamarquês falso de manhã e uma sopa de frango dos deuses à tarde.

— Mais motivos para comemorar.

Eles entraram juntos no chuveiro, e Roarke já estava pronto para ter sua pele cozinhada sob a água pelando.

— A sopa era realmente muito boa. De uma delicatéssen perto da cena do crime. — Ela colocou os jatos no máximo, a quarenta e dois graus.

Ele estremeceu e aguentou firme.

— E você? — Quis saber ela.

— O que eu comi? — Ele não conseguiu se lembrar dela já ter feito essa pergunta a ele. — Tomei um café da manhã de verdade e depois almocei no refeitório dos executivos, onde conversei com muitas pessoas por muito tempo. Isso acabou estragando o meu apetite.

— Aconteceu alguma coisa? Vou precisar penhorar algumas das zilhões de joias que você me deu?

— Acho que vamos conseguir superar essa. Não tem problema nenhum. — Ele esfregou o pescoço sob o chuveiro. — Apenas algumas pessoas que precisavam de alguém para lembrar-lhes quais são as prioridades delas e quem paga o salário que elas recebem.

— Hoje você foi o "Roarke Assustador"?

Ele sorriu e passou o dedo na covinha do queixo de Eve.

— Talvez. De qualquer forma, a bronca já foi dada e não precisará ser repetida tão cedo.

— Você botou pra quebrar hoje. Eu não. Teria sido ótimo. Pelo menos eu intimidei uma chata muito rica, então já é alguma coisa.

— Alguém que eu conheço?

— Provavelmente. Candida Mobsley.

— Ah, sim. É uma chata. Está envolvida no crime?

— Acho que não. É burra demais para ter planejado tudo e, se tivesse contratado alguém para cometer o crime, certamente teria metido os pés pelas mãos quando eu a interroguei.

Ele riu com as escolhas de palavras de Eve.

— Acho que você tem razão.

— De qualquer forma, tenho uma lista inteira de empresas que, e por que a maioria delas sempre tem três nomes?, quero que você dê uma olhada. Só para saber sua opinião, caso você as conheça.

Ela saiu da ducha, para o tubo de secagem, enquanto ele reduzia a temperatura da água em dez graus e suspirava de alívio.

De volta ao quarto, ela vestiu roupas confortáveis e franziu a testa para o gato.

— Ele arreganhou os dentes para mim! — Extremamente ofendida, ela se virou para Roarke. — Como um gato pode arreganhar os dentes? Supera isso, seu gordo — ordenou ela. — Já me livrei das calças e já tomei banho. Acabou.

— Ele está aborrecido porque, pelo que Summerset me contou, você esteve perto de outro gato.

— Não era um gato. Era a porra de uma pantera.

— Você foi ao zoológico?

— A rica idiota tem um filhote de pantera branca para combinar com a cobertura branca, que me deixou cega como se eu estivesse na neve. Era tudo branco, menos o seu assistente, que estava de preto. Acho que é para ela poder encontrá-lo naquela tempestade de neve em que vive. Preciso ver se ela tem a licença adequada para ter uma pantera em casa. Que tipo de idiota tem um gato selvagem como animal de estimação?

— Ela certamente faria isso, se alguém lhe dissesse que está na moda ou que é sinal de rebeldia.

Eve semicerrou os olhos.

— Você já comeu aquela mulher?

Roarke fez que não com a cabeça.

— Esse é um termo muito grosseiro, considerando nossa recepção calorosa ao chegar em casa. Não, eu não comi, não transei e não trepei com aquela mulher em particular.

— Porque...

— O fato de ela ser uma *burra* influenciou. Além do mais ela não é, de forma alguma, o meu tipo. Sempre se envolve com bebidas, drogas, idiotices e comportamento imprudente. Sem contar que ela é mimada até o último fio de cabelo.

— Bom saber. E quanto a Alva Moonie?

— Embora ela não seja uma idiota, não, eu não comi, não transei, etc., etc. com a Alva Moonie. Ela pode ser mais que apenas uma testemunha?

— Não. Pelo menos, não com o que eu tenho de informação. Gostei dela. Ela me disse que eu já a conhecia.

— É provável que a gente já tenha se cumprimentado em algum evento beneficente. Tem mais alguma outra mulher na sua lista com quem eu possa ter transado?

Ela sorriu para ele.

— Na verdade, não. Eu me perguntei apenas sobre essas duas porque vocês são todos podres de rico.

— Você tem um pouco dessa podridão em você, tenente.

— Foi podridão *transferida* para mim. — Ela estendeu a mão. — Você vai ser muito útil nesse caso porque é podre de rico, não é burro *e* entende muito de carteiras de investimento e toda essa merda.

— Toda essa merda é o que paga pelo vinho que vamos tomar... e a comida.

— Eu recebo um salário, sabia? — lembrou ela. — E vou pagar pela comida de hoje.

— Como quiser. — Ele deu um puxão na mão dela, trouxe-a mais para perto e voltou a beijá-la. — Mas, pelo amor de Deus, nós não vamos pedir pizza hoje.

— Ótimo. Eu quero um bife. Um bife bem grande e suculento.

— Estamos de acordo. Vamos comer, beber e falar de assassinato e dinheiro.

Ela soltou um suspiro satisfeito.

— Eu te amo.

Capítulo Sete

Nos anos anteriores a Roarke, o mais próximo que Eve havia chegado de um bife de verdade com seu salário de policial tinha sido um hambúrguer de soja sem graça. Geralmente pedia para acompanhar batatas fritas, enterrava-as no sal e ficava feliz. Agora, havia um belo bife perfeitamente grelhado em seu prato, ao lado de batatas fritas empilhadas como fitas douradas, e vagens crocantes misturadas com lascas de amêndoas.

Nada mal.

Mas o melhor — muito melhor do que a carne e as batatas de primeira — era ter alguém sentado à sua frente com quem ela pudesse conversar sobre o caso. Nos anos anteriores a Roarke, a maior parte das suas refeições era feita sem companhia alguma ou com pressa. De vez em quando comia alguma coisa com Mavis, e sempre comia muita comida de baixa qualidade, engolida às pressas em companhia de algum outro tira.

Mas agora, ela estava sentada em sua própria casa, diante de uma refeição de verdade com um homem que não apenas ouvia, mas também entendia tudo! Eve tinha ganhado na loteria da vida.

— Você já eliminou um motivo pessoal — comentou Roarke, depois que ela expôs o básico.

— Foi por causa de negócios. Não consigo encontrar nada que seja de motivação pessoal. Vou pedir a Mira um perfil psicológico do assassino — acrescentou, referindo-se à melhor psiquiatra a traçar perfis da Polícia de Nova York. — Mas acredito que tenha sido um ataque semiprofissional.

— Semiprofissional? Não foi bom o suficiente para os chefões?

— Acho que não, não foi bom o bastante. Houve um certo nível de... convicção com o ato, algo que o motivou. Ela não sabia que ia trabalhar até tarde naquele dia, então não houve muito planejamento. Mesmo assim, foi um plano decente. Eletrocutá-la com a arma de atordoar, embora isso não fosse realmente necessário, sequestrá-la, jogá-la dentro de um carro e levá-la para algum outro lugar onde houvesse mais privacidade. Um método de execução como este exige treinamento e, como eu disse, é totalmente impessoal.

— Eu duvido que a vítima concordaria com você.

— Ela achou que eles a deixariam ir embora, ou pelo menos esperava que isso acontecesse logo em seguida. E ele a pegou por trás, mais uma prova de que foi algo impessoal. Ele ou eles conseguiram todas as informações que queriam e tudo que havia na pasta dela. Então, tentaram fingir um assalto para disfarçar.

— Um clássico.

— Até poderia ter funcionado. Mas que tipo de assaltante atordoa uma vítima, bate nela e depois quebra o pescoço por trás?

— Alguém particularmente cruel, mas não é o caso — continuou Roarke, antes de Eve falar. — Se você é um assaltante com sorte o suficiente para ter uma arma de atordoar, você atordoa a vítima, pega os objetos de valor e foge para poder continuar atordoando outras pessoas.

— Concordo.

— Por outro lado, se ele fosse particularmente cruel, não se preocuparia em atordoar a vítima. Preferiria provocar algum dano e ele mesmo o causaria.

— Também concordo. Além do mais, por quê? Ela era o sonho de qualquer assaltante. Uma mulher andando sozinha, que não reage ao assalto. Não havia lesões defensivas. Se ela gritasse ou pedisse socorro e o assustasse, alguém teria ouvido. E naquele bairro, é bem provável que alguém denunciasse o fato, ou pelo menos reportasse aos policiais mais tarde, quando fizessem os interrogatórios. E *se* ele tivesse tomado um susto...

— E tinha uma arma de atordoar — Roarke continuou sua linha de pensamento. —, seria mais rápido e mais fácil colocá-la na garganta da vítima e matá-la.

— É por isso que ele ter usado a arma não faz muito sentido, mas as marcas estão lá. E tem mais uma coisa: ela não devia estar tão longe do escritório, nem tão longe de casa. Estava muito frio e muito tarde para ela ir andando, e ela disse ao marido que só ia até o metrô, a um quarteirão e meio do escritório.

— É, verdade. E tem o sangue na lona.

— Esse é a grande pista que prova que ela estava *dentro* do apartamento. E para levá-la para dentro, eles precisaram da senha.

— Ah, bem, quanto a isso... — Ele simplesmente sorriu e mexeu os dedos.

— Se eles podiam pagar ou tinham um homem bom o bastante para invadir o sistema de segurança e entrar sem deixar rastros, também poderiam ter pagado um assassino profissional.

— Não houve muito tempo para contratar alguém.

Ela apontou o dedo para ele.

— Exatamente. — Satisfeita por ele acompanhar seu raciocínio, ela ergueu o vinho para beber. — Ela só pegou aquelas contas e auditorias para analisar naquela tarde. Esse foi o motivo mais provável. Talvez, apenas talvez, o problema tenha sido um dos clientes mais antigos e ela tivesse suspeitado de alguma coisa, mas a probabilidade é maior que tenha sido um cliente mais novo, porque a impressão que tive foi a de que tudo foi resolvido às pressas.

— Um cliente novo *para ela*.

Desta vez ela brindou com ele.

— Exato! A notícia chega ao ouvido do cliente ou do auditado. Essa palavra existe? Ou então a pessoa envolvida com o negócio não queria alguém novo entrando, não podia deixar uma coisa dessas. Ela só teve algumas horas para trabalhar na análise dos números. Droga, talvez ainda nem tivesse ido muito a fundo na pesquisa. Mas o cliente não podia arriscar. As coisas ficaram meio confusas e a pressão aumentou na Brewer & Cia., ainda mais com os dois contadores em um hospital de Las Vegas. É um departamento pequeno, onde todos se conhecem. Pode apostar que qualquer um que quisesse poderia descobrir quem estava trabalhando em quê. Ninguém iria achar estranho alguém perguntar quem iria assumir o trabalho de Jim ou Chaz, certo? Ou então o supervisor informou à parte interessada quem cuidaria da auditoria, assim que o cliente entrou em contato mostrando sua preocupação.

— Não se preocupe, sr. Vilão — começou Roarke. — Marta é uma das nossas melhores funcionárias. Ela faz um trabalho excelente e já começa hoje mesmo a se matar de trabalhar para recuperar o atraso.

— Simples assim — concordou Eve. — Então o sr. Vilão falou com alguns capangas, mandou que eles descobrissem o que Marta sabia, pegassem os documentos e se livrassem dela.

— Foi o que eles fizeram, só que a tenente percebeu os erros sutis no trabalho deles.

— Eles não deveriam ter levado o casaco. — Ela cortou um pedaço de bife e gesticulou com a faca. — Foi pequeno, mas me pareceu um exagero. Ou então, se eles pegaram o casaco, também deveriam ter levado as botas que eram boas e muito novas. Provavelmente valem mais que o casaco. E se eles queriam que parecesse um assalto, deveriam ter usado uma faca. Faria mais bagunça, claro, mas enfiar a faca nela algumas vezes faria tudo se parecer mais com um assalto. Usar aquele apartamento foi conveniente, mas preguiçoso. Foi isso que nos deu a conexão.

— Da WIN para Brewer e para as novas auditorias da vítima.

— Até agora sei de pelo menos oito clientes cujos dados se cruzam e três que tiveram auditorias designadas para Marta no dia de seu assassinato. Ainda podemos encontrar outras. — Ela pegou uma batata frita e refletiu: — Tudo muito conveniente.

— Por que não pode ter sido algum operário da obra? Um deles poderia ter conseguido as senhas.

— Eu ainda não descartei essa possibilidade, ainda preciso avaliar o relatório de Peabody com mais atenção. Até agora não apareceu ninguém na nossa busca. E acho que um dos operários teria recolocado a lona no lugar. Eles sabem como deixam o lugar. Deixar a lona embolada num canto deu mais destaque a ela. E quando você arruma, fica mais fácil de enxergar o sangue.

— Como você enxergou.

— Pois é. De qualquer modo, o pânico faz as pessoas cometerem erros.

— Ele pode ter imaginado que você não entraria no apartamento.

— Isso seria o cúmulo da burrice. Pelo amor de Deus, se encontramos uma mulher do lado de fora de um apartamento vazio, é claro que vamos entrar nele para dar uma olhada.

— Então vamos investigar mais a fundo o... Quem é mesmo o W no WIN?

— Bradley Whitestone.

— Isso. Aquele que estava no local para denunciar o crime.

— Isso o faz parecer suspeito, sim. É algo óbvio, nada sutil. Alva Moonie contou o que eles fizeram, e também foi ela quem teve a ideia de ir até o prédio. Não foi sugestão dele. Vamos investigá-lo melhor, mas eu desconfio mais dos outros sócios.

— Por quê?

— Se você planeja matar alguém, manda que os assassinos usem a sua propriedade e é um cara rico e ambicioso, por que levaria alguém que você espera que vire um cliente importante, e alguém com quem você quer transar, até a cena do crime? Para que sua acompanhante descubra o cadáver com você?

— Bem, seria um raciocínio limitado e tolo. Mas mesmo assim, seria um álibi.

— Sim, seria — concordou Eve. — Mas um álibi mais inteligente seria você ficar com a cliente em potencial, bem longe do local do crime e só "descobrir" o que houve quando a polícia ligasse.

— Alguns gostam de ver tudo de perto.

Eve gostava quando Roarke bancava o advogado do diabo, pois isso a fazia analisar os acontecimentos e os detalhes.

— Alguns sim, não ele. Eu sei que não. — Ela recusou com a cabeça quando Roarke pegou a garrafa para lhe servir mais vinho. — Além do mais, tem o fator da ambição. Ele tem orgulho da empresa e desse prédio. Não vai ser bom para os negócios quando os clientes descobrirem que uma mulher foi morta no local e largada na porta, mesmo se comprarmos a ideia do assalto. Coisas desse tipo afastam as pessoas, especialmente as que têm muito, muito dinheiro.

— É verdade. — Roarke se recostou, desfrutando dela e do momento a dois, apesar da morte. — Os outros parceiros não são orgulhosos e ambiciosos?

— Eu diria que são, sim. Mas também diria que tudo foi decidido no calor do momento, motivado pela situação em si e por um pouco de desespero. Temos um lugar, vamos usá-lo. A polícia nunca vai descobrir que foi um de nós. Foi algo aleatório, puro azar dela. Quem encomendou a morte dela mandou o assassino ser rápido e limpo, para que parecesse um assalto, e mandou que ele pegasse os objetos de valor da vítima. Aposto com você uma semana de salário que o cara que a matou nunca foi assaltado e nunca assaltou ninguém. Senão ele saberia melhor o que fazer.

— Uma semana de salário de quem? Do meu ou do seu?

— Já que você ganha mais em uma semana do que a maioria das pessoas ganha em muitas décadas, vamos ficar com o meu. E isso mostra como você pode ser útil nesse caso. Se houver algo estranho com a contabilidade e os documentos, você vai perceber.

— Ainda bem que eu gosto de ser útil — acrescentou ele. — Estou doido para xeretar as finanças de outra pessoa. — Sorriu quando ela franziu a testa para ele. — Mas vou usar os meus poderes para o bem, é claro. Acho que já posso começar a ver isso, né? Vou trabalhar aqui de casa. Fica mais fácil se eu tiver uma pergunta para você ou você para mim.

— Ok. Posso usar o computador auxiliar. Eu tenho que montar meu quadro do crime, vou te passar todas as informações que você precisa antes.

— Os arquivos estão no computador daqui ou no da Central?

— Eu pedi a McNab para fazer uma cópia e enviar para cá.

— Então eu posso começar sozinho.

Excelente, pensou Eve. Como ele tinha preparado a refeição, ela cuidou da louça. Nada mais justo. E assim como a sopa mágica, a refeição e a revisão do caso tinham recarregado suas energias.

Um cochilo, o sexo e o banho quente também podem ter ajudado. De qualquer forma, ela calculou que ainda tinha algumas boas horas de energia.

Reparou que Roarke já focou na pesquisa, e viu que o gato a acompanhou, desconfiado, quando ela saiu da cozinha para montar seu quadro.

Decidiu que a melhor coisa a se fazer seria ignorar Galahad, até ele fingir que não havia nada errado e nunca houvera.

Estudou o quadro enquanto trabalhava e foi para o computador auxiliar para imprimir mais fotos dos investigados. Colocou a foto de Candida e de Aston em seu mural, mais a governanta de Alva Moonie.

Pensou nas possíveis conexões e começou a organizá-las. Candida e Alva: ex-amigas, amantes. Ambas a serem analisadas. Candida e a vítima: por meio de auditoria. Acrescentou o homem que cuidava do dinheiro de Candida e fez uma anotação para lembrar de investigá-lo.

Alinhou a família da vítima de um lado e os colegas de trabalho do outro. Deu uma boa olhada em James Arnold e em Chaz Parzarri e fez mais algumas anotações para se lembrar de entrar em contato com o hospital e ver um histórico dos ferimentos e prognósticos de ambos.

Roarke, ela viu, estava em modo de trabalho. Com o cabelo num rabo de cavalo e as mangas arregaçadas, ele parecia muito relaxado. Por que será que algumas pessoas acham números tão fascinantes?

Ela se sentou diante do computador auxiliar e mergulhou no que considerava ser a parte muito mais interessante em analisar a vida das pessoas.

James Arnold, quarenta e seis anos. Está no segundo casamento há nove anos. O primeiro lhe deu dois filhos, um menino e uma menina, e o pagamento de uma pensão alimentícia bem alta. Tinha tido mais uma filha no segundo casamento.

Ele *parecia* um contador, concluiu. Pelo menos, o estereótipo de um. Branco, com uma expressão um pouco preocupada em seu rosto magro, olhos azul-claros e cabelo ralo loiro.

O tipo que parecia inofensivo e chato. Porém, ela sabia que as aparências costumavam enganar.

Ele tinha um diploma de pós-graduação e já fora assistente de professor e monitor de dormitório na faculdade.

Um *nerd*.

Tinha trabalhado para a Secretaria de Imposto de Renda durante seis anos e depois tinha ido para o setor privado com um breve e malsucedido período de dois anos, em que tentou administrar seu próprio negócio em sua casa.

Ele trabalhava com Brewer há treze anos.

Tinha um salário decente. Eve achava que qualquer pessoa que ficasse processando números o dia todo provavelmente merecia um salário alto. O que era bom, já que a poupança para a futura mensalidade da faculdade do seu filho mais velho sugava uma grana boa.

Não tinha registro criminal, mas sim um monte de multas de trânsito, ela notou. E... humm... o filho mais novo passara algumas vezes pelo reformatório juvenil. Furtos em lojas, posse ilegal de drogas, consumo ilegal de álcool e vandalismo. Ficou um longo período em uma clínica de reabilitação privada, que era um tanto cara.

Sua esposa tinha renunciado recentemente à pensão para voltar a trabalhar como auxiliar jurídica.

Embora ela estivesse conseguindo viver com o que ganhava, pelo que Eve viu o dinheiro devia estar curto. Como devia ser trabalhar o dia todo com aquelas contas cheias de dinheiro, ações, investimentos e sei lá mais o quê enquanto tinha de fazer contas no fim do mês só para pagar a hipoteca?

Interessante.

Chaz Parzarri, trinta e nove anos, solteiro, sem filhos. Tinha um ar sombrio e amuado que algumas mulheres gostavam. Rosto com estrutura óssea bem marcada e muitos cachos selvagens. Para Eve, ele não parecia um contador. Mas também tinha pós-graduação e experiência em trabalhos para o governo. Será que tudo aquilo era necessário?

Olhou para Roarke e se perguntou se ele saberia a resposta, mas decidiu que aquilo não era tão importante para ela o interromper.

Chaz teve uma boa educação graças a bolsas de estudo. Ele era um rapaz inteligente, refletiu. Nascido em Nova Jersey, filho de garçonete e motorista de táxi, três irmãos. Família com pouco dinheiro, pelo menos durante sua infância.

Ele mudou isso por meio de um emprego fixo e investimentos inteligentes, pelo que ela presumiu. Comprou um apartamento no Upper East Side, a poucas quadras do trabalho.

Nenhum registro criminal. Algumas multas de trânsito também, mas não no nível de Jim Arnold. A grande maioria por excesso de velocidade.

Algumas pessoas viviam com pressa. Talvez Chaz tivesse pressa de ficar rico.

Ela os colocou de lado para deixar suas ideias sobre eles amadurecerem um pouco e leu o relatório de Peabody sobre o interrogatório de Jasper Milk, depois o de Carmichael, e o interrogatório de Santiago com a designer de interiores.

Deixando tudo de lado, Eve se levantou, programou o café e colocou uma caneca na mesa de Roarke.

— Obrigado. — Ele se virou para trás e olhou para ela. — Quanto isso vai me custar?

— Algumas respostas e/ou opiniões.

— Isso eu posso pagar.

— E aí, está conseguindo algo?

— Claro! — Ele sorriu e pegou o café. — Já vou avisando que vai te dar um trabalhinho. Dois nomes que achei são grandes empresas que possuem filiais, instituições de caridade, folhas de pagamento, despesas, desvalorizações e assim por diante. Vou precisar de um relatório geral de tudo. Não vá achando que eu vou encontrar uma coluna marcada "Grana que eu desviei, ou me apropriei ou que nunca existiu, para início de conversa".

— O que significa essa última?

— Significa que às vezes as empresas ou pessoas dentro delas tomam caminhos para tranquilizar os acionistas, clientes em potencial ou investidores e seus conselhos administrativos e esperam aumentar esses números. É algo como uma trapaça otimista — concluiu. — Mas geralmente é uma furada.

— Ok.

— Tem uma auditoria aqui que aconteceu por conta de uma possível fusão, outra por causa de regulamentação, e outra por ordem judicial. Parece que sua vítima fez exatamente o mesmo que estou fazendo aqui. Ela deu uma olhada geral primeiro. Anotou algumas perguntas sobre todos os três casos. Nada importante, mas ela não tinha passado muito tempo trabalhando neles.

— Então você acha que ela não sabia de nada particularmente comprometedor, pelo menos no momento da sua morte?

— Não posso dizer isso com certeza absoluta, mas é isso que eu acho.

— Ok. Tenho vários suspeitos. Olha esse. Dono da própria empresa, um negócio de família há gerações. Cerca de doze anos atrás, os negócios ficaram muito, muito fracos. Ele resistiu, mas passou um sufoco. Teve que fazer empréstimos e vender alguns ativos. Aceitou vários clientes menores e acabou perdendo dinheiro com eles.

— Queria se manter no mercado. Tinha funcionários?

— Tinha. Chegou a ter cinquenta funcionários, mas na crise o número caiu para vinte. Não sou especialista em negócios, mas seria mais inteligente ficar com metade desse número logo de início. Assim não teria que se preocupar em pagar os salários que consumiam todos os lucros, então acabou perdendo dinheiro com alguns desses trabalhos.

— Ele preferiu manter o máximo de pessoas trabalhando. Pode não ser um bom negócio no curto prazo, mas funciona no longo. Você sabe com quem está trabalhando, e eles sabem que podem contar com você.

— Tudo bem, eu entendo. No momento ele tem trinta e dois funcionários, e alguns deles são empregados antigos que ele tinha dispensado.

— Lealdade? Ele os manteve enquanto pôde, e os trouxe de volta quando a demanda voltou a aumentar.

— Pode ser.

— A empresa é pública ou privada? Tem acionistas? — quis saber Roarke.

— Não, é um negócio só dele, herança de família. É o cara da construtora.

— Ah! Uns doze anos atrás houve uma crise grande nessa área. No setor imobiliário e na área de habitação. A bolha estourou.

— Que bolha?

— A bolha imobiliária. E não foi a primeira vez. Muita gente perdeu suas casas, e, sempre que isso acontece, as pessoas que prestam serviços em reformas, consertos e construção ficam sem trabalho. É um momento difícil para muitos, mas para os que estão dispostos a se arriscar, é uma boa oportunidade.

— Oportunidade de quê?

— De correr alguns riscos e colher frutos a longo prazo. Eu comprei muitos imóveis durante esse período. Você não acha que foi este homem que matou a sua vítima.

— Não, pelo menos não estou convencida disso. Mas você mesmo disse, ele ou alguém da equipe de construção pode ter recebido alguma grana para repassar a senha.

— Você também não gosta dessa hipótese, ainda mais agora que investigou o sujeito mais a fundo.

— Não, não gosto. Não houve tempo suficiente, na minha opinião, para encontrar uma pessoa adequada e fazer uma oferta apropriada. A menos que eles já estivessem envolvidos, mas eu não consigo enxergar essa conexão.

Ela se apoiou na beirada da mesa enquanto provava seu próprio café.

— Tenho a mesma impressão da designer de interiores — continuou. — Ela tem uma reputação boa, pelo que me relataram os tiras que mandei que colassem nela. Também parece ter um bom relacionamento com o cara da construção e com os clientes, ou seja, os sócios.

— Então, mesmo que você não queira ou ainda não possa eliminá-los como suspeitos, eles estão no fim da lista.

— Sim, a menos que tenham passado as senhas sem querer. — Ela se virou para encarar o quadro. — Isso me deixa, até agora, com os três sócios e os contadores que estavam trabalhando nos casos que a vítima assumiu. Ou alguma outra pessoa da empresa de contabilidade, mas, pelo que você acabou de me dizer, isso não faz sentido.

— Eles saberiam que ela não tinha nada para contar e não haveria razão para matá-la. Era só mandar alguém assaltá-la e levar a pasta e a bolsa dela, caso a Marta fosse com os arquivos para casa. Nesse caso, se tivessem acesso aos escritórios como funcionários, não seria muito difícil acessar a empresa fechada depois do expediente e corromper os arquivos no computador dela. Isso seria mais fácil e mais limpo que assassinato.

— Sim, essa é exatamente a minha opinião. Isso me deixa com os sócios, os clientes em comum das duas empresas e os dois contadores que estão em Las Vegas. Um deles não conseguiu se comunicar com ela porque estava em coma, e o outro só conseguiu falar com ela de forma limitada. Se demonstrasse muita curiosidade, isso iria parecer estranho. Além do mais, ele está muito ferido.

— Seria difícil para qualquer um deles encomendar o assassinato.

— Sim. Não consigo imaginar um contador ligando de um quarto de hospital em Las Vegas para mandar matar alguém. A ordem veio de outro lugar, mas, se aconteceu por causa dos arquivos, um deles ou até mesmo os dois estão envolvidos nisso. Eles são muito bons no que fazem para não terem percebido algo estranho.

— Você já examinou os históricos financeiros deles?

— Já, e um deles vive apertado de grana. Dois casamentos, três filhos; um dos filhos estuda em uma faculdade caríssima, o outro já se meteu em encrenca algumas vezes e passou um tempo em uma clínica particular de reabilitação, também caríssima. — Ela apontou para a foto de Arnold no quadro. — Ele tem uma casa no Queens e três veículos que ainda não estão completamente pagos. Para querer alguma coisa, você precisa saber o que quer, visualizar, imaginar... mas o que acontece quando você vê muita coisa e lida o tempo todo com isso, mas o dinheiro grande é sempre de outra pessoa?

— Você quer ter ainda mais, ou pelo menos é o que alguns querem. Eu sei que eu queria.

— Sim. Por fora ele me parece um cara comum, mas só por fora. O outro é solteiro, veio de uma família de trabalhadores, teve uma vida difícil, mas conseguiu estudar e subir na vida através de bolsas de estudo. — Ela apontou para Parzarri, dessa vez, fazendo movimentos circulares. — Ele fez dinheiro com o próprio dinheiro, algo que acontece quando se sabe o que fazer, eu acho. Ele não está nadando em rios de dinheiro, mas tem uma vida confortável. Estudante bolsista, frequentou boas escolas, excelentes na verdade, mas sempre voltava para a vida dura de um bairro pobre em Nova Jersey. Você vê o tempo todo como os ricos vivem, e isso pode ser difícil. Você é o que chegou lá porque é inteligente, não porque tem dinheiro. Você não tem roupas bonitas, pega o ônibus em vez de dirigir o carro que o papai comprou para você. Isso pode irritar.

— Então você faz de tudo para garantir que, eventualmente, você se torne a pessoa com dinheiro, roupas bonitas e carrão?

— Pode ser. Eles parecem estar limpos, mas... — Ela bateu na tela do computador. — Tem algo errado aí.

— Mas sem pressão.

Ela riu e balançou a cabeça.

— Você vai descobrir o quê. Enquanto isso, porém, eu preciso de algumas informações. Você é o especialista.

— Em ganância e cobiça?

— Em saber como os gananciosos e avarentos são. Se tem algo errado aí, e pode ter certeza que tem, o contador responsável pela conta saberia? Ou estou só presumindo e sendo desconfiada?

— Você está desconfiada, mas é quase certo que o contador responsável saberia, sim. Se não foi o contador que mexeu neles... Deve ter tido alguma manobra, para que a pessoa manipulando os números... tenha conseguido fazer isso sem levantar suspeitas. Só que uma auditoria bem-feita, com certeza, remexeria em tudo isso.

— Portanto, a pessoa que estava fazendo a auditoria descobriria algo.

— Em uma empresa como a Brewer? Definitivamente, sim!

— E o cara das finanças, o gerente de grana, corretor, seja qual for o termo que se usa na WIN, ele saberia?

— Aqui também existe espaço para contornar a situação, ainda mais se o cliente e o contador estivessem trabalhando juntos nisso. Mas para ir mais além? Para manter o esquema sem suspeitas e sem dificuldade? Nesse caso você também precisa ter o administrador financeiro na palma da mão.

— São pelo menos três pessoas — considerou Eve. — Assim pode ser mais fácil, mas a coisa começa a ficar mais perigosa. Quanto mais pessoas sabem, as chances de algo dar errado aumentam.

— Não foi o que aconteceu? — ressaltou ele. — Uma pessoa morreu.

— Verdade. — Ela olhou para trás e analisou o quadro. — Alguém morreu.

— São só negócios — continuou ele. — Como você disse sobre o próprio assassinato. Não foi algo pessoal, só negócios. Trapacear, roubar, desviar dinheiro, propinas, recompensas ilegais, esconder lucros, ou seja lá o que for, são negócios. Para fazer negócios e fazer direito, com lucros, são necessários conselheiros, gerentes e funcionários. E, para manter o esquema seguro e simples, o ideal é contar com pessoas com um pé em cada lado: no da lei e no do crime.

— Sim, ok, eu também estava pensando assim. Pensei em Renee Oberman, em como ela comandava o departamento e todos os policiais que escolhia a dedo para tomarem conta do trabalho paralelo com policiais corruptos. É crucial ter um pessoal em cada área, para manter o trabalho legal em andamento enquanto usa esse mesmo trabalho legal para o corrupto. — Ela refletiu sobre tudo enquanto terminava de tomar o café. — Se for assim mesmo, se essa for uma boa comparação, não é o cara do financeiro nem o contador que está no comando, eles são só peões. O responsável — ela bateu na tela do computador novamente — está aí.

— Mas sem pressão — repetiu Roarke.

— Você come pressão no café da manhã, garotão.

— Alguns dias um homem só quer um café da manhã no estilo irlandês.

— No meu caso? Eu trabalho sob pressão todos os dias. — Ela se levantou e voltou ao quadro. — Ele, ou ela, ou eles. Ainda não descobri tudo. Ainda não. Mas as pessoas são essas. Eu só preciso descobrir quais delas que desviavam o dinheiro.

Retornou para o computador auxiliar e voltou a trabalhar.

Ele percebeu o instante em que Eve começou a mostrar sinais de cansaço, a maneira como ela começou a esfregar os olhos e passar as mãos pelos cabelos, como se isso fosse deixá-la acordada e alerta.

Ele achou que conseguiria aguentar mais uma hora, por aí. Era tudo muito interessante, a forma como as pessoas organizavam seus negócios, seus balanços financeiros, seus investimentos. Ele encontraria o que ela precisava e nada o impediria de fazê-lo, pois ela havia confiado nele. Na verdade, ela o desafiara de propósito, e ele sabia disso. Ela tinha colocado seu ego e espírito competitivo em jogo.

Nem ele nem ela aceitariam que ele não encontrasse a solução para o problema.

Mas ele não descobriria tudo naquela noite. Tinha bolado algumas perguntas interessantes, mas, como não era um contador profissional, teria que verificar alguns códigos fiscais.

No dia seguinte.

Ele se levantou, aproximou-se dela e a colocou em pé.

— Eu só vou...

— Ir para a cama. Fora a sua soneca rápida, você está trabalhando há quase vinte e quatro horas ininterruptamente. E eu também. Nós dois precisamos dormir um pouco.

— Você chegou a alguma conclusão?

— Preciso verificar alguns códigos amanhã e quero iniciar uma busca separada por contas secundárias que não entraram no relatório. Isso vai ser divertido.

— Alguém chamou a sua atenção?

— Ainda não. E a sua?

Ela fez que não com a cabeça enquanto lutava para ficar em pé, a caminho do quarto.

— Os contadores ainda não conseguiram alta dos médicos para viajarem de volta para Nova York. Parzarri teve alguns picos de pressão e outros problemas médicos que eu não entendo direito. Mas os dois estão estáveis, só não foram liberados para viajar ainda. Quero conversar com eles pessoalmente.

— A gente pode ir para Las Vegas pressionar os contadores e apostar um pouco nos cassinos.

— Não tenho informação suficiente para pressioná-los. Por enquanto. — Mas, nossa, ela bem que gostaria de vê-los suar frio. — Sem contar que, se eu fizesse essa viagem, quem quer que esteja no comando iria descobrir ou suspeitar que eu sei de alguma coisa, e quero que ele continue achando que está tudo tranquilo.

No quarto, ela se despiu, se arrastou até a cama, e percebeu, assim que caiu nos lençóis, que Roarke tinha razão. Ela precisava dormir um pouco.

Um sono sem sonhos seria ideal, embora o último não tivesse sido ruim, não tivesse sido um pesadelo. Estes estavam ficando escassos de novo. Mas tudo ainda tinha a ver com mortes e assassinatos. E mães, refletiu, tentando se desligar quando Roarke se deitou ao lado dela e a puxou para junto de si.

Mas aquilo a estava incomodando.

Quem tinha razão? Será que ela estava certa ao afirmar que Marta tinha pensado nos filhos e na família, quando se viu apavorada e quando foi machucada? Ou Stella estava certa e Marta só conseguira pensar em si mesma e em sua sobrevivência?

Não importava, porque ela nunca iria saber.

Esquece isso, ordenou a si mesma.

Mas, de repente, tudo ficou claro. Ela tinha deixado escapar um detalhe por estar muito envolvida no restante da investigação.

— Ela pensou neles.

— O quê?

— Marta, a vítima. Ela pensou nos filhos e no marido quando eles a raptaram. Ela pensou neles porque não lhes contou tudo. Eu pensei que ela tivesse contado tudo a eles, mas não contou. Ela não contou a eles que tinha copiado todos os arquivos e enviado para o seu computador pessoal. Eles machucaram ela, assustaram, ameaçaram e no final mataram a coitada. Mas ela protegeu a família.

— Protegeu o que mais amava — disse Roarke, e roçou os lábios nos cabelos dela. — Agora, dorme. Descanse essa cabecinha.

Por razões que ela não conseguia entender, mas sabendo que estava certa, que a mãe tinha protegido os filhos, Eve fechou os olhos e caiu em um sono profundo e sem sonhos.

Capítulo Oito

Ela acordou com o cheiro de café e o som da lareira crepitando e viu Roarke, em um de seus ternos escuros elegantes, monitorando os relatórios do mercado de ações no sofá da sala de estar.

Considerou aquilo uma excelente forma de começar o dia. Pelo menos seria, assim que ela tomasse aquele café e desanuviasse seus pensamentos.

Ela saiu da cama, foi se arrastando até a mesa e se serviu de uma grande caneca de café do bule que Roarke tinha colocado ali.

— Você está com uma aparência descansada, tenente.

— Estou me sentindo descansada. — Tomou um gole de café a caminho do banheiro.

Quando saiu, enrolada em um robe que ela desconfiou ser de caxemira, viu tigelas de frutas vermelhas, fatias de bacon e pratos cheios de rabanadas sobre a mesa do café. Agradecida por ele não ter decidido, como costumava fazer, que ela precisava de um mingau de aveia, sentou-se a seu lado, relaxada.

— Gostei da mesa.

— Achei que nós dois merecíamos um mimo. — Roarke levantou as sobrancelhas quando ela partiu um pedaço crocante de bacon e o ofereceu ao gato, que se sentou lançando um olhar fulminante para ela.

— Para ele, isso é como sexo de reconciliação. Mas é tudo que você vai ganhar — avisou, quando Galahad cheirou o bacon e fez um carinho na batata da perna de Eve com a cabeça.

— Só para você saber, se você deixar outro homem se esfregar em você e eu sentir o cheiro, você não vai conseguir me subornar com bacon. — Ele entregou a ela o pote com xarope de bordo para ela poder besuntar sua rabanada.

— Pode deixar. Quais são os planos para hoje? — Roarke ergueu as sobrancelhas outra vez. — Que foi? — reagiu ela. — Eu não posso querer saber o que você faz para trazer o bacon para casa? — Ela mordeu um pedaço e sorriu. — E, tudo bem, estou tentando ter uma ideia do que esses caras fazem em um dia qualquer. Os caras do dinheiro, os caras *com muito* dinheiro. Vou ter que investigar os ricaços das empresas que a vítima estava auditando. Você é o maior milionário que eu conheço, então... — Sem dizer nada, Roarke pegou sua agenda eletrônica de compromissos, digitou o dia e a passou para Eve. — É sério, isso? — Ela balançou a cabeça, incrédula enquanto percorria os compromissos do dia. — Você já teve uma conferência holográfica com esses caras de Hong Kong e uma reunião com esse outro sujeito de Sydney?

— E alimentei o gato, embora isso não esteja aí.

— Ha, ha! Mais tarde, mas hoje cedo ainda, você tem mais duas conferências por *tele-link* e uma reunião de pesquisa e desenvolvimento sobre algo chamado Sentech.

— Você quer que eu te explique o que é Sentech?

— Na verdade, não. Mais tarde ainda vou ter outra holoconferência sobre o Olympus Resort. Como o Darcia está? — quis saber Eve, perguntando sobre a policial que trabalhava para Roarke e era a chefe de segurança no Olympus.

— Muito bem.

— Soube que Webster já foi lá duas vezes desde que ela esteve aqui, e eles...

— Estão em um relacionamento? — sugeriu Roarke.

— Sim. Que esquisito. Enfim, depois disso você tem esse almoço com esses outros caras e um lembrete para se conectar e participar de uma sessão de leilões. O que pretende adquirir?

— Você vai descobrir assim que eu comprar, né?

— Humm... Mais reuniões, mais conferências, mais merdas para resolver por *tele-link*. Já estou ficando com dor de cabeça só de olhar para tudo isso. — Ela pegou uma garfada de rabanada, dispersou um pouco. — Você poderia delegar pessoas para fazer metade dessas coisas. Provavelmente mais da metade.

— Geralmente eu faço isso.

— Então você acorda antes do amanhecer para cuidar de negócios, vem para cá e confere isso. — Ela apontou para os relatórios que rolavam na tela. — Você observa o andamento das suas ações, suas empresas, seus investimentos e seus concorrentes.

— Você faz negócios mais inteligentes se conhecer bem o mercado que está sempre mudando.

— Ok, eu acho que entendo isso. Depois você passa o resto do dia de um lado para o outro, negociando, fechando acordos e comprando coisas.

— Basicamente, é isso mesmo. — Ele pegou a agenda eletrônica de volta e guardou-a.

— Você faz isso para juntar dinheiro e realizar coisas, mas também faz porque gosta.

— Também.

Eve também era chefe, sabia como as coisas funcionavam. Seu departamento era minúsculo se comparado ao Universo de Roarke, mas muitas das mesmas regras se aplicavam.

— E se eu te perguntasse sobre qualquer funcionário, especialmente um que tivesse um cargo com acesso a informações sobre fundos, propriedades, investimentos, ou o que for, e você não soubesse as informações desse funcionário de cabeça, você seria capaz de obtê-las em cerca de dez segundos.

— Está falando de alguém em particular?

— Não. Veja bem, você já teve gente que trabalhava para você e fez besteira, mas quando você considera as trocentas pessoas que trabalham para você de um jeito ou de outro, especialmente em posições mais elevadas, o seu sistema não falha. Mas parte disso é o seu envolvimento nos negócios, porque é o seu dinheiro, a *sua* equipe, as *suas* empresas, a *sua* reputação.

— Certo.

— Você já foi auditado, né?

— Interna e externamente.

— Se houvesse algo suspeito, você saberia antes dos auditores. E consertaria as coisas. — *De uma maneira ou de outra*, pensou Roarke, *mas não adiantava pensar naquilo.* — Isso me faz pensar se os chefes das empresas que a vítima estava auditando sabiam de tudo o que rola lá dentro e, se não sabem, por que não? E tem mais, uma dessas empresas, pelo menos uma, tem algum podre pelo qual alguém seria capaz de matar. Será que os chefes estão envolvidos? Até onde esse podre vai na ordem de hierarquia de funcionários?

— Acho que é melhor começar por cima e ir descendo.

— Também acho. Preciso fazer mais algumas perguntas aos sócios — continuou ela, enquanto comia. — E também com os funcionários da firma da vítima. Vou fechar o cerco o máximo que der, até você desenterrar tudo que precisa ser desenterrado. Vou dar uma cópia dos arquivos a um dos contadores forenses da polícia também.

— Você está falando isso para provocar o meu lado competitivo?

— Não, eu realmente preciso fazer isso. Tudo bem, isso é um fator extra, mas eu preciso fazer isso. E mostrar um pouco de tudo para Mira, depois de conversar com mais algumas pessoas.

— Seu dia está começando a parecer com o meu.

— Não fala uma coisa dessas, senão vou ser forçada a me esconder embaixo da cama até amanhã.

— Querida Eve, as razões e os métodos podem variar, mas nossos dias não são tão diferentes assim. Agora, já que você vai interrogar alguns dos principais empresários da cidade, o que vai vestir?

— Uma roupa qualquer.

— Isso já é um começo.

Ele se levantou, entrou no closet dela.

— Acho que devia usar algo que passasse uma leve impressão de poder. Um pouco de autoridade, mas sem parecer ameaçadora.

— Eu gosto de ser ameaçadora.

— Eu sei, mas você vai querer extrair as informações com sutileza, em vez de arrancá-las. E o que você vestir vai transmitir uma mensagem: eu consigo jogar o mesmo jogo que você mas o meu tabuleiro é maior. — Ela fez uma careta ameaçadora ao olhar para a última fatia de bacon. — Esse jogo é seu.

— Cala a boca antes que você me irrite e eu escolha alguma roupa que faça você parecer fraca e tola. — Achando graça na situação, como ele pretendia, ela terminou o café da manhã. — Eu tenho alguma roupa assim?

— Tudo depende da combinação, da apresentação, do lugar e da hora do dia.

— Tudo isso — murmurou ela, e percebeu que desta vez ele estava falando sério.

— Falando nisso, o seu vestido para a premier do filme chegou. Você ao menos se deu ao trabalho de ver como ele é?

— Eu vi o pacote. — Automaticamente, ela girou os ombros quando eles ficaram tensos. — Você sabe que até lá muita coisa pode acontecer; imprevistos...

— Nem vem. — Ele saiu do closet com um par de calças cinza-escuro com tachinhas prateadas, uma blusa salmão de gola rolê e uma jaqueta em um tom entre o vermelho e o laranja. — A cor é uma declaração. Diz que você não tem medo de ser notada, e o corte da roupa mostra profissionalismo. Tudo junto comunica: "Não se meta comigo porque eu é que mando aqui." O tecido é fino, mas não ostensivo.

— Por que as roupas nunca falam comigo?

— Elas falam, sim, você é que não escuta. E, voltando ao assunto, você vai gostar da premier. Estou organizando tudo para que Peabody e McNab, Mavis e Leonardo cheguem junto com a gente na limusine. Isso também é uma declaração. Mostra que vocês são parceiros; que vocês são amigos.

— Vai ficar todo mundo comentando. Odeio quando as pessoas ficam encarando. Metade das pessoas que interroguei ontem vão estar lá, e eu... — Ela fez uma pausa, ponderando o que tinha dito. — Humm...

— Ah, agora sim. Agora você pode considerar isso como parte do trabalho.

— Talvez eu consiga fazer com que isso funcione a meu favor. É algo a se pensar.

Ele cutucou a cabeça dela com o dedo.

— Sua cabeça sempre está muito ocupada. Cinto preto e botas pretas.

— Até eu conseguiria escolher isso.

Ele roçou os lábios na cabeça dela e, em seguida, foi até a caixa de joias de Eve, onde examinou e selecionou uma peça.

— Pontos de luz, peças sutis e clássicas, mas com um detalhe em cornalina para combinar com a jaqueta.

— Eu achava que as cornalinas mudavam de cor.

— Muito engraçado. — Ele entregou os brincos a ela. — Usando isso, você será como uma camaleoa nas torres de marfim do mundo dos negócios. — Depois que ela estava vestida, ele inclinou a cabeça para analisá-la. — Está ótimo. Uma echarpe daria o toque final.

— Ah, claro, vou pendurar algo em volta do meu pescoço para que algum bandido possa me puxar e me estrangular.

— Esquece a echarpe. Vou passar algum tempo trabalhando no seu caso hoje. Se encontrar alguma coisa, eu aviso.

— Com essa agenda cheia, não sei nem como você arranja tempo para mijar, muito menos pegar uns trabalhos extras.

— Mesmo assim eu sempre dou um jeito. — Ele abraçou Eve e beijou sua boca. — Quanto a você, cuide da minha policial.

— Estou tão bem-vestida que ninguém vai achar que eu sou uma policial.

— Quer apostar?

Ela balançou a cabeça e riu.

— E você cuide bem do meu zilionário.

— Pode deixar.

No instante em que ela se virou para sair, seu *tele-link* tocou. Ela franziu a testa ao ver quem era.

— O supervisor da Brewer. Dallas falando! — anunciou ela.

— Tenente, aqui é Sly Gibbons da Brewer, Kyle & Martini. Arrombaram o escritório.

— Como assim?

— Eu... eu cheguei mais cedo. Queria ter um tempo para... Alguém esteve na sala da Marta e mexeu no computador dela. Alguns arquivos sumiram do sistema e... e os *backups* também desapareceram.

— Você alertou a segurança do prédio?

— Sim, foi a primeira coisa que fiz, mas quando eles foram ver os vídeos de segurança, disseram que havia sido algum tipo de pane. Eu não estou entendendo. Fui o último a sair do escritório ontem. Eu mesmo fechei tudo. Eu não...

— Estou a caminho daí. Fique onde está, diga à segurança que estou chegando e que quero ver todas as gravações.

— Sim, sim. Estarei aqui.

— Estão limpando tudo — disse Roarke, quando ela desligou.

— Pois é. Eles tinham as chaves dela, as senhas, tudo que havia em sua bolsa e na pasta que levava. Invadiram o sistema de segurança. Eles precisavam se livrar dos arquivos e provavelmente apagaram alguns outros que não tinham nada a ver, só para despistar. Fizeram parecer que foi uma pane no sistema.

— É bem fácil fazer isso, e ninguém desconfia, só se olhar a fundo.

— E é isso o que a gente vai fazer. Eles não sabem das cópias que ela enviou para o computador de casa. A menos que tenham sido cautelosos. Preciso ir. — Antes de sair, ela ligou para Denzel Dickenson. — Ele lhe pareceu incrivelmente cansado. — Aqui é Dallas. Alguém entrou em contato com você ou tentou entrar no seu apartamento?

— Não sei do que você está falando.

— Vou mandar alguns policiais aí, só para dar uma olhada. Não quero que você abra a porta para mais ninguém. Entendido?

— Sim, mas...

— Só por precaução. Seus filhos estão com você?

— Sim. A minha irmã vem para cá mais tarde. Vamos ter que... começar a tomar providências.

— Fique aí e aguente firme.

Ela pegou o casaco do suporte da escada e o arrastou enquanto saía de casa.

Sua viatura estava estacionada em frente à casa. Ela teve que reconhecer a competência de Summerset ao trazer o carro de volta para a entrada. Sabia que ele sempre o guardava na garagem durante a noite. Assim que entrou na viatura, ligou para a Central, notificou o ocorrido, solicitou as viaturas e ligou para Peabody.

— Preciso de você e de McNab no escritório da vítima. Alguém entrou na sala dela. Quero que um *nerd* examine o computador do trabalho da vítima. Não precisamos do mandado para isso, por enquanto. Mande McNab avisar a Feeney que eu estou com um dos seus garotos da informática.

— Pode deixar. Estamos a caminho.

Ela passou pelo portão e pisou fundo no acelerador.

Alguém andava pensando com mais calma, refletiu Eve, e concluiu que mais cedo ou mais tarde — provavelmente mais cedo — outro contador seria designado para cuidar da auditoria. Não valia a pena continuar matando contadores. Era melhor se livrar de todos os documentos ou registros e depois gerar novos arquivos. Com informações adulteradas, talvez. Ou então insistir que a auditoria fosse conduzida pelo contador que fizesse parte do esquema estivesse de volta ao trabalho.

Ou então, olha essa. Se fazer de ofendida. A pessoa pode dizer que vai levar seu negócio para outra empresa ou que vai aos tribunais exigir que outra empresa cuide da auditoria.

Objetivo principal? *Enrolar o máximo possível.*

Costurando em meio ao trânsito, Eve ligou para o consultório de Mira e convenceu-a de encaixá-la num horário. Não foi fácil, mas ela conseguiu marcar já estacionando no prédio onde ficava a sala de Gibbons. Parou em fila dupla, *que se dane*, e acendeu a luz de "Viatura em Serviço".

Mostrou o distintivo para entrar no prédio e conversou com o mesmo segurança que havia conhecido no dia anterior.

— Eu sei que o sr. Gibbons acha que aconteceu alguma coisa lá em cima. Mas não tenho registro de ninguém entrando nem saindo do prédio depois do expediente.

— Nem a equipe de limpeza?

— Sim, claro, mas eles registram a entrada.

— Vou precisar de cópias dos vídeos de segurança.

— Vou providenciar.

— Tenho um detetive eletrônico vindo para cá. Mostre a ele o seu sistema de segurança.

— Pode deixar.

Com um aceno de cabeça, ela entrou no elevador. Ao sair, deparou-se com Sylvestor Gibbons, mexendo as mãos, nervoso.

— Que horror. Alguém roubou os nossos arquivos, tenente. Entraram no computador de Marta. Ela trabalhou nele no dia... *naquele* dia. O aparelho é protegido por senha. Esses dados são extremamente delicados e confidenciais. Nós somos os responsáveis por tudo.

— Entendo. — Ela foi até o escritório com ele. — Por que você estava no computador dela?

— Queria copiar o que já estava pronto. A gente precisa redirecionar o que ela estava fazendo. Temos que cumprir as datas estabelecidas. Vamos conseguir aumentar esses prazos, obviamente, mas o trabalho precisa ser feito. E se você conseguir o mandado e confiscar os arquivos, gostaria de ter pelo menos uma cópia.

— Você me disse que o sistema estava protegido por senha.

— É, mas eu tenho uma senha mestre. Como supervisor, preciso ter acesso a todos os dados necessários. Eu mesmo falei com o sr. Brewer, debatemos o assunto e ele concordou.

— Quando você conversou com ele?

— Hoje cedo. Não dormi bem e me levantei assim que amanheceu. Fiquei pensando nisso, mas sabia que precisava discutir com o sr. Brewer.

— Ok. — Isso provavelmente limpava a barra de Brewer. As horas não batiam. — Vamos dar uma olhada na sala dela.

— A sala estava trancada — disse ele, ao destrancar a porta. — Não havia nada fora do lugar, ao menos nada que eu pudesse perceber. Eu descobri a senha dela e comecei a fazer as cópias; foi quando eu vi que faltavam arquivos.

— Quantas contas ou clientes?

— Contei oito, antes de ligar para a segurança e depois para você. Estava com medo de fazer mais alguma coisa, de fazer algo que pudesse comprometer as evidências? Ou a cena do crime? Estou muito abalado.

— Você verificou as cópias de segurança?

— Logo em seguida.

— Onde você as guarda?

— Ah, desculpa, vou te mostrar. Eu tenho um cofre na minha sala. Todas as cópias de material confidencial ficam guardadas lá dentro.

— Quem tem a combinação?

— Além de mim? Os chefes e o responsável pela segurança.

— Ninguém mais no escritório?

— Não. Ninguém.

— Com que frequência você troca a senha do cofre? — perguntou Eve, enquanto analisava o cofre compacto dentro de um armário pequeno.

— Eu... Eu nunca troquei, para falar a verdade. Era a combinação que já veio de fábrica e nunca tivemos problemas com isso. Nunca houve motivos para trocar a senha.

— Imagino que em algumas vezes, quando você estava guardando material confidencial no cofre, alguém já esteve aqui com você. Sua secretária, um de seus contadores ou a secretária de algum deles.

— Eu... Sim. — Ele largou sobre uma cadeira e apoiou a cabeça nas mãos. — Que pesadelo. As partes envolvidas precisarão ser notificadas de que seus dados podem estar comprometidos. Todo trabalho que ela tinha feito, se não estiver pronto e já copiado para os clientes ou tribunais, deverá ser recriado. E quanto à nossa reputação... Eu sou responsável por isso.

— A pessoa que matou Marta Dickenson e corrompeu os dados dela é a verdadeira responsável.

— Você acha que é a mesma pessoa.

Eve só olhou para ele.

— O que você acha?

— Eu não sei o que eu acho.

— Levaram mais alguma coisa? Alguma coisa que não tivesse a ver com o trabalho de Marta?

— Acho que não. Eu não olhei muito bem.

— Vasculhe tudo agora. Vou mandar uma equipe de peritos investigar nas salas de todo mundo, e meu detetive eletrônico irá analisar todas as gravações de segurança e o sistema. Que horas você saiu do trabalho ontem?

— Cerca de quatro da tarde. Nós fechamos cedo. Os sócios chegaram, conversaram com todos e liberaram todo mundo para ir para casa. Estamos fechados hoje também. Fiquei aqui mais um pouco e depois tranquei tudo. Fui à sala do sr. Brewer, eu só precisava falar com alguém. O sr. Kyle e o sr. Martini ainda estavam com ele. Falamos sobre organizar uma pequena cerimônia aqui no escritório. Fui ao apartamento de Marta para dar a Denzel minhas condolências. Sei que é um momento de ficar em família, mas nós éramos família. *Somos*. Quando eu cheguei em casa, bebi bastante. Minha esposa foi muito compreensiva. — Ele fez uma pausa e balançou a cabeça. — Havia algum dinheiro guardado para pequenas despesas. Trezentos dólares. Também sumiu. Fora isso, só cópias dos arquivos de Marta que foram levadas. Contei dez até agora. Deve ter mais duas faltando no computador dela. — Ele olhou para as mãos. — Não foi um de nós. Não existe essa possibilidade! Somos uma família.

Eve não se deu ao trabalho de dizer a ele que familiares muitas vezes roubavam uns dos outros e que nada os impedia de cometer um assassinato.

Quando Peabody chegou, Eve apontou para que ela entrasse na sala de Marta.

— Dez arquivos perdidos, então eles estão tentando acobertar o caso de outra maneira. Também não foi muito inteligente fazer isso. Pode parecer um erro de sistema quando McNab acessar o computador, isso significa que ele vai precisar cavar mais fundo para encontrar algo.

— Ele vai fazer isso. Está analisando o sistema de segurança com o cara lá embaixo.

— Eles abriram o cofre do escritório de Gibbons e levaram as cópias, isso é prova de que não houve falha no sistema. E também levaram trezentos dólares em dinheiro que estavam lá.

— Quem guarda, tem.

— É o que parece. Gibbons nunca reprograma a combinação do cofre e admite que nem sempre está sozinho quando o abre para colocar algo lá dentro.

— Portanto, qualquer pessoa que trabalhe aqui poderia saber a combinação. Além disso, eles tinham todos os dados de segurança de Marta, é bem provável que ela os guardasse na bolsa ou na pasta. Mesmo que não estivesse lá, quem estava trabalhando para eles de dentro da empresa poderia ajudá-los a entrar.

— É um trabalho limpo. Sem sujeira, sem bagunça, sem violência. Aquela mesma impressão de um ato executado por um semiprofissional. Profissional o suficiente para cobrir seus rastros, mas burro o suficiente para deixar um rastro, levando o dinheiro e os arquivos. Deveria ter deixado os trezentos dólares e ter apenas corrompido os arquivos.

— Apressado novamente, como o assassinato — comentou Peabody. — Um bom plano, mas não detalhado.

— Ainda assim, cumpriram o objetivo deles. Não podemos fazer nada aqui — concluiu Eve. — A equipe de peritos vai examinar tudo, mas imagino que não encontrem algo mais. O resto é com McNab. Acho que precisamos conversar com alguns executivos bambambãs.

— Você está com uma roupa poderosa.

— Não comece a falar das minhas roupas.

— Ué... Eu não posso elogiar sua roupa? Que chata.

— Você está usando botas de cowboy cor-de-rosa. O que você entende de moda?

— Você que me deu essas botas — lembrou Peabody. — Recebo elogios sempre que uso elas, sabia?

Elas desceram as escadas e Eve foi procurar McNab.

No quesito moda, Ian McNab vivia em um universo próprio. Eve imaginava que os muitos bolsos das suas calças em um tom de roxo intenso seriam úteis, mas não conseguia entender por que diabos ele combinava aquilo com um suéter com uma estampa de redemoinhos coloridos que faziam doer os olhos. Ele tinha vestido por cima do suéter um colete roxo comprido e sem mangas, provavelmente para cobrir discretamente sua arma. Mas os corações de neon que pareciam dançar nas costas do colete acabavam com a discrição do conjunto.

E Roarke dizia que ela não prestava atenção à roupa das pessoas.

Ele ergueu a cabeça do trabalho que realizava e as argolas de prata em sua orelha balançando. Como Roarke, ele usava o cabelo liso e loiro preso em um rabo de cavalo quando estava trabalhando. Mas o penteado de McNab descia até a metade das suas costas onde ficam os corações pulsantes.

— Alguém sabia o que estava fazendo — disse ele a Eve, e se afastou um pouco do computador principal. — Foi tudo preparado para parecer uma falha ocasional, algo que realmente pode acontecer nesses sistemas mais antigos.

— Mas não foi isso que houve.

— Não. Ele deixou impressões digitais.

Eve quase pulou ao ouvir isso.

— Você já as analisou?

— Não são esse tipo de impressões. Trata-se de impressões digitais eletrônicas. Se você fizer uma verificação padrão do sistema, ele vai apontar uma pane ocasional. Quando você vai alguns níveis mais a fundo, encontra um código de desligamento misturado com o resto. É uma espécie de esconde-esconde eletrônico, muito bem-feito. Preciso verificar mais algumas coisas, mas acho que fizeram isso remotamente, com um equipamento excelente e uma tecnologia de ponta.

— Ok. Quando terminar aqui, veja o que pode me dizer sobre o computador do trabalho da vítima.

— Deixa comigo. — Seus profundos olhos verdes se estreitaram em seu rosto fino e bonito. — Tecnologia de ponta — repetiu. — Ela desligou as câmeras, as fechaduras, os alarmes, tudo em sequência. Este é um sistema mais antigo, mas não é uma porcaria.

— Mesmo assim ele não cumpriu o seu trabalho. — O homem que entrou vestindo um terno com três peças parecia um vovô simpático.

— É uma porcaria. Que sistema você recomendaria?

— Bem, ahn... — McNab olhou para Eve.

— Sinto muito. Sou Stuart Brewer, sócio sênior da Brewer, Kyle & Martini. Você é a tenente Dallas.

— Sr. Brewer. — Ele lhe poupou o trabalho de ter de rastreá-lo, pensou Eve. — Soube que Gibbons entrou em contato com o senhor hoje de manhã.

— Sim. Duas vezes. Primeiro para falar dos arquivos, os arquivos de Marta. Nenhum de nós... nenhum dos meus sócios pensou nisso ontem. Estávamos todos muito abalados e fomos negligentes. Foi inadmissível da nossa parte e estamos pagando o preço agora. Quando Sly ligou de volta para me contar sobre a invasão, percebi que tínhamos deixado isso acontecer. E o sistema, como esse jovem disse, é muito antigo. Também sou membro do grupo empresarial que é dono deste edifício. Nós atualizamos o sistema regularmente e instalamos todos os *patches*... esse é o termo correto?

— Sim, senhor — confirmou McNab.

— Fizemos isso para economizar dinheiro, em vez de investir em algo novo e mais eficiente. E agora... você sabe se alguma outra sala foi comprometida?

— Tenho um grupo de peritos a caminho e teremos policiais para interrogar outras pessoas do prédio. Mas acho que está claro que os seus escritórios de auditoria eram os alvos, e os arquivos da sra. Dickenson, o objetivo principal.

— Marta foi morta por causa disso, então. Certamente é isso o que pensa, tenente. Ela era jovem, tinha toda a vida e a vida de seus filhos pela frente. Foi assassinada por causa de informações? Informação é poder e dinheiro, uma arma, um mecanismo de defesa. Eu entendo isso. Mas não entendo de homicídio. Você entende.

— Quanto aos novos arquivos que ela recebeu no dia de sua morte. Você conhece pessoalmente as pessoas que estão nesses arquivos?

— Não, mas pretendo conhecer até o fim deste dia. Fundei essa empresa há sessenta anos com Jacob... Jacob Kyle. Vinte e oito anos atrás, contratamos Sonny como sócio pleno. Eu pretendia me aposentar daqui a seis meses. Acho que vou precisar adiar isso, por enquanto. Fundei esta empresa e não vou deixá-la até saber que a deixei limpa.

— Eu me sinto mal por ele — comentou Peabody enquanto elas caminhavam para fora do prédio. — Brewer. Sei que tecnicamente ele é suspeito, mas ele parecia tão cansado.

— Vou te explicar por que ele não é suspeito, neste momento. Ele tem acesso às informações que foram roubadas. É um dos donos da empresa toda, e, se ele quisesse os arquivos, poderia simplesmente pegá-los. Se houvesse algo suspeito e ele estivesse envolvido, em vez de dar o trabalho para um auditor, poderia simplesmente dizer: "Olha, preciso me ocupar um pouco mais. Vou assumir essas contas." O mesmo vale para os outros dois, Kyle e Martini. Se você é inteligente para manter um negócio como esse por mais de meio século, acho que seja capaz de cobrir seus rastros sem precisar matar um funcionário. — Eve enfiou as mãos no bolso. *Não está tão frio hoje*, pensou, *porque o vento deu uma trégua. Mas está bem frio.* — E, se você não for inteligente — continuou — ou se matar o funcionário parecesse a opção mais eficaz, você com certeza não invadiria sua própria sala e roubaria os arquivos depois do ocorrido.

— Faz sentido. Que bom, porque eu fiquei com pena dele de verdade.

— No momento, vamos focar no conteúdo dos arquivos que a vítima enviou para o computador pessoal. Ela não disse que tinha feito isso, mesmo quando eles a machucaram. Marta teve um motivo para enviar esses arquivos para casa, pelo qual queria trabalhar neles, para ela não ter falado nada.

— Ela descobriu alguma coisa — arriscou Peabody, enquanto as duas entravam no carro.

— Pode ser. Ou *sentiu* que tinha algo errado. Marta tinha algumas dúvidas, fez algumas anotações. Então, supomos que ela queria descobrir as respostas. Vamos a todos os lugares sendo auditados. O escritório mais próximo é o Young-Biden. Empresa de saúde, com centros de saúde, hospitais, clínicas, remédios, suprimentos e tudo o que se relaciona com esta área.

A Young-Biden tinha cinco andares, com um saguão muito movimentado decorado com mármore, vidro, cores fortes e vibrantes. Havia cinco pessoas atrás de um balcão central curvo, todas em boa forma física, saudáveis e jovens.

Telões exibiam vários centros de saúde, laboratórios, centros de reabilitação e clínicas em todo o planeta.

Eve se aproximou do balcão e esperou até que um dos cinco funcionários atrás dele estabelecesse contato visual.

— Pois não? Posso ajudá-la?

— Eu preciso falar com Young ou Biden.

A mulher arqueou as sobrancelhas de forma tão dramática que quase se fundiram com a linha do cabelo. Eve ouviu uma fungada discreta.

— Você tem hora marcada?

— Eu tenho isso. — Eve colocou o distintivo em cima do balcão.

— Entendi. — Ela olhou fixamente para o distintivo como se Eve tivesse colocado uma aranha gorda e peluda no balcão. — O sr. Young está fora do país. O sr. Young-Sachs encontra-se no prédio, mas está com o dia repleto de reuniões, assim como o sr. Biden. Se a senhora quiser marcar uma outra hora...

— Claro, tudo bem. Vou marcar uma reunião para que o sr. Young-Sachs e o sr. Biden sejam levados à Central para serem interrogados. Quando isso seria conveniente?

Dessa vez as sobrancelhas se franziram, destacando olhos muito irritados.

— Tenho certeza de que isso não será necessário. Um momento, por favor.

Ela girou em sua cadeira, ficou de costas para Eve e murmurou algo rapidamente em seu fone de ouvido.

Quando girou de volta, suas sobrancelhas estavam niveladas e o rosto impassível.

— O sr. Young-Sachs a verá em um momento. A senhora pode ir para o quadragésimo quinto andar, alguém vai recebê-la lá.

— Farei isso. — Eve seguiu até os elevadores e girou os ombros. — Isso foi agradável.

— Por que as pessoas ficam tão irritadas com o fato de o chefe ter de falar com a polícia? — quis saber Peabody. — Tipo, não é nem a bunda deles que está na reta.

— Não sei o porquê, mas fico feliz por elas serem assim. — Eve entrou no elevador e apertou o botão do andar quarenta e cinco. — Isso sempre anima o meu dia.

Capítulo Nove

O quadragésimo quinto andar mudou o clima com seu ambiente tranquilo e luxuoso, cores quentes, tapetes espessos, plantas frondosas e salas de espera elegantes.

Uma loira de um metro e oitenta, de salto assustadoramente alto e terno preto curto, cumprimentou Eve com um sorriso profissional e agradável.

— Policial?

— Sou a tenente Dallas, esta é a detetive Peabody.

— Olá, tenente. Sou Tuva Gunnarsson, secretária do sr. Young-Sachs. Posso saber o motivo da visita?

— Assuntos de polícia.

— Sim, claro. — A voz e os gestos suaves não vacilaram — Podem vir comigo, por favor.

A maneira como a loira conseguia andar com aqueles saltos parecia mágica, ela deslizou pela área de espera, passou pelas portas de vidro que davam em um corredor com janelas dos dois lados ao longo de todo o caminho, até as portas duplas largas no fim. Ela abriu as portas com certo exagero, parecendo um gesto teatral, e exibiu o grande e pomposo escritório do chefe.

Mais vidro e mais luxo em duas antessalas, um bar prateado brilhante, três telões e um console de comando no mesmo prata brilhante diante de uma cadeira de couro de encosto alto em vermelho-sangue.

— O sr. Young-Sachs já vem. Aceitam alguma coisa? — Ela abriu um painel de parede que revelou uma cozinha completa com bancada equipada e o brilho dos utensílios de vidro em cor de rubi.

— Não, obrigada. Há quanto tempo você trabalha aqui?

— Seis anos. Quatro como secretária do sr. Young-Sachs.

— Qual é o título dele?

— Ele atua como diretor financeiro. A sra. Young continua sendo a presidente da empresa. No momento, ela está fora do país.

— Fiquei sabendo. E Biden?

— O sr. Biden é o diretor de operações. O sr. Biden pai já está aposentado. — Seu rosto mudou sutilmente assim que olhou para a porta. Eve percebeu uma onda de calor quando o chefe dela entrou.

Quase deu para sentir o cheiro dos feromônios da assistente soltos no ar.

Ele devia ter quase quarenta anos, concluiu Eve. Parecia modelo de capa de revista em seu terno de boa qualidade, feito sob medida. Estava queimado de sol do jeito que os ricos ficam, tinha um corpo de academia e um sorriso torto e maroto que muitas mulheres provavelmente acham charmoso.

Também tinha as pupilas minúsculas típicas dos usuários de droga e um ar de superioridade, como se fosse melhor do que as outras pessoas.

— Desculpem-me pela demora. Carter Young-Sachs. — Ele pegou a mão de Eve, apertou-a com força em vez de sacudir, e depois fez o mesmo com Peabody. Vamos nos sentar. Tuva, você pode fazer um cafezinho para a gente? Ela faz de um jeito especial.

Ele deu uma piscadela.

— Perdão, não me disseram o nome de vocês.

— Tenente Dallas e detetive Peabody.

— Eu achei que tinha reconhecido você mesmo. — Ele apontou o dedo indicador para Eve e o anel que usava no dedo médio cintilou. — Mulher de Roarke e centro da razão dessa empolgação hollywoodiana aqui em Nova York. Ty e eu vamos à premier. Tuva, estamos com celebridades em nossa sala!

— Somos policiais — corrigiu Eve. — Não estamos aqui para nos divertir, nem para tomar um café maravilhoso.

— Mas bem que podem aproveitar a viagem. Estou ansioso para a premier, ainda mais agora que tive a chance de conhecer vocês duas. — Ele se recostou e espalmou as mãos, cada movimento um tanto exagerado com aquela típica energia induzida por substâncias químicas. — Em que posso ajudá-las?

— Você conhece Marta Dickenson?

— Não que eu me lembre. Eu a conheço, Tuva?

— Ela era auditora da Brewer, Kyle & Martini. Foi assassinada.

— Ah. Sim. — Ele exibiu uma expressão séria por um momento. — O velho Brewer me ligou ele mesmo para falar disso. Tinha me esquecido. Ela não era a nossa auditora original, a empresa estava com...

— Chaz Parzarri — completou Tuva, ao trazer a bandeja de café.

— Isso! Um sujeito legal. Parece que se envolveu em um acidente. Que azar do Brewer e do resto da equipe.

— Você pode me dizer onde estava anteontem entre as nove da noite e meia-noite?

— Anteontem à noite? — Foi como se Eve tivesse perguntado onde ele estava cinco anos atrás, em uma terça-feira, às 14h15 em ponto.

— Você foi jogar pôquer no seu clube. Seu motorista te pegou às sete — lembrou Tuva.

— Certo, isso mesmo. Não consegui ganhar absolutamente nada. Só me afundei, mas quem liga, foi por uma boa causa.

— A que horas você saiu do clube? — perguntou Eve.

— Não tenho certeza. Como eu estava tomando uma surra, saí mais cedo. Umas nove e meia ou dez da noite.

— E foi para casa?

— Bem... Não exatamente. — Ele olhou para Tuva e deu de ombros. — Passei na casa de Tuva. Eu poderia dizer que trabalhamos até tarde, mas porra, somos todos adultos aqui. Não sei ao certo que horas saí de lá.

Com o rosto vermelho, Tuva se empertigou e informou:

— Pouco antes de uma da manhã.

— É, ela sabe mais que eu. — Ele exibiu o mesmo sorriso maroto torto e deu outra piscadela. — Não é nada demais. Nós dois somos solteiros. Ei, Ty, venha conhecer a famosa tenente Dallas e a detetive Peabody.

Outro garoto capa de revista, mais moreno que Young-Sachs, com o olhar taciturno e meio amuado que algumas mulheres acham tão atraente quanto o sorriso torto. Ele se largou sobre uma cadeira como se estivesse exausto.

— Tuva, pode fazer um café para mim? Cairia bem agora. — Lançou para Eve um sorriso convencido meio disfarçado. — E então, estão atrás de mais clones?

— Não. Estamos atrás de assassinos — rebateu Eve — Os homens que assassinaram Marta Dickenson.

— Quem?

De novo, Tuva compartilhou a informação e lhe entregou uma xícara de café.

— Não entendo o que isso tem a ver comigo... ou com a gente. Eu sinto muito por essa mulher, mas eles vão simplesmente substituí-la.

— Eu gostaria de saber o seu paradeiro entre as nove e meia-noite de anteontem.

Ele revirou os olhos, mas pegou sua agenda eletrônica.

— Peguei o ônibus da empresa até South Beach, para uma festa. Você quis ir jogar pôquer — olhou para Young-Sachs. — Disse que estava se sentindo com sorte. Só que perdeu. — Biden apontou o polegar para seu sócio. — Eu me dei bem. Voltei para casa por volta das dez da manhã de ontem.

— Nós vamos ter de confirmar os dois álibis.

— Por causa de uma contadora? — Pela primeira vez, Biden mostrou algum interesse e irritação.

— Sim, por causa de uma contadora que estava, na época da morte, conduzindo uma auditoria da sua empresa, e que teve a sala invadida ontem à noite. As cópias dos seus arquivos feitas por ela foram roubadas.

— Pelo amor de Deus. Isso não é nada bom — Como se estivesse em busca de confirmação, Young-Sachs olhou para Tuva.

— O melhor a se fazer no momento é informar imediatamente aos seus consultores financeiros e advogados o que aconteceu — sugeriu Tuva. — Para mudar todas as senhas e também para...

— Que tipo de sistema de segurança fraco eles têm na... Qual é mesmo o nome da firma?

— Brewer, Kyle & Martini — informou Tuva.

— Vamos demiti-los, pode ter certeza disso.

— Não somos clientes deles — explicou Tuva. — O tribunal que escolhe

— Então ligue para os nossos malditos advogados e mande-os contratar alguém que não seja um idiota completo.

— Você está ciente — interveio Eve — de que o corpo de Marta Dickenson foi encontrado por Bradley Whitestone, fora do prédio que está sendo reformado pelo Grupo WIN?

— Caramba, ligue para Rob — ordenou Biden. — E dê à sra. do Roarke os nomes dos nossos advogados. Nosso papo acabou.

Eve se levantou devagar, e algo que ele viu no rosto dela fez Biden se remexer na poltrona.

— Sem ofensas.

— Pois eu me sinto consideravelmente ofendida. É melhor pensar duas vezes antes de sair insultando policiais, sr. Biden, principalmente quando o senhor é suspeito em uma investigação de assassinato.

— Fale com os advogados, por mim já deu. — Ele se colocou de pé. — Ligue para Rob *agora* e transfira para a minha sala. — E saiu furioso.

— Mil desculpas — começou Young-Sachs. — O Ty costuma descontar a raiva nas pessoas quando está irritado.

— Curioso. Porque alguém certamente descontou na Marta Dickenson. Obrigado pelo café. Manteremos contato.

— O café estava ótimo — murmurou Peabody, enquanto elas voltavam para o elevador.

— Era o chocolate. Tinha um pouco de chocolate no café.

— Tem certeza?

— Eu conheço chocolate.

— *Droga!* Não posso comer nada de doce até depois da premier. Mas isso não conta, né, porque eu não sabia, né.

— Certo — Eve entrou no elevador e murmurou: — Que babaca.

— Pois é. Os dois são, na verdade, mas Young-Sachs é um babaca do bem. Talvez por estar meio ligadão.

— Além de babaca, é burro. A secretária sabe mais que os dois juntos. Ela tem uma quedinha pelo chefe. Mentiria por ele, sem dúvida. Mas ele não tem colhão para matar alguém. Pelo menos não pessoalmente. Quanto ao outro? Ele poderia encomendar a morte de uma pessoa como quem pede um almoço.

— Vou começar a investigá-los.

— Isso. Próxima parada: Alexander e Pope.

As salas do Alexander & Pope exibiam uma decoração digna de respeito. Móveis pesados, obras de arte em largas molduras douradas — muitas pinturas de pessoas cavalgando com cachorros correndo ao lado.

Todos falavam em voz baixa na recepção, como se estivessem em uma sala de espera no centro cirúrgico de um hospital.

Mas quando Eve e Peabody foram levadas até lá, ela ouviu o som agitado dos *tele-links* tocando, vozes, passos apressados.

A sala de Sterling Alexander lembrava a recepção, com seus tons escuros, almofadas com cores vivas, tapetes elegantemente desbotados e quadros com molduras elaboradas.

Ele estava sentado à sua mesa, um homem com ar de riqueza e cabelos escuros. As áreas grisalhas próximas da têmpora adicionavam um toque perfeito e diferenciado às suas feições muito atraentes.

Ele apontou para as poltronas, indicando que Eve e Peabody se sentassem, e dispensou seu assistente tímido da mesma forma.

— Pope já está aqui. Já falei com Stuart Brewer e Jake Ingersol... vocês sabem quem eles são. Também falei com o nosso advogado. Entendo que vocês têm um trabalho a fazer e procedimentos a seguir, mas meu sócio e eu temos que agir depressa para proteger nossa empresa e nossos investidores.

— Entendido. Você conhecia Marta Dickenson?

— Não. Trabalhamos com Chaz Parzarri. O supervisor dele nos informou que ele havia sofrido um acidente enquanto estava fora da cidade, e a nossa auditoria, uma exigência dos nossos estatutos, seria designada para essa tal de sra. Dickenson. Mas logo depois informaram que ela tinha sido morta. Agora o escritório foi invadido e nossos dados financeiros confidenciais foram roubados. É óbvio o que aconteceu.

— Óbvio?

— O acidente de Parzarri deve ter sido planejado para que essa mulher pudesse colocar as mãos em nossos dados. Quem quer que tenha feito isso, deu um jeito de lidar com ela. Um de nossos concorrentes, creio eu.

— Você tem concorrentes tão agressivos assim?

— É um mercado violento, como deve saber, já que seu marido certamente é muito envolvido com o mercado imobiliário.

— Parece agressivo demais colocar um auditor no hospital e matar outro só para acessar dados financeiros. Ainda assim... — disse ela, antes que ele reclamasse — estamos investigando todas as possibilidades. Por esse motivo, preciso perguntar onde você estava na noite do assassinato.

Um rubor vermelho surgiu em suas bochechas.

— Você tem uma audácia de dizer uma coisa dessas?

— Ah, eu teria, sim. E se você se recusar a responder à minha pergunta, que é um direito seu, vou considerar isso de um jeito que você não vai gostar muito.

— Eu não gosto da sua atitude.

— Eu escuto isso o tempo todo, não é, Peabody?

— Sim, senhora.

— Mocinha...

— Tenente! — rebateu Eve.

Alexander respirou fundo duas vezes.

— Meu pai fundou essa empresa muito antes de você nascer. E eu a administro há sete anos. Nós intermediamos a venda da casa de campo do governador.

— Que legal. Eu ainda preciso saber do seu paradeiro. É procedimento padrão, sr. Alexander, nada pessoal.

— Para mim é pessoal. Levei minha esposa e alguns amigos para jantar no *Top of the Apple*.

— Isso foi depois que se encontrou com Jake Ingersol, do Grupo WIN, para alguns drinques, certo?

Como Galahad antes do café da manhã, Alexander lhe lançou um olhar fulminante.

Ela não ficou tentada a lhe oferecer bacon.

— Isso mesmo. Discutimos assuntos que não tenho a intenção, nem a obrigação, de dizer a você. Voltei para casa para encontrar minha mulher, e pegamos um carro até o restaurante onde tínhamos reservas para as oito horas. Saímos de lá pouco antes da meia-noite.

— Ok.

Houve uma batida suave que parecia um rato arranhando a porta.

— Entre! — vociferou Alexander, e o rato entrou rapidamente.

— Perdão pelo atraso, eu fiquei enrolado.

O homem esquelético com um rosto comprido e orelhas enormes ofereceu a Eve uma de suas mãos macias.

— Tenente Dallas, eu reconheço a senhora e também a detetive Peabody. É um prazer conhecê-las, e antes da premier do filme! Minha mulher e eu estamos ansiosos por isso. Você e Zelda também, não é, Sterling?

— Não temos tempo para ficar batendo papo — retrucou Alexander.

— Claro. Sinto muito. Sou Thomas Pope.

— Precisamos organizar essa bagunça, Tom.

— Eu sei — Pope ergueu as mãos. — Eu sei. Entrei em contato com todas as pessoas sobre as quais conversamos. Vai ficar tudo bem, Sterling.

— Alguém está tentando sabotar a gente!

— Ainda não temos certeza disso. Não se preocupa, não fomos os únicos a ter os dados vazados. E uma mulher está morta. Ela foi assassinada! — Ele olhou para Eve. — Tinha dois filhos. Eu vi na televisão.

— Exato. Preciso perguntar onde você estava na noite em que ela foi morta.

— Ah, minha nossa! É claro, é claro. Eu estava em casa. Passamos a noite em casa, eu e minha mulher. Nossa filha saiu com amigos. Nós nos preocupamos. Ela só tem dezesseis anos. Isso é muito angustiante.

Ficamos em casa a noite toda, e nossa filha retornou às dez, na hora marcada. — Ele sorriu ao dizer isso.

— Você viu ou falou com alguém naquela noite, além de sua esposa e filha?

— Ahn... Na verdade, falei com a minha mãe. *Nossa* mãe — corrigiu, olhando para Alexander. — Somos meios-irmãos.

— É mesmo?

— Sim, eu ia te contar, Sterling, mas tudo aconteceu tão de repente que eu esqueci. Falei com a minha mãe e... ah, sim, minha vizinha do apartamento ao lado, quando levei o cão para passear. — Cada frase parecia conter um pedido de desculpas. — Esqueci de dizer que saí e levei o cachorro para passear. Temos um cachorro. Minha vizinha e eu geralmente passeamos com nossos cachorros juntos, sempre que dá. Foi isso que fizemos. Por volta das nove da noite.

— Tudo bem. Obrigada. Essa auditoria é exigida pelos seus estatutos?

— Isso mesmo. — confirmou Alexander. — Meu pai determinou isso quando fundou a empresa. Ele acredita que tudo deve ser contado e auditado.

— É uma maneira de manter a casa limpa. — Pope pigarreou. — Minha mãe sempre diz isso. Antes ela entrou na empresa como associada, mas depois se tornou sócia plena. Embora ela e o sr. Alexander Pai tenham se separado no âmbito pessoal, permaneceram sócios nos negócios até a aposentadoria mútua.

— Não precisa expor todos os assuntos da família — retrucou Alexander.

— Interessante — respondeu Eve. — Vocês já tiveram algum problema com auditorias anteriores?

— Não, nunca! — respondeu Pope, depressa, e estremeceu ao olhar para o meio-irmão. — Não quis falar o que não devia, mas apesar de alguns problemas pequenos, que logo foram resolvidos, temos muito orgulho de manter a casa limpa.

— Será que eu consigo cópias dessas auditorias anteriores?

— Lógico que não! — Desta vez Alexander falou antes, e em um tom totalmente diferente. — Este é todo o tempo de que podemos dispor. Investigue os concorrentes. É óbvio que essa mulher se meteu com algo que lhe custou a vida. Nós somos as vítimas aqui.

— Sim. Vocês são as vítimas. Obrigada pela atenção.

Eve estava com raiva quando desceu com Peabody para o saguão.

— Outro babaca.

— O mundo só tem babaca. Você nunca diria... olhando ou ouvindo aqueles dois... que eles são parentes.

— Alexander não o considera um irmão de verdade. Ele acha Pope um pé no saco, isso quando não o trata como se fosse um capataz dele, e Pope sabe disso. Alexander está se fazendo de vítima, e de maneira bem efusiva, e isso liga o meu sinal de alerta. E Pope parece que quer ser modesto demais.

Ela repassou a conversa mentalmente enquanto atravessavam o saguão.

— Alexander banca o chefão, mas seu *tele-link* não tocou nem uma vez enquanto estávamos lá, e pode apostar que ele não mandou as ligações ficar em espera para nos atender. Mas o *tele-link* de Pope vibrou duas vezes.

— Eu não percebi. Mas notei o quanto a mesa de Alexander era limpa. Não tinha nenhum trabalho a ser feito.

— Aposto que é Pope quem bota a mão na massa, que faz o trabalho pesado, enquanto o outro banca o figurão. E fazer o trabalho pesado dá a você acesso a muita coisa.

— Ele não me pareceu ser do tipo que rouba, engana e mata.

— Muitas pessoas que roubam, enganam e matam não parecem fazer nada disso, Peabody. É por isso que eles roubam, enganam e matam até que alguém pegue eles. Vamos para o próximo suspeito da lista.

Os escritórios da empresa Your Space ocupavam dois andares de uma casa no centro da cidade. Eve pensou que uma família de quatro pessoas poderia muito bem morar ali, ainda mais porque o espaço mais parecia um lar do que um local de trabalho.

As cadeiras ficavam próximas a uma lareira crepitante com uma cornija ornada de flores e castiçais. Uma segunda área de espera ficava de frente para uma ampla janela. Neste segundo espaço, uma mulher mostrava algo em um tablet para um jovem casal que parecia muito atento.

Em vez de segurança, assistentes ou secretários mal-encarados, uma das quatro fundadoras da empresa veio cumprimentar Eve e Peabody pessoalmente.

— Meu nome é Latisha Vance. — Uma mulher negra, alta e atraente ofereceu um forte aperto de mão. — A Angie está atendendo alguns clientes novos, mas eu tenho um tempo livre. Podemos conversar lá em cima, se preferirem. Vocês aceitam alguma coisa? Acabamos de assar uns biscoitinhos. Eles são uma delícia.

— Não, obrigada — agradeceu Eve, abafando o gemido de Peabody.

— Suas outras sócias estão disponíveis?

— Tanto Holly quanto Clare estão na rua a trabalho. Não acho que devam demorar muito. — Ela as conduziu por uma escada flutuante, pintada num cor-de-rosa pastel. — Vocês estão aqui por causa da mulher que morreu, Marta Dickenson, certo?

— Isso mesmo.

— Eu conversei com o sr. Gibbons naquele dia. Ele me contou do acidente, mas garantiu que isso não provocaria atraso algum.

— Você chegou a conhecer ou conversar com a sra. Dickenson?

— Sim. — Latisha as conduziu através de um quarto e entrou em um escritório elegante e bem organizado, onde uma mulher trabalhava em um computador com uma prateleira em cima. — Kassy, licença, preciso da sala.

— Tudo bem. Eu continuo a trabalhar da sala.

Latisha se sentou em uma cadeira cinza com design moderno enquanto a mulher se retirava discretamente.

— Kassy é a nossa gerente. Sim, eu conheci Marta. Nós quatro fomos aos escritórios de Brewer antes de contratá-los. Gostamos de sentir a energia dos lugares que contratamos, e gostamos muito da sensação de lá. Marta foi a nossa preferida e esperávamos que ela pudesse ficar com a nossa conta, mas na época ela não tinha mais vaga. Mas o Jim é ótimo, e estamos torcendo para que ele tenha uma boa recuperação, e que seja rápida. Quanto a Marta... falei com ela há cerca de uma semana.

— Sobre o quê?

— Ela nos contratar.

— Para quê?

— Nós organizamos coisas. Quando eu e a Angie abrimos a empresa, só nós duas, a gente trabalhava mais com residências particulares... salas, basicamente. Entrar, fazer um planejamento e ajudar o cliente a se organizar, desapegar de objetos desnecessários pode ser um desafio e tanto do tipo... redecorar todo o espaço se necessário, e assim por diante. Éramos eu e Tisha, a dupla dinâmica por seis meses quase, então Holly e eu começamos a conversar na academia. — Latisha se remexeu na cadeira e cruzou as pernas tonificadas. — Ela trabalhava para um designer de interiores e estava pensando em trabalhar por conta própria. Mas acabou vindo trabalhar conosco. Angie trouxe a Clare, que antes era gerente de um escritório. Abriu nossos horizontes a arrumar, reorganizar e redecorar escritórios. Este espaço, por exemplo, foi ideia dela. — Ela gesticulou para indicar tudo à volta delas. — As salas não precisam parecer escritórios para serem produtivas e eficientes. Assim, conseguimos mostrar aos clientes o que pode ser feito, e quanta produtividade e conforto eles podem colocar em seus espaços, sem deixar nada abarrotado de coisas... Desculpem, isso não tem nada a ver com o assunto.

— Não, é bom saber — disse Eve.

— A Marta me ligou. Ela queria fazer uma surpresa para o marido, redecorar o escritório de casa e o quarto do casal. Marcamos um encontro para dar uma olhada no apartamento dela. Angie e eu íamos encontrá-la na próxima segunda-feira.

— Você conversou com ela depois que ela assumiu a sua auditoria?

— Não. Ia mandar um e-mail para ela no dia seguinte, só para dar um alô. Estávamos todas preocupadas com o Jim e eu queria dar a ela algum tempo para se familiarizar com nosso caso. E então...

— Vocês estão no mercado há cerca de cinco anos?

— Com essa estrutura, sim.

— Me parece que tudo está indo bem.

— Está mesmo. — Ela se empolgou mais uma vez. — A maioria das pessoas não sabe como começar, como desapegar, como reaproveitar algumas coisas e reimaginar tudo. E é isso que fazemos.

— E essa auditoria tem a ver com uma possível fusão.

— Exatamente. Fomos procuradas por uma empresa que projeta e fabrica equipamentos e ferramentas de organização. Eles têm um bom negócio *online*, mas não conseguiram manter mais que uma lojinha pequena. O que eles precisam é de uma injeção de capital e de uma conexão. Estamos em negociações para integrá-los ao Your Space. Antes de passarmos para a próxima etapa, queríamos saber os verdadeiros números, nossos e deles, por isso insistimos em auditorias completas. Se continuarmos com a fusão, daremos um grande passo. O que significa expandir, encontrar um espaço de varejo, um escritório para essa nova área do negócio e realizar novas contratações. Precisamos ter certeza de que estamos prontos financeiramente, e ambas as partes precisam ter certeza de que as fundações estão sólidas.

— O consultor financeiro de vocês concorda com isso?

— Sim, ele acompanha tudo e estava trabalhando com o Jim. Também sei pelas notícias da mídia que o corpo de Marta foi encontrado lá mesmo, no novo prédio da WIN. É... perturbador ter tantas ligações com um assassinato.

— Você trabalha com Jake Ingersol na WIN.

— Sim. Ele tem muita energia — disse ela, com um sorriso. — É entusiasmado. Costumamos brincar dizendo que conseguiríamos organizar o mundo depois de uma reunião com Jake. Angie falou com ele tem... Ah... olha ela aí.

A morena baixinha andava rápido, entrou, estendeu a mão para Eve e depois para Peabody.

— Sou Angie Carabelli. Devo dizer que é um prazer conhecê-las pessoalmente, embora as circunstâncias sejam terríveis. Nosso objetivo por aqui na empresa é organizar o Roarke World.

— Angie! — Latisha estremeceu.

— Ora, fala sério, é verdade. Todos sentimos muito pela Marta. Gostávamos dela e estávamos doidas para trabalhar com ela. O que vocês precisam saber?

— Podemos resolver tudo se vocês duas puderem me contar onde estavam na noite do assassinato, entre nove horas e meia-noite.

Angie olhou para Latisha.

— Você não odeia estar sempre certa?

— Não.

— Tisha disse que a polícia viria aqui e faria perguntas exatamente desse tipo. Eu disse "Nada a ver, por que fariam isso?" e ela respondeu...

— Conexões — concluiu Latisha.

— Então conversamos sobre isso, todas nós.

— Para combinar o que iriam dizer — disse Eve, com uma voz suave.

— Caramba, foi exatamente isso que pareceu. — Angie soltou uma risada sufocada. — Não, só para se preparar mesmo, até porque os relatórios diziam que era você que estava no comando da investigação, embora também achássemos que você apenas mandaria algum outro detetive. No fundo eu torci para que você viesse, porque eu tenho essa vontade de trabalhar para o Roarke. Profissionalmente. — acrescentou com um sorriso.

— Se algo está na cabeça de Angie — disse Latisha —, geralmente sai pela boca dela.

— Isso é verdade. Por que ficar quieta? Não é nem um pouco produtivo. E aqui está você, fazendo a pergunta. Eu me preparei, mas isso ainda me revira o estômago.

— Deixa que eu falo — sugeriu Latisha. — Estávamos todas aqui, nós cinco, até nove e meia da noite, mais ou menos. Tivemos uma reunião de equipe depois do expediente, e Clare fez um ensopado irlandês.

— Ela gosta de cozinhar — explicou Angie. — A Kassy foi a primeira a ir embora. Ela se casou em setembro passado e queria voltar logo para casa para ficar com o marido. Daí a Holly foi se encontrar com um cara com quem está saindo. Ele ia levá-la para dançar. Ninguém me leva para dançar. Ela parecia bem empolgada né, Tisha?

— Parecia. Angie e Clare saíram juntas.

— Dividimos um táxi. Moramos no mesmo prédio. Um dos nossos vizinhos estava dando uma festa, então fomos para lá.

— E eu tranquei tudo e fui para casa, porque atualmente não tenho vida fora do trabalho — concluiu Latisha. — Fui a pé. São só cinco quadras.

— Eu não gosto quando você anda sozinha à noite — advertiu Angie.

— Sou faixa preta em caratê e carrego um frasco de spray de pimenta. Fui para a cama umas onze horas. Sozinha.

— Culpa sua. Se você desse ao Craig mais uma chance, acho que...

— Angie, acho que a tenente Dallas ou a detetive Peabody não estão interessadas na minha atual falta de vida sexual.

— Todo mundo se interessa quando o assunto é sexo, certo? — Ela sorriu para Peabody.
— É difícil discutir com isso.
— Posso te fazer uma pergunta?
Peabody piscou.
— Tudo bem.
— Foi muito esquisito investigar o assassinato da mulher que interpreta você no filme? Ela meio que se parece com você, ainda mais nas fotos de divulgação do filme. Deve ser muito estranho.
Em sua cadeira, Latisha simplesmente suspirou.
— Foi estranho, sim.
— Também foi um baita de um escândalo, o que melhora tudo... não revire os olhos, Tisha, é *verdade*. Eu seria capaz de matar alguém para ir à premier aqui em Nova York. Não literalmente, é claro — emendou ela, depressa. — Desculpa. Eu estou muito nervosa e não costumo ser assim. É raro eu me abalar, mas dessa vez aconteceu. Nunca fui interrogada pela polícia e de repente a polícia é você, a mesma do Caso Icove. Além de ser a mulher de Roarke. E... Meu deus, eu sinto muito, mas eu preciso dizer... *amei* as suas botas — disse a Peabody.
— Obrigada. Eu também gosto delas.
Latisha se levantou, pegou uma garrafa de água em um armário e entregou à amiga.
— Beba e respire fundo. Respire fundo e beba.
— Obrigada. — Ela respirou fundo e tomou um gole. — Somos mulheres inteligentes e ambiciosas que uniram suas ideias e talentos para construir algo. E estamos trabalhando para elevar o nível da empresa. Fazemos um bom trabalho, temos uma boa vida e nos divertimos à beça fazendo isso. Sentimos muito pelo que aconteceu a Marta.
Latisha esticou o braço e apertou a mão de Angie.
— Isso resume tudo.

— Só mais algumas coisas — acrescentou Eve. — Vocês sabem do arrombamento que aconteceu na empresa de Brewer?

— Sim. O sr. Brewer ligou para a gente pessoalmente, cerca de uma hora antes de vocês chegarem — disse Latisha a Eve. — Parece que eles estão recebendo um golpe atrás do outro.

— O roubo dos arquivos financeiros da empresa de vocês vai causar algum problema?

— Não sei, acho que não. Somos um grupo relativamente pequeno, e o que está nos arquivos já seria compartilhado com os representantes da empresa com a qual estamos pensando em nos fundir. O problema é que isso pode atrasar a fusão, mas não estamos com pressa.

— Queremos ir com calma — acrescentou Angie. — Parece uma boa ideia, assim como aqueles sapatos fabulosos que comprei na semana passada, e eu acabei dando todos para a Clare depois que eles me fizeram bolhas em cima de bolhas. Você entende o que eu quero dizer?

Peabody teve que sorrir.

— Ah, se entendo!

— Enfim — continuou Latisha —, a Kassy já conversou com o Jake sobre isso. A conclusão é que nosso trabalho é limpo e bem-feito; então, se nossos dados vazarem, não tem problema. Já alteramos todas as nossas senhas, alertamos nossas empresas de crédito e assim por diante. Parece que alguém está querendo ferrar mais com a Brewer do que com a gente.

— Elas não são babacas — concluiu Peabody ao entrar de volta na viatura.

— Verdade, mas os não babacas também enganam, roubam e matam.

— Não vejo um motivo plausível.

— Talvez haja algo de errado com essa fusão. Talvez uma delas esteja aprontando e as outras não saibam. — Eve deu de ombros. — Eu também não notei nada estranho, mas as conexões existem.

— Eu gostei delas. Quanto será que elas cobram? McNab e eu precisamos organizar um pouco o nosso apartamento.

No momento, Eve estava mais interessada em organizar suas anotações e ideias.

— Eu tenho uma consulta com a Mira daqui a pouco e quero tentar pensar sobre o que temos antes de procurarmos os sócios da WIN novamente. Comece a conferir os álibis de todo mundo da lista, de cabo a rabo. Vou entrar em contato com o Departamento de Polícia de Las Vegas para ver o que rolou no acidente que deu início a essa bola de neve.

Capítulo Dez

Eve tinha um monte de coisas para resolver. Detetives precisavam apresentar os dados de suas investigações ou atualizá-las sobre a situação atual. Ela tinha que ler e decifrar o relatório de McNab sobre a segurança do edifício de Brewer e também ver o andamento da busca de pistas no computador da vítima.

Seu próprio quadro e relatório também precisavam de atualizações. Depois disso tudo, ela precisaria de café e alguns minutos de silêncio para processar tudo.

Quando adicionou as últimas fotos ao seu quadro, Trueheart bateu à porta, mesmo ela estando aberta.

— Desculpe incomodá-la, tenente. Você tem um minuto?... Ei, eu sei quem é essa.

— Quem?

Ele entrou e indicou a foto de Holly Novak.

Intrigada, Eve analisou mais uma vez, com atenção, a foto da sócia da Your Space. Atraente, de raça mista, inclinada para o asiático.

Tinha cabelos curtos e escuros ao redor do rosto vivo com olhos verde-claros.

— Como e onde você a conheceu?

— Estou tentando lembrar — disse ele. — Ah, já sei! Ela foi contratada, a empresa dela, foi contratada para organizar e otimizar o escritório da minha mãe. Quer dizer, o escritório onde a minha mãe trabalha. Eu estava lá nesse dia e a conheci. Ela é suspeita?

— Acho que não, mas me conte o que achou dela.

— Gente boa, animada. Implacável, foi a palavra que minha mãe usou, mas de um jeito bom. Mamãe gostou dela, eu vi isso. Disse que gostaria que minha tia a contratasse. Ela é uma acumuladora compulsiva, a minha tia. Quando a Holly Novak descobriu que eu era policial aqui na Central, disse que apostava que nós precisávamos de uma boa organizadora de ambientes, e fez uma espécie de piada sobre o combate ao crime através da eficiência do espaço de trabalho. Eu achei muito engraçado. — Ele examinou o quadro enquanto falava. — Ela e a empresa estão ligadas ao assassinato de Dickenson.

— Muita gente está conectada com o assassinato de Marta Dickenson.

— Grandes negócios, grandes contas bancárias. — Ao notar o olhar questionador de Eve, ele enrubesceu de leve. — Ali estão Young-Sachs e Biden. Eles recebem muita atenção da mídia, do mercado e de fofocas. São a nova geração de empreendedores, esse tipo de coisa.

— E aí?

— Bem, para mim são mimados, presunçosos e exibidos. Isso provavelmente não é justo; já estou me baseando nos relatos da mídia e eles sempre exageram.

— Não, eu diria que você foi justo e certeiro, neste caso. Vamos adicionar "babacas" à lista também.

— Essa foi minha percepção, também.

— Eu diria que é basicamente isso. O que você precisa de mim, Trueheart?

— Ah, desculpe, tenente. Nada, na verdade. Eu... só queria agradecer por você me dar a oportunidade de prestar exame para detetive.

— Você mereceu essa oportunidade, e Baxter apresentou excelentes argumentos em sua defesa. O resto é com você.

— Sim, senhora. Não vou decepcioná-la. Você me tirou da turma que vigiava moradores de rua — continuou, falando mais depressa. —Você me trouxe para a Central e me juntou com Baxter para que ele me treinasse. Ele me ensinou muito, tenente. Muitas coisas sobre tudo. Não vou decepcionar nenhum de vocês dois.

— Você faz um bom trabalho, Trueheart. Continue assim e não decepcionará ninguém.

— Sim, senhora. Eu só quero fazer um bom trabalho. E também quero um distintivo de detetive — acrescentou, com um sorriso maroto e descontraído.

— Não faça nenhuma besteira no trabalho, estude muito e você terá seu distintivo. Agora, cai fora.

Sozinha, ela fechou a porta da sua sala e pegou café. Sentou-se à mesa e colocou os pés sobre o tampo. Enquanto bebia, ficou estudando o quadro do crime.

Um grupo mimado, presunçoso e exibido. Ela definiria o outro como pomposo, irritado e invejoso, com uma pitada de timidez.

E o terceiro? Ambicioso, unido e eficiente.

Mas algum desses atributos indicava assassinato?

Your Space. A empresa simplesmente não se encaixava nos parâmetros. Talvez houvesse algo ali que ela ainda tivesse visto, ainda... mas resolveu deixá-la de lado, por enquanto.

Young-Biden. Eles tinham muito mais do que a geração anterior e fizeram muito menos para merecê-lo. Young-Sachs não apenas dormia com sua assistente como dependia dela para tudo. Pelo que Eve percebeu, ele não sabia porcaria nenhuma sobre o funcionamento de sua própria empresa, e não dava a mínima de ficar chapado durante o expediente. Talvez Biden soubesse mais, ela daria uma olhada nisso. Pelo que percebeu da breve reunião, porém, ele gostava de ternos caros, muita ostentação, e não via problemas em distribuir insultos por onde passava.

Alexander e Pope. Alexander se achava um figurão deleitando-se em sua grandeza. Tratou o meio-irmão como um subalterno, o que Pope pareceu aceitar. Eve suspeitava que Alexander tratava a *todos* como subalternos. Parece ter algum tipo de ressentimento em relação à mãe também, refletiu, já que a mãezinha teve o mau gosto de dar à luz Pope.

Era engraçado ou revelador que o nome de Roarke tivesse surgido em cada uma daquelas entrevistas?

Teria de pensar a respeito disso também.

Ela se levantou e reorganizou seu quadro. Ainda tinha quinze minutos antes da consulta com Mira. Tempo suficiente para tomar mais um café e processar as ideias em sua cabeça por mais um tempo.

Não conseguiu colocar a bunda na cadeira antes que alguém batesse à sua porta.

— Que droga!

Peabody enfiou a cabeça pela fresta.

— Desculpa, tenente, mas...

— Preciso falar com você — Gennifer Yung forçou a entrada. — Disseram-me a manhã toda que você não estava disponível.

Eve fez sinal para Peabody sair e fechar a porta.

— Eu não estava aqui. — Ela foi até o quadro e tentou virá-lo para o outro lado.

— Não precisa se dar o trabalho. Já vi um quadro de homicídios antes.

— Mas já viu um que um membro da sua família ficava no meio?

— Não sou novata nisso, tenente. Pode deixar. Por favor. — Yung ficou parada, os ombros e as costas rígidos e analisou o quadro. — Você esteve muito ocupada.

— Sim, estive. O assassinato da sua cunhada é minha prioridade.

Com um aceno de cabeça, Yung esfregou a nuca.

— Desculpe por forçar minha entrada aqui. A espera é terrível, tenente, e pode ser destrutiva. Eu tentei ser paciente em relação ao mandado para os arquivos do escritório dela. Sei que esses assuntos são delicados e podem demorar. Eu já tinha pressionado demais, então disse a mim mesma para esperar e dar tempo ao tempo. Mas alguém aproveitou esse tempo para roubar evidências valiosas. Evidências que te ajudariam a descobrir quem é o culpado.

— Meritíssima, você sabe que não posso discutir os detalhes do caso com a senhora, mas vou lhe dizer que estamos analisando e processando muitos dados, seguindo todas as pistas possíveis e interrogando quem achamos que possa estar ligado à morte de Marta, de alguma forma.

— Você enviou uma viatura para proteger a casa do meu irmão.

— Como precaução, depois que entraram na sala do trabalho da sua cunhada.

— Sim. Tudo bem. É fácil se acostumar a estar no comando, a ter autoridade. O difícil é se encontrar numa situação em que você não esteja no comando e não tenha autoridade alguma. Você precisa deixar tudo nas mãos de outra pessoa. Não importa se você sabe que as mãos dessa pessoa são capazes. Elas não são as suas mãos.

Ela estendeu as próprias mãos diante dela, olhou para elas e fechou-as.

— Fui com meu irmão ver a esposa dele hoje de manhã. Ele foi ver Marta. De todas as coisas que eu vi, e de todas as coisas que presenciei no meu tribunal, nada foi tão ruim quanto aquilo. — Ela pigarreou. — Meu irmão e as crianças vão ficar comigo, por enquanto. Ele achou que seria mais fácil para os filhos ficarem em casa, com suas próprias coisas ao redor. Mas é muito doloroso para eles, para todos nós. Ele vai estar lá em casa se você precisar falar com ele.

— Mais uma vez, eu sinto muito, de verdade, meritíssima, pela sua perda. Quando eu tiver algo que puder compartilhar, aviso logo a vocês.

Ela fez que sim com a cabeça e olhou de volta para o quadro.

— Você acha que o assassino dela está nesse quadro?

— Não sei. Mas acho que o motivo está aí. O motivo nos leva à pessoa que cometeu o crime, ou às pessoas.

— Vou ficar com isso em mente e deixar você voltar ao trabalho.

Quando Yung saiu e a porta se fechou, Eve passou uma das mãos pelo cabelo. O luto, pensou, sempre deixava um peso no ar.

Eve pegou a jaqueta que tinha tirado ao entrar, deixou todo aquele peso para trás e foi se encontrar com Mira.

Apertou o passo, pois não queria enfrentar a ira da secretária da doutora, caso ela se atrasasse um minuto que fosse. Correu até a mesa do dragão que guardava o castelo e chegou lá com trinta e três segundos de folga, pelos seus cálculos.

Mesmo assim foi recebida com um olhar de repreensão.

— A doutora está com uma agenda lotada hoje.

— É o normal por aqui.

A secretária apertou os lábios e ligou para alguém através do intercomunicador.

— A tenente Dallas está aqui para ver a senhora. — Ela fungou e disse: — Pode entrar.

Mira estava em pé, retirando lindas xícaras de chá de seu AutoChef do consultório. Estava com um terno num tom lilás desbotado, sapatos de salto alto cor de ameixa e três correntes de prata. Seu cabelo castanho macio estava penteado para trás, e seus olhos azuis gentis se iluminaram quando encontraram os de Eve.

— Sim, fiz um chá para você. Sei que você não gosta muito, mas vai fazer bem. Você teve uns dias longos e difíceis.

— Ossos do ofício.

— Verdade. Ainda assim, é bom ver que hoje você está com uma aparência relativamente descansada e muito bem-vestida.

— O Roarke escolheu essa roupa. Tive que encarar vários tubarões dos negócios.

— Excelente escolha, a dele. Passa uma leve impressão de poder sem imponência. É elegante, mas não chamativo demais. Autoritário, mas não ameaçador.

— As roupas também falam com a senhora?

— Falam sim, e vezes demais me pedem: "Compre-me!". Se quiser sentar. — Ela apontou para uma das suas aconchegantes poltronas e passou uma das belas xícaras para Eve. — Como está a juíza Yung?

— Está indo.

— Eu gosto muito dela, tanto pessoalmente quanto profissionalmente. Na verdade, eu encontrei a Marta em algumas ocasiões. Ela me pareceu uma mulher fofa e amorosa.

— Eu também estou tendo essa impressão. Está morta porque deu muito azar

— Como assim?

— Tudo indica isso. Dois auditores ficaram machucados e foram afastados. Ela recebeu alguns dos arquivos profissionais deles. Horas depois ela está morta num ato que os assassinos esperam nos fazer acreditar que foi um assalto violento. Logo depois, a sala dela é comprometida, seu computador invadido, bagunçado, os arquivos originais e as cópias de todos desapareceram. Ou seja, ela deu azar.

— Sim, agora entendi. Eu concordo, até porque até onde sabemos o assassinato foi impessoal e mal encoberto. Você chamou isso de semiprofissional no seu relatório. Acho que foi uma definição muito precisa.

— E ainda tem todos esses empresários figurões, sabe? Empresas que estou investigando com muita atenção. Eu pedi um favor ao Roarke... ninguém conhece negócios, números e dinheiro melhor que ele... então acho que ele vai trazer mais material para eu dar uma olhada, ou eliminar alguns pontos que estou analisando. Mas todos os empresários têm, digamos, atributos que podem levá-los a encomendar o assassinato de um contador. Ela era apenas uma ferramenta, e, no caso, nem era a ferramenta certa, o que a torna um risco em potencial.

— Foi tudo corrido. Tanto o intervalo de tempo quanto a escolha do assassino. Mesmo assim, alguns figurões, como você os chama, podem contratar profissionais de verdade.

— Podem — concordou Eve —, mas talvez não vissem necessidade para fazê-lo. Eles já pagam algum tipo de capanga para protegê-los. Basta colocá-lo para resolver tudo e lhe dar um pequeno bônus à parte. Ela é só um peão, uma figura descartável, nada demais.

— As necessidades deles são mais importantes do que as dela. — Mira assentiu enquanto tomava um gole de chá. — Eles não podem se preocupar com a vida dos que trabalham para eles, ou sob o comando deles. — Mira tomou mais um gole de chá e refletiu. — Eu gostaria de ler os relatórios das suas entrevistas de hoje cedo.

— Vou enviá-los.

— Eu diria que você está lidando com indivíduos violentos, de sangue frio e fisicamente treinados para cometer o assassinato. Pessoas que fazem o que lhes mandam, mas não pensam por si próprias. Arrancar a vítima do seu local de trabalho e deixar seu corpo a vários quarteirões de distância de onde ela deveria estar mostram falta de lógica.

— Ela ia andar até o metrô, mas eles não sabiam disso. Eles ou a pessoa que os contratou podem ter achado que ela iria voltar a pé para casa. Além do mais, a localização era conveniente.

— Um prédio vazio a que, pelo que parece, eles teriam acesso com facilidade.

— Acho que não se preocuparam com a conexão. Talvez por ter sido algo corrido, o lugar foi conveniente. Era só um assalto, e ela não passava de uma contadora.

— Quem os contratou, se foram mesmo contratados, também não considerou os desdobramentos ao longo prazo. Isso mostra gratificação imediata e rápida, em vez de planejamento cuidadoso e sutileza. A preocupação são os arquivos, os dados, que podem ser incriminadores de alguma forma, e não a vítima. Ela é descartável. Não se trata de crueldade. É insensibilidade.

— É um negócio.

— Sim, é um negócio. E como você gerencia e mantém um negócio bem-sucedido se não costuma ver a longo prazo, nem prestar atenção aos detalhes, e resolve um problema na base da violência?

Eve se recostou.

— Quando o negócio foi herdado.

Mira sorriu.

— Uma visão cínica, mas nesse caso acho muito provável. Os assassinos, como eu disse, são brutos. Não houve agressão sexual, nem raiva, nem um motivo pessoal. Embora o assassinato em si tenha sido uma espécie de se exibir.

— Exibir?

— *Eu sou forte. Vejam como eu sou forte... eu quebro um pescoço com as minhas próprias mãos.* De forma rápida e limpa, segundo o relatório de Morris. Ele tinha uma arma de atordoar, algo letal quando usado em potência máxima, mas preferiu usar a força bruta. Sim, ele se exibiu e completou a matança com as próprias mãos, em vez de usar uma arma ou ferramenta. *Ele* é a arma.

— Ok. — Eve refletiu sobre a ideia. — Aham, entendi. E talvez ele precisasse se exibir, já que atordoou uma mulher desarmada pelas costas, e isso foi covardia. Ele teve que... compensar isso, de certo modo.

— É o que eu acho. Quanto à pessoa que encomendou o assassinato? É impaciente, impulsiva, acostumada a ter tudo que quer com rapidez. Demonstra uma nítida falta de compaixão ou atenção com aqueles que fazem o trabalho, para que ela possa viver como vive.

— Isso praticamente elimina quatro dos meus suspeitos.

Mira sorriu.

— Quais?

— Quatro mulheres, cinco contando a gerente do escritório. Your Space. Elas não herdaram nada, vieram da classe média e prestam atenção aos detalhes. Isso é parte do trabalho delas. São organizadas e eficientes. Se tivessem como alvo a vítima, acho que a coisa teria sido feita de forma correta. Tudo teria sido muito arrumado, muito limpo.

— Isso é um elogio?

— É sim, na verdade. E elas sabem montar um cronograma e orçamento. A vítima não teve tempo de avançar tanto nos arquivos que auditava. Matá-la foi ineficiente. Tá, ainda não posso retirá-las da lista de suspeitos, mas posso focar em outras pessoas. Isso poupa tempo. Obrigada, doutora.

— Quando tiver uma opinião formada sobre os relatórios das entrevistas eu falo com você de novo.

— Ótimo. — Eve se levantou, surpresa ao perceber que sua xícara estava praticamente vazia. Ela não se lembrava de ter bebido aquela droga. — Ahn... Acho que eu deveria lhe contar que eu tive um sonho ontem à noite. Os olhos de Mira se encheram de preocupação.

— Um sonho?

— Isso. Não foi um pesadelo. Podemos dizer que foi uma espécie de visão geral do dia, como se eu tivesse ido até a cena do crime e analisado o assassinato. Às vezes consigo uma perspectiva diferente da vítima, ou do assassino, ou alguma pista, algum ângulo novo. Enfim... ela estava lá. A Stella.

— Aham.

— Isso não me incomodou no sonho. Não me deixou chateada, nem me afetou. Eu simplesmente mandei ela se fuder.

Mira sorriu para Eve como se ela tivesse conquistado uma medalha de ouro.

— Perfeito! Isso é progresso!

— Acho que sim. A verdade é que ela estar lá me deu essa nova percepção. Não sei por que exatamente, exceto pelo fato de que ela nunca pensou em mim, nunca me colocou em primeiro lugar ou em qualquer lugar. Além de nunca me proteger, ela sempre foi o monstro debaixo da minha cama. Mães supostamente deveriam pensar nos filhos. A senhora nem precisa me dizer que ela não foi minha mãe em sentido algum, com exceção do DNA — disse Eve, antes de Mira. — Eu já entendi isso e estou aprendendo a viver com isso. Mas isso refletiu no caso da Marta. Percebi que ela pensou nos filhos e na família. Havia feito cópias dos arquivos e enviou tudo para o seu computador de casa, mas não contou aos assassinos. Eles teriam ido atrás do marido, pelo menos para procurar os arquivos, e ela sabia disso. Não sei se achou que eles realmente iriam matá-la, ou não. Mas creio que ela teria preferido morrer a colocar sua família na mira dos assassinos.

"Enfim... Isso fez diferença para mim, quando eu acordei do sonho. Pensei em como a própria Stella teria me matado com as próprias mãos, se corresse o menor risco de sofrer um único arranhão. E como essa outra mulher teria dado a própria vida para proteger sua família. Dormi mais tranquila, eu acho, por saber disso."

— Você é uma mulher resiliente, Eve. Nada que Stella fez vai acabar com você.

— Ela me machucou um pouco, mas estou bem. Queria que a senhora soubesse que eu estou bem.

— Eu aqui sempre que estiver se sentindo bem ou não também.

— Eu sei. E isso me ajuda. Preciso voltar ao trabalho. Obrigada por me dar alguns minutos do seu tempo.

Mira se levantou para acompanhá-la até a porta.

— Estou muito ansiosa para a premier.

— Ah, fala sério!

Com uma risada, Mira deu um tapinha no ombro da Eve.

— Estou pronta para me sentir absolutamente deslumbrada com as celebridades, as roupas, o *glamour*. Até fiz Dennis comprar um smoking novo. Ele vai ficar bonito.

— Ele sempre está bonito. — A afeição que Eve sentia por Dennis Mira suavizou um pouco da ansiedade que sentia com o evento. — Se eu não encerrar o caso até a festa, a senhora poderá dar uma boa olhada nos meus suspeitos em primeira mão. Muitos deles estarão lá.

— É muita emoção!

— Pois é. — Um pouco surpresa com a empolgação de Mira, Eve saiu.

Decidiu dar uma passada na DDE para conferir em que pé estava McNab, e trocar uma ideia com Feeney, se ele tivesse tempo. Preparou-se para enfrentar o barulho da sala, o movimento constante e a saturação de cores dos técnicos de lá, que pareciam ter sido embebidas em néon e depois mergulhadas nos anéis de Saturno.

Deparou-se com McNab dançando sentado na cadeira da sua estação de trabalho, remexendo a bunda ossuda e sacudindo os ombros estreitos, enquanto "conversava" com o computador da vítima na linguagem incompreensível dos *e-geeks*.

Ela deu um tapinha nos ombros chacoalhantes, meio que esperando que ele tomasse um susto, já que estava tão obviamente imerso em seu próprio mundo. Mas ele simplesmente se virou.

— Oi, Dallas.

— Como vão as coisas por aqui?

— Estamos progredindo. Eu continuo recebendo o mesmo código oculto que esbarrei na segurança do prédio. Foi o mesmo cara que o hackeou, usando o mesmo método. É como uma impressão digital.

— É, você já disse isso. Como posso usar essa "impressão digital"?

— Quando eu terminar aqui, vou fazer uma pesquisa para ver se consigo descobrir quem escreveu esse código. É um estilo, sabe? Que nem sapatos.

Sapatos e impressões digitais, pensou Eve. Coisas de detetives eletrônicos.

— Ok.

— O lance é o seguinte: não vejo nenhuma acesso indicando o registro de saída dela do sistema. Se fosse eu hackeando um sistema, entraria em tudo e xeretaria em todos os arquivos. Mas parece que o trabalho dele foi apenas pegar os arquivos, corromper o sistema e cair fora. Acho que quem fez isso não se preocupou em verificar se ela tinha copiado tudo. E ela fez isso de um disco, viu?

Ele apontou para a tela, mas Eve não entendeu nada.

— Se você diz.

— Sim, estou dizendo. Está tudo ali. Presumi que contadores são pessoas paranoicas, sabe? Fazem backup de todos os backups e aí fazem uma cópia sobressalente para o caso do mundo explodir. Então, ela fez backup dos arquivos nos discos e depois enviou tudo para o seu computador de casa, um disco para cada arquivo. Eu teria colocado tudo em um disco só, separando só os documentos, mas um disco para cada arquivo permite uma análise mais detalhada.

— Ok.

— Ela provavelmente estava com o *backup* de tudo na pasta dela. Na verdade, teve que levar tudo consigo por conta da análise que estava em andamento. Então, quando eles pegaram o material e viram que os arquivos estavam lá, acharam que tinham se safado. Tem que ser muito paranoico para lidar com análises.

Isso, Eve conseguia entender.

— Então você acha que foi como se alguém tivesse recebido uma tarefa, a tivesse seguido ao pé da letra e nada mais. Nada de "vamos ser bem cuidadosos".

— Esse é o lance. A maioria dos *hackers* mexe um pouco e xereta tudo. Afinal, você já está dentro do sistema mesmo. Mas ele, não. Foi direto ao ponto, sem desvios. — O McNab lançou o braço para o ar. — Pelo menos nada que eu tenha encontrado.

— Bom, tudo se encaixa.

Ela o deixou quicando e balançando na cadeira e abriu caminho pelo tráfego de outros *e-geeks* que se empinavam e dançavam em suas cadeiras, até enfiar a cabeça pela porta da sala de Feeney, misericordiosamente calma, sem brilho e quieta.

Ele estava diante da mesa de trabalho, vestindo uma camisa bege. Como ainda usava um paletó marrom-cocô por cima da camisa, Eve presumiu que ele tinha acabado de chegar da rua, vindo de algum serviço de campo. Ele tinha afrouxado a gravata no mesmo tom marrom-cocô, mas não a havia tirado – talvez planejasse sair novamente. Seu cabelo, uma combinação de gengibre e sal, se espalhava desordenadamente em torno do seu rosto sonolento de cão bassê.

Ele trabalhava em um tablet, mas batucava no teclado ao mesmo tempo.

Feeney podia se vestir como um policial, pensar como um policial e caminhar como um policial, mas seria capaz de derrotar McNab e mais todo o resto do seu departamento de *geeks* quando o assunto era tecnologia.

Eve deu uma batida rápida no batente da porta.

— Tem cinco minutos?

Feeney ergueu um dedo, continuou a fazer sabe-se lá o que estava fazendo, até que deu um grunhido satisfeito.

— Agora eu tenho! Filho da puta desse *hacker*! Acha que pode aterrorizar mulheres, passar pela segurança da casa delas, estuprá-las, roubá-las e depois sair assobiando uma música? Pois ele vai assobiar dentro de uma cela muito em breve.

— Você o pegou?

— Consegui a assinatura e a localização dele. O investigador principal do caso o tem na palma da mão. Se não conseguir capturar o idiota agora, é *ele* quem deveria estar assobiando dentro de uma cela.

— Quem está com o caso?

— Schumer.

— Ele é bom. Vai encerrar tudo numa boa.

— Sim. — Feeney passou as mãos pelo rosto. — Estamos trabalhando há alguns dias sem parar. Você também.

— Sim. Mas pelo visto o seu caso será encerrado em breve. Não posso dizer o mesmo.

— O garoto está trabalhando nisso.

— Sim, e está dando o melhor de si. Obrigada por você tê-lo designado para me ajudar, ainda mais quando vocês estão com um caso complicado nas mãos.

— Ah, não foi nada. — Ele pegou sua tigela de amêndoas caramelizadas no instante em que Eve apoiou o quadril na ponta da mesa.

— Tenho bandidos que fizeram o seu trabalho, mas não se deram ao trabalho de fazê-lo direito. Mataram uma mulher porque essa foi a ordem que receberam, mas ela não precisava ser morta para atingir o objetivo principal. Voltaram depois do assassinato para limpar tudo, mas não verificaram todos os cantos. Usaram um lugar para matá-la que chamou a nossa atenção. A vítima era uma auditora, lidava com gente que tem muita grana. A cena do crime é uma propriedade que pertence a alguns consultores financeiros – novamente muita grana. E as duas empresas têm alguns pontos em comum.

— Que desleixados.

— Sim, mas não totalmente. Se eu estivesse avaliando o desempenho deles colocaria no relatório: "Fizeram o trabalho, mas não pensam fora da caixa, não são capazes de lidar com o desenrolar da situação e de se ajustar de acordo com as mudanças." Trueheart vai fazer prova para detetive no primeiro exame do ano que vem.

Feeney girou a cadeira para trás e sorriu.

— E vai passar!

— Vai, sim. Ele não é mais um novato, mas ainda está um pouco verde. E sempre vai ter essa parte em si porque esse é o jeito dele. Mas eu sei que, se o mandasse para uma missão, ele não iria fazer o trabalho e ponto final. Ele amarraria todas as pontas soltas e ajustaria sua ação conforme a situação exigisse. Talvez cometesse um erro porque não tem tanta experiência, mas certamente não cometeria o mesmo erro duas vezes.

— Sem dúvida.

— Trueheart merece créditos por isso porque essa é a essência dele. Baxter também leva crédito porque o treinou, e o treinou bem. Eu recebo crédito porque vi que havia algo a ser treinado e o chamei para a equipe. E eu ganho crédito porque sou a chefe dos dois.

— E leva a culpa quando eles estragam tudo ou fazem alguma besteira.

— Exatamente. Então vamos lá... temos alguns capangas no caso, é o que eu acho. O assassinato não foi muito elaborado nem muito caótico. Foi baixo, sujo e cumprido, com alguns pequenos erros.

— Ele quebrou o pescoço dela, certo?

— Sim. Mira acha que isso foi feito como um jeito de se exibir, e eu creio que faz sentido. Ele tinha a força para isso. Além disso, temos um *hacker* que sabe o que faz e passa pelo sistema de segurança – que é bom, mas não excepcional –, pelo computador da vítima e também pelo cofre do supervisor. Ele fez o trabalho, mas não examinou tudo com atenção e não percebeu que a vítima fez cópias da porcaria dos arquivos que ele teve tanto trabalho para roubar. O *hacker* fez seu trabalho. O valentão ou os capangas fizeram os deles. Só que...

— Não tiveram muito planejamento.

— Exatamente! — Ela ergueu os braços para socar os punhos no ar. — Houve uma gestão de merda. Agora o mandante está revoltado porque os policiais entraram na sua empresa, depois de ele praticamente estender o tapete de boas-vindas para eles. E mesmo assim eu não posso ter certeza de quem é.

— Pelo menos você sabe quem *não é* o assassino?

— Sim, tenho alguns que se enquadram nessa categoria.

— Já é um começo.

— Eles são todos idiotas de vários tipos, e ao olhar para eles consigo ver qualquer um fazendo ou ordenando o crime. Mesmo que eu descubra quem foi, é provável que minhas evidências sejam circunstanciais. Ainda não descobri o motivo, não totalmente. É dinheiro, tem que ser dinheiro. É ganância, ou cobiça, para usar a palavra de Roarke. Cobiça é ganância de gente fina, certo?

Feeney cutucou o lábio inferior com um aceno de cabeça.

— Sim, soa mais chique mesmo

— Cobiça. Ele é mão de vaca e gosta disso, mas ainda quer mais. Ele vai enganar, roubar e matar por mais, e também para se proteger.

— Seu marido rico está analisando as finanças?

— Está.

— Se alguém consegue descobrir o motivo, é ele. Investigue os cônjuges.

— Nem todos são casados.

— Aposto que todos eles fazem sexo com alguém. O cônjuge sabe do esquema ou simplesmente gasta a grana sem dar a mínima. Se eles não estão transando com alguém específico regularmente, você deve descobrir quem eles pegam, encontram ou pagam. Pessoas gananciosas gostam de falar sobre dinheiro e o quanto são ricas.

— Ele não vê as pessoas que trabalham para ele — continuou Eve. — Não sei se isso inclui um cônjuge, poderia ser uma acompanhante, um caso, uma amante. Sexo e dinheiro sempre formam uma combinação perfeita.

Ela pegou um punhado das amêndoas e comeu uma ao se levantar.

— Obrigada pelo papo, Feeney. Já tenho algo para bisbilhotar.

— Desgraçados gananciosos que matam mulheres merecem uma cela de concreto, igual à dos filhos da puta que as perseguem e as estupram.

— Certíssimo!

— Ei! — chamou Feeney, quando ela já estava de saída. — Minha mulher disse que eu tenho que alugar uma roupa de gala para ir à premier.

— Eu também não sei, Feeney. Mira acabou de me dizer que fez o marido comprar um novo *smoking*.

— Que tipo de maluquice é essa? Quem precisa usar terno e gravata para assistir à porra de um filme?

— Eu tenho que usar um vestido, sapatos de salto agulha e passar um monte de merda na cara. Não venha chorar suas mágoas comigo só porque você vai ter que usar um *smoking*.

— Que palhaçada — reclamou ele.

— Certíssimo! — concordou Eve, e seguiu seu caminho.

Capítulo Onze

De volta à sua sala, Eve fez uma busca por sites de fofocas e colunas sociais, na esperança de encontrar algumas pistas. Enquanto o computador carregava os resultados, ela ligou para o Departamento de Polícia de Las Vegas e mexeu os pauzinhos necessários para conseguir a cópia do relatório policial do acidente que Arnold e Parzarri haviam sofrido. Outro contato informou que os dois homens teriam alta e já poderiam viajar no dia seguinte.

Ela pretendia procurá-los e interrogá-los o mais rápido possível.

Enquanto lia as fofocas — roupas, cabelo, novos casos, separações e bebedeiras —, fez mais uma pesquisa sobre a esposa de Alexander, a de Pope, Tuva Gunnarsson e a noiva de Newton.

Chega, decidiu. Já tinha o suficiente para começar. Juntou suas coisas e saiu a caminho da sala de ocorrências.

— Peabody, venha comigo.

— Não consigo encontrar ninguém da lista que seja dono de uma van de carga — disse Peabody, enfiando os braços no casaco enquanto apertava o passo para alcançar Eve.

— Procurou de parentes, amigos, locadoras?

— Sim, ainda não apareceu nada, mas vou continuar pesquisando. Você sabia que Chaz Parzarri tem quatorze primos de primeiro grau e onze deles moram em Nova York ou em Nova Jersey?

— Não, eu não sabia. — Eve se apertou no elevador e se perguntou por que diabos ele estava sempre tão lotado quando ela precisava usá-lo. — E, a menos que um deles seja dono de uma van Maxima Cargo, não preciso dessa informação.

— Bem, estou só dizendo que são muitos primos de primeiro grau e nenhum deles possui uma van Maxima Cargo. Mas estou investigando as pessoas, além de me restringir aos veículos, em busca de algo suspeito: jogos de aposta, prostituição, viagens incomuns.

Boa organização de equipe, pensou Eve, e deu um tapinha mental nas próprias costas. A boa gestão contribuiu para o bom trabalho.

— E...?

— Até agora vi apostas, prostituição e viagens, nada fora do normal. Exceto para os caras casados e o que está noivo, em relação à prostituição. Se eles estão saindo com acompanhantes licenciadas, certamente estão pagando com dinheiro vivo e são muito cuidadosos.

Uma mulher no canto do elevador vestindo uma saia do tamanho de um guardanapo, botas de cano alto, cabelo rosa esvoaçante — que Eve torceu para ser uma peruca — e um olho roxo enorme estourou uma gigantesca bola de chiclete.

— Você tem que declarar o dinheiro recebido — informou a mulher, em um tom casual. — Pode até oferecer um desconto para o cliente, se quiser, porque não precisa pagar taxas extras de cartão de crédito, mas tem que declarar.

— É mesmo? Anote isso, Peabody. Como você conseguiu esse olho roxo? — perguntou Eve.

— Uma colega e eu tivemos uma divergência de opiniões sobre um cliente. A vadia me deu uma porrada na cara. Acabei de fazer queixa dela porque você tem que deixar tudo registrado, não é mesmo? O policial Mills me recebeu e me tratou superbem. Nem quis um boquete.

— Que... legal.

— Adoro oferecer boquetes para policiais e bombeiros sempre que tenho chance. Para mostrar meu apoio, sabe?

— A cidade de Nova York agradece.

A mulher sorriu, estourou o chiclete e saiu do elevador quando as portas se abriram no andar principal. Agradecida ao ver que quase todo mundo saiu do elevador junto com a acompanhante, Eve trocou de posição para respirar melhor.

— Certo, Peabody, continue.

— Acho que ela não sacou que oferecer boquete grátis para um policial é considerado suborno.

— Ela só estava tentando cumprir seu dever cívico.

— Certo. Onde eu estava, mesmo? Ah, sim. A equipe da Young-Biden gosta de jogos de azar. Às vezes ganham, às vezes perdem, e fazem isso como se ganhar ou perder mais do que eu ganho em um ano em mesas de jogatina e cavalos não fosse grande coisa. Alexander e Ingersol viajam muito. Muito mesmo, sempre para lugares extremamente frios, incluindo alguns dos quais eu nunca ouvi falar. Newton viaja um pouco e gosta de apostas esportivas, liga secundária e coisas do tipo. Aposta quantidades menores, simbólicas. Whitestone viaja principalmente a negócios, mas faz tudo certinho. Também gosta de mergulhar e viaja para praticar o hobby de vez em quando.

— Todos eles vivem dentro de suas possibilidades financeiras, pelo que parece — disse Eve, quando elas saltaram na garagem. — Vivem de acordo com o que chamaríamos de estilo de vida privilegiado ou semiprivilegiado. Esse estilo de vida inclui esposas, noivas, casos, ex-namoradas, acompanhantes de luxo e, pode ter certeza, amantes.

— Você acha mesmo que aquele cara de rato do Pope tem uma amante?

— Esse tipo de gente pode te surpreender e trepar com a força de um bate-estaca.

— Você já transou com alguém assim magrinho com cara de rato?

— Não. — Seus passos ecoaram. Em algum andar acima delas, alguém ligou um motor de carro. — Mas Mavis namorou um sujeito, um tempo atrás, que parecia um daqueles anões de jardim. Ela disse que ele era como um furão raivoso na cama. As aparências enganam.

— É verdade. — Peabody entrou na viatura. — Veja McNab. Ele é fofo e é todo magrinho. Mas consegue ser um turbopropulsor.

— Minha nossa, Peabody, não quero ouvir sobre as habilidades de propulsão de McNab.

— Elas são excepcionais. Uma noite dessas, ele...

— Não, não, não! — Eve bateu com a mão no canto do olho quando ele tremeu, e mostrou os dentes diante da risada abafada de Peabody. — Você fez isso de propósito.

— Só queria ver se ainda funcionava.

— Sempre vai funcionar. E a minha bota sempre vai alcançar a sua bunda.

— São botas legais — disse Peabody, alegremente. — Mas a Angie, do Your Space, gostou mais das minhas.

— Você deve estar orgulhosa. Vamos começar com as ex-mulheres — continuou Eve, antes que Peabody pudesse se gabar das botas mais uma vez. — O Young-Sachs tem uma ex que gerencia uma butique chique no Meatpacking District.

— Como é que você sabe?

— Você não é a única que sabe navegar pelos sites de fofocas.

A butique chique tinha vários telões que exibiam diferentes combinações de roupas o tempo todo, destacando um ou outro acessório. Botas de oncinha com um vestido preto curto; vestido preto curto com um sapato de salto alto prateado e uma elaborada echarpe prateada; uma elaborada echarpe prateada com jeans, top vermelho e colete.

Pequenos feixes de luz iluminavam cada peça em seus respectivos lugares nas prateleiras, conforme elas apareciam no telão.

Isso deixou Eve levemente tonta.

Baixinha e curvilínea, Brandy Dyson estava de pé, usando botas de salto alto, e ia de um lado para outro como um raio, até que Eve conseguiu encurralá-la.

— Desculpe. — Ela tinha um sorriso brilhante e cílios tão grossos e pesados que Eve se perguntou como ela conseguia manter os olhos abertos. Brandy pegou uma pequena garrafa azul de um coldre coberto de pedrarias e tomou um gole. — É energético, estou dentro da lei. Você queria me perguntar algo sobre Carter. Ele está com problemas?

— Deveria estar?

Brandy riu.

— Essa é uma pergunta difícil para uma ex responder. Ser idiota não é ilegal, certo? Se fosse, metade dos caras com quem eu já saí estaria cumprindo pena.

— Que tipo de idiota é Carter Young-Sachs?

— Pergunta estranha para uma policial fazer, mas ele é do tipo egoísta, egocêntrico, mentiroso e trapaceiro.

Entendendo onde Eve queria chegar, Peabody entrou na conversa com seu tom "só entre nós, garotas".

— Talvez você possa nos contar algum caso, ou um exemplo disso.

— Ele furou comigo no dia do meu aniversário, sem nem mandar uma mensagem. Depois ele disse que tinha sido chamado para uma reunião de emergência, quando na verdade o que fez foi viajar para Capri com outra mulher. Essa foi a última vez que ele mentiu para mim e me traiu. Não a primeira, mas às vezes leva algum tempo para a gente ver a pessoa como ela realmente é.

— Que pesado. — disse Peabody. — No seu aniversário?

— Pois é. Ele era muito atencioso no início, corria atrás de mim de verdade, sabe? Essa coisa toda da conquista acabou me cativando. Eu tinha acabado de começar a namorar outro cara muito legal e terminei com ele só para ficar com Carter. — Ela deu de ombros e soltou um suspiro longo, depois se virou para ajustar um detalhe da posição de uma bolsa gigantesca com listras de zebra. — Fui burra e me afastei de alguém de quem gostava. Assim que Carter me conquistou, ele mostrou o verdadeiro cara de pau que era, metaforicamente, porque o pau anatômico dele já tinha feito algumas aparições.

Apreciando o estilo da mulher, Eve teve que abrir um sorriso.

— E como foi que o pau metafórico mostrou a sua cabeça?

Brandy jogou a cabeça para trás e riu.

— Essa foi boa! Bem, para começar, eu tinha que desistir de todos os meus planos e trocar pelos dele. Ele fazia pouco da minha loja, de um jeito sutil no começo, meio na brincadeira, sabe? Mas logo a coisa perdeu a graça e ficou claro que ele não respeitava nada do que eu fazia. Só porque a minha família tem grana não significa que eu deva ficar sentada sem fazer algo da vida, sabe? — Ela soltou um longo suspiro. — Uau, eu continuo chateada com tudo isso. O que ele aprontou?

— Não sei se ele fez alguma coisa. Além de ser um idiota — disse Eve.

Sob seus cílios impossíveis, os olhos de Brandy endureceram.

— Bem, se ele fez algo, pode apostar que aquele gêmeo siamês dele também está envolvido nisso.

— Tyler Biden?

— Aquele lá nem se dá ao trabalho de *não parecer* idiota. *Gosta* de ser babaca. Ser babaca é como sua missão na vida, e ele se acha muito bom nisso. É convencido, sarcástico, se acha o superfodão. Desculpe — acrescentou. — Eu realmente ainda estou puta da vida.

— Não precisa se desculpar — Eve disse a ela. — Minha impressão dele bate com a sua.

— Ótimo, porque vou te contar uma coisa: eles não sabem nem metade do que eu sei sobre como conduzir o próprio negócio. Não conseguiriam ser contratados nem para limpar o chão da Young-Biden se não tivessem nascido para assumi-la. Especialmente Carter. Tente conversar com ele sobre oferta e demanda, marketing, retornos líquidos, base de clientes e estratégias de crescimento. Na mesma hora fica claro que ele não tem noção de nada. Ele é meio burro, na verdade. Burro e idiota, o que me torna uma idiota também por ter perdido oito meses e meio da minha vida com ele.

— Quer dizer que ele não gostava de falar sobre negócios, sobre trabalho e a empresa dele?

— Era mais como se ele *não soubesse* fazer isso. Gostava de falar sobre a empresa, mas só para se gabar. Gostava de falar sobre dinheiro e como gostava de gastá-lo, e contava das viagens. Reclamava da mãe, de vez em quando, depois de alguns drinques a mais ou...

— Eu já notei que ele usa drogas — disse Eve.

— Bem... Ele reclamava que a mãe dele o pressionava demais ou criava expectativas exageradas para ele, como se quisesse que ele vivesse e respirasse apenas para a empresa. Mas não sei, ela não me pareceu tão megera nas poucas vezes em que a encontrei. Mas na minha família espera-se que a gente faça algo da vida, que esteja envolvido com o trabalho. Talvez seja porque não temos o dinheiro dos Young, mas, se tivéssemos, posso garantir que seria a mesma coisa. Se você quiser algo, deve trabalhar por isso. Tenho essa loja há três anos e trabalhei muito nela. Descobri em pouco tempo que Carter só ficava sentado o tempo todo em cima da herança dele. — Ela suspirou novamente e tornou a ajeitar a bolsa na vitrine. — Mas tinha aquela faísca, sabe? Ele é lindo, charmoso quando quer ser, e sabe como fazer uma mulher se sentir muito especial. Pelo menos durante algum tempo.

— Você já conheceu o conselheiro financeiro dele?

— Não. Mas agora que você mencionou... No início, quando estava realmente a fim de mim, Carter falava que eu deveria conversar com esse assessor dele se quisesse mesmo ver minha carteira de clientes crescer. Contava que ele conhecia todas as entradas, saídas, todos os cantos ocultos. Minha família tem uma empresa de consultoria financeira que trabalha com a gente há anos. Eu fiquei com eles. Confio neles. Não sabia de nada sobre o conselheiro dele e talvez eu tenha até ficado deslumbrada com a propaganda que ele fazia, mas, quando se trata dos meus investimentos financeiros, sou cuidadosa.

— O que nós aprendemos, Peabody?

Peabody vestiu as luvas enquanto caminhavam para o carro.

— Além de eu descobrir que quero aquele cinto de pele de cobra com a fivela azul safira que eu não posso pagar? Aprendemos que aquele Carter Young-Sachs é um idiota, e que, se ela for uma boa avaliadora de caráter, e me pareceu que sim, não manja chongas sobre a própria empresa. E nem se importa com isso. Ele traiu a namorada no aniversário dela e depois mentiu. Uma mentira boba, porque ela ia descobrir. Ele se ressente da sua mãe esperar que ele trabalhe de verdade, e Biden é mais inteligente e ardiloso.

— Tudo isso. Mais o quê?

Ela desviou de duas mulheres carregadas com sacolas de compras que saltitavam de empolgação com uma liquidação e não olhavam para onde diabos estavam indo.

— Ele gosta de ir atrás do que não é dele, mas perde o interesse quando consegue — acrescentou Eve. — Confia muito no seu assessor financeiro, a ponto de empurrá-lo para cima de outra pessoa. E faz isso de um jeito que mostra que o tal cara da grana aceitaria sair um pouco da linha.

— Isso também.

— Mas isso não quer dizer que ele seria capaz de matar ou encomendar um assassinato. Só confirma que é burro o bastante para fazer isso, e fazer malfeito. Quero que você converse com mais algumas ex-namoradas, tente arrancar algo mais delas.

— Lembrar dos bons tempos.

— Sim, achei que você veria dessa forma.

As pessoas se apressavam, passavam quase correndo ou caminhavam sem rumo. Alguns falavam em *tele-links*, como o cara que implorava a Michelle que lhe desse mais cinco minutos, "só cinco minutos, gata". Alguns gravavam vídeos, como o grupo de turistas asiáticos com gorros em que se lia "I ♥ New York" que posava em frente a uma loja. Outros comiam correndo, como o homem que devorava um cachorro-quente de soja completo.

O zumbido de vozes e línguas diferentes, o movimento e o ritmo acelerado eram, para Eve, a identidade de Nova York.

Só que naquele momento ela queria que todos simplesmente sumissem do caminho dela para que não tivesse que forçar a passagem entre eles.

— Vou fazer mais uma busca no Grupo WIN. Depois vou para o meu escritório em casa, ver o que eu consigo descobrir — disse a Peabody. — Vamos pressionar Arnold e Parzarri amanhã, assim que eles voltarem. Foi um deles, ou alguém do Grupo WIN ou um dos quatro idiotas com quem conversamos hoje. Ou dois desses quatro. Vamos reduzindo as possibilidades. Se conseguirmos descobrir um deles, teremos todos.

Ela ouviu um silvo fraco e sentiu uma leve pressão nas costas, entre as escápulas. Seu instinto entrou em ação, a fez pular sobre Peabody e derrubar sua parceira no chão.

— Que diabos...?

— Arma de atordoar! — Eve rolou de lado, sacando sua arma ao se levantar. No meio da multidão, nova-iorquinos típicos que mal ergueram os olhos para ver o que rolava e turistas que paravam para olhar, boquiabertos, ela avistou um homem gigantesco: um metro e noventa e cinco de altura, uns cento e quinze quilos, caucasiano, com gorro de esqui, óculos escuros, cachecol preto e casacão. O homem se virou rapidamente e fugiu.

— Corre! — gritou para Peabody, e começou a correr atrás do fugitivo. Forçada a se esquivar, desviar e pular por cima dos pedestres que o homem derrubava ao passar como se fossem pinos de boliche, Eve se distanciou um pouco, mas logo viu o suspeito subir as escadas de acesso ao High Line. Para um homem grande, ele era rápido e com destreza, atlético, pensou, enquanto continuava a persegui-lo correndo atrás dele.

As pessoas caminhavam, sentavam-se em bancos e faziam vídeos pessoais, enquanto outras tropeçavam na trilha de cascalhos quando sua caça cortava caminho entre elas. Eve ignorou os gritos e xingamentos, e pulou por cima de um canteiro para cortar caminho. Seus pulmões ardiam, mas ela se convenceu de que estava começando a ganhar terreno.

Quase sem dificuldade e sem perder o ritmo, o homem agarrou uma criança que estava no chão, deu uma cotovelada violenta no maxilar do pai, e jogou o garoto para cima como se fosse uma bola de futebol americano com braços e pernas, enquanto a criança gritava no ar.

Sem ter escolha, Eve cortou para a esquerda, esmagando as plantas na grama e se preparou para pegar o bebê no ar.

A força do corpo da criança a atingiu com violência, com um baque que a fez cair de costas no chão. O crânio do garoto bateu como uma pedra contra o seu peito. Ela sentiu seus ossos gritarem e seus pulmões em chamas expeliram o pouco ar que lhe restava. Tentou puxar oxigênio desesperadamente, mas sua garganta chiou e ardeu com o esforço.

O coração galopante da criança batia forte contra o peito dela — até isso doía, mas dava a Eve a certeza de que o bebê tinha sobrevivido ao voo e à aterrissagem violenta. Teve tempo suficiente para notar que o impacto havia cortado a respiração do garoto também, pois seus gritos pararam. Mas com o suspiro poderoso que deu em seguida, a criança soltou um grito tão agudo que Eve se perguntou se o ar ao redor deles não tinha se partido em dois.

Seus ouvidos zumbiram como um coro de sinos de igreja enlouquecidos.

— Está tudo bem, você está salvo. — Ofegante, Peabody surgiu e ergueu a criança de sexo indeterminado, com chapéu e casaco vermelho brilhante. — Você está bem agora, garotinho. Está tudo bem.

Com um pouco menos de pressão em seu corpo, a pressão um pouco aliviada pela falta do peso do garoto, Eve arquejou em busca de ar.

— Como é que você sabe que é um menino? — quis saber Eve.

Peabody deu um tapinha na criança enquanto se agachava para ajudar a tenente.

— Você está bem? Está muito ferida?

— Não sei. Poderia estar pior. — A menos que contasse o latejar no peito onde a criança tinha batido, a dor na bunda no lugar em que *ela* havia batido, tinha colidido com a cabeça no chão e sentia algumas fisgadas no seu ombro recém-curado. — Filho da puta!

Peabody se retraiu e endireitou-se ao se virar para a mulher histérica que corria em sua direção.

— Meu bebê! Meu bebê! Chuckie!

O pai, com olhos vidrados e o rosto branco como um papel, com exceção de alguns respingos de sangue, cambaleava atrás dela enquanto a multidão se aproximava.

— Ele está bem, está tudo bem. Ei, Chuckie, aqui está sua mamãe. Todo mundo, para trás! — ordenou Peabody.

Mãe e filho se abraçaram, soluçando, enquanto Eve se levantava. O mundo deu uma sacolejada e girou mais rápido que o normal, mas logo se endireitou.

— Para trás, por favor! — repetiu Peabody, e pegou o braço do pai. — Senhor, por favor, sente-se aqui por alguns minutos.

— O que aconteceu? O que aconteceu?

— Vou chamar os paramédicos. Por favor, sente-se aqui. Senhora, quero que você e Chuckie se sentem bem ali. Vou notificar a Central — disse a Eve. — Você também tem que ficar sentada.

— Estou bem. Só fiquei um pouco sem fôlego.

— Você o pegou! — A mãe voltou seu rosto coberto de lágrimas para Eve. — Você o pegou. Salvou meu bebê!

— Ok, vamos...

Eve perdeu o fôlego mais uma vez quando a mulher a agarrou com força, enfiando os pés do garoto em sua virilha em um abraço de agradecimento desesperado.

A dor que gritava em seu ombro se tornou um berro agudo ensurdecedor.

— Peabody.

— Senhora, por favor, afaste-se. — Peabody transformou seu tom suave num sussurro, enquanto tirava a mulher de cima de Eve. — Quero que você se sente bem aqui. Você e sua família. Vou precisar de algumas informações, ok?

Eve saiu da grama pisoteada e rangeu os dentes com força ao sentir novas fisgadas de dor na bunda e no ombro.

Filho da puta, pensou novamente, examinando a extensão do High Line.

Ele já estava longe.

— Que diabos! — exclamou Peabody, quando elas finalmente entregaram a família e repassaram o ocorrido aos guardas e paramédicos.

— Filho da puta! Aquele filho da puta me atingiu com uma arma de atordoar pelas costas. Canalha, covarde e idiota.

— Foi uma arma de atordoar? Mas como foi que... Ah, o seu casaco mágico!

— O próprio! — Eve esfregou a mão pelo couro do casaco. — Ele definitivamente funciona. Senti o impacto como se fosse uma pancada nas costas ou uma leve queimadura. Mais leve e fraca do que sentimos nos coletes à prova de bala comuns. Senti uma leve pressão, e logo em seguida ele mirou em você.

— Foi por isso que você me jogou no chão! Obrigada. Meu casaco não é mágico.

— O desgraçado é rápido. Bem rápido. Subiu as escadas para o High Line como se deslizasse sobre elas. Eu não podia atirar nele, não com todo aquele povo por toda parte, mas estava alcançando ele. Pelo menos um pouco.

— Eu não consegui acompanhar nenhum de vocês dois, mas estava tentando pedir algum reforço enquanto eu tentava te alcançar. De repente... Minha nossa, tudo que eu vi foi aquele garoto voando pelo ar.

— Ele nem hesitou. Nem diminuiu o passo. Acertou o pai, enfiou o cotovelo na mandíbula dele, agarrou o garoto e o arremessou.

— Você fez uma belíssima recepção.

— Fiz, sim. — Ela esfregou o peito no lugar onde o garoto havia batido. — Filho da puta! — repetiu.

— Chuckie vai crescer com a história da policial que o pegou depois que ele foi arremessado no High Line e conseguiu fazer um *touchdown* histórico.

— O garoto também vai ter que aguentar o apelido de Chuckie pelo... É isso! Por isso ele é tão rápido. Ele deve ter jogado futebol americano ou algum esporte parecido. Era rápido, ágil e bruto. Aposto que ele já jogou futebol americano em alguma categoria semiprofissional.

— Eu não consegui dar uma boa olhada nele.

— Gorro, óculos escuros, cachecol preto... Eu também não consegui ver o rosto dele. Mas notei bem o seu porte físico. Já é alguma coisa. — E agora ela tentaria encontrá-lo com as informações que tinha. — Vá em frente e faça aquelas entrevistas. Quero falar com o Grupo WIN de novo e depois vou tentar encontrar esse idiota.

— Foi uma pancada forte que você levou, Dallas.

— E eu não vou me esquecer disso.

Ela não entrou mancando nos escritórios da WIN, mas conseguiu fazer isso por puro orgulho. Queria ir para casa e mergulhar seu corpo dolorido em uma banheira de hidromassagem com jatos giratórios, mas precisava pressionar mais aquele ponto da investigação.

Aquele era o trabalho.

No momento em que saltou — com cuidado — do elevador, Robinson Newton se virou da mesa da recepção. Seus olhos se arregalaram quando a viu, mas, antes de ela conseguir avaliar a sua expressão de surpresa misturada com culpa, ele correu na sua direção.

— Tenente Dallas! Preciso apertar sua mão.

— Ok.

— Aqui foi fantástico! Foi incrível o que você fez — disse ele, balançando a mão dela com força e fazendo seu corpo machucado reclamar.

— O que eu fiz?

— Chuckie! Você o agarrou no ar como se fosse uma bola, uma recepção perfeita. Acabei de ver...

— Como você sabe disso? — Ela abriu um pouco as pernas e colocou a mão na coronha da arma.

— Está em todos os lugares e na internet. Já assisti uma meia dúzia de vezes. Você está bem? Pelo vídeo tive a impressão de que você bateu no chão com muita força.

— Estou bem.

— Incrível. Simplesmente incrível! Aquele garotinho... Quem faria algo assim com um bebê? Ele não tem nem dois anos.

— Conseguiram alguma imagem do cara que o atirou?

— Não. Há ângulos diferentes em que as pessoas filmaram a sua recepção. Uma das imagens parece ser de uma câmera de vigilância, eu acho. Nunca vi nada assim. Senta, deixa eu trazer alguma coisa para você. Café, um pouco de água. Quem sabe um champanhe...

— Muito obrigada. Quero só uma palavrinha rápida. Seus sócios estão aqui?

— Sim, estávamos indo visitar o novo prédio. O espaço já foi liberado e vamos encontrar o responsável pelo projeto para cuidar de alguns detalhes. Venha comigo que eu vou chamá-los. As reportagens não foram claras, eles falaram apenas que você estava perseguindo um homem que tinha ferido alguns pedestres, depois pegou aquele menino e o atirou para o alto. O que ele fez... quer dizer, antes disso?

— Matou Marta Dickenson.

Newton parou com os olhos novamente arregalados.

— Ah, meu Deus. Quem é ele? Por que ele a matou? Você conseguiu pegar o cara?

— Posso conversar com vocês três juntos?

— Sim, claro. Desculpe. É que isso é tão... tudo é muita coisa! — Ele a conduziu até a pequena sala de conferências. — Sente-se. Volto em um minuto.

Ela permaneceu em pé, pois já tinha descoberto durante a viagem de carro até ali que sentar não era o melhor a se fazer em seu estado atual.

Jake foi o primeiro a entrar, movendo-se depressa, sorrindo de orelha a orelha.

— Ah, a Mulher Maravilha! É ela, pessoal! Que recepção mega-espetacular. Estávamos todos falando... "Uau, cara! A gente conhece ela!" Você pegou a criança no ar enquanto estava perseguindo um assassino. Foi um *touchdown*.

— Eles disseram que o menino está bem — acrescentou Whitestone.

— Sofreu apenas alguns arranhões e hematomas. Você estava realmente perseguindo a pessoa que matou aquela mulher?

— Acredito que sim. Ele é branco, tem um metro e noventa e cinco e cerca de cento e quinze quilos. Ombros largos, mãos grandes. Mandíbula quadrada. — Pelo menos foi isso que lhe pareceu, pelo que lembra da rápida olhada que conseguiu dar nele. — Essa descrição parece familiar para algum de vocês?

— É um cara muito grande. — Whitestone ergueu os ombros enquanto olhava para seus sócios. — Eu, pessoalmente, não conheço ninguém com essa descrição.

— Você se lembra de ter visto alguém que se encaixe nessa descrição perto do seu novo prédio? Ou neste aqui?

— Não. — Whitestone apoiou o quadril na mesa. — Rob disse que você o estava perseguindo. Tem algum nome ou uma foto?

— Ainda não, mas logo vou conseguir algo. Imagino que vocês costumam visitar os clientes, em vez de trazê-los para cá.

— Isso.

— Então vou perguntar aos três. — Ela gesticulou com a cabeça na direção de Newton e Ingersol. — Vocês se lembram de terem visto alguém que se encaixe nessa descrição nos arredores dos escritórios Alexander e Pope ou Young-Biden?

— Eu... — Newton hesitou e passou uma das mãos pelos cabelos. — Eu, sinceramente, não sei. Não sei se prestei atenção nisso. Eu não entendo. A Young-Biden é uma empresa bem consolidada, uma das nossas maiores contas. Você realmente acredita que eles podem estar envolvidos em um assassinato?

— Não sou cabeça fechada. E quanto a você? Não é o responsável por essas contas? — perguntou a Ingersol.

— Eles têm alguns caras bem grandes por lá, eu acho. Pessoal da segurança e da manutenção. E o assistente do sr. Pope é alto. Deve ter um metro e noventa e cinco, mas não acho que seja tão corpulento. Deve pesar menos que cento e quinze quilos. Se isso tem a ver com o assassinato, devo dizer que a auditoria deles é apenas uma formalidade. Uma verificação interna, na verdade. Do meu ponto de vista, as finanças deles estão em ótimas condições.

— Do seu ponto de vista... — repetiu Eve. — E se uma auditoria revelar um problema ou uma discrepância?

— Não consigo ver como isso pode acontecer. — Ele quase pulou até o minibar e pegou um energético. — Se fosse o caso, dependeria de que tipo de problema ou discrepância. Rob e Brad podem explicar a você que às vezes as auditorias, muitas vezes até, revelam alguns problemas, uma interpretação diferente de algum código tributário ou um pagamento ou saque que foi para o bolso errado. Esse tipo de coisa é facilmente resolvido.

— E quanto a algo não tão facilmente resolvido?

Ele fez que não com a cabeça.

— Não vejo como isso poderia acontecer nessas contas. Se algo grande estivesse errado, eu teria visto, ou o contador, ou os advogados tributários. Alguém com certeza teria visto algo.

— É por isso que coordenamos os trabalhos — disse Whitestone. — Por isso que trabalhamos com os contadores e com o departamento jurídico deles, e é por isso que eles trabalham conosco. É um sistema de separação de poderes que minimiza a perda de tempo e maximiza o lucro.

— Certo.

— Achamos que pode ser algo a ver com espionagem corporativa. — Whitestone estendeu as mãos e Newton suspirou ao olhar para ele. — Temos conversado sobre isso desde que soubemos da invasão na Brewer — insistiu. — Parece que alguém contratou uma pessoa para acessar todos aqueles arquivos, e talvez essa mulher, Dickenson, fizesse parte do esquema. Sei que ela está morta e isso é péssimo. Mas nos disseram que vários arquivos foram roubados. Parece uma grande operação com o objetivo de acessar e analisar dados, tentando enfraquecer os concorrentes.

— É uma teoria — disse Eve.

— Mas não a sua — disse Whitestone.

— Não, não a minha. Considerando as duas empresas sobre as quais perguntei, elas não atuam nos mesmos mercados ou áreas. Não são concorrentes. Não têm nada em comum, exceto você e Brewer. Então... Obrigada pelo seu tempo.

Marta havia feito o que precisava fazer, pensou Eve, e mancou um pouco assim que chegou ao saguão. Tinha plantado sementes de dúvida e inquietação, pelo menos na mente do culpado.

E agora ia para casa colocar a bunda dolorida de molho.

Ela se abaixou novamente enquanto conduzia seu corpo para fora do carro, próximo à base dos degraus da entrada de casa. Agora só precisava passar pelo Dr. Destino, subir a escada e entrar na banheira. Um bom banho resolveria tudo.

Respirando com cuidado, entrou em casa.

Summerset a avaliou da cabeça aos pés.

— Suponho que isso não poderia durar para sempre.

— O quê? — Ela só precisava subir a escada que, naquele momento, lhe parecia um paredão íngreme de um alpe.

— Passar um dia inteiro sem ferimentos.

— Quem disse que estou ferida?

— Bater no chão com a violência com que você caiu mexe com o corpo e machuca os locais de impacto.

Ela imaginou que aquela era sua maneira delicada de se referir à sua bunda, mas mesmo assim não gostou do papo. Quando o gato rechonchudo passou por suas pernas, ela percebeu que provavelmente gemeria alto se tentasse se curvar para acariciá-lo.

— Tinha bastante grama.

— Mesmo assim. Ora, não seja idiota — reclamou ele. — Pegue o elevador.

— Estou bem. Só um pouco travada. — Ela começou a subir os degraus e desistiu. Rastejar por eles a faria perder mais pontos de orgulho do que simplesmente passar por ele em direção à porcaria do elevador.

— Imagino que você tenha recusado qualquer atenção médica. Você precisa alternar entre gelo e bolsas de água quente. E de um bom analgésico.

Ele provavelmente estava certo, mas ela precisava daquela maldita banheira tanto quanto respirar.

— Estou bem — repetiu.

— Você é jovem, está em forma, é rápida e tem reflexos excelentes — disse ele, enquanto ela ia para o elevador. — Por causa disso, uma criança está sendo mimada e paparicada pelos pais agora, em vez de estar no hospital. Ou pior. Tome um analgésico. Ele só vai te dar um quando chegar em casa, e já está a caminho. — Summerset estendeu uma pequena pílula azul. — Tome logo, e eu poderei dizer a ele que você já tomou.

Era mais fácil aceitar, decidiu, porque ele estava certo outra vez. Roarke enfiaria um analgésico pela sua goela abaixo, se ela não o fizesse. E isso era idiotice em todos os níveis.

— Tudo bem! — Ela pegou o comprimido e o engoliu.

— Gelo — repetiu ele.

— Não quero gelo, a menos que ele esteja dentro de um drinque imenso — disse ela, ao entrar no elevador.

— Suíte principal! — ordenou Summerset ao sistema, antes de ela ter chance de fazer o mesmo.

Então Eve apenas fechou os olhos, encostou-se na parede e deixou que o elevador a levasse aonde queria ir.

Ela já tinha se machucado muito mais em outras ocasiões, lembrou a si mesma. Muito mais. Apesar desse seu parâmetro duvidoso, sentiu como se todos os músculos, ossos e tendões de seu corpo tivessem sido puxados, golpeados e estirados. O analgésico atuaria por um tempo, mas não ajudaria nas dores e na rigidez do dia seguinte, que seriam uma distração, um aborrecimento. As dores atrapalhariam o seu dia.

Tudo bem, ela suportaria a dor.

Ao chegar ao quarto, ouviu a porta do elevador se fechar e se permitiu um suspiro longo, sofrido e choroso.

Isso foi autopiedade suficiente.

Tirou o sobretudo, abençoando-o por seu forro à prova de choques. No momento, porém, ele lhe pareceu incrivelmente pesado. Começou a tirar a jaqueta e, quando sentiu uma fisgada no ombro, percebeu que, em algum momento durante a corrida, o salto, o giro, a recepção e a queda, ela tinha deslocado o ombro com força. O pior é que seu ombro mal tinha se curado de um ferimento muito pior durante uma luta de vida ou morte com Isaac McQueen, algumas semanas antes.

Ela se atrapalhou com o fecho do coldre da arma e tirou-o cuidadosamente.

Então Roarke entrou no quarto.

Ele a estudou minuciosamente e acenou com a cabeça.

— Bela recepção — elogiou ele.

Capítulo Doze

Ela esperava ansiedade, preocupação, carinhos e afagos, então o comentário direto e prático de Roarke a pegou de surpresa. Provavelmente era um plano bem bolado para fazê-la ir ao hospital, decidiu.
— Obrigada. Foi uma jogada inesperada.
— Para dizer o mínimo. Está muito ruim?
— Não muito. Tomei um analgésico.
— Já soube. Bem, vamos dar uma olhada.
Ao ouvir isso, ela sorriu.
— Você só quer me deixar nua.
— É, eu nasci para isso — disse ele, andando até onde ela estava. Viu nos olhos dela que o ferimento era pior do que o "não muito".
— Então eu mesmo vou fazer o meu trabalho. — Começou a tirar o suéter dela pelo alto da cabeça e ouviu seu chiado de dor.
— Ok, ai! Só um segundo. — Ela pressionou a mão no ombro, tentando deixá-lo numa posição mais confortável e diminuir a pontada.

Ela viu a mudança nos olhos dele, um clarão de fogo em meio ao gélido azul, e soube que ele tinha se lembrado — assim como ela — de McQueen.

— Foi o mesmo ombro? — perguntou ele, com tom gentil.

— É sempre assim, não é? Está... tudo bem. Ai! Só um pouco dolorido.

— Vou cortar o suéter.

— Nem pensar! Ele é feito com aquela coisa de caxemira. E eu amo esse suéter.

— É mesmo?

— É, é mesmo. Não posso gostar de um suéter? Ele é macio e quente, não temos que destruí-lo. Vamos tirar devagar, ok?

— Tudo bem, então. — Mantendo os olhos fixos no rosto dela, ele passou as costas da mão em sua bochecha. — Relaxe agora, descanse os músculos, relaxe tudo e deixe-me fazer isso.

Ela respirou fundo, fechou os olhos e deixou que ele levantasse a lã com cuidado.

Nada mal, nada mal... merda, merda!... tudo bem, melhorou.

— Viu? Sem precisar cortar nem... — Ela seguiu a direção do olhar de Roarke em seu corpo e sentiu-se um tanto chocada pelos hematomas que floresciam em seu peito, acima da camiseta.

— Uau, que colorido! Acho que a cabeça do garoto se chocou contra o meu peito. Ele veio para cima de mim feito um míssil. Bum! Crânio contra peitos. Peitos perdem.

— Senta ali, vou tirar suas botas.

Ela obedeceu e observou-o. Seu tom de voz frio revelava que ele estava muito, muito irritado e muito preocupado. Ela conseguia identificar isso com base nas experiências que tiveram com ferimentos anteriores. A última tinha sido há pouco tempo. A única maneira que ela conhecia de acalmar Roarke era agir com naturalidade e fingir que tudo estava bem.

— Eu prefiro quando você tira a minha roupa de jeito sexy a quando você pensa em me entupir de tranquilizantes até eu ficar inconsciente, e depois me levar para o hospital.

— Eu realmente cogitei essa possibilidade.

— Ah, qual é? Que tipo de recompensa é essa por eu ter executado uma recepção excelente como aquela?

Ele encontrou os olhos dela, e Eve o viu relaxar, mas só um pouco.

— Você já teve machucados piores, mesmo.

— Foi isso que eu disse... ou pensei.

— Agora tire as calças.

Ela sorriu novamente. Ainda sentia dores, mas algumas dores e pontadas estavam enterradas sob uma espécie de camada de algodão do analgésico.

— Tira a sua que eu tiro a minha.

— Dói ter que recusar uma oferta tão generosa. — Ele desabotoou as calças dela e as arriou. — Você tem mais hematomas espalhados por aqui. — Ele acariciou a nuca dela com as mãos, com delicadeza. Relaxou um pouco mais quando viu que não tinham nódulos nem inchaços. — Depois de assistir ao vídeo que viralizou na mídia, eu diria que a parte mais atingida foi a sua bunda.

— Está meio anestesiada agora, mas sim. Peitos e bunda levaram a pior.

— Duas das minhas partes favoritas. Vem, levanta! — Ele a levantou com cuidado e roçou os lábios pela sua têmpora.

Só ferimentos leves, disse Roarke para si mesmo. Não seria a primeira, nem a última vez.

— Você já viu o vídeo? — quis saber ele.

— Não. É meio desnecessário, já que eu estava lá.

— Acho que você precisa ver. — Bem devagar, ele tirou a camiseta dela e reprimiu um xingamento ao acompanhar com os dedos a marca dos hematomas que lhe cobria as costelas. — Dois segundos de diferença ou, se você tivesse calculado mal o arco do lançamento e a velocidade, aquele garotinho teria muito mais do que alguns hematomas.

— Foi tudo muito rápido. E sabe aquele filho da puta? O jeito como ele se movimentou, com velocidade e agilidade. Ele pegou o garoto com uma das mãos, deu uma cotovelada no pai com o outro braço, fez uma meia esquiva suave e o arremessou. Ele já jogou futebol americano, Roarke. Jogou sério, em algum momento. E é um cara forte. Acho que o garoto pesava uns dez ou onze quilos.

— Tem doze quilos, de acordo com a declaração dos pais em uma entrevista.

— Doze quilos, e ele arremessou a criança como se pesasse um quilo. Parte disso é adrenalina, mas é sério, ele é forte para caramba.

Ele tirou a calcinha de Eve e ficou estudando sua bunda.

— E aí? Está muito ruim? — Ela esticou o pescoço, tentando ver com os próprios olhos.

— Tem um hematoma aqui que se parece um pouco com a África, outro ali que parece a Austrália. Depois, tem um pequeno arquipélago de ilhas.

— Ótimo, agora eu tenho um mapa-múndi desenhado na bunda. — Ela conseguiu se virar e dar uma boa olhada no espelho. — Caraca! É um mapa-múndi de verdade!

— Você não tem muita carne aí atrás.

— Isso é uma reclamação?

Ele percorreu seus dedos sobre ela, com a leveza de uma pluma.

— Só do seu estado atual.

— Vai ficar melhor quando eu mergulhar a bunda e todo o meu corpo em uma banheira de hidromassagem.

— Você precisa de gelo.

— Não quero gelo. Gelo é frio.

— Sério? Preciso anotar isso. Para a cama!

— A banheira vai ser relaxante.

— Isso também vai. Bunda para cima, para começo de conversa — ordenou, enquanto ia para o cômodo ao lado.

Ela realmente queria mergulhar na banheira e percebeu que, quanto mais rápido ela fizesse a compressa de gelo, mais rápido ela conseguiria o que queria de verdade. Além do mais, era bom se esticar na cama, pelo menos depois que ela se ajustou para não sentir tanto o latejar e as pontadas.

Roarke voltou e ajoelhou-se na cama ao lado dela.

— Por que você estava naquela área?

— O Feeney disse uma coisa que me fez ter vontade de entender um pouco mais sobre as ex-mulheres dos suspeitos. Pessoas de relacionamentos antigos podem dizer que tudo acabou de um jeito amigável, sem maiores problemas, mas geralmente estão prontas para servir a cabeça do cara sobre uma bandeja a quem pedir.

Ela começou a protestar quando o frio atingiu sua bunda dolorida, mas logo depois o alívio se espalhou. Talvez o gelo não fosse assim tão ruim.

— E você conseguiu a sua bandeja?

— Sim, com Carter Young-Sachs. Ele se encaixa no perfil de Mira, e a minha impressão é que ele é o tipo de sujeito que encomendaria um assassinato por impulso. Por outro lado, ele não é o único. Eu estava dizendo a Peabody para procurar outras ex-esposas ou namoradas que eu iria fazer mais uma visita ao Grupo WIN, quando o idiota tentou me dar um choque. Pelas costas! Babaca covarde!

As mãos de Roarke pararam.

— Ele atirou em você em pleno *High Line*?

— Não, ele atirou em mim embaixo do *High Line*. — E ela percebeu, tarde demais, que tinha acabado de dizer ao marido que alguém havia atirado nela, sem qualquer tipo de preparação. — Eu ouvi o chiado do fio energizado, não sei como, e senti um baque surdo entre as minhas escápulas. Isso quer dizer que seu excelente material contra rajadas de choque, ainda em desenvolvimento, foi aprovado num teste de vida real.

Ela fez um joinha.

— Isso é desespero — continuou ela. — Além de impulso e burrice. Atirar em duas policiais no meio do Meatpacking District, com pessoas circulando por toda parte. Foi um tiro muito bom, o que me diz que não é a primeira vez que ele usou uma arma de atordoar. Isso também me diz que, como ele não é um profissional, mas tem armas ilegais para civis à sua disposição, ele já fez parte das forças armadas ou de algum grupo paramilitar. Ele pode ter licença de colecionador, mas estou mais inclinada para o serviço militar. Pode ser um ex-integrante de algum grupo desse tipo, e atualmente está a serviço de um dos meus figurões, como segurança ou guarda-costas pessoal. Alguma coisa nessa linha.

Ela ouviu o zumbido de uma varinha de cura e sentiu a leve pressão.

— Te dar apenas um choque não serviria de nada para ele. Ele precisava terminar o serviço.

— Isso mesmo. Eu percebi uma movimentação, mas só isso. Ele teria acertado Peabody em seguida, e ela não tinha um casaco mágico. Eu a derrubei no chão. Pensando bem, nós duas devemos ter alguns hematomas por causa disso. Quando rolei de lado e tornei a me levantar, já não consegui vê-lo muito bem. Tinha um monte de gente. Mas senti mais uma vez a sensação de que ele estava se aproximando, imaginando que eu derrubei Peabody ao cair, depois de ser atordoada. Ele só precisava chegar até nós, atirar nas duas à queima-roupa e ir embora. É desleixado. Prepotente e desleixado. Mas pensou rápido e fugiu muito depressa. Não tenho certeza se o teria pegado, mesmo sem a criança voadora.

— As câmeras de vigilância das ruas devem tê-lo capturado. Você deve conseguir o rosto dele em alguma delas, pelo menos.

— Não muito. Ele estava com gorro de esqui, óculos escuros e cachecol. E manteve a cabeça baixa o tempo todo. Não é um total idiota. Enviamos o que conseguimos e eles vão fazer um reconhecimento facial. Se ele já esteve no exército ou está na ativa ainda, talvez tenhamos sorte com essa busca. Eu tenho só alguns dados básicos: ele é um cara grande, com um metro e noventa e cinco, pesa em torno de cento e quinze quilos. Musculoso e forte. Muito forte. Eu realmente acho que ele já jogou futebol americano ou algo do tipo. Portanto, este é outro ângulo para examinarmos. Ele conseguiria quebrar o pescoço da vítima. Tem a força necessária para isso.

— E como tentou matar duas policiais em plena luz do dia, em uma área lotada de gente, também tem coragem e a falta de... digamos... um código moral. Vire agora, vamos ver o que posso fazer com esses lindos peitos.

— Eles já foram mais bonitos.

— Continuam sendo meus — murmurou ele, beijando suavemente os dois quando ela se virou.

— Mas estão grudados em mim.

— Eu não gosto de alguém que machucaria os lindos peitos da minha mulher.

— Você está falando isso só para me irritar.

— Acontece que você é minha esposa — lembrou ele, e aplicou a compressa fria com uma das mãos delicadamente. — E eles realmente são seios muito bonitos.

— A cabeça de Chuckie parecia um tijolo. — Mas ela sorriu. — Agora está melhor. Por que você não tira todas essas suas roupas para eu não ficar nua aqui sozinha?

Ele deu uma leve cutucada em seu ombro machucado e a fez sibilar de dor.

— Isso foi sacanagem.

— E é por isso que eu não estou nu.

Ele colocou outra compressa fria sobre o ombro dela. Doeu, a princípio, mas talvez de um jeito bom. Vai entender.

— É Alexander/Pope/Parzarri/Ingersol ou Young/Biden/Arnold/Ingersol. Ou qualquer um desses mais Newton. Eu não acho que seja Whitestone porque ele é muito inteligente para simplesmente "opa" descobrir um corpo em sua própria porta quando está com a cliente dos seus sonhos sexuais. Mas qualquer um dos três WINS poderia acessar as contas um do outro. Eles são ligados nesse nível.

— Você desconfia mais de qual deles?

— Esse é o problema. Alexander, Young-Sachs e Biden são todos uns idiotas. Mas Pope é um mosca morta e sem colhões. É basicamente isso. Todos eles se encaixam perfeitamente na história. Ingersol? Ele fala muito, fala rápido demais e força muito a barra. Ele é muito impulsivo, eu acho. Por outro lado, Newton é contido, simpático e agradável, e isso, para mim, é sinônimo de inteligência e esperteza. Alguém nessa história tem que ser esperto. Preciso pressionar os auditores, e vou fazer isso amanhã. Se um deles me parecer suspeito, tudo vai começar a se encaixar. Mas tudo isso são só instintos e circunstâncias, sem evidências concretas. Então eu preciso desmascarar um deles, assim que eu descobrir qual.

— Sterling Alexander é considerado uma espécie de ferramenta útil em alguns meios — comentou Roarke, enquanto passava a varinha sobre o ombro dela. — Aqueles que o respeitam dizem isso... segundo a opinião das pessoas com quem conversei... principalmente pelo que ele herdou, e não pelo que fez com a herança. Tenho a impressão de que ele gasta muito em viagens pessoais, mordomias e regalias, enquanto segura a grana oferecendo um salário comparativamente baixo para os funcionários.

— Nada disso me surpreende, mas é uma boa informação.

— As pessoas quase nem falam de Pope — continuou Roarke —, mas aqueles que se dão o trabalho o consideram como o cara que lida com as falhas internas, problemas, números. Tanto Alexander Pai, o pai de Sterling, quanto Pope Sênior, a mãe de ambos, detêm o controle das finanças, embora, na teoria, sejam aposentados. Ouvi dizer que, se fosse descoberta alguma prática desonesta dentro da empresa, a mãe cairia sobre os dois com a ira de Deus.

— E quanto a Alexander Júnior?

— Aparentemente ele está se divertindo muito nos seus jogos de golfe. — Roarke se levantou e foi até o banheiro. Eve ouviu a água caindo na banheira. — Também está curtindo a sua esposa atual, a número quatro, que é meio século mais nova que ele.

— Puxa, será que é amor de verdade?

— Os céticos dizem que não, e posso adivinhar em qual campo você se enquadra. — Ele foi até um painel na parede, bateu nele de leve para abri-lo e pegou uma garrafa de vinho tinto. — Ele conquistou sua própria fortuna e, para o crédito dele e de mamãe Pope, construiu boas dependências, fez doações generosas e financiou uma série de causas excepcionais. Agora ele está muito empenhado em aproveitar seus últimos anos com seu taco de ferro número cinco e a sua, segundo dizem, jovem esposa burra.

— Entre na banheira agora.

— É uma banheira grande. Por que você ainda está vestido?

Roarke balançou a cabeça enquanto servia vinho.

— Ficar machucada da cabeça aos pés faz você pensar em sexo?

— Acho que tem mais a ver com você cuidar de mim. Você é um enfermeiro muito sexy.

Ele riu.

— Na banheira, tenente. Veremos o seu estado após ficar um pouco de molho e uma taça de vinho.

— Você disse que eu devia relaxar e descansar. — Ela estendeu a mão para ele ajudá-la a se levantar e esfregou o corpo contra o dele.

— Disse mesmo — Ele correspondeu o beijo dela, mas de forma suave. E quando ela começou a erguer os braços para envolvê-lo, arquejou de dor.

— Ok, o ombro ainda é um problema — admitiu ela. — Isso apenas significa que você terá que fazer todo o trabalho.

Depois de colocar o vinho na bancada, ele tirou a gravata, o paletó, a camisa, enquanto via o sorriso dela se abrir e seus olhos brilharem.

Ele a pegou no colo tomando muito cuidado, deu-lhe um beijo suave e carinhoso, enquanto a levava para a banheira. E delicadamente, bem devagar, pousou-a na água quente e espumosa.

— Oh, Deus, sim! — Ela gemeu com o alívio glorioso. — Era isso que eu queria.

— Relaxe — disse ele novamente.

— Ei! — Ela fechou a cara quando ele saiu do banheiro.

E daí que ela queria transar um pouco? Uma boa rodada de sexo--descontraído-para-acabar-com-as-dores-na-banheira-borbulhante. Dentro da qual ele tinha colocado algo, percebeu ela ao sentir o cheiro. Algo que tinha um cheiro bom e provavelmente alguma propriedade medicinal.

Ela o olhou fixamente quando ele voltou com o vinho, uma segunda taça e uma espécie de creme em um frasco.

— O que é isso?

— Algo que ajudará a aliviar a dor desse ombro. Beba um pouco de vinho. — Ele deu a taça a ela e apoiou o restante na bancada e terminou de se despir.

— Agora, sim!

— Eu não terminei de te passar meu relatório, não é?

Em um pensamento repentino e incômodo, ela estudou a taça com ar de suspeita.

— Você não colocou um tranquilizante nesse vinho, né?

— Você tomou um analgésico, como uma boa menina. Tolerou as compressas de gelo com o mínimo de reclamação e aguentou uma sessão com a varinha de cura. Ainda está travada e dolorida, e continuará assim amanhã, mas não precisa de um tranquilizante. Esse ombro, esse ombro me incomoda.

— Aposto que incomoda mais a mim.

— Você não leva meu amor por você em consideração, um amor daqueles de deixar qualquer um embasbacado.

— Embasbacado? — perguntou ela, enquanto ele se acomodava na banheira atrás dela. — Nem mesmo o amor conseguiria tornar você um idiota.

— Estou nesta panela fervendo, não estou? Neste exato momento.

— Ele esfregou o creme entre as palmas das mãos e começou a espalhar sobre o ombro dela.

— Já que eu vou ter de aturar um ombro dolorido, gostaria de ter dado uma surra naquele cara.

— Você salvou um bebê.

— Salvei a criança, perdi o assassino. Mas não por muito tempo. Vou pegar aquele filho da puta.

— Levo toda a fé nisso. Continuando... — disse ele, enquanto aumentava um pouco a pressão e massageava continuamente o músculo e a articulação. — Carter Young-Sachs é considerado meio idiota. Sua mãe, especialmente, passava a mão na cabeça do filho, e ele não parece ter superado sua dependência juvenil dessa indulgência, nem sua tendência de fazer tudo que quer quando bem entende. Ele gosta de mulheres e não se importa em pagar por elas. Também gosta de uma ampla e colorida variedade de substâncias ilegais.

— Estava ligadão quando eu conversei com ele.

— O que, novamente, prova a sua suposição pessoal de que ele pode fazer o que quiser e escapar impune, como sempre aconteceu. Ele dedica algum tempo aos negócios. É obrigado a estar nos escritórios ou representando a empresa vinte e cinco horas por semana para receber o seu generoso salário mais os benefícios.

— Vinte e cinco horas por semana? É um milagre ele não estar sofrendo de exaustão.

— Esse tempo, segundo comentários de quem sabe, é tudo o que ele investe. É um sujeito charmoso e elegante quando decide ser; é atraente, gosta de esportes e se sai bem quando não está fazendo nada além de entreter os clientes.

— E não sabe nada dos negócios da empresa — acrescentou Eve. — Sempre que eu fazia uma pergunta, ele conferia com a deusa nórdica dele, com quem está claramente trepando.

— É difícil resistir a uma deusa.

— Ela está trepando por amor. Ele está nessa só pela trepada. A ex dele, uma mulher bonita, com grana e conexões familiares, o descreveu como um homem que quer o que não tem ou o que pertence a outra pessoa. Ele vai atrás do que quer e consegue. Depois abandona. Mira provavelmente diria algo sobre a criança interior dele. Acabei de descobrir que essa criança interior precisa de umas boas palmadas.

O que quer que estivesse no creme, pensou Eve, com certeza funcionava.

— Não sei se ele é inteligente o suficiente para adulterar os livros, fraudar ou fazer parte de algum esquema; além do mais, se conseguisse fazê-lo ele iria achar que tinha direito a isso, de qualquer forma. Mas eu conseguiria vê-lo encomendando um assassinato para colocar as mãos em algo que não era dele, como os dados de outra pessoa. Mas só se ele soubesse o que diabos fazer com a informação. Isso é um enigma.

— O Biden mais jovem da Young-Biden saberia. Ele é mais inteligente, mais sagaz, mais ambicioso e, ouvi dizer, bem mais implacável.

— Sim, isso bate com a minha informação.

— Ele também tem um temperamento explosivo. Gosta da vida que tem, e por que não gostaria? Mas, ao mesmo tempo, parece alguém que nunca está realmente satisfeito. Há algo frio e cruel nele, pelo que eu encontrei nas minhas pesquisas. Tanto nos negócios quanto na vida pessoal.

— Você gastou um bom tempo nisso.

— Não é difícil fazer as pessoas falarem. A fofoca é um dos combustíveis dos negócios. Tenho uns palpites sobre alguns dos outros sujeitos que estavam nos arquivos que você me enviou.

— Vou querer saber quais são, mas no final vai ser um desses quatro, ou uma combinação deles.

Com bastante cuidado, ela rotacionou o ombro e quase não sentiu dor.

— Está melhor. Bem melhor. Talvez você não precise fazer todo o trabalho, afinal.

— Discordo. Não tem por que sobrecarregar uma lesão. Relaxe.

— Estou relaxada.

— Isso não é suficiente — Delicadamente, ele acariciou os seios dela com as mãos escorregadias de creme. — Chuckie não foi o único que voou.

— O quê?

— Assista ao vídeo. Você não apenas caiu, você voou alguns metros antes. Deve ter sido como agarrar uma bala de canhão. Então, depois de bater no chão, você ficou lá, visivelmente desnorteada e branca igual a um fantasma durante alguns segundos. — Ele deu um beijo no ombro dela, enquanto a acariciava. — Então, minha querida Eve, quando a criança começou a gritar em óbvio estado de choque e pânico, você pareceu aborrecida, talvez um pouco confusa. Quase pude ouvir você pensar: *Muito bem, que diabos eu faço com isso aqui agora que peguei?*

— Eu pensei isso com sotaque irlandês?

— Foi essa expressão no seu rosto que me fez respirar com mais tranquilidade. Mesmo sabendo que você tinha ficado bem antes de assistir, só respirei com mais facilidade quando vi aquela confusão misturada com irritação no seu rosto. E então a fiel Peabody apareceu por lá.

— E aí você mudou a sua agenda e provavelmente cancelou algum negócio de zilhões para estar aqui.

— Embasbacado de amor.

Ela fechou os olhos enquanto as mãos dele deslizavam sobre ela.

— Nenhuma das pessoas que estou investigando entende isso. Talvez por isso seja tão fácil para elas matar, ou melhor, pagar por isso. Eu acho que é mais frio, mais perverso, quando a pessoa não consegue nem mesmo cometer o crime. É como contratar pessoas para desinfetar sua casa ou escritório. Você não vai lidar com os insetos diretamente, porque isso seria muito desagradável. Vai apenas pagar para que o trabalho seja feito. Dinheiro por dinheiro. Não por amor ou paixão, nem por necessidade. Mesmo assim, você nem sequer pensa no assunto, não se preocupa com os detalhes. "Apenas acabe com isso", pensa ao dar a ordem. "E não atrapalhe o meu dia com os detalhes."

— Por que ir atrás de você? — Ele sabia a resposta, mas queria ouvi-la falar sobre o assunto.

— Eu o incomodei. Mexi na vida dele, no negócio. Isso é um insulto, e também é um pouco assustador para ele. Ele quis se livrar de mim, de Peabody e ficar com a consciência limpa. O que é mais uma burrice, pela mesma razão que matar Dickenson foi burrice. Outra pessoa simplesmente vai pegar a bola e levar o jogo adiante.

— Mas ele ganha tempo.

— É verdade, mas matar uma policial? Duas policiais? A ira de Deus vai se igualar à ira de todo o Departamento de Polícia de Nova York. E nenhuma delas atinge o nível da ira de Roarke.

— Essa já foi despertada — afirmou ele.

— Eu sei, mas estou bem. Estou aqui. Estou inteira. — Ela abraçou o pescoço dele. — Eles têm inveja de você, todos eles. Esse é outro tipo de ganância. De cobiça. Eles querem o que você tem.

— Mas não podem ter.
— E sabem disso. O que é ainda mais irritante. Você não tem dinheiro e negócios de segunda e terceira geração. Você é um arrivista.
Ele riu disso.
— Agora eu estou ofendido.
— Vagabundo irlandês vence na vida com seu passado nebuloso e sua esposa policial. Sim, acho que o fato de ser eu quem está no caso deles, a sua mulher, incomoda mais. Vamos ensinar a eles uma lição.
— Eles não conhecem a minha tira. — Com cuidado, ele a virou para que os dois ficassem de frente. — Mas eu conheço.
Ele a beijou com delicadeza, então segurou suas mãos quando ela tentou agarrá-lo.
— Não. Você começou isso, e agora vai apenas se deitar e aguentar tudo.
— Ah, eu aguento.
— Vamos ver.
Ele colocou apenas a sua boca sobre a dela, o mais suave dos contatos. Só queria cuidar dela, amenizar suas feridas, aliviar suas dores. Só isso, mas também entendia que ela precisava de mais. Precisava dele, e precisava mostrar a ambos que ela não aceitaria ser derrubada, nem mesmo retardada.

Parte disso podia ter algo a ver com as memórias de ter sido ferida, de ter estado tão perto da morte pelas mãos de McQueen, de chegar tão perto de tirar a vida dele enquanto a dor e o choque a dominavam.

Não importava o porquê, refletiu ele. Ela precisava daquilo e ele daria.

Mas de um jeito suave, bem devagar, e com aquela fina camada açucarada de doçura.

Ele sentiu o corpo dela ficar maleável e macio contra o dele, como sabia que acontecia apenas com ele. Ela, que nunca se rendia, se renderia a ele e por ele. Daria a ele o seu tesouro mais íntimo.

Ele murmurou para ela enquanto usava as mãos e os lábios para confortá-la e excitá-la. *A ghra.* Meu amor.

Ele a colocou deitada, e a fez esquecer das feridas, das preocupações, de tudo, com exceção do prazer delicado e radiante. Deixou o corpo dela pesar com a sensação do gozo e deixou sua mente enevoada. E as palavras dele, muito amorosas, agitavam o coração dela.

Meu amor.

A água borbulhava e espumava ao redor deles, cheirosa, pulsante. Ela pensou que poderia flutuar em cima daquelas bolhas, flutuar sobre Roarke, sobre o que eles acrescentavam um ao outro e que ninguém mais tinha... nem jamais conseguiria ter.

Ele lhe deu conforto antes de ela saber que precisava daquilo, e amor quando sua vida tinha estado vazia por tanto tempo.

Ele havia voltado para casa, para lhe dar esse conforto e amor, antes mesmo que ela pensasse em pedir.

— Eu amo você. — Ela colou a bochecha na dele. — Por tudo.

Por tudo, ele pensou enquanto deslizava lentamente para dentro dela. Por tudo. Para sempre.

E, porque ele a preencheu, a ergueu e a amou, ela flutuou. E, unindo sua mão à dele, flutuaram juntos.

Capítulo Treze

Assim está melhor, pensou Eve, quando entrou em modo de trabalho. Ela não pretendia resolver aquilo mano a mano com um doidão com a cabeça cheia de Zeus, mas, caso precisasse, ela conseguiria.

Considerando as circunstâncias, tinha quase certeza de que conseguiria convencer Roarke a trocar ideias e comer uma pizza com ela em sua mesa de trabalho.

Foi para o escritório em busca de cafeína gelada em uma lata de Pepsi, enquanto ele bebia mais uma taça de vinho. Para ficar confortável, colocou uma das suas camisetas mais antigas, calças de flanela azul-marinho e meias grossas.

Se não tivesse trabalho a fazer, aquele era exatamente o tipo de roupa que ela escolheria para se enroscar com Roarke e assistir a um filme antigo.

Mas o trabalho chamava.

— Pensei em trocar uma ideia com você enquanto...

— Não acabamos de fazer isso na banheira?

— Tarado. — Ela apontou para o quadro do crime com a lata gelada na mão. — Estou tendo uma noção mais completa de alguns jogadores pelo seu ponto de vista. O ponto de vista de um empresário. Pode ser que, usando esse mesmo ângulo, eu consiga pensar em novas hipóteses, descobrir novas probabilidades.

— A gente pode fazer isso.

— Que bom. Vamos fazer isso enquanto comemos. Não vamos inventar, uma pizza está ótimo.

— Acho que não. Eu diria que a noite pede algo um pouco mais nutritivo, depois do dia que você teve.

— Não estou com tanta fome. — Eve sentiu a pizza coberta de queijo cada vez mais longe. — Estou me sentindo bem. Além do mais, a má reputação nutricional da pizza é injusta.

— Hummm. — Então Roarke foi para a cozinha.

Provavelmente foi programar algum mingau ou sopa, pensou ela, com certa amargura. Mas logo se arrependeu do pensamento, porque ele tinha cuidado bem dela e estava — como sempre — disposto a dedicar grande parte da sua noite ao trabalho dela.

Por isso que ela iria engolir a porcaria do mingau.

Foi até o seu quadro do crime, acrescentou algumas informações e reorganizou outras.

Não conseguia ver, não de verdade, a diferença entre os principais suspeitos. Superficialmente, claro, havia muitas diferenças, mas ela não as *entendia*.

Pegou o *tele-link* no bolso quando ele tocou e viu Peabody na tela.

— Fala!

— Oi, vou te mandar as anotações que fiz nas entrevistas com as ex-mulheres. Não sei como elas podem ajudar no caso, só sei que a última ex de Biden falou muito mal dele. Pense em uma pessoa *amarga*!

Eve prestou atenção em Roarke quando ele apareceu trazendo algo da cozinha e pensou na disputa pizza x mingau?
— Já estou pensando.
— A mulher ainda está triste e um pouco ressentida. Bateu na velha tecla do "ele passava mais tempo no trabalho e com os amigos do que comigo". Ingersol não tem uma ex de verdade que mereça esse título. Tem várias mulheres que ele vê ou para de ver de vez em quando. Ou seja, é um cara divertido, mas tem pavor de compromisso.
— Vou dar uma olhada nisso — disse ela, quando Roarke saiu e tornou a entrar.
— Eu não falei com a noiva de Newton, porque achei que ela só iria me contar coisas boas, mas pensei que não faria mal tentar arrancar algumas fofocas sobre ele e procurei alguns amigos dela.
— Boa estratégia.
— Achei que seria. Se a descrição de "feliz, apaixonado, adequado, perfeito um para o outro, fofo" e coisas assim fosse o que estamos procurando, teria sido um sucesso. Mas não encontrei nenhuma fofoca interessante.
— Nenhuma fofoca também é informação.
— Tudo bem. Na verdade, resolvi ligar para saber de você. Tudo bem?
— Estou bem.
— Tem um vídeo da recepção da criança... Bom, tem alguns vídeos espalhados por toda a internet e nos canais de televisão.
— Fiquei sabendo.
— Foi uma recepção realmente fantástica. Pena que nenhuma das pessoas que gravaram o vídeo conseguiu pegar uma imagem decente do suspeito que estávamos perseguindo.
— Pediremos à DDE que eles tentem apurar alguma coisa desse material. Enquanto isso, os dois auditores de Las Vegas estão sendo trazidos de volta e vão direto para a Clínica Stuben. Vamos nos encontrar na área das ambulâncias, às oito em ponto.

— Pode deixar, estarei lá. Talvez você possa fazer alguns exames, já que já vamos estar lá.

— Eu estou bem, Peabody. — E desligou na cara da parceira para acabar com o papo chato.

Depois foi ver o que Roarke tinha colocado na mesa.

Uma espécie de refogado, notou. Algo saudável, a versão dele do "mingau de aveia para o jantar".

Não era exatamente um mingau, mas...

— Tem muitos vegetais aí, hein.

— Tem mesmo, e, se você comer tudo, como uma boa menina... — Ele tirou a tampa de prata de outro prato e revelou uma pizza pequenininha, com fatias de pepperoni formando uma carinha sorridente.

Ela tentou fingir um olhar impassível, mas a risada venceu.

— Você se acha fofo, não é, cara?

— Muito fofo.

— Neste caso, você foi mesmo muito fofo. Ai! — Ela conseguiu manter o olhar severo quando ele lhe deu um tapa na mão para que a afastasse da pizza.

— Primeiro, os vegetais.

O olhar de pedra veio naturalmente.

— Eu já dei uma surra em outros homens por muito menos.

— Quer tentar? — ofereceu ele, e deu um garfada em seu refogado.

— Eu poderia, mas a pizza sorridente te fez ganhar pontos. — Ela experimentou o refogado e descobriu que não era de todo ruim. Na verdade, não era nem um pouco ruim, ainda mais acompanhado do molho que ele tinha programado. Até que era saboroso. — Então temos avareza... — começou ela —, inveja e, de certo modo, gula. Um pouco de luxúria também, talvez, e para alguns deles certamente preguiça. Sobrou mais alguma coisa?

— Dos sete pecados capitais? Acho que a ira e a soberba.

— Ok, dá para encaixar esses dois pecados também. Os que mais aparecem no nosso grupo são avareza e inveja. Chamam-se pecados capitais porque causam outras transgressões, certo? São a raiz de todo o resto.

— Isso é uma maneira de ver as coisas.

— Você tem algumas dessas características. Bem, todo mundo tem, mas eles também se aplicam para você. Exceto a preguiça. Você não é preguiçoso, e para conseguir alguma coisa, porque conquistar parece outra raiz aqui, você trabalha para isso. Física ou mentalmente. Você pensa, planeja, dedica o seu tempo. Mais do que um monte de gente que poderia facilmente se voltar para outras coisas. Essa é a parte da luxúria.

— Pensei que tínhamos tido a parte da luxúria na banheira.

— Luxúria por negócios. — Ela apontou o garfo para ele. — Eu senti essa luxúria em Whitestone também. Um tesão pelo que faz, uma vontade de sair da cama de manhã e fazer tudo de novo. É isso que constrói o sucesso.

— Bem, isso e um talento especial para fazer o que a pessoa faz. Você pode querer e ser dedicado, mas, se não for habilidoso, nem toda a luxúria do mundo é garantia de sucesso.

— É verdade. No caso dos meus quatro suspeitos principais, a luxúria não me parece vir do que eles fazem, e sim dos resultados e benefícios do que outros fizeram antes ou estão fazendo.

— A vontade de ganhar, que nos leva de volta à ganância.

— Sim. O que é isso, exatamente?

Roarke olhou para a couve-chinesa que ela tinha espetado com o garfo.

— É saborosa.

Como aquilo de fato *era* saboroso, ela não conseguiu formular uma resposta adequada.

— Enfim, se você faz o que faz pelos resultados e pelos benefícios, sem nenhum tesão genuíno, habilidade ou apreciação básica pelo que gera os benefícios, você vai buscar maneiras de fazer menos, ao mesmo tempo que procura cada vez mais os benefícios.

— Repassando o trabalho para outras pessoas e/ou fazendo coisas ilegais.

— Outros construíram algo antes de você, descobriram como fazer, tinham que ser bons nisso e de repente você se vê jogado na grande poltrona de couro e é criada uma expectativa de que você resolva tudo e sempre melhor. Isso certamente é um privilégio, mas também é muita pressão.

— Lembre-me disso quando tivermos filhos. É importante dar a eles uma boa estrutura, mas não a ponto de não precisarem fazer nada na vida.

Ela com certeza não queria pensar nisso agora.

— No outro lado da balança, a família de Alva Moonie parece ter ensinado a ela ética profissional e responsabilidade. Então, depois da sua fase de rebeldia, ela passou a gostar do que faz e quer fazer tudo direito. Não é necessariamente o dinheiro que corrompe. É a...

— Ganância. De novo.

— Foi o que imaginei. — Ela mastigou em silêncio por um momento, refletindo. — Podemos dizer que todos têm ganância, menos o Pope, talvez. Ou ele é a mosca morta que parece ser ou é muito bom fingindo. Precisamos procurar contas privadas, ocultas e propriedades. Esses caras costumam ter algumas dessas coisas.

— Eu já comecei uma pesquisa sobre isso, mas, agora que você reduziu as opções, vou fazer uma nova busca e focar mais nos nomes que estão no topo da sua lista.

Ela concordou com a cabeça, satisfeita por ter terminado o refogado, porque agora poderia pegar uma fatia da pizza.

— Você sabe pensar como um policial. — Ao notar a reação silenciosa dele, ela sorriu. — Sabe despistar e enganar os tiras, se pensarmos no básico. E você já me ajudou como consultor especialista, consultor civil, várias vezes. Também é o maior dos magnatas dos negócios. Consegue pensar nisso, com um olhar de grande empresário. Posso ter uma ideia sobre algo dessa área e aplicá-la ao caso, mas meu ponto de vista sobre como administrar uma empresa é, em grande parte, influenciado pelo que eu vejo você fazer, e não é isso que eu encontro nos suspeitos deste caso. Pelo menos dentro da minha visão limitada.

— Você já investigou e encerrou inúmeros casos que se enquadram em áreas em que você não tem muita familiaridade.

— Sim, mas nem sempre tenho o consultor mais irado comendo uma fatia da minha pizza.

— Quem disse que ela era toda sua? — Ele ergueu um brinde com a pizza e deu uma mordida. — Isso cairia na categoria de ganância e gula.

— Espertinho. De qualquer forma, eu continuo revisitando o quadro, minhas anotações, certas atitudes, os detalhes, e sinto que estou perdendo algo. Algumas... não sei... nuances que me fariam aprimorar o foco. Você encontrará motivos nos arquivos, nos números, nos livros, nos códigos de impostos e todas essas merdas. Mas aposto que também vai encontrar pequenas transações fraudulentas e furos que não são grandes o suficiente, mas exigem que se molhe as mãos de alguns fiscais, e coisas desse tipo.

— Eu já encontrei coisas desse tipo aqui e ali. Mas, a meu ver, nada grande o suficiente para justificar assassinato ou pânico. Achei acertos suspeitos, alguns atrasos e juros, uma multa ou duas. Mas alguns desses casos seriam contornados com a ajuda de um advogado, corporativo ou tributário, inteligente que alegasse uma interpretação incorreta da lei ou algum erro administrativo.

— Eu acho mais difícil avaliar essa parte. Mesmo que eu conseguisse encontrar algo. Você me perguntou de quem eu estava mais desconfiada. Pergunto a você a mesma coisa.

Ele fez que não com a cabeça e recostou-se com o vinho na mão.

— Não sou policial, nem um investigador treinado. Além do mais, não conversei com nenhum dos seus suspeitos, e estou longe de terminar a análise dos dados financeiros.

Ela pegou uma rodela de pepperoni e comeu.

— Você tem bons instintos que nem eu. Conhece os negócios e os líderes empresariais de um jeito que eu nunca vou conhecer. Você entende esse mundo porque vive nele. Estou só perguntando... se você fosse eu, para qual deles olharia com mais atenção?

Ele ficou surpreso com o quanto ele queria se esquivar da pergunta. Estava acostumado a vê-la traçar um rumo com base nas pessoas, nas evidências, no momento certo, nas motivações. Ele gostava de ver como a mente dela e seus instintos uniam forças durante a caçada.

— E se eu estiver errado? E se eu conduzir você na direção errada?

— Quero uma direção *qualquer*. Certa ou errada. Eu que decido o que fazer e como fazer; eu que decido seguir, ou não, essa direção. Você é o especialista aqui e estou consultando você. Quero a sua opinião.

— Tudo bem, então. Sterling Alexander.

— Por quê?

— Por eliminação. — Ele se levantou e, como ela costumava fazer, ficou andando na frente do quadro do crime. — Young-Sachs. Use os pecados mortais aqui como um ponto de partida. Ele tem mais preguiça do que ganância ou luxúria. Prefere não fazer nada e tem uma assistente que sabe mais do que ele sobre a própria empresa. Isso é preguiça e desleixo. Ninguém deveria saber mais do que você sobre os seus assuntos. E se ele quisesse mais, simplesmente pediria à mãe. Não tem motivos para fraudar nada nem roubar, e ele também não tem ambição suficiente para fazer isso. Além de não ser inteligente o bastante.

— Eu gostei dele.

— Gostou?

— Quer dizer, gostei dele por causa disso, senão não teria por que gostar dele. Isso tem sido parte do problema. Na verdade, todos eles me deixaram alarmada, de um jeito ou de outro.

— É muito provável que você esteja assim porque sua intuição está te dizendo que nenhum deles está completamente limpo. Todos têm bolsos onde escondem segredinhos sujos.

— Pode ser. Young-Sachs ostenta o uso de drogas e sua total falta de competência como diretor financeiro. Está usando a empresa para ter acesso a substâncias ilegais. Eu *sei* disso. Depois temos Biden fazendo de tudo para insultar e ofender as pessoas, e posso apostar que também se esforça para achar maneiras, talvez não tão grandes por enquanto, de enfiar a mão no dinheiro. Em seguida temos Pope, que é muito complacente e está superdisposto a aceitar o desdém do seu meio-irmão. Mas o que você está dizendo faz sentido.

— Então você acha que todos eles fazem coisas erradas, de alguma forma.

— Sim, e isso tem sido um problema.

Ela se levantou também e juntou-se a ele diante do quadro.

— Então vamos por eliminação. Continue.

— Tudo bem. Como manipular os livros contábeis, e o problema tem que estar nos livros, se a pessoa não entende como eles funcionam, para começo de conversa? Young-Sachs não é inteligente nem competente. Ganancioso, sim, mas a preguiça é maior.

— Ok, vamos deixá-lo de lado por enquanto. Vamos para o próximo.

— Tá bom. Vamos analisar Tyler Biden, da mesma empresa. Ele é imprevisível. Tem pavio curto, e os funcionários não confiam nele. E ele tem um idiota como Diretor Financeiro.

— Sim, o que me leva a acreditar que seria mais fácil para ele alterar os números contábeis.

— Concordo, mas o Diretor Financeiro dele tem, ao que tudo indica, uma assistente brilhante que também está dormindo com o chefe. E se você estiver certa, ela está apaixonada por ele, ou pelo menos emocionalmente envolvida. É mais difícil persuadir essa assistente a encobrir algo que, caso fosse revelado, prejudicasse o seu amado. E também prejudicaria ela, pois todos na empresa sabem que ela faz o trabalho do chefe.

— Esse é um bom ponto, mas...

— Ainda não terminei — disse Roarke, entrando no espírito da coisa. — Ele é um homem ambicioso, agressivo, que sabe que muita gente acredita, e talvez com razão, que ele só tem aquele cargo na empresa por causa de nepotismo. Ele tem muito a provar. Gosta do dinheiro e do status, claro, mas quer respeito. Quem quer que esteja fazendo isso, ou tenha algum envolvimento, teria que arrumar vários outros "cúmplices", como você disse, para fazer dar certo. E todos eles saberiam que ele não conseguiria fazer isso sendo justo com todos. Isso seria importante para ele.

Ela acompanhou o raciocínio dele, mas não estava muito convencida. De qualquer modo, fez que sim com a cabeça.

— Ok, vamos deixá-lo de lado por agora, também.

— Quanto a Pope — continuou Roarke —, às vezes as coisas são exatamente o que parecem. O cara faz só o necessário em seu trabalho, de acordo com minhas informações. Vive uma vida confortável, mas não com ostentação. Deixa todo o poder e autoridade ao seu meio-irmão, mais velho e dominador. É muito querido pelos que trabalham com ele ou respondem às suas ordens, embora, com certeza, seja considerado um bobão. Se ele quisesse mais, poderia alcançar isso simplesmente se afirmando, mas isso foge da sua zona de conforto. Para mim, é difícil imaginá-lo orquestrando algo ilegal usando a empresa da sua mãe, já que todo mundo sabe que ele faz tudo para a mãe. Muito menos encomendando ou acobertando o assassinato da auditora, sendo ela própria uma mãe de família.

— Ok, eu também não consigo vê-lo fazendo isso. Pode ser que nós dois estejamos errados e ele acabe sendo algum gênio do crime. Eu acho que não. Fingir ser um palerma o tempo todo também daria muito trabalho, e para quê?

— Palerma?

— É, ele passa essa impressão. O Alexander odeia ele.

— Sim, isso é um segredo público nas fofocas do mundo dos negócios.

— Se algo é público, não é um segredo — ela ressaltou.

— Verdade. Digamos que seja um segredo mal guardado.

— Tudo bem, já analisamos os motivos para *não* cometer o crime. Vamos ouvir agora as motivações para executar o crime.

— Quero café.

— Eu também — percebeu ela, e bufou quando ele ergueu uma sobrancelha.

— Essa é a minha especialidade — lembrou ele.

— Sim, sim. — Ela recolheu os pratos quando estava a caminho da cozinha para preparar o café.

— Sabe de uma coisa? — disse ele, atrás dela. — Nós poderíamos ter um androide que cuidasse dessa parte de lavar a louça e servir o café.

— Já vejo Summerset tempo suficiente.

— Engraçadinha.

— Eu sei, muito obrigada. — Ela colocou os pratos na máquina de lavar louça. — Além do mais, por que precisaríamos de um androide perambulando pela casa? — Eve se assustava com eles. — Eu faço isso rapidinho.

— Concordo. Muitas pessoas com certo nível de privilégio não pensariam em fazer algo tão simples para si mesmas como limpar uma mesa ou preparar o próprio café. Talvez ter essas pequenas tarefas ajude a evitar que alguém acabe sucumbindo a um daqueles sete pecados capitais.

Ela entregou a Roarke o café dele, pegou o dela e se apoiou na pequena bancada.

— Você acha que o Alexander nem coloca a louça na máquina.

— Eu aposto que ele passa muito pouco tempo na cozinha, nenhum, talvez. Para certas pessoas, o orgulho é tão destrutivo quanto a ganância, e ele se orgulha do seu status, da sua riqueza e da posição social. Ele tem cinco empregados domésticos em tempo integral, três em meio período e ainda coloca três androides em casa para ajudá-los.

— Como você descobriu tudo isso?

— Só fiz as perguntas certas às pessoas certas — disse Roarke com naturalidade. — Por outro lado, Pope tem dois empregados domésticos de meio período e nenhum androide. Alexander também mantém dois pilotos para o seu jatinho que ficam de plantão 24 horas por dia, o que é um desperdício, além de uma ostentação. Ele insiste em ter certas regalias quando tem reunião com o conselho do hospital, geralmente coisas mesquinhas. Como uma marca específica de água mineral, por exemplo, e um assento na cabeceira da mesa. A mulher costuma trazer seu estilista favorito de Milão para Nova York. E ele tem uma amante.

— Amante? — Eve se afastou da bancada. — Eu não fiquei sabendo nada de uma amante. Onde você descobriu isso?

— Eu não consegui amante nenhuma porque minha esposa quase sempre anda armada. Mas dizem que Alexander tem uma amante há muito tempo, mas é um caso bem discreto.

— Preciso saber quem é e falar com ela.

— Boatos são que ele a conhece há muitos anos, mas o pai dele a julgava inadequada. Eu apostaria numa mulher chamada Larrina Chambers, uma viúva, amiga íntima da família. Não tive tempo de confirmar ou descartar essa informação — completou ele — é só um boato ainda. O que quero dizer é que, no que diz respeito às amantes, Alexander é um conservador ferrenho que costuma dar palpites em política e gosta de exibir sua família como exemplos desses valores e ideologias.

— A esposa certamente sabe. Você disse que se conhecem há "muitos anos", então a esposa sabe. Expor isso serviria apenas para constrangê-lo; não prejudicaria suas outras atividades, não é?

— Atividades profissionais? Não consigo ver como. Ele foi tachado como hipócrita, mas essa era a visão pessoal de alguém. Mesmo assim, seu orgulho é uma característica marcante sua.

Orgulho, pensou Eve. Um dos sete pecados capitais outra vez.

— Então, talvez parte disso seja pagamentos ou presentes para a amante, moradia, viagens, o que for. E a forma como ele tira essa grana da empresa. É o tipo de coisa que apareceria numa auditoria.

— É.

— Mas... matar por isso? — Ela fez que não com a cabeça. — Eu sei que as pessoas matam por pouco, mas caramba, isso não me parece motivo suficiente. Pelo menos, não o bastante para que outras pessoas se envolvam e invistam nisso.

— Eu também acho. Deve ter dinheiro suficiente em jogo para ser distribuído, e eu me pergunto se isso também pode estar acontecendo a longo prazo. Ou vem sendo planejado há muito tempo, antes mesmo do assassinato. Seria muito arriscado, a menos que as recompensas sejam grandes o bastante.

— O que nos leva de volta aos livros contábeis e à auditoria. Ok. Acho que você deveria focar no Alexander e no Pope, veja o que consegue descobrir. Sei que você iria fazer isso mesmo.

— Eu ia mesmo. — Ele sorriu para ela. — Vou deixar o resto com você.

— Você apresentou bem o caso.

— Estou lisonjeado, tenente. Se eu estiver certo, vou conseguir uma promoção?

— Se você estiver certo, vou preparar o jantar *e* lavar a louça. Nada de pizza — acrescentou, ao ver o olhar demorado que ele lhe lançou.

— Proposta aceitável. E o seu ombro?

— Está melhor. Um pouco dolorido — admitiu.

Ele se aproximou dela, roçou os lábios em seu ombro, puxou-a para junto de si e ficou assim, abraçando-a.

— Eu já tive os meus dias de ilegalidades e roubos — declarou ele. — Para sobreviver e para me divertir.

Eve sabia disso. Ela o conhecia.

— Quantas mães inocentes com dois filhos você matou?

— Nenhuma, até agora. — Ele a afastou. — Não vou me desculpar por enganar e roubar pessoas, nem me arrepender daqueles dias terem acabado. Porque eu estou aqui com você, e não tem nenhum outro lugar no mundo onde eu preferisse estar.

— Nem pelados numa praia tropical?

— Bem, agora que você me deu essa ideia... — Quando ela riu, ele tocou seus lábios com os dele. — Mas não, nem mesmo lá. Prefiro estar aqui, agora.

— É um bom lugar.

— E a gente pode ver sobre essa tal praia tropical nas férias, que estão chegando.

— Não consigo pensar em férias. — A ideia fez o pânico crescer em seu estômago. — Não quero nem pensar sobre o lance da premier do filme, que está deixando todo mundo animado.

— A gente vai se divertir. Tente não ganhar mais roxos pelo corpo até lá. Seu vestido é bastante aberto.

— Viu só? Mais uma coisa com que me preocupar? Por enquanto eu vou procurar uma amante.

— E eu vou procurar crimes corporativos. Já estamos nos divertindo.

Ela serviu mais café e, como Roarke se apropriou da sua escrivaninha, foi para a outra mesa. Reparou que Galahad tinha entrado na sala em algum momento, e estava estatelado no chão, como um animal morto na estrada em sua poltrona reclinável. Seu escritório tinha sido todo projetado por Roarke para se parecer com seu antigo apartamento, sua velha zona de conforto. Enquanto isso, a imensa e belíssima casa permanecia silenciosa.

Não, pensou. Não havia nenhum outro lugar no mundo onde ela preferisse estar, apenas aqui e agora.

Ela fez suas anotações, revisou, brincou com os dados, e depois enviou tudo para Peabody. Depois de ler os comentários de sua parceira, reservou alguns minutos com os pés em cima da mesa e os olhos no quadro, pensando em tudo que Roarke tinha dito.

Young-Sachs era muito preguiçoso; Biden, orgulhoso demais; Pope modesto demais (e potencialmente honesto demais da conta).

Destaque para Sterling Alexander.

É possível, ela pensou... é possível. E se assim for, a probabilidade de Jake Ingersol e Chaz Parzarri estarem envolvidos era alta. Uma possibilidade menor, mas ainda possível, seria Robinson Newton estar jogando sujo com um dos clientes do seu sócio.

Ela estava ansiosa para se encontrar pessoalmente com Parzarri. Isso poderia virar a maré. Iria se aproveitar da situação vulnerável dele. Machucado, enfraquecido após um acidente grave.

Talvez ela devesse tentar convencê-lo de que aquilo não tinha sido acidente, embora ela tivesse examinado o relatório. Três rapazes recém-formados da faculdade, bêbados, comemoravam uma pequena vitória no cassino e bateram violentamente no táxi que transportava Parzarri e Arnold quando eles voltavam da convenção.

Todos os envolvidos tinham passado algum tempo no hospital, e ela não havia encontrado nada sobre os três idiotas bêbados que a fizesse concluir que eles tinham sido contratados para acabar com dois auditores e ferir a si próprios.

Apenas um acidente aleatório e uma mulher inocente estava morta.

Sim, pensou, ela poderia usar isso tudo para tentar quebrar Parzarri.

Enquanto isso, pesquisaria mais a fundo a amante de Alexander. A primeira coisa que reparou em relação a Larrina Chambers foi a idade. Aos cinquenta e sete anos, a mulher não se qualificava como uma jovem interesseira. Depois, notou que Chambers e o marido falecido tinham inaugurado um restaurante em Nova Jersey vinte e dois anos atrás. O estabelecimento se tornou uma rede nacional na década seguinte e tirou a mulher do status de interesseira. Como ela tinha conseguido uma bolsa de estudos no MIT aos dezoito anos e havia completado seu mestrado em negócios aos vinte e cinco, o título de caçadora de maridos ricos provavelmente não se aplicava a ela.

A mente desconfiada de Eve levou-a a pesquisar como o marido tinha morrido, e teve que deixar de lado a ideia de jogo sujo. Neal Chambers havia falecido durante uma tempestade repentina na costa da Austrália, quando seu veleiro foi inundado. Na época, a viúva estava em Nova York, ajudando a mãe a se recuperar de uma pequena cirurgia. A investigação sobre o afogamento de Chambers — e de quatro outras pessoas, tripulantes e passageiros — tinha sido minuciosa. Ela não conseguiu encontrar nenhum furo no relato, nem mesmo um motivo para o crime.

Após xeretar, pesquisar e ir a fundo, não descobriu nada dizendo que Larrina Chambers estivesse sendo bancada. Tinha bolsos bem cheios e muita grana própria. Mas encontrou dados relevantes que indicavam que Larrina e Alexander estavam juntos há quase nove anos, desde a morte do marido dela; tinham provavelmente reacendido a chama que surgiu durante seus vinte e poucos anos.

Talvez valha a pena ter uma conversa com ela, refletiu Eve, e fez algumas anotações para si.

Alexander, Ingersol e Parzarri, tornou a pensar, e começou a cavar lenta e metodicamente mais fundo, na vida de cada um daqueles nomes.

Capítulo Quatorze

Ele estava chegando perto de conseguir algo. Roarke sentia as coisas se movimentarem e deslizarem de um jeito muito parecido com uma fechadura sendo aberta com uma gazua.

Já tinha encontrado três contas *offshore* ou *offplanet* no nome de Alexander — duas delas absolutamente legais, apesar de não serem, tecnicamente, muito éticas.

Ele não tinha tanto problema em lidar com algo tecnicamente não muito ético, como Eve teria. Eles tinham um limite diferente nesse quesito. Mesmo o que era ilegal — novamente em termos técnicos — não equivalia a danos ou problemas graves. Multas, um nananinanão diante de um menino travesso e um pouco de dor de cabeça para o gerente financeiro.

E esse gerente poderia, muito provavelmente, atrair ainda mais clientes com o incidente.

Mas essas contas foram divertidamente fáceis de encontrar, principalmente para alguém que sabia onde e como procurar essas coisas.

O que o fez acreditar que haveria informações nem um pouco divertidas ou fáceis de encontrar e nem um pouco legais.

Mas ele as encontraria, pensou Roarke. As pessoas tinham padrões e costumes, hábitos e ritmos. Era apenas uma questão de encontrá-los e usá-los.

Mas havia mais, ele também sentia isso.

Lembrou-se da antiga sensação de abrir uma fechadura e encontrar mais que o esperado. Pensou naquele *frisson* de calor e energia na ponta dos dedos.

Empolgação, lembrou ele, de uma forma quase mística que ninguém, exceto outro ladrão, reconheceria ou conseguiria entender de verdade.

Mas o passado estava no passado, e o agora era o que importava. Ele encontrou quase o mesmo calor e empolgação ao entrar nos cofres cheios de segredos e delitos, ao trabalhar com sua policial.

Pensando em Eve, ele virou-se para encará-la. Está exausta, reparou. Ela própria ainda não sabia disso, mas ele reconhecia os sinais. Seu corpo já começava a se curvar, seus olhos estavam meio vidrados. Se ele a deixasse sem supervisão, Eve teria trabalhado até que sua cabeça desmoronasse na mesa.

Quando foi ver as horas, ele reparou que já era quase uma e meia da manhã. Não era de admirar que ela estivesse apagando.

Enquanto ele a observava deslizar lentamente na cadeira, o gato bateu com a cabeça contra a sua canela.

— Tudo bem, estou vendo. É hora de todos nós irmos para a cama.

Pensando em seus ferimentos, ela precisava muito daquela cama e de uma boa noite de sono. Roarke programou o que pôde do seu trabalho para processamento em modo automático, copiou e salvou o resto antes de se levantar para ir até ela.

— Já está na hora de dormir.

Cálculo Mortal

— Ahn? Eu estou... só vendo de novo Ingersol. — Ela coçou os cabelos com os dedos como se quisesse despertar o cérebro. — Nada combina com Newton nesse caso, nem com ele entrando na base de clientes de Ingersol. Quer dizer, isso seria muito inteligente, mas pressupõe que você seria pego e teria um bode expiatório esperando.

— E pessoas como essas raramente, ou nunca, acham que vão ser pegas.

— Elas simplesmente não acreditam nessa possibilidade. Enfim... Você me sugeriu uma vez para analisar os seguros. Ingersol tem uma boa cobertura, especialmente nas obras de arte. Elas estão seguradas em um valor muito acima do que valem.

— Isso pode significar que ele falsificou o valor real para não levantar suspeitas sobre o dinheiro utilizado para comprá-las. Ou pretende reivindicar a apólice para ferrar com a seguradora.

— Eu não vi nenhuma reivindicação desse tipo aqui, mas...

— Você pode continuar amanhã. Precisamos dormir um pouco.

— Nem está tão tarde — tentou ela, mas logo viu que horas eram.

— Eita, acho que está, é sim.

— Amanhã você vê isso. — Ele a ajudou a se levantar e sentiu seu corpo tenso. — Você está sentindo o tombo.

— Só estou um pouco travada.

Mas ela não reclamou quando ele se inclinou e salvou todos os arquivos nos quais ela trabalhava.

— Tenho mais algumas pistas para investigar — disse ele, ao conduzi-la para fora do escritório. — Terei uma melhor noção delas amanhã.

— Que pistas?

— Umas contas escondidas: duas legais e uma questionável. Algumas transações que merecem um olhar mais atento. Imagino que o auditor envolvido no esquema, se realmente for esse o caso, tenha arrumado tudo. Mas espero encontrar algumas sujeiras. Ele declarou despesas de negócios e viagens para lugares que costumam atrair gente que gosta de jogos de aposta e que têm taxas de impostos mais flexíveis.

— É uma forma de lavar dinheiro.

— Sim, um método consagrado pelo tempo, e por uma boa razão — disse Roarke, quando entraram no quarto.

Enquanto ela se preparava para dormir, ele pegou a caixa de primeiros socorros.

— Você vai dormir melhor assim — disse ele, antes de ela ter chance de protestar. — O analgésico que vai tomar e uma boa noite de sono vão colocar você em forma e preparada para capturar os bandidos. Vamos ver o seu rabo.

Ela revirou os olhos, mas se colocou de bruços para que ele pudesse analisar sua bunda.

— Você ainda está com a África em destaque, mas a mancha está erodindo nas bordas.

— Excelente. Estamos destruindo o continente.

Ele riu, aplicou com delicadeza uma bolsa térmica no ombro dela e deu um tapinha suave na África.

— Espero que tenha diminuído um pouco mais pela manhã.

— Com ou sem a África, vou colocar o Parzarri contra a parede logo pela manhã. — Ela foi para a cama. — Essas contas que você encontrou merecem uma pesquisa mais profunda. Ah... a Larrina Chambers não é o que você chamaria de "amante" — acrescentou, relaxando quando Roarke se deitou ao lado dela. — Ela tem muita grana. Eles têm alguma coisa, isso é certo, mas não é uma relação de dependência. Não sei se vou conseguir lidar com ela. Preciso pensar sobre isso.

Como a voz dela começava a ficar mais grogue, ele começou a massagear as costas dela bem levemente, para acalmá-la.

— A mulher dele com certeza sabe. Não dá para ter um caso em segredo durante seis ou sete anos sem que a esposa descubra. A não ser que ela seja outra idiota. Eu não sou uma idiota — declarou Eve.

Sorrindo, Roarke continuou a acariciá-la.

— Vou me lembrar disso quando decidir ter um caso de longo prazo.

— Sim, faça isso. Eles nunca vão achar o seu corpo — murmurou ela, então caiu no sono.

O sorriso se ampliou e, sentindo-se bem amado, ele caiu no sono junto com ela.

Eve acordou e viu Roarke em seu lugar habitual, já vestido e com os números e códigos rolando na tela enquanto trabalhava em um tablet.

Sentou-se na cama com cuidado. Estava meio travada e um pouco dolorida, como já era de se esperar, mas sem pontadas nem dores lancinantes. Bom sinal.

— Como você está? — Quis saber ele.

— Muito bem. — Seu ombro não estalou, mas doeu de leve quando ela o movimentou. Um banho quente cuidaria disso, decidiu.

Ele contornou o hematoma com o dedo em um gesto para que ela se virasse e, como fizera na noite anterior, Eve revirou os olhos e se colocou de bruços.

— Está mais parecida com a América do Sul, agora — declarou ele. — É uma melhora.

Mas ele não gostava nem um pouco do hematoma amarelado no peito dela.

— Quando eu encontrar esse filho da puta, ele vai ficar com um continente inteiro marcado na própria bunda — disse ela.

— Escolha a Ásia — Roarke sugeriu. — É o maior continente.

— Uma surra asiática. Consigo fazer isso.

Ele pensou que ela teria que pegá-lo antes dele, mas não mencionou isso.

Ela se virou para dar uma olhada na própria bunda diante do espelho. Melhor. Muito melhor.

— Sonhei com bebês voadores. Não dá para pegar todos eles.

— Isso é... uma pena.

— Eu que o diga. Eles chegaram ao chão e bum! — Ela jogou as mãos para o alto. — Daí começava a jorrar coisas por todos os lados.

— Por Deus, Eve, assim eu não vou conseguir comer o café da manhã.

— Não havia tripas, nem nada. Eram como brinquedos estranhos e balas coloridas. Como aquelas pinhatas que as pessoas estouram para pegar o que tem dentro.

Ele baixou o tablet para estudá-la.

— Você tem um cérebro muito complexo e fascinante.

— E a vítima também estava lá, sentada em um daqueles bancos do High Line. Falava o tempo todo que dois mais dois são quatro. Repetia sem parar. Eu entendo, os números não mentem, eles somam, mas ela estava sentada ali recitando isso e mexendo em uma daquelas coisas antigas de somar.

— Um ábaco?

— O que é um ábaco? Ah, já sei o que é. — Em pé e nua, exceto pela compressa no ombro e o cabelo desgrenhado, ela gesticulou com os dedos. — Não, era uma daquelas — Ela digitou algo com os indicadores no ar e arrastou a mão para o lado.

— Uma máquina registradora?

— Isso. Eu tentando pegar todos aqueles bebês voadores enquanto ela teclava e murmurava matemática básica. Estava me distraindo. Provavelmente perdi alguns bebês porque ela não parava nem um segundo. Enfim, um sonho muito esquisito.

Esquisito mesmo, pensou ele, quando ela entrou no banheiro, mas pelo menos não tinha sido um pesadelo.

Ele se levantou, pegou o estojo de primeiros socorros, a varinha de cura e programou o café. Após uma breve reflexão, optou por omeletes de queijo com espinafre. Com uma quantidade de queijo considerável, ela não reclamaria do espinafre. Ele achava que era importante Eve comer proteína e ferro.

Quando ela saiu, envolta em um robe, ele já tinha preparado a comida e o estojo de primeiros socorros. Ela olhou para tudo com desconfiança.

— O que tem nesses ovos?

— Coma e descubra. Andei brincando com alguns dos dados que a minha busca automática encontrou. Há coisas interessantes.

— O que você conseguiu?

— Coma e descubra.

Ela se sentou, mas tomou o café primeiro.

— As contas batem?

— Acho que não neste caso. Tem um pagamento aqui de pouco mais de duzentos mil dólares para uma empresa chamada COI. Uma busca por COI revelou várias instituições e organizações, incluindo um site pornográfico chamado Companhia do Orgasmo Intenso que trabalha com vídeos, brinquedos sexuais, estimulantes, vídeos ao vivo ou sexo em Realidade Virtual com uma acompanhante licenciada, contatos de profissionais do sexo que têm parceria com o site e que atendem em domicílio. E assim por diante.

Sexo, ela pensou, nunca deixava de vender.

— Não acho que Alexander tenha gasto duzentos mil dólares da sua empresa com pornografia.

— Eu acho que concordo. Estou inclinado a achar que era a Corporação de Oportunidades de Investimentos, uma empresa pequena com sede em Miami, mas que afirma ter cobertura nacional.

Eles compram e vendem propriedades, em sua maioria comerciais, mas também residenciais. Oferecem imóveis prontos ou na planta.

— Não é basicamente isso que o Alexander e o Pope já fazem?

— É. Por isso é estranho, mesmo que não necessariamente ilegal, que eles paguem uma quantia de seis dígitos de "despesas operacionais" para outra empresa. Se você ligar os pontinhos com atenção, vai ver que essa COI também tem ligação com outra empresa. Imóveis caros e exclusivos. Esta empresa fica nas Ilhas Cayman e diz oferecer cobertura global. De acordo com o site, eles atendem investidores que buscam imóveis exclusivos, sejam pessoas físicas ou jurídicas. Um de seus serviços é analisar clientes, propriedades e combinar uns com os outros.

— Como num site de relacionamentos?

Ele sorriu para ela.

— Acho que sim. Eles têm algumas propriedades no site e depoimentos de clientes satisfeitos. Sugerem o contato direto para maiores informações e, claro, investimentos imobiliários exclusivos.

— E você está sentindo cheiro de fraude nisso?

— Bem, é o que parece, querida. Esse tipo de negócio é perfeito para encobrir fraudes.

Ela achava que conseguia entender mais ou menos o funcionamento da coisa, mas queria ter certeza.

— Mas como funciona?

— O golpe básico aqui é atrair o cliente e o dinheiro. Em seguida, ofereceriam alguns lucros razoáveis, como em qualquer situação para tentar atrair mais grana. Eu estou suspeitando que parte dos terrenos não existe, ou é hipervalorizada, graças aos pagamentos realizados ou aos vigaristas que alteram as folhas de pagamentos para fazer o golpe dar certo.

— Mas como eles se safam dessa? Se eles extorquem clientes, haveria reclamações.

— O truque é manter a operação discreta, com pequenas quantias. É importante manter tudo fora do radar da Comissão de Valores Mobiliários e outras agências globais. Deposite em várias contas e faça os depósitos sem deixar rastros. Aplique o golpe, encerre tudo, pegue a grana, lave o dinheiro se for preciso e depois monte o mesmo golpe em outro lugar. Com nome diferente, marca diferente e lugar diferente. O mesmo golpe básico. Isso é o mais fácil a se fazer.

— Ok. — Sim, ela conseguia acompanhar o processo. — Alexander recebe sua parte, a parte do elefante.

— A expressão é "a parte do leão", como você sabe perfeitamente.

— Elefantes são maiores e ele leva o lucro maior.

— Sua lógica é... indiscutível.

— Viu só? Então ele é o elefante que tem que lavar o dinheiro e depois enterrá-lo, ou só enterrá-lo.

— Ele tem outro sistema fácil de lavagem de dinheiro no mercado imobiliário. Basta providenciar a compra de um imóvel abaixo do valor de mercado, pagando ao vendedor a diferença em dinheiro vivo. Assim, ele economiza em impostos. Daí você revende o imóvel no mercado alguns meses depois e consegue um lucro significativo. O dinheiro fica limpo.

— Ele está na posição perfeita para isso.

— Está, sim. Agora, existem muitas outras maneiras, mais complexas e mais lucrativas, de aumentar os rendimentos. Abrir uma empresa de empréstimos, por exemplo. Algo que ainda espero encontrar. O cliente pede o empréstimo para adquirir o imóvel. Então você adultera o empréstimo, ganha em cima disso e a propriedade acaba por valer uma fração daquele empréstimo numa avaliação legítima. Se você mantiver o esquema pequeno, apenas alguns milhares aqui e ali para que a Receita Federal não perceba, poderá sacar dinheiro dessas contas de empréstimo e lavá-lo, fazendo-o parecer limpo. Se ou quando o cliente não pagar o empréstimo, pois ele será maior que o valor verdadeiro, você também tem o terreno.

Ela ouvia enquanto comia.

— Parece muito trabalhoso. E parece que você poderia ganhar o dinheiro fazendo isso de forma legítima.

— Você não levou em conta a emoção e a ganância. Esse esquema daria voltas nos códigos tributários, sem falar no prazer que alguns têm de sacanear os outros.

— Dinheiro fácil costuma ser golpe, e quem se dá mal são os otários.

— E otário é o que não falta no mundo — lembrou Roarke. — Imagino que a maior parte da clientela se enquadre em duas categorias. O investidor ingênuo e novato, e o superconfiante que acredita que pode enganar os vigaristas.

— Você já deu esse tipo de golpe?

— Já curti muito a sensação e o cheiro do dinheiro recém-lavado, tenente — disse ele, sorrindo, enquanto servia mais café —, mas nunca dei golpes imobiliários. Poderia ter feito isso — considerou —, só que gostava mais de jogar de igual para igual. Sou bom nisso. Eu gostava de roubar. É difícil pedir desculpas, mesmo para uma policial, por ter aptidão e afeto pela ilegalidade. Roubei para sobreviver no começo, mas não há dúvida de que desenvolvi um certo gosto pela coisa. Quanto ao golpe em si? Não curtia tanto. E agora... — Ele se inclinou e beijou a bochecha dela. — Gosto de colocar meus talentos à sua disposição. E farei isso hoje. Tenho que cuidar de alguns assuntos antes, mas acho que poderei fazer isso de casa. Depois, vou ver o que eu descubro com essa história de "dois mais dois são quatro".

— Talvez eu consiga fazer Parzarri abrir o jogo. Ele está mal e eu posso usar um pouco disso para pressioná-lo.

— Você já tem o bastante para acusar o Alexander de fraude. O que eu descobri já é suficiente para montar o caso.

— Pode ser, mas não quero ele por fraude. É uma coisa para usar contra ele, mas eu quero condená-lo por homicídio. Quero pegar o Alexander por tudo. Conspiração para cometer assassinato e contratação de um assassino de aluguel. Se eu insistir na fraude logo de cara, ele pode mascarar tudo, e os federais virão para cima de mim como abutres. Eles não vão se importar com a Marta Dickenson, vão querer detonar uma grande operação de fraude imobiliária combinada com lavagem de dinheiro e evasão de impostos. Prefiro que ele pense que vai sair impune das fraudes, e que só se preocupe comigo por causa do assassinato.

— Ele poderia tentar atacar de novo.

— Poderia. E provavelmente é burro a esse ponto. Mas eu tenho meu casaco mágico. Não se preocupe — disse ela, sabendo que ele se preocuparia. — Ele não conseguiu acabar comigo antes, e admito que não estava esperando por aquilo. Agora estou ligada. Seu agente tem de estar em algum lugar da folha de pagamento. Não acho que ele seja tão burro a ponto de mantê-lo na lista de empresas associadas sob o nome de "Magazine Bandidos".

— Eles certamente vendem um produto de baixa qualidade.

— Não consegui encontrar o filho da puta na procura que eu fiz pelos funcionários, mas ele está lá. Vou passar a busca para Feeney e ver o que surge. Eu continuo achando que o cara é um ex-policial ou militar. Ele vai aparecer mais cedo ou mais tarde, mas o auditor é a minha prioridade.

Ela se levantou para se vestir.

— Se eu conseguir resolver as minhas coisas e obter mais alguma informação do caso, passo mais tarde na Central para te informar de tudo — disse Roarke.

— Por mim tudo bem, mas é melhor me avisar antes. Talvez eu não esteja lá.

— Eu te encontro.

Quando ela prendeu o coldre e vestiu uma jaqueta por cima, ele se esticou no sofá com seu tablet, e o gato rechonchudo se esparramou aos seus pés.

Quem não te conhece, pensou ela, veria apenas um homem completamente relaxado e à vontade.

Mas a maneira como ele levava o trabalho não estava muito longe disso.

— É assim que você trabalha?

— Pelos próximos vinte minutos, é. — Ele olhou para ela, sorriu, e a chamou com o dedo.

Ela se inclinou para beijá-lo.

— Ah, esqueci de falar isso para você! Planejei uma festa no *Around the Park* para depois da premier.

Os olhos dela se estreitaram.

— Você esperou para me contar isso só quando eu estivesse na porta, para eu não ter tempo de reclamar.

— Isso não é um testemunho do nosso relacionamento? Do quanto nos conhecemos e nos entendemos bem?

— Vou te dar um testemunho — murmurou ela, ao sair.

— Cuidado com os bebês explosivos — gritou ele, e a ouviu rir.

Chaz Parzarri se sentia absolutamente bem. Não era para menos, pois tinha conseguido voar de jatinho particular por cortesia da seguradora dos idiotas que o haviam machucado, e também da empresa de táxi, por sua segurança abaixo dos padrões. E tinha voado sob o efeito das excelentes drogas que a enfermeira de bordo continuava injetando nele.

Disseram que ele ficaria de cama durante algumas semanas e precisaria de algumas sessões de fisioterapia depois, mas ele estava numa boa com tudo também, desde que as drogas continuassem chegando.

Ele estava com o trabalho acumulado. Poderia trabalhar do hospital no quarto particular, também cortesia das seguradoras. A auditoria não demoraria muito e, só de estar disposto a fazê-la, ele ganharia pontos com seu supervisor e com Alexander.

O acidente, agora que os ferimentos já não doíam pra porra toda vez que ele piscava, tinha sido bastante conveniente, no fim das contas. Ele iria conseguir uma bela indenização, férias remuneradas e muita compaixão e atenção. Na verdade, ele planejava fazer alguns cálculos e tirar um dinheiro para ele mesmo. Se recebesse uma quantia grande o suficiente, ele poderia simplesmente se aposentar e levar uma vida boa no Havaí, do jeito que já tinha planejado para dali a seis anos e meio.

Quando ele viu que escapara com vida do acidente, tinha ficado com medo. Medo de verdade. Achou que poderia morrer, ou que talvez os médicos encontrariam danos cerebrais irreversíveis depois de ele fazer todos os testes. Quando ele parou de ter medo disso quase por completo, passou a ter medo da auditoria. Ele nem tinha começado a mexer direito nela antes da convenção.

Ok, talvez ele tivesse procrastinado um pouco, mas ele teria tempo de sobra. Pelo menos, era para ter muito tempo de sobra. E ele já tinha montado uma estrutura para lidar com os ajustes, os números adulterados e os arquivos mensais originais que mantinha guardados a sete chaves em seu computador de casa.

Bastavam alguns dias para implementar tudo, executar uma análise, revisar e bum! Tudo pronto, limpo e com uma grande taxa depositada na sua conta e depois transferida, por ele mesmo, para a sua conta numerada, anônima e isenta de impostos na Suíça.

Até aqui, tudo bem, disse a si mesmo. Faltavam poucos dias para ele encerrar o trabalho, e o prazo ainda estava distante.

Não tinha conseguido entrar em contato com Alexander. Eles não permitiram um *tele-link* no recinto, mas a verdade é que ele não estava conseguindo falar direito até um dia antes. Cuidaria de tudo assim que estivesse devidamente acomodado em seu quarto particular.

Jim Arnold chegou mancando, com a perna engessada.

— Tudo bem por aí, parceiro?

— Estão indo, meu chapa.

Quando Jim se sentou e esticou a perna engessada, estremeceu um pouco.

— Estou doido para voltar para casa. O médico de Las Vegas disse que provavelmente vão me liberar depois de me examinarem mais uma vez. Talvez eles me mantenham internado por mais uma noite, mas depois terei alta. Eu sinto muito, que você não tenha tido tanta sorte.

— Pois é. — Parzarri fez uma careta, embora gostasse da ideia de ficar mais alguns dias no hospital, com as pessoas se preocupando com ele e trazendo-lhe comida. — Acho que toda a minha sorte se foi na mesa de *Black Jack*.

— Você estava se dando bem. Vim aqui para te avisar que Sly acabou de me mandar uma mensagem. Ele vai encontrar a gente no hospital. Eu disse que ele não precisava fazer isso, mas ele mandou uma mensagem e disse que queria ver com os próprios olhos. Você conhece o Sly. Vamos pousar em um minuto. Escuta, minha esposa vai me encontrar na área de desembarque, mas posso acompanhar você, se quiser.

— Não se preocupa. Pode ir com ela. Poxa, você já esperou mais um dia até eles me liberarem para viajar.

— Não se deixa um companheiro para trás. Já podemos dizer que enfrentamos a guerra juntos, parceiro.

— Pode apostar que sim. — Parzarri ergueu a mão em sinal de "toca aqui".

Ele estava meio grogue, sentindo-se confortável e seguro em sua maca, enquanto o jatinho pousava.

A boa e velha Nova York, pensou. Será que ele sentiria falta da cidade quando se acomodasse entre as palmeiras, com vista para o mar?

Provavelmente não.

Talvez ele abrisse um bar tiki e contratasse alguém para cuidar do negócio. Seria divertido ter um bar, circular por lá e assistir a um monte de mulheres seminuas tomando *mai tais* ou alguma outra coisa. Talvez até aprendesse a surfar.

Sorrindo para si mesmo, continuou meio grogue enquanto o tiravam do jatinho e seguiam pelo portão indicado, para levá-lo. Sentiu um frio repentino e assustador, fechou os olhos e imaginou uma brisa amena e a areia da praia iluminada pelo sol e lambida pelas ondas.

— Eu estou logo atrás de você, Chaz. — Ele abriu os olhos por breves instantes e fez sinal de positivo com o polegar para Jim, então viu o rosto pálido do seu sócio se iluminar. — Oi, querida! — E então seu companheiro de Las Vegas saiu mancando e caiu nos braços da esposa.

— Que reencontro feliz — murmurou Parzarri, enquanto o colocavam na traseira de uma ambulância. Sentindo-se aquecido novamente, soltou um suspiro. Ouviu vozes... a enfermeira de bordo fazia um relatório completo para os paramédicos... depois a esposa de Jim balbuciando de alegria... em seguida a risada feliz de Jim, que parecia dizer "voltei".

Então a ambulância balançou com o peso do paramédico que entrou e bateu as portas duplas. Com um estrondo, eles começaram a se movimentar.

— Não se esqueça de me dar as drogas boas. — pediu Parzarri, sorrindo. Olhou para o teto e pensou nas mulheres em biquínis minúsculos com a pele queimada do sol e molhada do mar. — *Aloha!*

Sentiu-se tão aconchegado, com o corpo meio pesado. Virou a cabeça com dificuldade quando sentiu as cordas em seus pulsos.

— Isso é pra quê?

— Para manter você onde está.

Confuso, Parzarri voltou a virar a cabeça e viu um rosto familiar.

— Ei! O que você está fazendo aqui? Seu chefe mandou você cuidar da minha segurança?

— É isso mesmo.

— Obrigado.

— Ele quer saber se você falou com alguém.

— Ahn?

O homem estendeu a mão e fechou a saída do soro intravenoso.

— O sr. Alexander quer saber se você falou sobre a auditoria, ou outra coisa, com alguém.

— Caramba, eu fiquei em coma por metade do tempo, sendo furado sem parar, sem falar no resto. Com quem eu iria conversar? Preciso das drogas, cara. Estou começando a sentir dor.

— O sr. Alexander quer saber se você tem algum documento com você, ou algum arquivo.

— É claro que tenho. Sou o contador. Tenho tudo que preciso para terminar a auditoria. Posso fazer isso do hospital, assim que receber os arquivos e o meu *notebook*. Ele pode mandar o Jake ir buscá-los. Ele sabe o que eu vou precisar.

— O sr. Alexander quer saber se você tem algum documento, arquivo ou informações sobre os negócios dele guardados em algum outro lugar?

— Que porra é essa? Abre novamente o soro, por favor? Por favor, cara. — A dor se espalhou como lava quando o punho do homem atingiu suas costelas ainda doloridas. Quando ele tomou fôlego para gritar, o motorista acionou as sirenes, abafando o grito.

— Responda à pergunta! Você tem algum documento, arquivo ou alguma informação sobre os negócios do sr. Alexander em algum outro lugar?

— Não! Pelo amor de Deus, por que eu teria? Vou cuidar de tudo, como sempre fiz. Farei o meu trabalho.

— O sr. Alexander mandou dizer que você está demitido.

Então ele tapou a boca de Parzarri com a mão imensa e tapou-lhe o nariz. Enquanto as sirenes soavam e as luzes piscavam, o corpo de Parzarri resistia contra a falta de ar e dor. Seus olhos reviravam como os de um cavalo aterrorizado.

Os vasos sanguíneos estouraram no branco de seus olhos, então ele pareceu derramar lágrimas de sangue. Seus dedos agarraram a maca e se agitaram no ar, enquanto suas mãos se esticavam contra as correias.

Sua bexiga se esvaziou, seus olhos vermelhos rolaram para trás e se mantiveram fixos.

Removendo a mão, o homem imenso bateu com o punho no teto da ambulância. O motorista desligou as sirenes, os faróis e seguiu para um terreno acidentado onde havia uma passagem subterrânea. Os dois homens desceram, o grandalhão pegou a mala de mão que Parzarri tinha levado para Las Vegas. Jogou no porta-malas do carro que já estava à espera, antes de entrar no banco do passageiro.

Ele gostava de ficar sentado no carro grande e espaçoso, pensou, sendo conduzido de um lado para outro como se fosse alguém *importante*. E agora que já tinha feito isso duas vezes, ele gostou ainda mais de matar.

Eve estava onde ficavam as ambulâncias, para onde tinha sido direcionada. Segundo o registro, Parzarri estava sendo transportado para lá de ambulância enquanto Arnold, que ia receber atendimento no ambulatório, estava a caminho do hospital com sua esposa.

— O que você quer fazer? — perguntou Peabody.

— Quero dar uma olhada nele com meus próprios olhos, para avaliar o estado em que ele está. Vamos deixar ele chegar ao quarto e o interrogaremos lá. Quero ler os direitos dele logo de cara, não apenas para seguir a rotina, mas também para assustá-lo um pouco. Você deve parecer séria.

— Nada de tira boa e tira má?

— Acho que não precisamos de uma tira boa.

Em suas botas cor-de-rosa, Peabody fez uma dancinha com os pés.

— Eba!

— Precisamos falar com Arnold também. Podemos tirá-lo da lista de suspeitos enquanto eles internam Parzarri. — Eve parou de falar quando avistou Sylvester Gibbons.

— Tenente Dallas, Detetive Peabody. Eu não esperava ver vocês aqui tão cedo.

— Precisamos conversar com seus dois últimos funcionários.

— Claro, sem problemas. Ahn... — Ele soltou um suspiro e esfregou o rosto com uma das mãos. — Será que você pode me dar alguns minutos com Chaz antes de falar com ele, tenente? Jim já sabe o que aconteceu com Marta, mas eu pedi a ele que não contasse nada a Chaz. O coitado estava muito mal, e os médicos não o queriam muito agitado ou estressado. Até baniram *tele-links* e tablets do seu quarto. Eu mesmo quero contar a ele o que aconteceu. Não quero que ele saiba disso pela boca de policiais, sem ofensas. Acho que será mais fácil ouvir de um amigo.

— Tudo bem, vamos falar com o sr. Arnold primeiro.

— Muito obrigado, tenente. Aquele é o carro de Jim. Olha lá, está ele. Minha nossa, parece que ele foi atropelado por um caminhão.

Eve viu um atendente chegar com uma cadeira de rodas e viu o homem, com uma perna engessada, pálido e com uma expressão exausta, se deslocar do banco do passageiro para a cadeira de rodas.

— Jim! — Gibbons avançou em sua direção. — Como vai? Como está se sentindo?

— Já estive melhor. — Jim apertou a mão que Gibbons ofereceu. — E acredite em mim, alguns dias atrás eu estava pior. Estou muito feliz por estar de volta.

— É bom ter você de volta. A equipe médica vai cuidar bem de você e de Chaz. Não quero que vocês se preocupem com nada. Qualquer coisa que precisarem, é só me avisar.

— Só quero receber alta e ir para casa. — Olhou para Eve, em seguida para Peabody e novamente para Eve. — Polícia?

— Sou a tenente Dallas — apresentou-se. — Esta é a detetive Peabody.

— Marta! — Seus olhos lacrimejaram. — Não consigo acreditar. Não sei o que pensar ou fazer. Eu não contei nada a Chaz — disse a Gibbons. — Não sei se eu conseguiria dar essa notícia para ele, mesmo antes de você me dizer para eu não fazer isso... e os médicos também disseram que era melhor. Não sei como ele vai reagir a essa notícia, Sly. O Chaz está muito mais machucado que eu. Ele acabou levando a pior. Onde ele está?

— Ainda não chegou.

— Mas eles saíram do aeroporto antes de nós. — Com óbvia preocupação, ele tentou girar na cadeira e olhar ao redor. — Minha esposa e eu ainda ficamos sentados no carro por alguns minutos, mas eles o levaram de ambulância imediatamente. Acho que devem ter ficado presos em algum engarrafamento. Será que vieram por outro caminho?

Inquieta, Eve fez um sinal para Peabody.

— Temos algumas perguntas — começou, quando Peabody saiu em disparada.

— Nós precisamos levar o paciente para ser examinado — disse o atendente.

— Quero esperar por Chaz. Querida! — Ele estendeu a mão para uma mulher, cujos olhos estavam vermelhos de tanto chorar, que acabara de entrar. — A ambulância com Chaz ainda não chegou.

— Eles devem ter vindo por outro caminho. — Ela se agachou ao lado dele. — Não se preocupe. Ele está bem. Vai ficar tudo bem.

— Tenente.

O tom de Peabody e seu rosto disseram a Eve que as notícias não seriam boas. Ela se aproximou.

— O que você descobriu?

— Eles não conseguem se comunicar com a ambulância. Eles não atendem ao *tele-link* do painel, nem às chamadas de emergência.

— Quero os nomes dos médicos que estavam com ele.

— Já peguei. A central de comunicação está tentando ligar para os *tele-links* pessoais deles. Eles têm chips de rastreamento em todos os veículos de emergência e estão tentando encontrá-los.

— Fique de olho nessas pessoas — ordenou Eve, e seguiu para o Departamento de Comunicações. Ouviu as vozes alteradas antes mesmo de chegar ao balcão.

— Estou falando! Meu turno mudou para nove horas. O do Mormon também. Pergunte a ele!

— Você estava encarregado de pegar o paciente no aeroporto!

— Eu *estava* encarregado, mas aí recebi a mudança dos horários.

— Quando isso aconteceu? — quis saber Eve.

— Quem diabos é você?

Em resposta, ela mostrou seu distintivo.

— Caramba, agora um erro de cronograma virou ilegal? Recebi o cronograma de hoje por volta das seis da manhã. Em vez de estar no horário das sete, eu estou nas rondas normais, que começam às nove. Olhe! — Ele pegou seu *tele-link*, apertou uma tecla e mostrou-o para Eve.

Ela leu a mensagem.

— Onde está esse tal de Mormon?

— Estávamos no refeitório, tomando café da manhã. Ele correu para pegar um pouco do café sofisticado que vende, na van, quando o aviso apareceu. Ele deve voltar, já, já.

— Vocês localizaram a ambulância? — quis saber Eve.

— Acabei de encontrar. Ela está muito fora da rota — disse a mulher, com a testa franzida. — E não sei quem diabos está dirigindo essa ambulância, porque Mormon e Drumbowski foram encarregados para aquele trajeto, e Drumbowski está bem aqui.

— Não fui eu que fiz essa confusão — defendeu-se Drumbowski.

— Não, não foi — disse Eve. — Passe a localização dessa ambulância para mim. Agora!

— Que diabos está acontecendo aqui? — Drumbowski jogou as mãos para o alto.

Assim que Eve conseguiu a localização, saiu correndo. Ela já sabia que Chaz Parzarri não seria levado para o hospital. Mas tinha certeza de que ele seria transportado para o necrotério.

Capítulo Quinze

Eve esperava encontrar Chaz Parzarri morto. Um contador corrupto, concluiu, poderia ser substituído. Mesmo assim, pediu a Peabody que chamasse reforço policial para a localização que estava no GPS, enquanto corria pela cidade.

— Duas viaturas responderam — informou Peabody, apertando com força a alça presa ao teto para se segurar, enquanto pedia aos céus que o sistema de segurança e estabilidade da nova viatura de Eve fosse tudo o que dizia ser.

O coração de Peabody deu uma cambalhota na garganta quando Eve colocou a viatura em modo vertical e deslizou sobre a cobra amarela brilhante de táxis da Cooperativa Rápido, quase raspando nos veículos. Decidiu que o seu coração podia continuar onde estava no instante em que a viatura tombou para o lado dela como um avião em manobra, antes de dobrar a esquina como um bumerangue.

— É *burrice* matar o Chaz! — Eve pousou com força de volta ao asfalto, aproveitando uma brecha no trânsito. — Mas eles *são* burros. Eu deveria ter considerado isso, a maldita burrice deles.

— O auditor sabia demais — lembrou Peabody.

— Porque é corrupto. Pode ter recebido uma grana alta para atrasar minha investigação. Eles não sabem que Marta Dickenson fez cópias de tudo. Podiam mandar o auditor me atrasar e alterar os livros contábeis para *só então* matá-lo. Ou simplesmente enviá-lo para longe daqui. Ele não tem vínculos fortes em Nova York. Bastaria enviar o auditor para algum lugar onde não pudéssemos extraditá-lo, fornecer-lhe uma nova identidade e mantê-lo na folha de pagamento. Por que trazer mais um novo auditor? É improdutivo matá-lo. Um desperdício!

— Talvez seja isso que eles estejam fazendo. Podem estar tentando tirá-lo da cidade para escondê-lo.

Eve simplesmente fez que não com a cabeça.

— Se esse fosse o caso, eles teriam feito isso em Las Vegas. Não tem por que trazê-lo para cá e em seguida enviá-lo a outro lugar. Também não teria por que trazê-lo até aqui só para matá-lo. Por que não fazer isso lá longe, bem distante dele? *Burrice*. Eles são *burros*.

Mortalmente burros.

Ela derrapou, mas logo acertou o carro e parou ao lado de uma viatura que já tinha chegado ao local.

O barulho das buzinas e do tráfego preencheu seus ouvidos quando ela saltou do carro. Um policial estava parado ao lado das portas traseiras abertas da ambulância, e o outro estava junto à porta do motorista. Ela notou que havia outros dois conversando, ou tentando conversar, com um drogado que não parava de tremer.

— Há um cadáver na parte de trás da ambulância, tenente. Ele ainda está quente.

Eve olhou para a maca e identificou Chaz Parzarri.

— Peabody, eles certamente tinham outro veículo estacionado aqui. Veja o que consegue encontrar nas gravações das câmeras de vigilância desta área. Eles tiveram uma janela de tempo de quinze minutos, provavelmente menos. O que temos aí? — perguntou ao policial, apontando com a cabeça para o drogado.

— Nós o encontramos tentando entrar na ambulância. Não achamos nada nele, mas estava tão alucinado que não conseguiu abrir a porta do veículo. — O guarda colocou a mão na cintura, logo abaixo do seu cinto Sam Browne. — Disse que só estava verificando se havia alguém lá dentro. Estava sendo apenas um bom cidadão.

— Claro.

— Pois é, achamos que ele está um pouco fora de si, mas um viciado como ele consegue sentir o cheiro de drogas a um quilômetro de distância. Os rapazes estão interrogando-o, mas ele afirma que não viu nada.

A janela de tempo dizia o contrário, pensou Eve enquanto olhava em volta rapidamente. Viu a pilha de entulho e lixo atrás de um dos pilares do viaduto. Aquele é o buraco onde ele mora?

— Imaginamos que sim.

— Vou falar com ele. Fique aqui.

— Boa sorte.

O homem vestia um casaco verde militar imundo e uma calça de moletom laranja rasgada sobre o corpo esquelético com uma barriga dilatada, típica de quem sofre de desnutrição severa. Seus olhos lacrimejantes e avermelhados — a luz do sol não era amiga dos viciados — percorrem Eve enlouquecidamente quando ela se aproximou, mas logo ele semicerrou os olhos atrás dos óculos escuros sujos, com uma rachadura na lente esquerda.

Suas mãos mexeram na franja que ficava na ponta do lenço preto que ele usava no pescoço. Seus pés se moveram, arrastando-se em botas do exército muito desgastadas, sem cadarços e com uma fita adesiva prateada que mantinha as solas presas.

Ele poderia ter qualquer idade entre trinta e oitenta anos com aquele rosto pálido, devastado e coberto de fuligem.

Tinha sido filho de alguém, pode ter sido amante de alguém um dia, ou um pai. Tivera uma vida em algum momento passado, antes de oferecê-la ao altar das drogas.

— Eu estava apenas de passagem — cantarolou ele, agitado e movendo-se sem parar. — Foi isso, foi isso, estava só de passagem. Ei, dona, você tem alguma coisa de sobra para me dar? Não precisa muita coisa não.

Ela bateu no distintivo.

— Está vendo isso aqui?

— Sim... sim. — Seus olhos arruinados lacrimejavam e piscavam.

— É um distintivo. Um distintivo de tenente. Significa que não sou "dona". Qual o seu nome?

— Você quer saber o nome de quem?

— O seu.

— Doc. Tic-tac-doc... como na música do rato e do relógio.

— Ok, Doc. Você mora ali?

— Não estou fazendo mal a ninguém. Fico na minha o tempo todo, tá? Pode verificar. Pode verificar duas vezes.

— Vou verificar, sim. Você estava em casa quando a ambulância chegou?

— Estava só de passagem. — Os olhos abatidos fizeram sua dança enlouquecida novamente. — Estava só andando por aqui.

— De onde para onde?

— Nada, vindo de lugar nenhum, de jeito nenhum.

— Você estava simplesmente caminhando do nada para lugar nenhum e por acaso viu a ambulância estacionada ali, a cerca de seis metros de onde você mora?

Quando ele sorriu, exibiu a Eve uma visão completa dos tristes resultados de uma higiene dental lamentável.

— Sim. Isso mesmo. Pode verificar.

— Acho que não foi bem assim, Doc. Acho que você estava quietinho em casa, debaixo da coberta em um dia frio como esse, não andando por aí sem mais agasalhos. Aposto que você tem mais camadas de roupa ali para colocar quando sai em busca de trocados ou quando vai procurar alguma droga.

— Eu estava só caminhando — insistiu ele, com sua voz se transformando em um gemido. — Não vi nada, em lugar nenhum, de jeito nenhum. Não enxergo bem. Tenho problemas de saúde.

Sim, pensou Eve. Seu problema se chama vício crônico.

— Espere aqui — ordenou a ele.

Eve foi até o carro e verificou o porta-luvas. Como esperava, encontrou dois pares de óculos escuros que Roarke ou Summerset tinha guardado ali, já que ela perdia os dela o tempo todo.

Calculou que aqueles dois pares de óculos custavam mais do que Doc viu durante os dez anos que passou mendigando pelas ruas, mas pegou apenas um deles. Voltou e balançou os óculos diante de Doc.

— Você quer isso?

— Quero sim! Quero sim! — Um ar de desespero surgiu em seus olhos massacrados. — Quer trocar?

— Sim, mas não pelos seus óculos. Você pode ficar com os meus se me contar tudo o que viu. Sem mentiras. Quero a verdade e eles serão seus.

— Eu sei uma verdade! Todo relógio parado, tic-toc, acerta as horas duas vezes por dia.

— Não me diga? Não! — Ela colocou os óculos longe do alcance dele. — Quero a verdade sobre o que você viu aqui. Sobre aquela ambulância.

— Eu não entrei nela. Estava só olhando. Estava só de passagem por aqui.

— Quem saiu de dentro dela?

Ele a encarou e deu de ombros.

— Ok, você é que sabe. — Ela começou a se virar para ir embora.

— Quero a troca!

— Não tem troca se você não me contar o que viu. Se você me contar a verdade, eu te dou os meus óculos. Esse é o nosso acordo.

— Saíram dois caras de jaleco branco. O que acha? Dois caras de jaleco branco na ambulância. Eles não vão me levar embora daqui, não mesmo! Vou ficar aqui! — Ele deslizou as palmas das mãos no ar em um movimento descendente. — Não preciso de jalecos brancos, nem de ambulância.

— Quantos jalecos brancos tinha lá dentro?

— Dois. Acho que eram dois. Não enxergo bem. Dois. Depois não tinham mais os jalecos brancos. Foram para o porta-malas.

— O que tinha no porta-malas?

— Os jalecos brancos dos caras de jalecos brancos, o que mais poderia ser? Estavam no porta-malas do carrão que estava aqui quando eu acordei. Um carrão bonito! Brilhante, silencioso. Não consegui entrar, estava tudo fechado. Fui só olhar — explicou, falando depressa. — Só queria olhar, mas estava trancado. Depois os jalecos brancos sem os jalecos brancos entraram no carrão brilhante e foram embora!

— Como eles eram? — Fez a pergunta desacreditada, mas, considerando a situação, Eve precisava perguntar. — Como eram os jalecos brancos sem jalecos brancos que entraram no carrão brilhante e foram embora?

— Um era grande, o outro era pequeno. Não vejo bem, mas um era grande. — Doc abriu bem os braços enquanto os erguia no ar e deu a Eve uma desagradável amostra do seu terrível odor corporal.

— Ok, e o carro? Era mais para branco ou mais para preto?

— Escuro, escuro. Talvez preto. Não sei. Era brilhante. É tudo verdade. Troca.

— Ok. — Calculando que havia garimpado tudo o que podia conseguir dele, ela lhe entregou o par de óculos. — Pode ficar com os seus também — disse ela, quando ele lhe ofereceu os óculos quebrados. — Estamos trocando os óculos pela verdade. Já nos acertamos.

Quando ela se afastou, um dos policiais se aproximou e andou ao lado dela.

— Você quer que a gente leve ele, tenente? Para algum abrigo de reabilitação?

Aquilo era o que, tecnicamente, deveria ser feito, pensou ela; e o mais certo, moralmente. Mas sendo realista? Ele seria mandado de volta para as ruas em uma semana, perderia o canto onde vive e muito provavelmente ficaria pior do que agora.

Com certeza não estaria melhor.

— Não, podem deixar. Talvez seja bom vocês fazerem uma ronda aqui de vez em quando, para dar uma olhada nele.

O guarda assentiu com a cabeça.

— Ele tem um espaço mais ou menos decente aqui, protegido da chuva e do vento, e parece que os oportunistas e capangas o deixam em paz. É o melhor que ele vai conseguir.

Às vezes, pensou Eve, era preciso se contentar com isso.

Peabody correu atrás de Eve enquanto ela voltava para a ambulância.

— Pedi à DDE uma análise das câmeras de tráfego dessa região. Encontramos um veículo que saiu daqui em direção leste às oito e vinte e três. Eles pensaram nas câmeras, Dallas, e mancharam as placas dianteira e traseira. Mas temos a marca e o modelo. Era uma Lux Black Executive modelo 5000, desse ano. As janelas, o para-brisa também, estavam protegidas por insulfilm. Isso é ilegal e também significa que não temos imagem alguma dos ocupantes do veículo.

— Veja se o McNab consegue achar uma correspondência entre marca e modelo com os carros pessoais de Alexander, e também os da companhia. E preciso de mais uma busca nas imagens de trânsito. Eles tiveram que chegar até aqui, e suponho que isso aconteceu muito cedo, hoje de manhã. Então, outro veículo os trouxe.

— Três veículos para pegar um auditor? É um jeito burro de fazer isso.

— É, é mesmo, mas eles são burros.

— Eles deram sorte de que o carrão que deixaram aqui enquanto saíam com a ambulância não foi depenado e destruído.

— Se Doc, o viciado que se tornou o novo dono dos meus óculos escuros, tivesse usado os neurônios que restaram na cabeça dele, teria quebrado a janela para roubar o veículo. Seria mais inteligente uma terceira pessoa buscá-los aqui, ou simplesmente eles irem embora de táxi. Isso me diz que a pessoa dando essas ordens não faz a menor ideia de como as coisas funcionam nas ruas ou no submundo. É tudo uma questão de privilégio.

Ela selou as mãos enquanto falava e subiu na parte de trás da ambulância.

— Vamos chamar os peritos e pedir ao pessoal da DDE para ir ao hospital. Veja o que eles conseguem descobrir com os seguranças quando e como a ambulância foi levada.

Embora conhecesse a identidade do morto e certamente soubesse a hora aproximada da morte, Eve usou seus equipamentos e medidores para confirmar as informações. Com a câmera ligada, estudou as amarras, tanto para os pulsos quanto para os tornozelos, analisou os seus vasos sanguíneos rompidos nos olhos e reparou nos hematomas ao redor do nariz e da boca.

Assim como o sócio que continuava vivo, ele estava muito pálido e abatido. Pelos hematomas mais antigos, pelas marcas de tratamento médico e pelo equipamento portátil para injetar medicação intravenosa, Eve percebeu que ele tinha se machucado muito mais do que Arnold.

Levantando o lábio superior do morto, estudou o lugar onde os dentes tinham se cravado na carne macia e viu as manchas de sangue.

Ela tinha calculado mal, pensou. Havia plantado armadilhas, na esperança de fazer o gerente se atrapalhar. Fazê-lo suar um pouco.

Mas não tinha imaginado que alguém seria burro o bastante para lhe dar mais um elo da corrente; nem que alguém encomendaria um assassinato em vez de oferecer um suborno ou um bônus ao auditor e descartaria tão depressa uma ferramenta bem preparada.

— Hematomas e arranhões nos pulsos e tornozelos — declarou, para a câmera. — Parece que ele se contorceu, fazendo de tudo para se soltar.

Eve se levantou e abriu com sua chave mestra um armário que estava trancado. As drogas guardadas ali dentro valiam uma bela grana nas ruas, bem como os equipamentos médicos, alguns deles muito fáceis de se transportar.

Os assassinos não tiveram tempo ou não estavam a fim de obter ganhos extras ou pegar um bônus. *Fizeram o trabalho e seguiram em frente.*

Entrou na cabine da ambulância e usou a lanterna para procurar pistas sob os assentos e debaixo do painel, esperando encontrar algum deslize... um papel de bala, um copo descartável de café, restos de qualquer coisa.

Como não encontrou nada, sentou-se sobre os calcanhares e analisou o painel. Verificou o histórico do *tele-link* do carro e ouviu as mensagens mais recentes.

Base, aqui fala Mormon, com Drumbowski, Unidade Sete, confirmando a busca de Chaz Parzarri no Centro de Transportes do East Side Metro. Na planilha diz que o paciente chega no jatinho de código Bravo-Eco-9639.

Aqui fala a base, busca confirmada. Avise quando estiver com o paciente e retornando ao hospital.

Unidade Sete está fora da missão.

Enquanto ouvia, Eve tamborilava os dedos no joelho.

Base, Unidade Sete carregada e a caminho.

Entendido. Condição do paciente?

Estável.

Ele recitou o que Eve presumiu que fosse um valor aceitável de pressão sanguínea, pulso e outros sinais vitais, em seguida desligou.

Peabody abriu a porta lateral.

— O McNab já está trabalhando nas buscas. Os peritos e o carro do necrotério já estão a caminho.

— Só pode ser o *hacker* — disse Eve, tanto para si mesma quanto para Peabody. — O motorista. Ele teria de saber quem estava encarregado, o número da ambulância designada para buscar Parzarri, e conhecer o jargão básico que eles usam para se comunicar. Bastou invadir o sistema do hospital, pegar o registro e ouvir algumas trocas de mensagens. O despacho do hospital não esperava um sequestro. Não teriam motivo para estender a conversa. Afinal estava tudo ok, cacete.

Ela marcou o centro de comunicações para análise do DDE.

— Agora temos o registro de voz dele. Que cara burro! Quero ver se a DDE consegue limpar a interferência e conseguir o registro da voz com precisão. Ver se houve alguma conversa ao fundo.

Peabody assentiu enquanto enviava as instruções por mensagem e perguntou.

— Você tem alguma ideia da causa mortis?

— A vítima foi sufocada. O assassino o amarrou na maca, cobriu sua boca e tapou seu nariz. O padrão dos hematomas são um sinal disso. Tudo aconteceu cara a cara, dessa vez — refletiu. — Eles se conheciam. Foi algo mais pessoal. Ainda eram negócios, ele estava apenas cumprindo ordens, mas foi como se despedir de um colega de trabalho. Houve um discreto elemento pessoal. Quero essa área protegida. Precisamos encontrar Jake Ingersol.

— Você não acha que...

— Eu não achei que eles fossem matar o contador. — Ela colocou o cabelo atrás da orelha. — Escute, vou descobrir onde está Ingersol e você entra em contato com Gibbons. Ele precisa saber que Parzarri está morto. E a mídia vai divulgar o que aconteceu assim que descobrir que dois contadores da mesma empresa foram assassinados com poucos dias de diferença.

— Não tem muita coisa que a gente possa fazer a respeito disso.

Talvez uma ação preventiva, pensou Eve. Perguntou a si mesma se conseguiria tempo para persuadir, manipular ou subornar Nadine e contar a versão da história que ela precisava que fosse divulgada.

Ela ligou para os escritórios da WIN enquanto dirigia.

— Aqui é a tenente Dallas. Gostaria de falar com Jake Ingersol.

— Os três sócios vão se reunir nos novos escritórios agora pela manhã, tenente. A senhora quer que eu passe o endereço?

— Eu já tenho.

— Quer que eu entre em contato com o sr. Ingersol e diga que você quer falar com ele?

— Não, não precisa.

Enquanto dirigia de volta para o centro da cidade mais uma vez, ouviu Peabody murmurar condolências a Gibbons e se desviar, com habilidade, das perguntas diretas sobre o assassinato.

— Marque outra consulta com Mira para mim? — pediu a Peabody quando sua parceira terminou a conversa. — É menos provável que a assistente dela tente fritar suas pupilas se você falar pelo *tele-link*. Preciso de alguma orientação sobre esses idiotas.

Ela esfregou a nuca, pensando em Parzarri amarrado na maca e vendo o rosto de seu assassino enquanto o sufocava. Remexendo-se e lutando, sem defesa.

Ele era corrupto, isso era claro para ela. Mas não era um assassino. Ou não havia tido a chance de decidir se iria ou não participar do assassinato da sua colega de trabalho. Ele nunca iria saber.

Agora ele estava morto porque ela não havia previsto isso, não tinha enxergado a lógica em matá-lo, em eliminar o que deveria ser uma valiosa engrenagem daquela roda.

Talvez ela devesse ter levado Roarke para aquela viagem a Las Vegas e confrontá-lo lá mesmo. Ou ter acompanhado no transporte, em vez de ter ido para o hospital.

Pensar no que ela poderia ter feito de diferente era uma reflexão dura e cruel, pensou ela.

— Você pode se encontrar com Mira quando conseguir uma hora — disse Peabody.

— Conseguiu? Fácil assim?

— Pedi com jeitinho.

— Ok, agora vai ser assim. Você vai marcar todas as minhas sessões com Mira a partir de agora. Eu desisto de lidar com a secretária dela, assim como vou desistir de lidar com máquinas de venda automática outra vez. Não vale o estresse.

— Não é nossa culpa. — Peabody deixou escapar um suspiro e se recostou no banco. — Sou muito boa no jogo da culpa. Normalmente consigo vencer. Também é difícil perder quando a gente joga sozinho. Mas a morte de Parzarri não foi culpa nossa.

— Eu demorei a ligar as coisas. Agora ele está morto.

— Talvez você tenha demorado, mas como pensar mais rápido e com as informações que tínhamos? Você estava certa quando disse que matá-lo era burrice e um desperdício. Como é que alguém gerencia uma empresa multimilionária e toma decisões burras e inúteis? A vítima estava incomunicável, eles sabiam disso. Ele não sabia da morte de Dickenson, então não teria motivo para traí-los, mesmo que quisesse. Estava reunindo a grana e descobrindo meios de fazê-los ganhar mais ainda. Até onde eles sabem, os arquivos comprometedores estão todos nas mãos deles, o que significa que esses números poderão ser adulterados antes de serem reauditados. Por que eles não manteriam o mesmo auditor trabalhando nisso?

— Eu achei que eles fariam isso. Eu estava errada.

— Não... Quer dizer, estava, mas eles *não deveriam* tê-lo matado, não naquelas circunstâncias. Se estivessem preocupados em deixar a coisa rolar, ou achassem que você continuaria investigando e cavando mais fundo, ok, o melhor seria eliminá-lo. Mas ele estava longe, Dallas, e nessa situação eles poderiam ter jogado tudo em cima dele de algum outro jeito. Poderiam ter plantado evidências falsas para que parecesse que *ele* tinha encomendado o assassinato, ou que estava trabalhando com alguém que deu essa ordem. Ele poderia estar trabalhando nos velhos esquemas na Argentina ou em qualquer outro lugar, ainda mantendo os livros contábeis, mas com um novo nome e uma nova cara. Seria um bom investimento. E eles poderiam jogar a culpa nele, talvez até pedir que ele mexesse em outras contas para parecer que ele os tinha roubado. Nesse caso, eles também poderiam passar por vítimas.

Eve repassou tudo aquilo mentalmente.

— Isso teria sido inteligente. Mantenha o contador, aponte o foco para ele, mas mantenha-o com dinheiro e feliz em outro lugar. Eles deveriam ter pensado nisso, deveriam ter tentado fazer isso.

— Eles têm alguém que analisa os números, mexe nos livros contábeis e os ajuda a executar golpes, mas o matam durante uma auditoria que precisam consertar? Isso é muita burrice.

— Foi impulso, de novo. Recompensa imediata. Eles poderiam se livrar de Parzarri caso ele não concordasse ou desse um passo na direção errada. De qualquer forma, não deram a ele uma chance. Tinham um contador, um cara do dinheiro, um hacker e um fortão.

— Agora eles estão com um contador a menos.

— Pois é! — Impulso, recompensa imediata, pensou Eve. — Eles poderiam completar a burrice indo atrás do cara do dinheiro. Mas, olha só: ao matar o contador, deram algo que eles não sabiam que já tínhamos, a conexão. Agora sabemos que Parzarri estava envolvido. Então, talvez eles pensem em jogar a culpa no cadáver, mas têm menos tempo para planejar e menos tempo ainda para implementar o plano. Mais isso é o impulso, essa reação rápida. Isso nos leva de volta à ganância. O canalha é tremendamente ganancioso. Por que investir no contador? Ele acha que basta subornar outro, começar com ele em um "nível iniciante". Aposto que Alexander pensa que fazer isso é muito inteligente. Uma demissão definitiva.

— Sem nem ao menos pagar indenização.

— Se ele vai tentar culpar o cara morto, precisa da ajuda do cara do dinheiro. Ou também vai ter que matá-lo. — Considerando o padrão, Eve ligou a sirene da viatura e pisou fundo.

— Lá vamos nós de novo — suspirou Peabody, e agarrou a alça do carro.

Eve parou em frente ao prédio, ligou o aviso "Viatura em serviço" ao estacionar em fila dupla e ignorou a fúria indignada dos outros motoristas. Procurou rapidamente uma Executive Lux 5000 escura, mas não viu nenhuma enquanto subia correndo os degraus até a entrada principal.

Apertou a campainha.

Em menos de dez segundos, Whitestone abriu a porta com um sorriso acolhedor.

— Tenente Dallas, nós acabamos de...

— Ingersol.

— Jake? — Whitestone deu um passo para trás quando ela entrou direto no espaçoso saguão que cheirava a tinta fresca e brilhava com as superfícies lustradas. O balcão vazio da recepção formava um amplo U e ficava na frente de uma parede prateada cintilante com GRUPO WIN em letras grandes e elegantes.

— Precisamos falar com ele.

— Ele acabou de sair. Deve estar de volta em alguns minutos. Que tal eu lhe mostrar nosso espaço enquanto...

— Onde? — exigiu Eve. — Para onde ele foi?

O espanto foi se transformando em preocupação.

— Não sei, exatamente. Vamos receber a nova mobília agora de manhã, entre outras coisas. Rob, Jake e eu queríamos ter certeza de que tudo correria bem. O Rob está no escritório tentando coordenar as entregas. Jake recebeu uma ligação pelo *tele-link* e disse que precisava resolver uma coisa, mas não demoraria mais de uma hora. Saiu há uns vinte minutos, talvez meia hora. Não prestei atenção.

— Peabody.

— Já estou indo — respondeu sua parceira, e se afastou a fim de seguir a ordem subentendida de emitir um Mandato de Busca para Jake Ingersol.

— Fazer o quê? — quis saber Whitestone, mais agitado. — Aconteceu alguma coisa? Algo a ver com Jake?

— Chaz Parzarri foi assassinado hoje cedo.

— O quê? Como assim? Meu Deus... Rob! — Ele se virou para a direita, gritando. — Rob, vem aqui! Ele estava no hospital, certo? Tem certeza que foi assassinato? Talvez ele tenha se machucado mais do que pensávamos. Eu não consigo...

— Cacete, Brad, estou no meio de uma... Ah, desculpa, tenente. Eu não sabia que você estava aqui.

— Ela disse que Chaz Parzarri, da Brewer... ela disse que ele foi assassinado.

— Quando? Onde? Ele está em Las Vegas, não? Nossa, ele ia voltar hoje de manhã. Falei com o Jim Arnold ontem à noite. Eles iriam voltar hoje de manhã. E o Jim? Como ele está?

— Está bem. Você sabe para onde o seu outro sócio foi ao sair daqui?

— Jake? Surgiu um cliente com um problema, ou algo assim. Ele só me disse que ia tomar um café rápido e tranquilizá-lo, mas logo estaria de volta. Por quê?

— Preciso falar com ele. É urgente.

— Vou ligar para ele. Puxa, ele vai ficar chateado ao saber de Chaz. Eles trabalhavam juntos em várias contas. — Newton pegou seu *tele-link* do bolso.

— Agradeço se você não mencionar o assassinato. Apenas descubra onde ele está. Eu assumo a partir daí.

— A ligação caiu na caixa de mensagens por vídeo. Vou mandar uma mensagem para ele. Temos um código especial quando o assunto é urgente.

— Como ele ficou quando falou com esse cliente? — perguntou Eve a Whitestone.

— Ahn... não sei exatamente o que você quer dizer. Talvez um pouco irritado. Estamos tentando abrir as portas nas próximas duas semanas. A equipe de obras já acabou as pendências daqui e do meu apartamento. Eles só têm algumas coisas a fazer, o que chamam de acabamento, em algumas das unidades alugadas. Estamos prontos para nos mudar para cá.

— Se ele fosse se encontrar com um cliente para tomar um café nessa área, onde seria?

— Normalmente vamos ao Express. Fica a um quarteirão daqui.

— Ele não está atendendo — relatou Newton.

— Fiquem aqui — ordenou Eve. — Se ele entrar em contato, diz para ele ficar onde está e me avise. Peabody.

— Por que não diz o que está acontecendo? — reclamou Newton. — Se o Jake está encrencado, se tem alguma coisa errada, nós precisamos saber.

— Conto tudo a vocês assim que eu souber — disse ela, saindo a passos largos.

No meio do caminho para o carro ela parou, se virou e olhou para a porta do que seria o apartamento de Whitestone.

— Meu Deus... Como eles conseguem ser tão arrogantes? Tão abusados?

Mudando de direção, ela desceu as escadas, olhou para trás na direção de Peabody e puxou sua arma.

— Você realmente acha que...?

— Está bem aqui. É mais conveniente. Ele com certeza não foi se encontrar com um cliente para tomar café.

Com a mão esquerda, ela pegou sua chave mestra e a enfiou lenta e silenciosamente pela fechadura. Levantou três dedos. Dois. Um.

Elas passaram pela porta juntas, em um movimento rápido e suave.

E viram que eles podiam, sim, ser muito arrogantes. E muito abusados.

Jake Ingersol estava caído no piso recém-instalado, os olhos fitando o teto recém-pintado e a cabeça estraçalhada boiando em uma poça de seu próprio sangue.

Eve ergueu a mão.

— Vamos varrer o espaço.

Ela não acreditava que encontraria o assassino escondido em um dos closets ou encolhido em um dos armários da cozinha, mas elas vasculharam cômodo por cômodo antes de guardar a arma no coldre.

— Vá pegar os kits de trabalho, Peabody. Vou chamar reforços.

— Ele destruiu a cabeça de Ingersol com um martelo! — A arma estava ao lado do corpo, suja de sangue coagulado. — Bateu na cabeça dele com a ferramenta até transformá-la em uma poça vermelha. Respingos por toda parte. Caramba, olha o sangue nas calças. Ele também deve ter aleijado o joelho da vítima com o martelo.

— Isso mesmo. Ele se esforçou de verdade agora. Eu diria que está começando a gostar do seu trabalho.

Capítulo Dezesseis

Enquanto Peabody saía para pegar o kit de trabalho, Eve ficou analisando a cena, o corpo e os padrões de respingos nas paredes recém-pintadas e no piso brilhante.

Segundo suas contas, haviam perdido o assassino por questão de minutos e não conseguiram prevenir o assassinato por menos de meia hora.

Conseguiu visualizar como tudo tinha acontecido, os movimentos, o horror, a brutalidade – antes mesmo de o kit de trabalho chegar com os medidores e as ferramentas.

O contato tinha sido feito por *tele-link*. Só com uma mensagem de texto ou com um vídeo bloqueado? Ele teria atraído seu alvo dessa forma: uma declaração simples, uma exigência direta. "O sr. Alexander precisa falar com você imediatamente. Ele o encontrará no apartamento do novo prédio."

Caso a vítima questionasse a pressa, era só mandar alguma resposta enigmática ou impaciente. "Se o sr. Alexander disse *agora*, então é *agora*."

As probabilidades mostram que o assassino fez a ligação para o *tele-link* da vítima dali mesmo, de dentro do apartamento, onde teve acesso graças às habilidades do hacker, ou porque Ingersol já tinha lhe informado as novas senhas.

— A vítima desceu assim que recebeu a ligação pelo *tele-link* — disse Eve em voz alta quando Peabody retornou com os kits. — O assassino já estava aqui. É assim que ele faria. No fundo, é um covarde. Ele o pegaria por trás em uma emboscada. Sabemos que ele tem uma pistola de atordoar, então deve tê-la usado. Eletrocutou Ingersol, derrubou-o no chão e o espancou até a morte enquanto ele estava indefeso. Esse é o *modus operandi* do assassino.

— Por que não fazer de forma rápida e fácil, quebrando o pescoço dele, como fez com Dickenson? Ou sufocá-lo, como Parzarri? Por que esse tipo de bagunça?

— Porque foi pessoal. E porque ele está experimentando agora. Está pegando gosto pela coisa. Não está matando um estranho dessa vez. — Ela pegou o kit que Peabody lhe entregou e começou a selar as mãos e as botas.

— Então ele não só conhecia Ingersol, como também... — Do mesmo jeito que Eve fizera, Peabody analisou o corpo e os respingos. — Não gostava dele de verdade.

— É possível. Muito possível. Ingersol o irritou ou o insultou em algum momento, ou ele simplesmente não ia com a cara dele. Isso dá um motivo, ou talvez uma permissão, para agir violentamente. No caso de Marta Dickenson, a ação foi mais descuidada e impiedosa. Mate aquela mosca que está nos incomodando e caia fora. O ataque contra nós foi feito para seguir ordens. Mas será que também houve um componente de emoção ali, diante da perspectiva de matar duas policiais em um lugar público? Talvez.

— Um fracasso completo, aquele ataque.

— Foi mesmo. — Pegando seus medidores, Eve realizou os procedimentos básicos: confirmou a identidade do morto e registrou a hora da morte. — Alexander não deve ter ficado muito satisfeito com aquilo. Talvez tenha levado seu grandalhão até um depósito de ferramentas.

— *Depósito* de ferramentas? Para pegar um martelo?

— Não, você vai até um depósito de ferramentas quando quer torturar alguém, sabe?

— Ah é? Ah, já entendi. Só que para ferramentas a palavra é "galpão". "Depósito" é para lenha.

— E por que lenha precisa de "depósito"?

— Sei lá, deve ser para mantê-la seca. Você não consegue acender uma lareira com lenha molhada.

— Dezoito minutos. Ele está morto há exatamente dezoito minutos. — A raiva tomou conta de Eve e precisava ser contida. — Eles vieram direto para cá por uma passagem subterrânea, onde mataram Parzarri. Ele estava animado para matar o contador. Ele já tinha o martelo? Ou será que o martelo já estava aqui?

Ela olhou em volta outra vez, mas não viu nenhuma ferramenta ou material. Elas já tinham terminado, ali.

— A equipe de construção já tinha feito a limpeza do local. Por que haveria um martelo por aqui? Será que ele trouxe a arma? Parou no caminho para comprar? Vamos descobrir. De qualquer forma, um deles, o assassino ou o hacker, que decide.

Ela olhou para a porta novamente, ponderou a situação e então, com cuidado, levantou a camisa ensanguentada e destruída da vítima.

— Sim, marcas de choque. O legista vai confirmar, mas acho que... — Ela colocou os óculos de visão microscópica e quase colou o nariz no peito quebrado. — Sim, parece que foi isso. Ele não atordoou Ingersol por trás. Talvez não tenha conseguido, ou simplesmente quis ver o rosto de Ingersol quando ele estivesse caído no chão. Então foi assim... A vítima entrou cheia de pressa para resolver os negócios, e o assassino o atordoou. — Ela fechou os olhos por um momento. — Se o martelo já estivesse aqui, usá-lo foi uma questão de impulso. Não acho que tenha sido isso, não dessa vez. Um martelo esquecido aqui seria muito conveniente. Ele está empolgado, ele quer *mais*. É ganancioso, como os outros. Todos sempre querem mais. O assassino poderia ter se aproximado da vítima para encostar a pistola de atordoar na carótida dele e acabar com tudo. Mas ele quis espancá-lo até a morte.

— Deve ter saído daqui coberto de sangue.

— Se o martelo estivesse aqui e tudo acontecesse num ato impulsivo, sim. Mas se ele comprou o martelo, certamente também comprou equipamento de proteção, ou trouxe ambos com ele. Precisamos saber qual dessas duas opções. Isso vai ajudar a traçar o perfil dele. — Ela agachou-se. — Vamos pedir para a DDE verificar as trancas daqui, e para os policiais interrogarem a vizinhança... um cara grande com outro sujeito, ou o veículo. Talvez a gente tenha sorte dessa vez.

— Não sobrou mais ninguém para ele matar, não é? Pelo que sabemos, o esquema era entre Alexander, Ingersol e Parzarri. E o hacker.

— Talvez eles eliminem o hacker. Seria mais burrice ainda, mas por que parar agora? Alexander tem outros funcionários que trabalham com essas fraudes e golpes. E talvez Alexander tenha resolvido parar com as mortes, por enquanto. Só mandou executar mais esse. — Ela acenou com a cabeça para o corpo. — O assassino encontrou outra linha de trabalho muito gratificante. Não vai parar agora.

Ela deixou Peabody à espera dos policiais e peritos. Em seguida, subiu de volta pela escada para informar a morte aos sócios.

— Ele continua sem atender — avisou Newton. — Só consigo imaginar que o *tele-link* dele deve estar desligado, por algum motivo. Ou então...

— Ele não vai atender. Está morto.

Ela falou sem rodeios, curta e grossa, querendo analisar as reações. Viu a raiva surgir no rosto de Newton e a surpresa congelar a expressão de Whitestone.

— Do que você está falando? — Newton quase cuspiu as palavras.

— Isso é ridículo. O que diabos você está tentando fazer?

— Estou tentando informar que o seu sócio, Jake Ingersol, foi morto. Eu sinto muito pela perda de vocês. Agora sentem-se.

— Por que alguém mataria o Jake? — conseguiu dizer Whitestone.

— Isso não faz o menor sentido. É loucura. Isso tem alguma coisa a ver com os contadores? É algum lunático que está obcecado na gente? Um cliente? Não entendo. Eu simplesmente não entendo. Ele estava *aqui* conosco ainda agora, não faz nem uma hora.

— Sentem-se — repetiu ela, com mais gentileza dessa vez, ao ver a mistura de choque e raiva nos rostos de ambos e o luto que instaurava entre eles.

Newton sentou-se trêmulo em uma velha cadeira dobrável. Whitestone simplesmente se sentou no chão.

— Como assim? Como? — Quis saber. — Você tem que contar o que aconteceu. Ele não é só nosso sócio. Também é nosso amigo. Rob. Meu Deus, Rob.

— Ele foi se encontrar com o assassino no apartamento aqui de baixo. No *seu* apartamento, sr. Whitestone.

O rosto de Whitestone ficou de um tom esverdeado, como se estivesse prestes a vomitar.

— Não. Nada disso, ele saiu para tomar um café, foi se encontrar com um cliente.

— Não, não foi. Ele *achou* que ia se encontrar com um cliente, na verdade mais que um cliente, um parceiro em uma operação de fraude em terrenos e investimentos imobiliários. Chaz Parzarri trabalhava como contador dessa operação.

Newton saltou da cadeira.

— Isso é mentira! Fraude? O Jake morreu e agora você está tentando transformá-lo num criminoso?

— Não estou transformando ele em nada. Temos fortes evidências que *ligam* Ingersol, Parzarri e outro indivíduo em casos de fraudes e esquemas criminosos envolvendo terras e propriedades. Você não me parece muito surpreso — disse a Whitestone.

— Eu desconfiei de que ele pudesse estar aprontando alguma. Lembra do smartwatch caríssimo que ele comprou, Rob? Disse que conseguiu aquilo a preço de banana depois que fechou um negócio com imóveis. O quadro que ele comprou alguns meses atrás, após dizer que ganhou uma bolada no cassino em Atlantic City? E... outras coisas. Meu Deus! — Ele apoiou a cabeça nos joelhos.

— Você realmente acredita que o Jake estava envolvido em um esquema de fraude? — bradou Newton. — Pelo amor de Deus, Brad!

— Eu não sei... — Ele passou as mãos trêmulas no rosto. — Há cerca de um ano, Jake e eu estávamos numa boate e ficamos bem bêbados. Você tinha saído com a Lissa, então éramos só nós dois. Eu quase perdi a conta Breckinridge, lembra? Estava meio pra baixo. Daí, ele começou a me contar de um grande esquema que tinha pensado para ganhar dinheiro negociando terras. Criar empresas fictícias, atrair investidores, vender mais ações do que você possuía para, em seguida, você mesmo comprar os terrenos. Aumentar ou diminuir as tributações. Ele até fez um gráfico num guardanapo. — Com um olhar de súplica para Eve, ficou esfregando as mãos nos joelhos, sem parar. — Eu achei que ele estava de brincadeira. Juro, que pensei que estivesse de palhaçada só para me animar. Disse que o esquema parecia bom, desde que ele não se importasse em enganar as pessoas, ou em passar algum tempo na cadeia. Até dei algumas ideias, meu Deus. Minha nossa, Rob, eu até aprimorei alguns aspectos do golpe. Ele anotou as minhas ideias. Pensei que fosse uma brincadeira, mas ele anotou tudo. Eu disse que era uma pena sermos pessoas honestas, termos trabalhado tantos anos para conseguir nossa licença, construir nosso negócio e nossa reputação, coisas que não queríamos perder. Então ele disse...

— O que ele disse? — Quis saber Eve.

— Que com o dinheiro dava para comprar uma reputação. Eu ri e falei que conversa fiada não levava a lugar nenhum e era a vez dele pagar a próxima rodada.

— Ele só estava zoando — insistiu Newton. — Ele não cometeria fraudes, nem enganaria um cliente. Construímos esse negócio juntos, Brad. Nós três! Olhe para esse lugar. A gente criou tudo isso, juntos.

— É mais que fraude — disse Eve. — É assassinato. Acreditamos que Marta Dickenson foi morta porque estavam com medo de ela descobrir a fraude quando estivesse auditando as contas que assumiu após o acidente que deixou o Parzarri de licença e fora de contato por vários dias.

— Não é possível que você ache que o Jake teve *alguma coisa* a ver com a morte daquela mulher — interrompeu Newton.

— Eu *sei* que ele teve. Não tinha sinais de arrombamento porque ele informou as senhas para o assassino. Talvez Ingersol pensasse que ele só fosse entrar com ela, bater nela, dar um susto e depois levaria os arquivos. Nunca saberemos com certeza. Mas *ele* soube depois do ocorrido. Sabia quem tinha matado a Martha, o motivo, e também sabia que era cúmplice.

— Eu me recuso a acreditar nisso. — Newton olhou para o outro lado, mas Eve viu a dúvida e o espanto brotando em seu rosto.

— Mas esse é o nosso prédio — contestou Whitestone. — Por que Jake deixaria alguém usar esse espaço para fazer uma coisa dessas? Por que iria trazer esse problema para cima de nós?

— Era para ela ter sido encontrada morta só de manhã. Ele não sabia, nenhum deles sabia, que você iria passar lá e levar uma cliente em potencial. Eles não contavam com a investigação policial dentro do apartamento, nem que fôssemos encontrar algo lá, caso entrássemos. Se tudo tivesse ocorrido como eles planejaram, aquele seria apenas um endereço, apenas uma triste história de uma mulher vítima de um assalto desastroso na cidade grande.

— Não acredito que ele faria uma coisa dessas — resmungou Newton. — Qualquer uma dessas coisas. Fazer isso consigo mesmo ou com a gente.

— Tanto Parzarri quanto o seu sócio estão mortos agora, com uma hora de diferença entre os assassinatos. Você realmente acredita que isso seja uma coincidência? Pode me dar uma explicação viável para Ingersol estar morto no apartamento aqui embaixo?

— Construímos este lugar juntos — repetiu Newton. — Se você não consegue acreditar nem confiar no seu próprio sócio...

— Eu entendo o seu espanto, mas neste momento as evidências colocam o seu sócio bem no centro do caso. E poderia ter sido *você* lá — disse a Whitestone. — Isso poderia ter matado você.

— Do que está falando?

— Imagina se você tivesse trazido a Alva Moonie um pouco mais cedo, talvez antes de ir ao bar? Se você entrasse e desse de cara com o assassino e Dickenson? O que acha que teria acontecido com você e com Alva?

Novamente, o rosto dele perdeu a cor, e ele colocou a cabeça nas mãos.

— Vamos confiscar todos os aparelhos eletrônicos dele — disse Eve aos dois. — Tudo que ele tiver aqui, nos outros escritórios e em casa. Acreditem em mim quando digo que se vocês sabem de mais alguma coisa, por menor que seja, é *essencial* que me contem agora. O método deles para amarrar pontas soltas é o assassinato.

— Você acha que eles podem tentar nos matar? — Whitestone lançou um olhar de pânico para o seu sócio. — Por quê? Não somos parte disso, não estamos envolvidos com nenhuma fraude. Com certeza não temos nada a ver com assassinatos. Você pode examinar todos os meus arquivos.

— Brad, não podemos simplesmente entregar as informações confidenciais dos clientes — começou Newton.

— Eles vão conseguir um mandado, e não estou disposto a arriscar minha vida por isso, Rob. Você também não pode correr esse risco.

— Ninguém tem motivo para nos matar.

— Rob. — Eve usou seu primeiro nome, esperando conquistar a confiança dele. — Se eu estou me perguntando o que Jake pode ter contado a você ou deixado escapar, garanto que as pessoas responsáveis pela morte dele também vão se perguntar a mesma coisa. Eles mataram Marta Dickenson horas depois de ela ter recebido os arquivos. Vocês são parceiros de Jake há anos.

— Deixe eu pensar. Por favor. — Newton andava pelo saguão de um lado para o outro. — Não consigo assimilar nada disso. Estamos falando do meu parceiro, meu amigo. Caramba, o Jake me apresentou a Lissa. Nós temos... Lissa. — Ele parou de repente. — Minha noiva. Ela está em perigo? Eles podem tentar machucá-la?

— Posso pedir proteção para ela. Posso e conseguirei proteção especial para todos vocês. Só que preciso de ajuda. Com quem Jake costumava passar algum tempo?

— Com a gente. — Whitestone levantou as mãos. — Ele está saindo com alguém agora, mas não é nada sério, e eles não são exclusivos. Ele gosta de boates, curte a vida noturna. Rob parou de frequentar noitadas desde que ele e Lissa começaram a ficar e, sinceramente, eu não conseguia acompanhar o ritmo de Jake. Eu nem queria. Também gosto de boates. Gosto de sair. Mas não *toda* santa noite. Ele saía sozinho ou arrumava companhia por algum tempo.

— Eu quero ligar para Lissa — insistiu Newton. — Preciso ter certeza de que ela está bem.

— Pode me dizer onde ela está. — pediu Eve. — Vou enviar policiais para protegê-la agora mesmo.

— Ela está no trabalho.

Ele deu a Eve a informação e pareceu visivelmente relaxado quando ela ordenou que dois guardas fossem enviados para lá.

— Você pode ligar para ela assim que terminarmos aqui — disse-lhe Eve. — E repito, se vocês souberem de alguma coisa...

— Eu não sei de nada — insistiu Newton. — Eu... Ele tem viajado mais que de costume nos últimos meses. É o grande responsável por trazer novos clientes de fora do estado. É muito bom nisso.

— Alguma viagem recente a Miami ou às Ilhas Cayman?

— Vou ter que verificar — disse Newton —, mas sua viagem mais recente foi para Miami, há umas duas semanas. — Ele se recostou na poltrona. — Não consigo acreditar que isso esteja acontecendo. Podemos vê-lo? Nós deveríamos... o que quer que ele tenha feito, nós éramos sócios. Éramos amigos.

— Não acho que vocês vão gostar de ver Ingersol nesse momento. Vou fazer o que puder para marcar essa visita mais tarde, se vocês realmente quiserem.

— Ele não é próximo da própria família — disse Whitestone. — E eles estão... a maioria dos parentes dele está em Michigan. Acho que Rob e eu vamos querer cuidar... dos preparativos. Acho que devemos vê-lo assim que pudermos. Como foi que ele morreu?

Eve poderia contar a eles agora, ou deixá-los descobrir quando a mídia divulgasse os detalhes.

— Ele foi espancado até a morte. — Eve não se deteve quando Newton cobriu o rosto com as mãos. — Ainda preciso que o médico legista confirme, mas acredito que ele tenha recebido uma rajada de choque antes, provavelmente estava inconsciente. Se esse for mesmo o caso, ele não sofreu. Não sentiu nada.

— Se ele fez o que você pensa... — Whitestone falou com cuidado, com uma voz vacilante. – Se ele fez todas essas coisas, isso certamente era um jogo para ele. Era algo errado, mas era um jogo. Ele gostava de dar as cartas, gostava de se sentir importante. Cometeu erros, erros terríveis, mas não merecia morrer por eles.

Quando Eve saiu do prédio, a agitação em torno do assassinato tinha aumentado. Ela viu a equipe do necrotério colocar o saco preto com o corpo no rabecão, viu os peritos entrando e saindo, e os oficiais protegendo a cena do crime dos curiosos.

— Providenciei patrulhas para ficarem de olho nos outros sócios e na noiva de Newton.

— Você acha que ele iria atrás deles?

— Acho que ele é um sujeito imprevisível, impulsivo e está se divertindo muito por enquanto. Talvez ele não aguarde novas ordens, e eu não quero correr riscos.

— A equipe que você enviou ao apartamento da vítima está transportando todos os eletrônicos para a Central.

— Alguma coisa que deixamos passar?

— Eles vão revisar os discos de segurança, mas não há sinais evidentes de invasão.

— Aqui também não — disse ela, quando McNab subiu as escadas.

— Mesma coisa — disse ele a Eve. — O proprietário mudou as senhas, mas eles entraram com facilidade. Talvez a vítima tenha destrancado a porta.

— Acho que o assassino já estava esperando por ele. Armar uma emboscada faz mais o estilo dele. Preciso que você analise os eletrônicos da vítima. Os sócios estão cooperando, então pode levar tudo. Tem um computador aqui, mas eles afirmam que ainda não tem muitos dados ainda. Tem mais dois no escritório antigo, e uma equipe está trazendo o que ele tinha em casa.

— Pode deixar — assegurou-lhe McNab. — Esse assassinato foi muito mais exagerado. Não foi como o primeiro. Não me parece ter sido o mesmo cara.

— Se não for a mesma pessoa, temos um problema ainda maior. Investigue esses eletrônicos, McNab. Encontre a maldita impressão digital eletrônica de que você me falou. Quero achar o *hacker*, de preferência antes que ele também acabe dentro de um saco preto. Peabody, vem comigo.

Eve ignorou o selinho rápido que Peabody e McNab deram às suas costas. Não havia tempo para reclamações.

— Envie para Mira os dados preliminares e os registros da cena desse crime e o de Parzarri. Quero que ela examine os detalhes antes do nosso encontro. Vamos descobrir onde Ingersol se hospedou quando foi a Miami. Quero saber onde ele foi e com quem se encontrou. Não sei se houve alguma razão para Parzarri ter viajado no mesmo período para o mesmo lugar, mas precisamos descobrir isso também.

— Deixa comigo. Achei que a gente fosse voltar para a Central.

— A gente vai. Mas antes eu quero voltar à passagem subterrânea. Tentar calcular a rota do nosso assassino. Onde ele conseguiu o martelo? Foi um ato impulsivo? Ele parou no caminho e comprou? Será que tem seu próprio pequeno depósito de lenha/ferramentas?

— O perito que ensacou o martelo disse que parecia novo. Ainda tem de ser analisado, mas essa foi a observação que ele fez da cena do crime.

— Eu também achei a mesma coisa. Precisamos ir de acordo com as probabilidades. Eles iam matar duas pessoas em uma manhã, então devem ter tomado o caminho mais direto e rápido do primeiro assassinato para o segundo.

— Com certeza não pararam para tomar um cafezinho e comer rosquinhas — afirmou Peabody.

— Talvez tenham feito isso depois do trabalho matinal. Então, se o martelo foi um ato impulsivo e era novo, ele teve a ideia no caminho, parou e comprou o objeto. O assassino teve que passar por algum lugar que venda ferramentas.

— Ok. Um minuto.

— O que você vai fazer? — perguntou Eve, quando Peabody começou a trabalhar em seu tablet.

— Estou traçando o caminho, depois vou fazer uma busca por lugares onde eu possa comprar um martelo.

— Bem pensado. — Enquanto isso, Eve observava tudo à sua volta.

— Achei dois lugares — anunciou Peabody. Um deles se chama...

— Big Apple Ferramentas. — Eve estacionou o carro, em fila dupla de novo, o que voltou a despertar a ira dos outros motoristas. Ao acender o aviso de "viatura em serviço", ela se perguntou quantos "vá se foder" tinha escutado só naquela manhã.

Era capaz de estar chegando a um recorde.

Entrou na pequena loja com sua miríade de prateleiras e painéis verticais com vários produtos pendurados: latas de parafusos, porcas e pregos, pilhas de lonas, equipamentos de proteção, óculos de proteção, tampões de ouvido. Latas de tinta, pincéis, rolos, pulverizadores e lâminas dentadas preenchiam todo o espaço.

Ela se perguntou como alguma coisa podia ser construída se o processo exigia tantos apetrechos e escolhas específicas.

Um cara robusto estava sentado em um banquinho atrás de um balcão bagunçado, assistindo a um filme de ação em uma telinha

— Posso ajudar?

— Talvez. — Ela mostrou o distintivo.

— Não faço descontos para policiais. Foi mal.

— Tudo bem. Estou procurando um homem com um martelo. Cara grande, quase dois metros, uns cento e quinze quilos. Alguém assim entrou aqui e comprou um martelo hoje de manhã?

— Que tipo de martelo?

— O tipo que martela.

— Temos martelos de unhas, martelos de bola, marretas, sem falar nos...

— Martelo de unha — disse Peabody antes de ele continuar sua ladainha.

— Unha curva, reta ou martelo de moldura?

— Senhor — disse Eve —, por acaso algum indivíduo que combine com esta descrição veio aqui hoje cedo e comprou qualquer tipo e/ou tamanho de martelo?

— Sim, ok, só estava tentando obter os detalhes. Sim, eu vendi há umas duas horas um martelo de unha de aço de carbono, de trinta centímetros, para um cara como esse que você descreveu.

Bingo!

Peabody se aproximou e escolheu um martelo específico entre tantos outros.

— Foi um desses?

— É, isso mesmo. Você conhece martelos, garota.

— Tenho um irmão carpinteiro e meu pai também faz alguns trabalhos.

— Posso dar descontos para pessoas do ramo — ofereceu ele.

— Não queremos comprar nada e não precisamos de desconto — interrompeu Eve. — Precisamos ver a gravação da sua câmera de segurança.

O homem olhou para a câmera.

— Não tem nada para ver. Não temos dinheiro para uma câmera de verdade, aquela ali é falsa. Isso é o que vocês chamam de "inibidor de assalto". Não que alguém já tenha incomodado a gente. Se eles quiserem assaltar alguém, tem uma loja de bebidas neste mesmo quarteirão. As pessoas compram mais bebidas do que parafusos.

— Como ele pagou?

— Em dinheiro.

— Você conseguiu dar uma boa olhada no rosto dele?

— Não tem nada de errado com meus olhos. Ele estava bem aí onde você está.

— Preciso que você venha até a Central e trabalhe com um desenhista num retrato falado.

— Não posso fechar a loja para ir "trabalhar" com artista nenhum. Preciso ganhar a vida aqui, dona.
— Vou mandar alguém vir procurá-lo, senhor...
— Ernie Burnbaum. O que o cara fez? Acertou a cabeça de alguém com aquele martelo?
— Tipo isso. Peabody, quero que Yancy venha até aqui.
— Vou chamá-lo.
— Mas, hein, Ernie, por que você não descreve o cara do martelo para mim e me conta sobre o que vocês dois conversaram.
— Como você disse, ele é um cara grande. Um cara grande, branco.
— Cabelo? Curto, longo, escuro, claro?
— Curto, cortado quase à escovinha, era castanho.
— Olhos? Você reparou na cor dos olhos dele?
— Ahn, castanhos. Talvez castanhos, é o que eu acho.
— Alguma cicatriz, tatuagem, piercing, alguma coisa que se destacasse nele?
— Não, não sei dizer. Ele tinha maxilar bem marcado. Um cara com jeito de durão. Bem durão.
Yancy conseguiria mais, pensou ela.
— O que ele disse para você?
— Ele entrou aqui...
— Sozinho?
— Isso, só ele. Disse que queria comprar um martelo. Daí, eu perguntei que tipo de martelo ele queria. Ele simplesmente foi até o expositor, pegou um martelo de unha curvado e disse "Este aqui". Tinha certeza do que procurava, a julgar pela maneira como ele pegou o martelo. Perguntei se ele precisava de mais alguma coisa e ele disse que queria um macacão. Perguntei de que tipo. Acho que ele ficou um pouco irritado com a pergunta, mas a gente precisa saber o tipo. Mostrei a ele os nossos macacões de tamanho EGG, porque ele era um cara grande. Ele escolheu um macacão transparente de corpo

inteiro. Perguntei em que tipo de projeto ele estava trabalhando e ele só perguntou "Qual é o valor total?". Eu informei o preço, ele pagou em dinheiro e foi isso.

— Você tem o dinheiro que ele lhe deu?

— Claro que tenho o dinheiro. Você acha que eu comi as notas?

— Vou precisar desse dinheiro. Você receberá um recibo e o valor de volta.

— O Yancy está a caminho — informou Peabody.

— Mande alguns peritos para cá. Talvez a gente consiga algumas impressões digitais nas paredes e no balcão. Preciso do dinheiro, Ernie.

— Está tudo junto. — Ele destrancou o cofre embaixo do balcão e pegou uma bolsa vermelha com zíper. — A maioria das pessoas usa cartão de crédito ou débito, mas conseguimos dar desconto para pagamentos com dinheiro vivo. Coloquei o dinheiro dele com o dinheiro de ontem e de anteontem. Não sei exatamente qual era o dele.

— Tudo bem, conte quanto tem aí. Vou te dar um recibo.

— São mais de quinhentos dólares! — Ele apertou a bolsa contra o peito como se fosse uma criança amada que Eve queria sequestrar.

— Você vai receber todos os centavos de volta. O homem que entrou aqui e comprou o martelo é suspeito de dois assassinatos que aconteceram esta manhã.

O queixo de Ernie caiu.

— Com o meu martelo?

— Sim, em um dos crimes. Ernie, seu dinheiro estará seguro. Vou incluir uma taxa extra para você receber mais dez por cento.

Seu aperto afrouxou.

— Dez por cento?

— Isso mesmo. E se você trabalhar com o artista que vai chegar aqui, e a sua cooperação e a descrição do homem ajudarem na prisão desse indivíduo, vou acrescentar mais cinquenta dólares pelo uso do dinheiro.

— Cem dólares, ao todo?
— Isso mesmo.
Ele entregou o envelope e avisou:
— Eu quero o recibo de qualquer forma.

Depois de ele contar cuidadosamente o dinheiro duas vezes, Eve imprimiu um recibo e lhe entregou um cartão pessoal.

— O que eu faço se ele voltar? Talvez ele queira uma serra elétrica.

Minha nossa, Eve esperava que não.

— Acho que isso não vai acontecer, mas, se ele entrar aqui, venda o que ele quiser. Entre em contato comigo assim que ele sair. Você notou para que lado ele foi, ou se entrou em algum carro?

— Ele saiu pela porta. Isso é tudo que sei.

— Ok, obrigada pela atenção. — Eve também saiu pela porta.

— Vou deixar você no laboratório — avisou Eve, ao se sentar atrás do volante. — Quero que você leve esse dinheiro direto para Dick Cabeção. Ele precisa comparar todas as impressões que encontrar nas notas e conferi-las em bancos de dados militares, policiais e de segurança privada. Elimine as mulheres e qualquer pessoa fora da faixa etária e raça do suspeito.

— Você quer que eu mande Berenski procurar impressões digitais em um bolo de quinhentos dólares em notas pequenas, que certamente foram passadas por muitos dedos, em busca de impressões que pertencem a alguém que não sabemos quem é?

— Isso mesmo. Se conseguirmos alguma pessoa em comum com o caso ou com as pessoas envolvidas, poderemos fazer uma rodada secundária. Ele trabalha para Alexander, nós *sabemos* disso, mas não é o chefe da segurança porque o chefe da segurança de Alexander não corresponde à descrição do suspeito. Acho que ele trabalha como segurança pessoal e não deve necessariamente aparecer na folha de pagamento da empresa. Pelo menos não com essa descrição. Ele é a força bruta de Alexander, provavelmente viaja com ele ou viaja na frente para sondar o caminho. Não vamos encontrá-lo no diretório da empresa, eu já tentei isso. Então, vamos tentar dessa outra forma.

— Ele vai querer uma recompensa. O Dick Cabeção.

— Diga a ele para ir... — Eve parou de falar e reconsiderou. — Não, diga a ele que eu vou conseguir para ele dois ingressos para a premier do filme, amanhã. Seção VIP. Acho que consigo fazer isso.

— Ah, boa ideia.

— Não ofereça o prêmio logo de cara, espere ele tentar negociar e faça parecer que você vai ter que pedir com jeitinho para mim. Ele vai achar que foi um grande negócio. Vou ver como as coisas estão com o Morris e depois me encontrar com Mira. Se tivermos sorte, Yancy ou Dickhead vão encontrar o assassino, e poderemos ir atrás desse canalha antes que ele compre uma serra elétrica.

— Eecaa! — exclamou Peabody.

Eve pensou a mesma coisa.

— O Feeney e eu pegamos o caso de um assassinato feito com uma arco de serra alguns anos atrás, antes de eu te conhecer e antes de ele assumir a DDE. O cara matou a esposa, que tinha ameaçado se divorciar dele e era a fonte da grana do casal. Então ele bateu nela com uma estátua de latão de uma sereia e depois... *"ah, merda, ela está morta, o que eu faço agora?"*. Ele a cortou em pequenos pedaços com uma serra de metal que tinha em sua oficina, colocou tudo em grandes sacos de lixo e jogou no rio.

— Eu repito... Eecaa.

— Não foi nada bonito. Ele disse a todos que ela tinha ido para a Europa. Só que... ops, um dos sacos de lixo ficou preso no gancho do barco de um outro cara. Demorou um pouco para encontrar as outras partes da mulher, e não muito tempo para prender o marido. Ele alegou insanidade temporária, redução da capacidade cognitiva, amnésia e outras merdas. Só que como nós tínhamos a serra, e o investigador criminal determinou que ele deve ter levado cerca de

seis horas suadas para esquartejar a mulher em peças compactas e portáteis, nada disso colou.
Peabody não disse nada por um momento.
— Será que a nossa vida é interessante ou bem nojenta?
— As duas coisas, depende da situação. Agora, vaza! — disse Eve, enquanto parava a viatura junto ao meio-fio próximo ao laboratório.
— Eu quero as impressões digitais.

Capítulo Dezessete

Eve encontrou Morris ouvindo um rock com um som grave forte que pulsava dos alto-falantes, enquanto trabalhava no corpo terrivelmente desfigurado de Jake Ingersol. Parzarri, com o peito ainda aberto, estava sobre uma segunda laje.

— Duas lajes ocupadas — disse Morris enquanto cutucava o peito de Ingersol —, mas sem fila de espera.

— Aposto que eles ficariam felizes de esperar mais um pouco.

— Sem dúvida. Seu contador tinha uma mistura de analgésicos e relaxantes no organismo. Devia estar muito feliz antes de ter sua respiração cortada de forma tão grosseira. Manualmente, e por um agressor com mão grande.

— Alguma chance de encontrarmos digitais?

— Desculpe, nenhuma. Podemos definir com precisão o tamanho e o formato do polegar e do indicador direitos do agressor a partir do hematoma, e calcular o tamanho de sua mão. Acho que podemos afirmar com segurança que foi a mesma mão que marcou o rosto da primeira vítima.

— Já é alguma coisa.

— As mãos e os pés desta segunda vítima foram presos durante o ataque e, apesar das drogas, a vítima tinha um forte instinto de sobrevivência. Lutou o máximo que pode, como você pode ver pelos hematomas em seus pulsos e tornozelos. Quanto à terceira vítima, ele não teve chance de lutar.

Morris, com seu rabo de cavalo comprido e elegante, ofereceu a Eve os óculos de visão microscópica.

— Sua observação na cena do crime foi correta. Dá para ver a descoloração da pele provocada pelo choque no meio do peito. Uma descarga completa, ao que parece. Ele nem sentiu o que lhe aconteceu depois.

— Quero a opinião de Mira, mas não acho que ele o tenha deixado inconsciente para poupá-lo da dor. Estava lidando com um homem dessa vez, que não estava ferido, dopado ou amarrado. Então ele o apagou.

— Por que se arriscar? Ele foi cuidadoso, e podemos dizer covarde.

— Também acho.

— Um covarde cuidadoso e com tanta raiva assim? É uma combinação perigosa.

— Talvez. Pode ter sido raiva, claro, mas também foi por diversão. Joelhos, virilha, esse golpe foi pessoal, peito, rosto, cabeça e mãos.

— Minha análise aponta que as mãos foram esmagadas, e não quebradas.

— Esmagadas... Mais "pisoteadas" do que marteladas?

— Acredito que sim.

— Ele não gostava mesmo desse cara. Ele pegou a mala de viagem de Parzarri, a pasta de Ingersol, seu *tele-link* e sua agenda de compromissos. Deixou quatrocentos dólares em dinheiro em Ingersol, um punhado de cartões de crédito e um smartwatch caríssimo. Não se deu ao trabalho de tentar fazer este ataque parecer um roubo. Para quê? Ainda deixou para trás o dinheiro e o smartwatch, o que me diz que provavelmente foi o *hacker* que tirou o dinheiro do cofre na Brewer e que ele não estava lá quando o ataque aconteceu, ou então é um cara delicado demais para lidar com tanto sangue e carne destroçada por lucro.

Ela enfiou os polegares nos bolsos da frente da calça.

— Tudo aqui tem a ver com dinheiro, mas é mais que isso, é sobre querer mais e mais. Esses dois morreram por causa de grana, mas o dinheiro não é o que move o assassino.

— Esses dois vão ter que se explicar.

— Exato. É difícil subornar alguém para passar pelos portões do Céu. Eu só me pergunto como é esse deus. Ele, ela, ou seja lá quem for, mantém o controle de tudo.

— O poder superior? Controle sobre os mortos?

— É... Quer dizer, pense no número de mortos com os quais só você e eu lidamos. E somos apenas duas pessoas e uma cidade. Amplie essa ideia até basicamente o infinito. É muita gente! Isso me faz matutar se não existe um monte de gente lá em cima com registros das pessoas, ticando aquelas que morrem. Ok, John Smith, da cidade de Albuquerque, uma pena aquele seu acidente de jatinho. Siga a linha verde até a porta "Orientações". E se dois John Smiths da cidade de Albuquerque estivessem no mesmo acidente? Isso poderia acontecer, certo? Há muitas possibilidades lá em cima de acontecerem erros administrativos.

Por sobre os cadáveres, Morris sorriu para ela.

— Possibilidades infinitas. Vamos torcer para que o sistema lá seja um pouco mais sofisticado que o nosso.

— Sim, mas isso me faz pensar.

Deixando a meditação existencial de lado, Eve seguiu para a Central.

Ouviu gargalhadas ao se aproximar da Divisão de Homicídios e notou um pequeno grupo de policiais — que não eram da equipe dela — aglomerados na porta da sala de ocorrências.

— O crime tirou o dia de folga, policiais?

Eles se movimentaram rapidamente, abrindo passagem para ela.

Foi então que Eve notou qual era o motivo da festa: Marlo Durn — estrela de cinema, queridinha do público e a atriz que interpretava o papel de Eve no filme *O Caso Icove*.

Ela deixou o cabelo crescer e tinha ficado loura novamente — um certo alívio para Eve, pois assim elas já não se pareciam tanto uma com a outra. Marlo estava sentada na ponta da mesa de Baxter, obviamente em pleno clima de flerte, enquanto entretinha os detetives e os policiais que *não estavam* trabalhando naquele momento.

Baxter parecia ter sido atingido por uma rajada de atordoar que emitia corações apaixonados.

Peabody avistou Eve antes de todos e baixou as botas de caubói que tinha colocado sobre a mesa e gritou:

— Ei, Dallas, olha só quem está aqui!

— Dallas! — Com um grande sorriso, Marlo pulou da mesa e correu para prender Eve em um abraço forte e saltitante. — É tão bom ver você! Matthew e eu chegamos a Nova York ontem de madrugada, quase, e vim aqui na esperança de te ver. Estamos todos muito animados com a premier de amanhã.

— Pois é. Estou curiosa para como vai ser.

— Sei que você prefere procurar assassinos a andar por um tapete vermelho, mas vai ser divertido. Peabody disse que você está envolvida em uma investigação com vários assassinatos.

Peabody deu de ombros quando Eve lhe lançou um olhar duro como pedra.

— É o que fazemos na Divisão de Homicídios. Na verdade, aposto que cada policial nesta sala tem um caso sobre a mesa que precisa ser resolvido. Agora mesmo!

Imediatamente os oficiais mudaram de posição, se espalharam pela sala, abriram pastas e pegaram seus *tele-links*.

— Sei que você está ocupada, mas tem alguns minutos para conversarmos?

— Tenho. Peabody? Dick Cabeção deu retorno?

— Está investigando. Mal-humorado, mas está trabalhando nisso.

Com um aceno de cabeça, Eve indicou a porta da sua sala para Marlo.

— Que saudade disso — começou Marlo. — De tudo isso. Sei que lá era só um cenário, mas sinto falta da sensação de estar nesse lugar. E... — ela pausou ao ver o quadro do crime. — Você realmente está com um novo caso. Penso em K.T. e em tudo o que aconteceu. Matthew e eu não falamos muito sobre isso, mas o assunto está sempre pairando no ar. Conversei com Julian algumas vezes. Ele está em uma clínica de reabilitação e tirou alguns dias para participar da premier, mas planeja voltar e continuar o programa até o fim.

Ela se afastou do quadro.

— Sei que parece que nós artistas entramos e saímos de clínicas de reabilitação como quem entra e sai de lojas, mas eu acho que ele está muito melhor mesmo. O que aconteceu com K.T., e depois de eu mesma quase morrer, o fez reavaliar tudo. É horrível dizer isso, mas todo aquele pesadelo foi provavelmente a melhor coisa que poderia ter acontecido a ele. Amanhã você vai ver.

— Fico feliz em ouvir isso. Você aceita um café?

— Não, obrigada. O julgamento, o escândalo, Joel um grande produtor, um ícone de Hollywood como Joel Steinburger ser um assassino? Isso tudo é só o que passa nas rádios e na televisão da Costa Oeste e, por tabela, desperta interesse em Marlo Durn, Matthew Zank, Mason, Connie e o resto de nós. É um alívio estar longe nesse momento, mas imagino que vou ter de encarar um pouco disso aqui também.

— Vai passar — disse Eve, enquanto Marlo perambulava em torno da sala.

— Vai, sim. Na verdade, ainda que de um jeito trágico, isso está ajudando a promover o filme, e até o estúdio está ganhando atenção. É deprimente, mas eu me recuso a ficar deprimida porque, era isso que eu queria te contar, Matthew e eu vamos nos casar.

— Parabéns! — Eve pensou no astro charmoso que interpretou o papel do *geek* McNab.

— Sei que foi rápido, essa é outra suposição comum sobre nós. Atores, sempre se apaixonando e desapaixonando, ainda mais por outros atores. Mas eu o amo muito, de verdade. Estamos contando apenas para algumas pessoas sobre o casamento. Não queremos manchetes ou burburinho na mídia. Ficamos longe de tudo e todos durante algum tempo assim que encerramos as filmagens, depois do que aconteceu. Foi bom para nós, foi bom estarmos longe, estarmos juntos e termos tempo para conversar sobre tudo aquilo. Amamos o nosso trabalho e, apesar de todo o *glamour*, vivemos e trabalhamos em um mundo cansativo e estressante. Você entende de mundos cansativos e estressantes, e como é construir uma vida real dentro de um.

— Acho que sim. Acho que qualquer um sabe como é.

— Queria te contar porque *ser você*, por assim dizer, me ajudou a entender, avaliar e definir minhas prioridades. Entender o que é realmente importante. Sempre fazer um bom trabalho, claro, independentemente do trabalho. Mas quando você encontra alguém, a pessoa certa, isso muda tudo. Muda você e te transforma em uma pessoa melhor. Tenho amigos para quem posso dizer isso e eles entenderiam, mas não da maneira que você consegue. É por isso que eu queria te pedir um favor.

— Tudo bem.

— Matthew e eu vamos fazer uma cerimônia de casamento pequena e privada na cobertura de Mason e Connie aqui em Nova York, depois de amanhã. Você poderia ser a minha madrinha?

— O quê?

— Você aceita... você e Roarke aceitam ser nossos padrinhos? Se vocês puderem. Se não estiverem trabalhando.

— Marlo, vocês deviam chamar pessoas ou amigos de quem vocês sejam próximos. Alguém que...

— É, eu já pensei nisso. — Estendendo a mão para pegar a de Eve, Marlo exibiu seu sorriso de mil watts. — Eu quero você, se você quiser e puder. Quando eu fizer os meus votos a Matthew, quero alguém ao meu lado que realmente entenda a importância deles. Queremos deixar tudo simples e privado. Depois faremos uma festança em casa, mas nesta parte, a parte das promessas, queremos deixar as outras pessoas de fora.

Eve se lembrou de quando ela entendeu de verdade o que casamento significava. Era tudo sobre promessas, fazê-las e cumpri-las.

— Tudo bem, claro. Mas se por acaso...

— Eu sei que tem o por acaso. — Marlo olhou de volta para o quadro. — E se surgir alguma coisa, tudo bem. Muito obrigada, de verdade. — Ela apertou a mão de Eve com gratidão. — Eu estava nervosa para te pedir isso. Estou me sentindo muito melhor agora. Sempre que precisar de um favor meu, é só pedir.

— Dois ingressos VIP para amanhã cairiam bem. Precisei subornar uma pessoa.

— Deixa comigo. Eu só vou... Uau, oi! — O ar de flerte voltou quando Roarke entrou na sala. Logo em seguida Marlo riu, foi até ele e lhe deu um beijo amigável. — Eu não esperava encontrar vocês dois aqui. É uma ótima surpresa.

— Como você está, Marlo?

— Estou perfeita basicamente. Dallas te conta tudo depois, já que interrompi o trabalho dela por tempo demais. Estamos todos ansiosos para a festa de amanhã, depois da premier. Vamos ter tempo de sobra para colocar o papo em dia.

— Desculpem interromper. Marlo! Que bom ver você!

Quando Mira entrou, Eve pensou: *Quem vai entrar em seguida? Uma banda de música?*

Agora ela teria de esperar pelo fim de todos os *Como vão as coisas?*, *Puxa, você está fantástica!* e blá-blá-blá com as pessoas espremidas na sua sala e sugando seu oxigênio.

Roarke olhou para Eve, divertido, por cima da cabeça de Mira.

— Marlo — interrompeu ele —, eu estava a caminho da DDE. Você quer ir até lá comigo para dar uma olhada no trabalho deles?

— Claro, aí eu já te conto tudo então. Vejo vocês duas amanhã. Mais uma vez obrigada, Dallas. Pode deixar que eu cuido daqueles ingressos.

— Obrigada.

Quando Roarke levou Marlo para fora da sala e fechou a porta silenciosamente, Eve soltou um suspiro demorado.

— Meu Deus! Por que existem tantas pessoas?

— Ela parece estar feliz — comentou Mira. — Você parece estar impaciente.

— Ela está feliz. Eu estou impaciente. Ia te procurar assim que atualizasse meus registros e meu quadro.

— Li os relatórios, estudei a gravação que Peabody me mandou, e queria falar com você o mais rápido possível. Ele está cada vez pior, Eve.

— Isso eu já percebi.

Mira balançou a cabeça.

— Atualize seu quadro. Coloque as novas vítimas e as cenas dos crimes de hoje.

— Ok. — Ela foi até o computador para ligar o gravador e imprimir as novas fotos.

— Vou programar o café — anunciou Mira.

— Tem um pouco daquele chá que você gosta aí.

— Quero café. — Enquanto Eve trabalhava, Mira programou duas xícaras.

— Olha a primeira vítima — começou Mira. — Morte limpa, rápida, e uma tentativa de disfarçar o assassinato para parecer um assalto.

— Era um trabalho. Ele não a conhecia. Era só negócios.

— Concordo, como já discutimos antes. O segundo assassinato foi desnecessariamente cruel, deve ter provocado muito sofrimento e foi feito cara a cara.

— Foi mais pessoal. Eu já percebi isso — repetiu Eve. — Ele conhecia a vítima e ele gostou de matá-la.

— Foi cara a cara — disse Mira, mais uma vez. — Só que a vítima estava drogada e amarrada. Você acredita que o assassino seja um homem grande, muito forte, e mesmo assim ele prendeu o homem menor e mais fraco.

— Porque no fundo é um covarde.

— Ele é mesmo. A terceira vítima, morta pouco depois da segunda, foi trabalho rápido e, neste último caso, um ato extremamente violento. Você acha que a vítima foi eletrocutada, antes de ser espancada.

— Isso já foi confirmado por Morris, sim.

— E acha que ele ficou à espreita, atraiu a vítima, incapacitou-a e depois espancou-a violentamente. É uma evolução muito rápida, uma experimentação de métodos, talvez. Mais do que isso, porém, é uma aceitação dessa violência, que, para crescer tão depressa assim é algo que certamente sempre esteve dentro dele. Um homem grande e bem forte, capaz de quebrar o pescoço de uma mulher. E, no entanto, um covarde. Sua covardia, ainda mais do que sua força e violência, o torna muito perigoso.

— Porque ele vai montar uma armadilha, vai atacar por trás.

— Vai além disso. Apesar da relativa facilidade da primeira morte, ele falhou. O caso não foi considerado um assalto e atraiu os holofotes diretamente para o seu empregador. Sua reação a isso, qual foi?

— Tentar matar a mim e a Peabody.

— Sim. De forma impulsiva e sem pensar nas pessoas que poderiam ter se machucado no ataque. A covardia dele foi claramente exposta e tem sido exibida por toda a mídia por ele ter usado uma criança como escudo e arma. Mais uma vez ele falhou, e dessa vez foi chamado abertamente de covarde e monstro, enquanto você foi aclamada como heroína.

— Eu só peguei a criança no ar — tentou argumentar Eve. — Não foi nada heroico, apenas uma boa recepção.

— Eu discordo, assim como o público eloquente. Mas o que eu quero dizer aqui é que ele foi considerado um covarde. Você foi considerada uma heroína.

— Entendi. Isso certamente o deixou puto.

— Você acha que o patrão dele ordenou, ou esperava, que ele cometesse as duas mortes de hoje com essa violência crescente? Sem nenhuma tentativa de disfarçá-las?

Eve negou com a cabeça.

— Provavelmente não. Acho que a ordem foi: *Cuide disso*. Ao meu ver, o Alexander não pensa direito nas coisas muito além de seu capataz.

— Exato. Ele é impulsivo, descuidado, covarde, e muito violento. Pode ser, aliás é bem provável, que o assassino não espere uma ordem para matar de novo. Ele vai ver os seus dois assassinatos mais recentes como ações bem-sucedidas. Tudo à sua maneira e liberou aquela violência. Curtiu cada momento. Vai querer ter o gostinho daquele sentimento outra vez, daquela conquista, daquela libertação. Seu primeiro assassinato foi um fracasso graças a você e a Peabody. O segundo ataque dele, contra você e Peabody, também foi um fracasso.

— Então ele vai querer corrigir esse erro. — Refletindo sobre o novo fato, Eve se sentou no canto de sua mesa. — Ok.

— Ele *precisa* corrigir isso. Foi humilhado e teve o orgulho ferido quando aqueles vídeos seus pegando o bebê no ar dominaram a mídia e a internet. Ele foi capaz de compensar isso com essas novas mortes, conseguiu ter sucesso, sentiu-se realizado e desfrutou do ato. De forma cada vez mais intensa. Com o patrão ordenando um novo ataque ou não, atacar vocês duas de novo é algo imprescindível para ele.

"E agora você está calculando como poderá usar essa ameaça a seu favor", completou a médica.

Ela não era considerada a melhor psiquiatra do departamento à toa, refletiu Eve.

— Se eu não descobrir um jeito de ser mais esperta e conseguir parar esse idiota, deveria estar em outro ramo de trabalho, doutora. Mas eu pensei que se ele fosse ambicioso, mataria o *hacker* em seguida.

— Isso pode acontecer também — confirmou Mira. — Só que está se sentindo bem consigo mesmo nesse momento. A única pedra no sapato dele é você. Foi você que mostrou o covarde que ele é para todos. Ele precisa acabar com você para provar que não é.

— Então ele deve vir até mim. Ele não vai querer esperar muito tempo. O Alexander pode até estar com a impressão, errada, de que está muito bem acobertado agora. Não sobraram pontas soltas, e isso significa que não haverá novas encomendas de mortes para o seu garoto. Se ele matar o *hacker*, terá que explicar o porquê de ter feito isso. Mas se conseguir me pegar, é só reparação de assuntos passados. Eu posso trabalhar com isso.

— Ele não será controlado. E não será lógico. Será cruel, violento, e não se importará com quem pode prejudicar quando for tentar te atacar.

— Então eu escolho a hora, o lugar e as circunstâncias. Não posso simplesmente andar pela cidade, esperando que ele dê o primeiro passo. Preciso desenhar um mapa para ele. Acho que já tenho um, se eu precisar. Pode ser que o identifiquemos hoje mesmo, então isso ainda está sujeito a debates.

— Não o subestime, Eve. Sua impulsividade e imprevisibilidade podem servir a seu favor.

Talvez, pensou Eve, quando Mira a deixou. Mas ela acreditava que astúcia, experiência e um pouco de manipulação serviriam a favor dela.

Então ligou para Nadine Furst.

— Está pronta para amanhã à noite? — quis saber Nadine.

— É por isso que estou te ligando.

Os olhos verde-gato de Nadine se estreitaram.

— Não me venha com a desculpa "Estou muito ocupada cuidando de um assassinato".

— Mas eu *estou* muito ocupada investigando um assassinato. Na verdade, assassinatos.

Nadine assumiu o modo repórter sem bagunçar um fio de seus cabelos loiros.

— Eles estão conectados ao caso? Os dois assassinatos de hoje com a morte da cunhada da juíza Yung?

— Os pontinhos se conectam. Como é possível que eu ainda não tenha dado a você uma entrevista sobre o meu entusiasmo e expectativa pela premier de amanhã?

— Isso é uma pegadinha? — Os olhos de Nadine cerraram-se novamente. — O que você tem em mente?

— Estou pensando em convidar mais uma pessoa para a premier.

— E essa pessoa seria...?

— O assassino. Venha aqui com uma câmera, e aí a gente envia o convite.

Eve desligou e se recostou na cadeira. Isso poderia funcionar. Era arriscado, com certeza, mas viável. Estava prestes a pegar o comunicador para chamar Peabody quando Roarke se aproximou da porta, que agora estava aberta.

— Sozinha de novo?

— Não mais. Obrigada por levar Marlo para fora daqui.

— Foi bem fácil, já que eu realmente queria conversar com Feeney e McNab. Ela está extremamente feliz e agradeceu muito você ter aceitado ser madrinha do casamento.
— Não consegui encontrar uma escapatória.
— Na verdade, não teve *coragem* de escapar. — Ele deu uma batidinha no queixo dela e em seguida colocou uma tigela da máquina de venda automática sobre a mesa dela.
— O que é isso?
— Sopa. Aposto que você não comeu nada desde o café da manhã.
— Tenho estado um pouco ocupada.
— Estou sabendo. — Ele se aproximou do quadro. — Ele não está mais sendo frio e controlado agora, e sim mais cruel e sanguinolento. Será que fugiu do controle de Alexander?
— Talvez. Mira acha que sim, por várias razões. Ela acha que matar aumentou o apetite dele por violência e por sangue. Concordo com ela nisso. Ela o enxerga como um covarde. Também concordo. Ele está evoluindo em seus atos e curtindo o seu trabalho. Certo. Ela também acha que essa combinação o torna muito mais perigoso. Pode ser que tenha razão.
— A mordida de um animal assustado é tão mortal quanto a de um animal corajoso, mas menos previsível.
— É, esse foi o resumo dela, ou algo parecido. Ela acha que eu sou a pedra no chinelo dele.
— No sapato.
— Dá no mesmo. O plano do assassino não funcionou em mim, então ele vai fazer de tudo para consertar isso e ficar feliz com ele mesmo. Além disso, o vídeo do bebê voando, que não para de passar infinitas vezes, manchou a sua reputação.
— Ele estava querendo atrair você para uma armadilha ou emboscada. — Roarke não era o melhor psiquiatra do departamento, mas conhecia a esposa. — E agora você está planejando uma armadilha para ele, se oferecendo como isca.

— Eu não me chamaria de isca, neste caso. Eu seria mais um... incentivo. Se o identificarmos antes, a gente já prende o cara. Se não, tenho uma ideia e, seguindo o perfil de Mira, não vejo como ele resistiria a ela.

Ele pegou um disco no bolso.

— Acho que aqui tem tudo que você precisa para prender e acusar Sterling Alexander de vários casos de fraude, peculato e apropriação indébita de fundos, além de evasão fiscal.

— Você conseguiu provas de tudo?

— Foi fácil, ainda mais quando as peças começaram a se encaixar. Também vai ser fácil conectá-lo a várias outras empresas, algumas delas que servem de fachada, e a indivíduos nessas firmas que também seriam culpados de fraude.

— Tem alguma coisa aí que o ligue a três assassinatos e uma tentativa de assassinato de um policial?

— Foi fácil traçar as linhas que ligam a empresa dele às outras empresas, ao contador recentemente morto e ao gerente de toda a grana, igualmente morto num crime ainda mais sangrento. Se estivessem vivos, teriam que esclarecer muitas questões.

— Então podemos dizer que Alexander encomendou a morte deles para que não pudessem responder a nenhuma pergunta. Mas sem o motivo, não podemos provar nada. Se o pegarmos por fraude e o pressionarmos por conspiração para cometer assassinato, ele pode alegar que não teve nada a ver com isso e que não fazia ideia. — Ela estendeu a mão para o disco. — Vou levar tudo isso ao comandante e à Promotoria. E vou pedir a eles que me deem mais alguns dias para botá-lo contra a parede. Foi um bom trabalho, Roarke. Obrigada.

— Como você sabe? Você nem viu.

— É o *seu* trabalho.

Ele passou um dedo pelo cabelo dela.

— Você está tentando me amolecer, só para eu não encrenar com essa ideia de você virar um... incentivo para um assassino.

— Isso não torna menos verdade.

Ele se sentou na cadeira terrivelmente desconfortável para visitantes.

— Acho que é melhor você tomar a sua sopa e me dizer o que tem em mente.

Eve tirou a tampa e cheirou.

— Essa sopa é de quê?

— Estava escrito minestrone, mas peguei na sua máquina automática.

— Não deve ser uma maravilha. — Mesmo assim ela provou. — Não é intragável. Então, a Nadine deve chegar daqui a pouco para fazer uma entrevista rápida comigo sobre a diversão e a emoção, o glamour e o brilho da premier de amanhã à noite, uhul. Um filme com base no caso que eu solucionei com um pé nas costas. Embora a modéstia me impeça de gritar minhas vitórias

— A expressão é "cantar suas vitórias".

— Qual é a diferença? As duas falam de vitória.

— Nisso eu tenho que concordar. — Em uma tentativa inútil de encontrar conforto na cadeira, Roarke esticou as pernas. — Você quer planejar um confronto com um assassino violento em um evento público?

— Vou fazer ele ir a um evento público, e ele vai ficar louco para ir, não só porque eu estarei lá como também vou receber atenção da mídia por isso. Isso vai atrair a atenção das pessoas, logo depois da humilhação que ele sofreu, com o bebê voador.

— E você não vê nenhum perigo em esfregar tudo isso na cara dele?

— Isso será um benefício extra. Imagina — continuou ela, sabendo das suas objeções — como ele vai conseguir me atrair para uma emboscada? Talvez tente me atacar quando eu estiver dirigindo para casa, ou na Central, ou quando Peabody e eu estivermos investigando algo na rua. Podemos tomar precauções quanto a todas essas coisas, mas por quanto tempo? Pode ser que ele vá atrás de Peabody primeiro, quando ela estiver a caminho do metrô, ou comprando um saco de batatas fritas no mercado.

— Tudo bem, concordo que isso é muito aberto e imprevisível.

— Exatamente, minha ideia é reduzir tudo a um momento. Amanhã à noite, quando eu for o centro das atenções, ele vai me mostrar, vai mostrar a todos, mas principalmente a si mesmo, segundo Mira, que consegue fazer bem o seu trabalho.

Roarke não podia contestar a lógica de Eve, nem sua estratégia para atacar quem pretendia atacá-la.

— E a premier vai estar cheia de policiais, trabalhando no evento.

— O cinema estará infestado de policiais — garantiu ela. — E até lá, muito provavelmente vamos ter uma descrição melhor dele. Pode ser que consigamos pegá-lo antes, mas, se isso não rolar, temos amanhã.

E ele estaria ao lado dela do princípio ao fim, pensou Roarke.

— E quando você o pegar, acredita que conseguirá fazer com que ele entregue Alexander?

— Ele não precisa fazer isso, os dois irão presos.

— Muito bem. Acho que teremos uma noite interessante.

— Antes tenho que repassar os detalhes com Whitney, instruir os policiais.

— E você poderá analisar os detalhes, fazer os ajustes necessários e pensar em outras possibilidades enquanto Trina estiver cuidando do seu cabelo e da maquiagem, amanhã à noite.

— Ahn? O quê? Por quê?

— Tenente, para alguém tão inteligente, você já deveria saber que isso iria acontecer.

— Eu sei muito bem como espalhar gosma na minha cara.

— Mavis e Peabody vão estar com você para te apoiar. A ideia não foi minha — acrescentou ele, levantando as mãos. — Na boa, querida, se você pode enfrentar um assassino com tanta coragem, certamente será capaz de resistir a um dia de beleza em casa com pessoas que você gosta.

— Mais uma emboscada — murmurou. — Que tipo de amigas fazem isso?

— O seu tipo. E pense como você será muito mais irresistível para a sua presa quando estiver toda linda e glamorosa.

Ela abriu a boca e tornou a fechá-la.

— Humm... Isso não me faz mais feliz sobre o dia da beleza, mas é um bom ponto. — Olhou para a porta ao ouvir o som de passos. — Passos saltitantes. McNab! — disse ela, momentos antes de ele aparecer na porta.

— Tenente! Acho que encontrei o seu *hacker*.

Ela esqueceu o sofrimento do dia de beleza com Trina.

— Quem é? Onde ele está?

— O nome dele é Milo Easton, também conhecido como a Minhoca. Milo, a Minhoca, é muito famoso nos círculos de *hackers*. Você já ouviu falar dele? — perguntou a Roarke.

— Por incrível que pareça, sim. Ele é bem jovem, né? Não deve nem ter vinte e cinco anos e foi responsável por invadir os sistemas da Agência de Segurança Nacional quando ainda era adolescente. Secou a conta bancária de um magnata da internet rival dele e manipulou os painéis de probabilidades antes do Kentucky Derby.

— É ele mesmo! — confirmou McNab. — Só foi pego uma vez, logo no início. Tinha cerca de quatorze anos, então pegaram leve com o garoto. O que foi um grande erro, pois ele parou de fazer as coisas por diversão e começou a fazer por lucro. Ele trabalha debaixo da terra — disse a Eve. — Por isso o apelido; é muito difícil encontrar o buraco dele e as suas atividades. Ele perdeu muito de seu prestígio na comunidade quando descobriram que ele tinha invadido várias contas de aposentados. Desviar dinheiro de grandes empresas ou de pessoas ricas é uma coisa. Mas roubar de pessoas comuns é imperdoável. Encontrei a "impressão digital eletrônica" dele no computador da primeira vítima e no cofre da firma de contabilidade. Tenho certeza.

— Onde podemos encontrá-lo?

— Ele vive no buraco dele — repetiu McNab. — Coloquei uma identificação digital no cara e obtive um belo fluxo de dados. Fiz isso de novo e consegui outro fluxo, mas todos eram falsos. Vou continuar trabalhando nisso, mas ainda não consigo definir a localização exata dele.

— Acho que posso ajudar. — Roarke sorriu para Eve. — Trata-se, mais uma vez, de conhecer pessoas que conhecem outras pessoas. Depois, é só seguir o fluxo de dinheiro. — Roarke apontou com a cabeça para o disco na mesa de Eve. — Ele foi pago pelo seu trabalho. Por mais que consiga receber o dinheiro por meios diferentes, sempre tem que ter um começo e um fim. — Ele sorriu para McNab e completou. — Vai ser divertido, né?

— Encontrar Milo, a Minhoca? — Uma expressão de puro prazer surgiu no belo rosto de McNab. — Divertido não é o suficiente para descrever como vai ser. Se fizermos isso, eu vou ser o Rei dos Hackers, o Imperador da DDE.

— Vamos pegar essa coroa. — Roarke se levantou e deu um passo para beijar a cabeça de Eve. — Vou ficar lá brincando com os meus amigos.

E era melhor ela brincar com os dela, por assim dizer. Ligou para o gabinete de Whitney e marcou uma reunião.

Ao chegar lá, ela tinha um esboço básico da operação. Iria aprimorá-lo um pouco mais, pensou, ao entrar na sala do comandante. Iria acertar algumas pontas soltas e refinar o esquema.

— Tenente.

— Senhor. Vim para fazer uma atualização do caso. O detetive Yancy está trabalhando com a testemunha que vendeu ao suspeito o martelo usado para assassinar Jake Ingersol. A equipe da DDE, liderada por McNab, identificou o homem que acreditamos ser o sujeito que hackeou o computador de Marta Dickenson, a segurança do edifício e a rede do hospital.

— Quem é ele?

— É conhecido como Milo, a Minhoca. Para quem é *geek*, esse nome diz muito. Eles estão trabalhando agora para encontrar o buraco onde ele está se escondendo. Vamos procurar o rosto do assassino por meio do retrato falado de Yancy. Se pudermos localizar e trazer um deles ou ambos, vamos fazer de tudo para que entreguem Alexander.

— Hoje à tarde eu vou no velório da Marta Dickenson. A juíza Yung certamente me fará perguntas.

Situação delicada, pensou Eve. Felizmente, com aquela, ela não precisaria lidar.

— Não sei o quanto o senhor julga apropriado contar a ela, senhor, mas Roarke compilou várias evidências nas cópias dos arquivos de Dickenson que fazem referências a Alexander e Pope indicando participação dos dois em casos de fraude, apropriação indébita de fundos e evasão de impostos. Também há lavagem de dinheiro nessa lista.

— Você já tem provas concretas?

— Ainda não verifiquei os dados pessoalmente, mas...

— Se Roarke revisou, os dados são reais — concluiu Whitney.

— Vou enviar as cópias para o senhor e para o contador forense, mas sim, senhor, Roarke estava confiante. Com o tempo, vamos conseguir rastrear esses dados, e, se os pagamentos ao assassino e ao hacker foram retirados de qualquer uma dessas contas, vamos ter como ampliar as acusações para conspiração de assassinatos e morte por encomenda. Como haverá denúncias de fraude e evasão fiscal, acredito que as agências federais também vão se interessar nas ações de Sterling Alexander e em sua empresa.

Whitney se recostou na cadeira.

— E você gostaria de atrasar o envio desses dados para as agências federais.

— Três pessoas estão mortas. Além do mais, foi cometido um atentado contra a vida de uma detetive e uma tenente da Polícia de Nova York. Prefiro que o assassino responda por esses crimes antes de passarmos para as acusações de cunho monetário.

— Quanto tempo?

— Trinta e seis horas, no máximo. Se conseguirmos identificar e localizar os suspeitos, poderemos capturar o assassino e o detetive eletrônico. Se não formos capazes de identificar ou localizá-los de forma rápida, já tenho um plano de contingência.

Recostando-se mais, Whitney entrelaçou os dedos.

— Pode falar.

— A premier do filme *O caso Icove* em Nova York gerou muito interesse e atenção da mídia. Foi bastante divulgado que Peabody e eu estaremos presentes no evento. Tenho quase certeza, Comandante, seguindo o padrão das mortes, o perfil atualizado pela dra. Mira e uma probabilidade de noventa e seis vírgula seis por cento de que o suspeito também vai à premier para terminar o que não conseguiu ontem.

— Você acha que ele vai tentar pegar você e/ou Peabody na premier? Com toda a multidão no local, pessoas acompanhando a chegada dos convidados, as câmeras e a segurança?

— Acho, senhor, mas justamente *por causa* de tudo isso. O assassino falhou e foi humilhado, e continua sendo cada vez que o vídeo com o salvamento do bebê passa em alguma tela.

— Aquilo foi impressionante — concordou ele.

— Obrigada, senhor. O envolvimento pessoal que ele teve nas mortes de hoje somado ao aumento na violência que ele tem mostrado são indicadores de seu prazer pelo ato de matar, uma paixão que existia ainda na morte de Marta Dickenson. Ele é um covarde, Comandante, que precisa provar sua habilidade e força. Cada morte foi resultado de uma emboscada. Dessa vez, nós vamos dar a volta por cima.

— Vocês pretendem emboscá-lo?

— Exato, Senhor. Com uma entrevista com Nadine Furst, eu poderei disfarçar a armadilha ao enfatizar minha participação e, mais ainda, a minha empolgação com o evento.

O esboço de um sorriso surgiu na boca de Whitney.

— Você é uma boa atriz, Dallas?

— Consigo desempenhar esse papel. Ele vai ver o brilho, não a armadilha. Além disso, se não fecharmos o caso logo, Alexander também estará presente no evento. O assassino vai querer terminar o trabalho em público, e na frente do homem que o contratou. Comandante, estou bastante convicta de que, se não encerrarmos o caso antes, ele vai tomar essa iniciativa. Quero estar pronta para ele. Ele matou duas pessoas hoje em menos de uma hora. Está na adrenalina, e até agora só errou uma vez. Ele precisa corrigir esse erro.

— Existem maneiras mais fáceis de matar uma policial.

— Mas nenhuma tão imediata, ou que se encaixe em seu padrão impulsivo. Nenhuma maneira que coloque suas vítimas em um posição em que parecem estar mais vulneráveis. Todas arrumadas, querendo chamar atenção. E todas aquelas pessoas que viram a sua covardia e humilhação nas telas poderão agora assistir ao seu triunfo. Se não o colocarmos em uma cela, Comandante, ele vai agir amanhã à noite.

— Estou inclinado a concordar com você. Tudo bem, tenente, qual é o seu plano?

Capítulo Dezoito

O plano ainda precisava de mais preparação, pensou Eve, ao voltar para a Divisão de Homicídios. Mesmo com os conselhos do comandante, a operação ainda precisava de um controle maior.

Especulando sobre as possíveis falhas, os pontos fracos e os becos sem saída, ela entrou na sala de ocorrências.

— A Nadine está na sua sala — gritou Peabody. — Disse que você pediu para ela vir.

— Pedi, sim. — Ela esquadrinhou a sala. — Quero todos aqueles que não estão em alguma operação de campo indo para a sala de conferência que Peabody irá reservar daqui a uma hora. Peabody, arranje uma planta do cinema Five Star.

Ela deixou o burburinho para trás e entrou na sua sala.

Nadine andava pela área minúscula com saltos finos da cor de kiwis que combinavam com a jaqueta de corte ajustado na cintura, sobre um vestido de couro preto. Lançava perguntas e respostas para um fone de ouvido com microfone integrado. Pareciam ser sobre um cronograma, edição e reservas às oito da noite. O cinegrafista de Nadine estava sentado na cadeira de visitantes de Eve e, pelos bipes e celebrações emitidos pelo seu tablet, passava o tempo jogando alguma coisa.

Quando Nadine ergueu para Eve um dedo como quem diz "só um momento", Eve se virou na direção do cinegrafista.

— Dê uns minutos para a gente.

— Claro. — Ele se levantou, pegou a câmera e a bolsa e, sem parar de jogar, saiu da sala.

— Se ele quer reduzir a matéria para dois minutos e quarenta e três segundos, quero que Derrick faça os cortes. Não, tem que ser o Derrick. Aviso você assim que terminar aqui. Se eu soubesse, te diria, não é? Remarque para as oito e meia. Apenas faça isso, Maxie.

Visivelmente irritada, Nadine arrancou o fone de ouvido.

— Espero que isso seja bom — disse a Eve. — Estou passando por um inferno na pós-produção de uma reportagem, arrumei uma assistente que parece não conseguir associar nada essa semana, e tenho mais uma prova de última hora do meu vestido para amanhã à noite.

— Não sei se o que vou lhe propor alcançará o extremo grau de prioridade de uma prova de vestido.

— Não seja tão arrogante. O evento de amanhã à noite é importante e com certeza vou estar linda. — Ela parou de falar e lançou para Eve um olhar frio e severo. — Você não me arrastou até aqui para me dizer que não vai aparecer na premier, né?

— Na verdade é exatamente o contrário. Quero que você me entreviste sobre a minha presença amanhã, e garanta que a matéria tenha uma boa circulação.

— Você bateu a cabeça? Pelo que eu vi na "Recepção Sensacional do Bebê Voador", quem saiu traumatizada daquele lance foi a sua bunda. Por outro lado...

— Mantenha essa atitude e eu mando trazer outra repórter que vai chegar aqui em dez segundos.

— Outra repórter não concordaria com, seja lá o que for, seu plano. Na verdade, seguiria o próprio plano. — Nadine se sentou e cruzou suas belas pernas. — O que você quer?

— Quero a atenção de toda a mídia para esse evento específico. Você vai estar com seus próprios cinegrafistas cobrindo tudo, certo?

— Mas é claro.

— Se isso der certo, você vai ter nas mãos uma história e tanto.

Nadine lançou um olhar para o quadro do crime e voltou a encarar Eve.

— O que a premier de amanhã tem a ver com esses três assassinatos?

— Temos algumas pistas que talvez a gente consiga destrinchar antes da premier. Se isso não rolar, tudo vai acontecer *durante* o evento.

Nadine franziu os lábios e exibiu aquele brilho de repórter nos olhos.

— Como?

— O "como" fica por minha conta e por conta da Polícia de Nova York. A armadilha é com você. Ele tentou matar a mim e a Peabody uma vez. Estou certa de que vai tentar de novo, mas dessa vez eu vou definir a hora e o local.

— E será amanhã à noite, no cinema Five Star.

— É provável que ele já saiba que eu vou estar lá. Mas quero lembrá-lo disso, jogar essa informação na cara dele e tornar a ideia de ele me atacar um pouco mais irresistível.

— *Você*, falando do brilho, do agito e do *glamour*? — inclinando a cabeça para o lado, Nadine lançou para Eve um olhar duvidoso. — Não vai convencer ninguém, vai ficar meio forçado.

— Você pode ajudar nessa parte. Estou ansiosa para ver a investigação que eu comandei chegar às telas do cinema. Você pode me perguntar...

— Nada disso. — Nadine ergueu um dedo e o sacudiu. — Se eu que decido, nós vamos jogar de acordo com as minhas regras. Não posso contar tudo a você, nem ensaiar o que eu vou perguntar e você vai responder. É uma entrevista ou não é.

— Ok. Isso é justo.

— E se essa entrevista te ajudar a pegar o assassino, você terá que ir ao meu programa, o *Now*, para fazer um quadro. — Nadine ergueu o dedo mais uma vez antes que Eve pudesse recusar. — Isso também é justo. Porque eu vou ter que mexer meus pauzinhos para colocar no ar hoje à noite essa matéria, que, para todos os efeitos, não diz nada.

— Tudo bem. Aceito. Negócio fechado.

Não demorou muito. Nadine colocou Eve próxima à janela da sala de um jeito que deu, na tela, a ilusão de um espaço maior e uma vista ampla da cidade.

— Tenente Dallas — começou Nadine —, você está ansiosa para a premier do filme *O caso Icove* amanhã à noite?

— Estou, sim. Foi um caso difícil e muito marcante. Um daqueles que marca a carreira de um policial. Estou muito curiosa para ver como o filme interpreta a realidade.

— Você teve muito pouco envolvimento na produção, por escolha própria.

— Achei que, da mesma forma que pessoas como Mason Roundtree não me ensinam a conduzir uma investigação de assassinato, eu não poderia dizer a eles como fazer um filme. Quero ver como ficou e como tudo se encaixa. Seu livro foi bem fiel à realidade. Tenho muita confiança de que o filme baseado nele também vai ser.

— Obrigada. Embora você já tenha participado de eventos glamorosos como a esposa de Roarke no passado, esse vai ser focado em você.

— No caso — corrigiu Eve, ficando desconfortável na mesma hora.

— Um caso no qual você foi a investigadora principal. Como você se sente a respeito de tudo isso? O tapete vermelho, as roupas, os comentários, as celebridades?

Soaria falso, ela percebeu, fingir qualquer empolgação ou interesse por moda e brilhos.
Então ela decidiu ser franca.
— Os atores são apenas pessoas fazendo o seu trabalho, ao meu ver. Pelo que vi quando visitei o set, eles fizeram um bom trabalho. Na verdade, acabei de falar com Marlo Durn hoje, e estou ansiosa para vê-la e reencontrar o resto do elenco e da equipe amanhã à noite.
— Os boatos são de que você vai usar uma roupa feita especialmente para você, e para o evento, pelo seu estilista favorito, Leonardo. Alguma dica sobre esse vestido para o nosso público?
Eve estava razoavelmente certa de que, nem se Nadine colocasse uma arma de atordoar em sua garganta, ela conseguiria descrever o vestido.
— Eu vou apenas dizer que Leonardo é o meu designer favorito por uma razão: ele nunca erra. Então tudo que tenho que fazer é vestir o que ele criar. Amanhã vai ser um momento de... bem, é uma espécie de fantasia, não é? Roupas chiques, pessoas elegantes, tapetes vermelhos, um belo cinema, um grande filme. É uma pausa no que eu faço todos os dias, e uma chance de entrar nessa fantasia por uma noite, antes de voltar à realidade do próximo caso.
Nadine fez outras perguntas mais tranquilas, mudou o ângulo da câmera e depois encerrou.
— Isso vai funcionar. Nada mal, Dallas.
— Quanto mais divulgação essa matéria conseguir, melhor.
— Vou fazer tudo que puder.
Satisfeita com a entrevista, Eve reuniu o material que precisava para montar uma reunião e foi procurar Peabody.
— Alguma novidade da DDE ou de Yancy?
— Ainda não.
— Vamos nos preparar.
— Para quê, exatamente?

— Vou explicar enquanto nos preparamos.

Quando elas saíram da sala, Eve enfiou a mão no bolso, em busca de fichas de crédito.

— Tome, pegue uma lata de Pepsi para mim e o que quiser para você.

— Você está mesmo de volta ao boicote da máquina de venda automática?

— É mais seguro para todos. Se conseguirmos pistas sobre o *hacker* e o fortão, pistas concretas que consigam nos levar até eles, essa reunião será apenas um exercício.

Ela pegou a lata de Pepsi que Peabody lhe entregou e a abriu enquanto iam para a sala de conferências.

— Por outro lado — continuou —, Mira acredita, e eu concordo, que ele vai tentar nos atacar novamente... eu e você.

— Bom, isso *não é* uma notícia boa.

— É sim, porque podemos trabalhar com isso. Você conseguiu a planta do cinema?

— Estão bem aqui. Eu não tinha certeza se você queria tudo no seu computador ou em uma cópia impressa.

Eve pegou o disco.

— Isso vai servir por enquanto. Vá em frente e monte um quadro-padrão para a investigação atual.

Enquanto carregava as informações do disco, abria a planta do prédio na tela e Peabody montava o quadro, Eve a informou sobre o funcionamento geral da operação.

— Na premier? — interrompeu Peabody. — É sério, isso?

— Nada de reclamar!

— Eu comprei um vestido novo. E sapatos também! Gastei mais nos sapatos do que no vestido. E Trina teve uma ideia para o meu cabelo, toda uma nova paleta de sombras para os meus olhos e...

— parando de falar, Peabody pigarreou e se ocupou com a montagem do quadro.
— Já soube tudo sobre Trina. Sua traíra!
Com os ombros curvados, Peabody prendeu cuidadosamente as fotos das mortes no quadro.
— É uma noite especial. Você vai ficar linda e não vai ter que fazer tudo sozinha. Não queremos que a Polícia de Nova York fique para trás em termos de beleza do povo de Hollywood, certo? Orgulho de equipe!
— Rá, rá, rá!
— Sério, Dallas, vai ser legal, vai ser emocionante, e estaremos todas *mag*-lindas para o momento grandioso em que... — Ela parou de falar novamente e seu rosto se iluminou. — *Vamos todas estar mag-lindas!* E se pegarmos esse assassino na premier, com câmeras por todos os lados, vamos aparecer em várias telas por aí, que nem o bebê voador. E vamos estar com joias das cabeças aos pés.
— É muito bom ver que você sabe bem suas prioridades, detetive.
— Nós prendemos assassinos. Mas se a gente for fazer isso em um grande evento cheio de celebridades, não é problema algum estarmos totalmente fabulosas. Foi por isso que você queria Nadine e um cinegrafista. Queria reforçar essa imagem.
— Ela vai me colocar na TV e vamos falar sobre as minhas expectativas para a premier. Vão ter grandes chances de isso dar a ele um empurrãozinho para tentar nos atacar lá, o que ele já tentaria fazer, de qualquer modo, se não o tivermos agarrado até lá. Preciso planejar tudo — continuou, enquanto estudava a planta do cinema. — Quem fica responsável pela porcaria do tapete vermelho, o caminho dos artistas, essas coisas?
— Eles têm todo um esquema montado com o organizador do evento. — Peabody deixou o quadro de lado e pegou um apontador a laser. — Eles vão bloquear a rua para o tráfego de veículos aqui e

aqui. Montarão bloqueios de pedestres por aqui e por este lado. Quem tiver credencial de mídia poderá...

— Como você sabe de tudo isso? — interrompeu Eve.

— Ahn... bem, eu perguntei se poderia conseguir uma cópia da organização do lugar, do cronograma do evento e assim por diante para que eu pudesse treinar como seria, meio que sentir o clima. É minha primeira vez em um evento desse nível — disse ela, com um tom defensivo.

— Se essa informação não fosse tão útil, eu teria pena de você. Pode explicar tudo.

— Ok. Eles vão deixar nossa limusine passar por esse quarteirão, para deixar a gente na entrada principal. As pessoas que quiserem dar uma olhada, tentar pegar autógrafos e fazer seus próprios vídeos vão estar atrás das grades de contenção, nessas áreas. O agente de publicidade espera um volume grande de público porque os protagonistas são superfamosos, a história se passa em Nova York e nós *somos* Nova York. E também porque K. T. Harris foi morta durante as filmagens. O lugar vai estar lotado, não vai nem dar para sentar, a entrada só é autorizada com convite, mas eles fizeram pedido de muitos ingressos VIP, mas eles emitiram muitos ingressos VIP. Os produtores vão ter uma escolta, os atores, segurança pessoal, além da segurança do cinema e a presença do corpo de Polícia de Nova York.

— Mais do que eles imaginam — murmurou Eve.

— Então, nós saltamos da limusine aqui e o tapete vermelho da curva até aqui. Nesse ponto a mídia, pelo menos os que conseguiram as credenciais, vai conseguir entrar na fila para gravar vídeos, tirar fotos, fazer perguntas e tentar conseguir entrevistas rápidas. E isso vai até o saguão do cinema.

— É um percurso grande — comentou Eve, estudando a planta.

— É, sim. McNab e eu fomos até lá algumas semanas atrás para averiguar tudo. Este não é um cinema comum. Parece um palácio! Tem dois bares completos, um cafezinho e...

Cálculo Mortal

— Depois a gente fala sobre isso.
— Bem, haverá mais mídia no saguão. É como uma hierarquia. Segundo a programação, estaremos lá às sete e quinze, para podermos desfilar pelo tapete vermelho, falar com os repórteres, fazer uma social. Depois, acompanhantes vão nos levar até os nossos lugares. Estamos na frente porque somos SUPERVIPS!
— Vai ter segurança em todas as saídas e em cada setor?
— Não perguntei sobre isso. Quando pesquisei tudo, não sabia que alguém poderia tentar me matar, mas isso dá para descobrir. Eles não querem que as pessoas entrem de penetra. E se você estiver muito apertada para fazer xixi, eles sempre vão colocar seguranças por perto porque a mídia tem permissão para ficar em uma sala de exibição menor para assistir ao filme. Se você quiser tomar uma bebida ou fazer um lanche, cada assento tem uma tela para pedidos. Você digita o que quer e eles entregam a você. Sem nenhum custo para nós porque...
— Somos SUPERVIPS. E o que vai acontecer quando o filme terminar?
— Seremos escoltados até a saída. Podemos sair pela rua principal ou por qualquer uma dessas saídas nos fundos.
— Ok.
Ela repassou todas aquelas informações em sua cabeça enquanto ia de uma lado para o outro em frente à tela.
— Ele não pode aguardar até o fim do filme porque não tem como saber para onde vamos. E não vai querer esperar. Ele pode se misturar com a multidão atrás das grades, mas, a menos que tenha algo mais letal a essa distância do que uma arma de atordoar, isso não vai funcionar. Ele vai ter que chegar ainda mais perto dessa vez. Segurança ou mídia... então ele vai se passar por um segurança. Para ele é mais fácil se misturar com esse grupo. — Ela estudou a tela, mudou os ângulos, ampliou, aprimorou o foco e tirou o zoom. — Termine de montar o quadro — disse a Peabody. — Preciso resolver isso.

— Se ele atacar do lado de fora, vai conseguir uma plateia maior — assinalou Peabody. — Por causa do público.

— Sim, isso é um fator importante. Mas nos atacar do lado de dentro dará a ele uma chance maior de se aproximar e de chegar por trás. O espaço é menor. Todas aquelas celebridades e VIPs amontoados lá, com bebidas nas mãos e se exibindo para as câmeras.

Ela mandou o computador lhe mostrar o setor, estudou-o e calculou a rota de fuga mais provável. Ele precisaria sair do cinema e do quarteirão.

Calculou o caminho mais rápido e marcou o que considerou o mais eficiente. Ainda iria rodar um programa de probabilidades, mas seu instinto lhe disse que ele escolheria o caminho mais rápido. Não achava que ele era inteligente a ponto de enxergar a vantagem do caminho mais longo e menos direto.

Quando começou a visualizar toda a estrutura da operação na cabeça, Eve usou uma tela para exibir o exterior e outra, o interior do cinema.

Destacou as rotas potenciais, destacou as áreas em manutenção, áreas de segurança, escritórios e locais exclusivos para funcionários. Estudou a planta: os banheiros, as salas de exibição, os bares, o café, a área de venda de *snacks*, a lanchonete e a bilheteria.

Mentalmente Eve espalhou policiais em vários setores, como peças de xadrez no tabuleiro.

Olhou para trás quando a porta se abriu e se virou quando o detetive Yancy entrou.

— Tenente, Baxter me disse que você estaria aqui. Tenho uma imagem aproximada do suspeito. Perdão pela demora. Algumas testemunhas precisam de mais tempo. — Ele entregou a ela uma imagem impressa e um disco.

Eve estudou a imagem — o rosto largo, a mandíbula quadrada; cabelo castanho-médio, curto, cortado à escovinha; olhos castanhos com pálpebras caídas, nariz ligeiramente adunco, lábio superior mais proeminente.

— Você está confiante?

— Acho que estamos perto.

Yancy enfiou as mãos nos bolsos dos jeans desgastados e disse:

— A impressão geral do dono da loja é que se tratava de um sujeito grande e meio revoltado, mas a testemunha começou a se lembrar dos detalhes à medida que avançávamos. É um rosto forte. Realmente ele parece revoltado — acrescentou Yancy —, porque foi isso que a testemunha percebeu. Mas acredito que as feições estejam bem próximas.

— Então vamos avançar com esse material, mesmo. Obrigada.

— De nada. — Quando ele olhou para o quadro, seu rosto jovem e atraente adotou uma expressão fria no instante em que examinou a cena do crime de Jake Ingersol. — Ele teria que estar muito revoltado para fazer isso.

— Verdade. Acho que ele tem um problema de controle da raiva.

Com uma meia risada, Yancy balançou a cabeça.

— Ouvi dizer que eles têm bons programas para isso lá no Omega.

— Faremos de tudo para mandá-lo para lá.

— Caso precise de mais alguma coisa, pode falar. Vejo você por aí, Peabody.

— Eu já tive um sonho erótico com ele uma vez — disse Peabody, depois que Yancy saiu.

— Ai meu Deus!

— Foi antes de McNab. Bem, antes de McNab e eu ficarmos juntos. Ele é tão fofo. O Yance. McNab também é, mas...

— Cale a boca, agora!

— Foi um sexo de sonho muito bom — disse Peabody, baixinho.

— Falando nisso... — completou, quando Roarke entrou na sala.

— Mais uma palavra e eu pego aquele martelo das evidências e esmago a sua língua com ele. Você pegou o *hacker*? — perguntou a Roarke.

— O Ian está quase lá. Ele perguntou se você o dispensaria da reunião até ele terminar.

— Tudo bem, ele tem mesmo que continuar trabalhando nisso. Por que você não ficou por lá?

— Porque ele já está quase conseguindo — repetiu Roarke. — E eu quero saber o que você está planejando, pois tenho grande interesse nisso. — Ele sorriu para Peabody. — Ou dois — completou, e isso a fez corar de prazer.

— Awn...

— Peabody!

— "Awn" não é uma palavra. É um som.

— Pare de fazer sons. Conseguimos o rosto dele, o Yancy está confiante. Vou rodar o programa de reconhecimento facial e pesquisar em bancos de imagens das forças armadas e de times esportivos. Se eu estiver certa, isso vai poupar tempo e trazer um resultado mais rápido.

Roarke pegou o esboço para estudá-lo e afirmou:

— Você acha que, se ele tentar se infiltrar, vai ser como segurança.

— Olha esse rosto.

— Sim, segurança é o mais óbvio. — Ele se virou para as telas e examinou ambas. — É um prédio grande, com muitos pontos de entrada e saída nos dois andares, e outros nas áreas de manutenção do porão e no depósito. O sistema de segurança é bom, mas não é excelente. Há relativamente pouca coisa para roubar, e existem alarmes padronizados nas portas da sala de projeção que são ativados durante as sessões, evitando qualquer tentativa de invasão para assistir aos filmes de graça.

— Como você sabe disso tudo?

— Fiz uma pesquisa rápida depois que você me contou seu plano.

— Não acho que ele vai tentar entrar de penetra. Ele vai se misturar. O *hacker* pode criar uma credencial para ele, um crachá, o que ele precisar. Ou ele pode eliminar alguém que realmente trabalhe na segurança e assumir o lugar dele. Os seguranças servem para evitar que o público fique muito próximo das celebridades, fora do cinema, e para marcar presença. É um trabalho tranquilo. Ele pode subornar alguém, mas é provável que ele simplesmente mate alguém. Ele pegou gosto por isso.

— Ele vai precisar chegar perto de você.

— Exato. Ele precisará chegar perto para me matar, e terá de chegar bem perto para que eu possa impedi-lo de me matar e pegá-lo. Lembre-se disso.

Encontrando seus olhos, Roarke passou uma das mãos no cabelo de Eve.

— Não é algo que eu iria esquecer.

Ela recuou quando os policiais começaram a entrar na sala.

Feeney foi em sua direção.

— O garoto já está quase conseguindo a localização. Tirei Callendar de outra tarefa para ela poder ajudá-lo.

— Se ele encontrar o esconderijo, talvez eu tenha feito todo mundo perder tempo por aqui.

Feeney viu o telão, mordeu o lábio inferior enquanto o estudava e tentava entender o plano.

— Ah, poxa. Minha esposa está animadíssima para a festa.

— Talvez possamos oferecer a ela uma sessão dupla, dois filmes de ação. Melhor ainda, pode ser que consigamos fazer isso de um jeito rápido e discreto e ninguém percebe nada.

— Alguém sempre percebe — disse Feeney, mas se afastou para se sentar e ouvir o que ela tinha a dizer.

Eve foi colocar o disco com o retrato falado do suspeito, mas Roarke pegou-o na mão dela.

— Deixe que eu cuido disso.

Ela o deixou trabalhar e começou a contar as cabeças. Precisaria de mais gente, mas conhecia aqueles policiais e sabia que eles conduziriam a operação do jeito que ela precisava.

— Vamos nos acomodar! — pediu. — Marta Dickenson, Chaz Parzarri, Jake Ingersol. Acreditamos que esse homem... — ela pausou até Roarke mostrar o desenho na tela — matou todos três, com um rápido progresso no que diz respeito à violência das mortes. Ontem, ele tentou matar duas policiais.

— Você fez uma grande recepção, tenente — disse Jenkinson, e ganhou aplausos rápidos.

Ela ergueu as mãos e mexeu os dedos.

— Eu tenho muitas habilidades. Vamos fazer o reconhecimento facial e esperamos identificar esse assassino que arremessa bebês. Até então, o que sabemos é isso.

Ela repassou as informações de forma rápida, mas minuciosa, querendo que seus homens deixassem as piadas de lado e entendessem que o alvo era perigoso e não devia ser subestimado.

— Como ainda não o identificamos, e levando em consideração o perfil de Mira e as evidências concretas, estamos com esperança de que ele repita a tentativa de ataque contra as duas policiais da Polícia de Nova York na primeira chance que tiver, se não for detido até lá. Ele vai ter uma entregue de bandeja, amanhã à noite. — Ela se virou para as telas. — Aqui está o Five Star Theater. — Ela descreveu rapidamente a programação, informou-os sobre as plantas do lugar, adicionando mais detalhes à medida que designava oficiais para locais e deveres específicos. Cada um de vocês vai ter uma cópia da imagem do alvo. Ele estará armado. Se e quando ele for localizado, vamos bloquear a rota de fuga, para separá-lo dos civis. *Se e quando* ele for localizado — continuou —, eu irei para a área menos movimentada. O primeiro plano de contingência é se ele for avistado fora do cinema.

Ela descreveu toda a situação e o plano de, a todo custo, conter o assassino dentro do cinema.

Quando viu que tinha apresentado todos os ângulos e abordado todos os elementos que podia prever, fez uma nova pausa.

— Alguma pergunta?

Baxter balançou um dedo no ar.

— Tenho uma, chefe. Posso levar um acompanhante?

— Claro — disse Eve, acima das esperadas vaias. — Leve Trueheart. Vocês ficam muito fofos juntos. Se a operação for confirmada, nos vemos aqui às dezoito horas amanhã. Vestidos com roupa de gala. Quero os homens responsáveis pela segurança e a equipe de funcionários totalmente preparados, equipados e no local por volta das dezoito e trinta. Nem um minuto a mais. — Ela apontou para o quadro. — Vejam do que esse idiota é capaz. Não deem mole. Dispensados!

— Um momento, tenente, se me permite. — Roarke se afastou da parede lateral. — Haverá uma festa depois da premier no Around the Park. Assim que esse idiota for pego, todos vocês estão convidados a comparecer. Repito, tenente, se você permitir.

Ela dificilmente poderia *impedir* isso, ainda mais depois de ele a ter colocado contra a parede daquele jeito.

— A festa é sua — disse ela, e resmungou algo sobre mimar policiais, sob o barulho dos aplausos. — Acalmem-se. Voltem ao trabalho. Querem uma boa festa? Façam tudo direitinho.

Quando os policiais saíam, McNab entrou quase saltitando.

— Achei ele! — Ele socou o ar com o punho e lançou para Roarke um enorme sorriso de companheirismo *nerd*. — Tive de procurá-lo do jeito que tínhamos falado antes — começou ele. — O provedor dele e o eco dispararam e depois oscilaram. Mas depois que filtramos o sinal do...

— McNab — interrompeu Eve. — Eu quero a versão resumida.

— Sim, senhora. Tribeca. Um bairro superluxuoso. Fiz uma varredura por satélite assim que descobri a localização e mandei uma microcâmera averiguar. É uma grande casa geminada e num estilo arquitetônico tradicional de Nova York, de pedras marrons. Parece que ele é dono do prédio inteiro, de cima a baixo. Também fiz uma busca por residentes no endereço e só encontrei um. Ele está usando o nome de James T. Kirk.

Ao ouvir a risada rápida de Roarke, McNab sorriu novamente.

— Sim, eu sei. Demais, né?

— O quê? — quis saber Eve. — O que é "demais"?

— Esse é o nome do capitão de *Star Trek: Jornada nas Estrelas* — explicou Roarke. — Séries e filmes antigos. Ficção científica clássica. Temos um *hacker* com humor e bom gosto.

— Sim, mas acho que ele deveria ter escolhido Chekov — disse McNab — Ele era uma espécie de *nerd*, já que era navegador. Ou Sulu. Ele era o timoneiro, mas...

— *Nerds* — resmungou Eve. — Peabody, quero uma equipe de oito homens, incluindo estes dois *nerds* aqui. Eu quero ver a varredura por satélite na tela, McNab.

— Deixa comigo. Puta merda! — disse, olhando para Roarke. — Vamos derrubar a *Enterprise*!

Capítulo Dezenove

Eve analisou a imagem de satélite.
— Há muitas maneiras de entrar e sair. Precisaremos de sensores de imagem para determinar se ele está lá.
— Ele deve ter algum sensor que identificaria os nossos — disse Roarke.
— Com certeza! — Ao lado de Roarke, McNab confirmou com a cabeça. — Qualquer tipo de sonda, dispositivo de varredura, ou outro equipamento de espionagem pode disparar um alerta.
— E muito provavelmente, dispararia algum bloqueio também para ajudar na fuga dele. *Hackear* é o mundo dele — explicou Roarke. — Ele deve ter programado um sistema para bloquear e desabilitar qualquer tentativa de invasão ao seu espaço. Ele é bom no que faz. Deve ter gasto um bom tempo e dinheiro para ter certeza de que todas as suas portas estejam trancadas, todas as suas janelas vedadas e protegidas.
— Ele é melhor do que você?

Roarke olhou para Eve.

— Se você acha que usar meu ego vai ajudar, está errada. Fatos são fatos.

— Isso é verdade, Dallas. — McNab colocou as mãos em um de seus incontáveis bolsos, tilintando algo lá dentro. — Os melhores *hackers* são paranoicos porque, bem, eles *sabem* que podem ter tudo. Se tentarmos obter imagens ou interferências eletrônicas, ele vai saber.

— E eu aposto que ele já tem um buraco de rato para se esconder se acontecer alguma coisa — acrescentou Roarke. — Se ele estiver lá, você não vai conseguir chegar até ele pelos meios convencionais. A menos que tivéssemos tempo. Encontraríamos um jeito de contornar os sistemas dele, em algum momento. Eu posso ter tudo — repetiu para McNab, e isso fez o detetive eletrônico sorrir como uma criança na manhã de Natal.

— Nossa, cara, isso não seria demais? *Hackear* o sistema do Minhoca. Poderíamos executar uma análise interna do sistema de fatoração de dados conhecidos e especulados.

— Sim. A gente poderia ir além, reestruturar, testamos as camadas internas e externas. E executamos um sistema bilateral para desvio.

— Cara, eu *amo* essa porra. — McNab tamborilou os dedos no ar e deu uma rebolada.

Considerando as opções e curtindo as possibilidades, Roarke se balançou para trás e para a frente nos calcanhares, enquanto estudava a imagem.

— Temos amostras, a impressão eletrônica dele e a visão externa do local. Dá para fazer.

— Quanto tempo levaria? — quis saber Eve.

— Humm... com um pouco de sorte e mais dois homens habilidosos, talvez uma semana. Com mais sorte ainda, uns três dias.

— Droga! E por acaso parece que eu tenho uma semana? — Ela foi de um lado para o outro. — Eu tenho os recursos de toda a DDE,

tenho os recursos ridículos do maior, mais esperto e mais ardiloso *nerd* dentro ou fora do planeta...
— Obrigado, querida.
— E vocês precisam da porra de uma semana inteira para tentar invadir o sistema de um *hacker* magricela que gosta de ser chamado de Minhoca?
Roarke simplesmente sorriu para ela.
— Mais ou menos isso, sim.
— Dallas, estamos lidando com a droga da *Enterprise* — lembrou McNab. — Você tem que entender as complexidades, os filtros, o...
— Não, eu não. — Ela apontou para McNab. — Você que tem. — Ela apontou novamente e com mais veemência quando ele voltou a falar.
— Já *sei*! — exclamou uma voz!
Eve se virou para Peabody.
— O quê?
Peabody balançou seu tablet, triunfante.
— Ele se chama de Kirk, o carinha da *Enterprise*. Saquei tudo. Isso me lembrou que eu também esbarrei em outro nome que me fez rir quando eu estava pesquisando a van. Olha só: Tony Stark.
— Oh, baby! — McNab jogou dois beijos para Peabody com as mãos. — Bela sacada!
— Tem que ser ele, né? — disse Peabody a McNab. — É a cara dele.
— Quem diabos é Tony Stark? — perguntou Eve.
— O Homem de Ferro — disse-lhe Roarke. — Super-herói, gênio, inovador e playboy bilionário.
— Homem de Ferro? Você está falando sobre um cara de gibis?
— História em quadrinhos! — protestaram Roarke e McNab, ao mesmo tempo.
— Quer apostar que é ele, Dallas? — perguntou Peabody. — Heróis de histórias em quadrinhos e filmes clássicos. Tem tudo a ver. Eles usaram a van dele. A van é do Milo.

— Tem uma chance. Ok, pela expressão de vocês três deve ser dele mesmo. Vamos investigar isso melhor, quando estivermos com ele, mas primeiro temos que pegá-lo. Deixem eu pensar.

Ela ficou andando de um lado para o outro, pensando, bolando algum plano. Por nada no mundo ela se permitiria chegar tão perto para se render a um idiota eletrônico com cara de fuinha que usava como pseudônimos personagens de ficção científica e histórias em quadrinhos.

Um nerd, considerou. Um cara que gostava de se ver como o herói, o inteligente. Um playboy bilionário? Aquele que ganha todas as mulheres.

— Se a alta tecnologia de vocês não consegue superar a alta tecnologia dele, vamos baixar o nível. Vamos apelar para os clássicos. Peabody, tire essa jaqueta.

— Minha jaqueta?

— Tira logo!

— Ok.

Quando Peabody a tirou, Eve pôs as mãos na cintura e ficou encarando a parceira por um bom tempo.

— Abre os dois botões de cima.

Os olhos de Peabody se arregalaram e viraram dois balões castanhos chocados.

— O quê?!

— Dois... não, os três botões. Meu Deus, Peabody. — Eve se aproximou, ela mesma abriu a camisa da parceira. — Todos nós já vimos peitos antes. — Ela arqueou as sobrancelhas ao ver o elegante sutiã de renda que Peabody usava sob a blusa, e que quase combinava com a cor que atualmente coloria suas bochechas. — Podemos morrer por uma explosão a qualquer momento e é isso que você quer que as pessoas vejam sob as roupas de uma detetive da Polícia de Nova York?

— Explodir não estava nos meus planos hoje. Muito menos ser despida pela minha parceira. — Ela levantou a mão para fechar a blusa novamente e levou um tapa de Eve.

— Dá uma empinada — ordenou Eve.

— O quê?

— Empine seus peitos um pouco.

— Deixe que eu faço isso.

— Não se empolgue, McNab — disse-lhe Eve, com voz suave. — Você sabe o que eu quero dizer, Peabody. Empine-os de leve.

Quando Eve começou a fazer isso por ela, Peabody deu um pulo para trás.

— Eu sei fazer isso sozinha, obrigada. — Resmungando, ela se virou de costas e seus ombros balançaram. Morta de vergonha, ela se virou novamente.

— Uau!... Peabody, que *body*.

Ignorando o comentário de McNab, Eve deu uma análise geral na parceira.

— Vai funcionar.

— Clássico — comentou Roarke.

— O que vai funcionar? O que é clássico? Quero minha jaqueta.

— Ih, esquece. Você vai bater na porta da frente de Milo, a Minhoca. E ele vai te atender.

— Eu vou? Ele vai me atender?

— Donzela em perigo, certo? — disse Eve a Roarke.

— Uma donzela muito atraente. Espertinha você, tenente.

— Ah, tudo bem, já entendi. Vai parecer que estou precisando de ajuda – sozinha, indefesa, inofensiva. Ele vai abrir a porta para me ajudar. Você é quem deveria fazer isto — disse Peabody a Eve.

— Você é a única aqui com peitos. Os homens são loucos por peitos.

— Observação indelicada — disse Roarke. — Mas, de modo geral, verdadeira.

— Além disso, você é o tipo de mulher que, obviamente, agrada aos *nerds* magricelas.

— Ah, e como! — confirmou McNab. — Agrada mesmo!

— Talvez uma saia curta e um sapato de salto alto. Alguém por aqui deve ter algo assim. Tudo o que ele vai ver é a mulher seminua com peitos grandes batendo na porta dele. Dia de sorte! E, enquanto ele estiver focado nos peitos, nós o pegamos. McNab, tenta achar uma saia e os sapatos em algum lugar. Peabody, tenta dar uma bagunçada no cabelo, ficar com uma cara de vadia, e não tente me dizer que não sabe como fazer isso. Vou conseguir um mandado e montar todo o esquema. Mexam-se! — Depois que eles se mexeram, ela pegou seu *tele-link* para tentar conseguir o mandado. — Você sabe como estes caras pensam — disse a Roarke. — Me ajuda a montar tudo.

— Será um prazer.

Menos de uma hora depois, Eve estava sentada no banco traseiro de uma van da DDE, a dois quarteirões do edifício onde morava o alvo.

— Não temos como saber se ele está lá dentro. — E ela odiava esse não saber. — Se ele não cair no nosso golpe clássico, nós avançamos, arrombamos a porta e fazemos uma limpa no prédio.

— Precisaremos daqueles noventa segundos a dois minutos que eu já te falei — lembrou Roarke —, para verificar e localizar armadilhas e explosivos. É muito provável que ele tenha algumas armadilhas e equipamentos autodestrutivos no caso de uma entrada forçada.

— Você vai ter o seu tempo, mas vamos passar por aquela porta.

— Aposto em Peabody. — McNab ajustou sua tela. — Ela está um arraso.

Cálculo Mortal

— Pelo que sabemos até aqui, pode até ser que ele prefira o seu tipo — disse a McNab. — Ou o seu — disse para Roarke. — Por enquanto, porém, vamos ficar com o clássico. No segundo em que a porta se abrir, nós entramos. Roarke e McNab, façam a varredura. Peabody, você está na escuta?

— Afirmativo.

— Baxter?

— Bem aqui.

— Podem entrar em ação.

— Eba! — gritou Peabody, e Eve ouviu a rotação do motor de um carro. — Baxter tem um carrão.

— Para de parecer feliz.

— Estou tentando forçar umas lágrimas, porque meu namorado é muito mau comigo.

Com uma risada na voz, Baxter respondeu.

— Estamos dando a volta no quarteirão. O alvo está à vista.

— Deem espaço para ela — ordenou Eve. — Deem um tempo para ela. McNab, vamos chegar mais perto.

Quando ele fez sinal para o motorista, a van começou a se movimentar e juntou-se ao tráfego de carros.

Bem em frente do prédio de Milo Easton, Baxter estacionou no meio-fio. Ficou sentado ali, com ar furioso, para o caso de Milo estar monitorando a rua.

— Agora já chega! — disse Baxter, enquanto Peabody, também irritada, fazia beicinho para ele.

— Façam um show para o nosso hacker — ordenou Eve.

— Desculpe, Peabody — disse Baxter.

Ele a agarrou; ela lutou, tentando se desvencilhar. Por alguns minutos, os dois se engalfinharam no banco da frente. Ela simulou dar um tapa nele, mas evitou o contato no último segundo.

— Desculpe, Baxter.

Com o rosto com uma expressão furiosa e os olhos brilhando por causa das lágrimas, Peabody saltou do carro. Colocou os braços de forma protetora em volta do corpo e ficou ali tremendo — sem casaco e sem bolsa.

— Você é um idiota com pau pequeno! — gritou ela.

Baxter colocou a mão para fora da janela, o dedo do meio levantado e foi embora.

Conforme lhe fora instruído, Peabody perseguiu o carro por alguns metros, cambaleando nos saltos altos.

— Volta aqui, seu filho da puta! Você ficou com a minha bolsa. E com meu *tele-link*!

Fingiu torcer o tornozelo e começou a mancar de volta pelo caminho por onde viera.

— Você está ótima — elogiou Eve quando eles a enquadraram na tela. — Está revoltada, mas também parece um pouco desesperada. *O que eu faço? Tadinha de mim.* Finja que avistou a casa e não pense em outra coisa. Você precisa alguém para te ajudar.

Seu coração batia forte de animação e um pouco de pânico.

Não estrague tudo, ordenou Peabody a si mesma. *Não estrague!*

Ela apertou a campainha e fingiu procurar o interfone.

— Oi! — gritou, tentando fazer uma voz rouca e sexy. — Tem alguém em casa? Ei, oii!? Estou com um probleminha. Alguém pode me ajudar? — Ela se inclinou em direção à câmera, empinou o peito e deixou algumas lágrimas escorrerem pelo rosto. — Oi! Posso usar o seu *tele-link*? *Por favor!* — Ela estremeceu novamente e nem precisou fingir. Sentiu os mamilos acesos como holofotes, mas talvez ele nem estivesse em casa. Talvez suas meninas estivessem para jogo em vão.

— Está tão frio! Eu não estou de casaco. Meu namorado me largou na rua, sem nada. Alguém pode me ajudar?

— Não tem como alguém resistir a isso — declarou McNab. — Ele não deve estar em casa.

— Espere mais um minuto. — Mais um minuto, pensou Eve, então ela liberaria Roarke e McNab para tentar *hackear* os eletrônicos dele e esquadrinhar tudo.

— Olha lá! Você viu isso, Ian?

— Sim, vi! — confirmou McNab, respondendo a Roarke. — Ele está em casa.

— Como vocês sabem? — perguntou Eve.

— Está fazendo uma varredura externa. — McNab bateu no seu monitor. — Verificando sinais vindos de fora.

— Ele consegue detectar a gente?

— Não, estamos em baixa frequência. Vamos parecer um sinal padrão de comunicação.

— Ela não pode continuar lá, tocando a campainha e berrando. Peabody, você precisa fingir que vai desistir. Comece a se virar devagar, depois sente no degrau e comece a chorar um pouco.

— O que eu vou fazer? — Fungando, Peabody limpou uma lágrima do olho. — Não sei mais o que fazer. — Ela começou a se virar e de repente ouviu. Um zumbido muito fraco veio do interfone. Forçando-se a não reagir, deu mais um passo para longe da porta.

— O que está acontecendo aí fora?

— Ah! Graças a Deus! — Ela voltou à porta e se lembrou de mancar levemente. — Oi! Oi! Por favor, você pode me ajudar? Meu namorado me deixou na rua. Levou minha bolsa. Ficou com o meu *tele-link* e o meu dinheiro. Levou tudo! Está muito frio aqui fora. Posso entrar só por um minuto? Posso só usar o seu *tele-link*? Eu poderia ligar para Shelly. Talvez ela possa vir me pegar.

— Quem é você?

— Oh... Meu nome é Dolly. Dolly Darling. Eu danço na boate Kitty Kat, na Harrison. Você conhece? É um lugar legal. É bem elegante, sabe? Shelly está trabalhando nesse turno, então ela pode dar uma saída e vir me pegar, se você me deixar entrar. Ele levou meu casaco. Estou morrendo de frio.

— Vocês brigaram?

— Descobri que ele estava me traindo. Com a minha ex-melhor amiga. Por que ele faria isso comigo? Por que ele quis ser tão ruim comigo? — Ela exibiu seu melhor beicinho sensual (torcendo para que fosse seu melhor beicinho) e respirou fundo para inflar seus seios ao máximo. — Fui sempre tão carinhosa. Sempre fiz *tudo* por ele. Querido, por favor! Estou morrendo de frio. Talvez você possa me emprestar um casaco, ou sei lá. Eu poderia negociar por ele, pegar só por empréstimo. E te oferecer um mimo, talvez. Eu tenho uma licença. Bem, ela não está comigo, porque o Mickey levou a minha bolsa.

Ela estava com muito frio de verdade, pensou Peabody, e conseguiu derramar algumas lágrimas reais.

Sua cabeça ergueu-se quando ouviu o clique eletrônico da fechadura se abrindo.

— Você vai abrir a porta? Ai, obrigada! Muito obrigada. Fico te devendo, sério mesmo.

A porta se abriu alguns centímetros e deu a Peabody — e ao restante da equipe — o primeiro vislumbre de Milo, a Minhoca.

Ele tinha feito alguns procedimentos estéticos desde a sua última foto de identificação. Um implante no queixo, deduziu Eve, que ele optou por destacar com uma estreita faixa horizontal de barba loura cor de areia. Seus olhos, de um verde distinto, não conseguiam parar de viajar para os seios generosos de Peabody. O cabelo atual era um emaranhado de tranças compridas com todas as cores do arco-íris. Estava usando o que Eve considerou típicas calças largas de *nerd* em tom forte de laranja e uma camiseta com estampa tie-dye que parecia larga demais para o seu corpo magro.

— Oi! — Peabody disse aquela sílaba com um suspiro delicado de boneca e sorriu para aqueles olhos misteriosos ao ouvir as ordens para acabar com aquilo e entrar logo, através do seu fone de ouvido.

— Meu nome é Dolly. Gostei do seu cabelo. Supermag! Posso entrar por, tipo, dois minutos? Estou quase congelando, veja só.

Ela estendeu a mão com a palma para cima para que ele visse que estava vazia. Então encheu os pulmões mais uma vez quando ele colocou a mão dele sobre a dela.

— Oooh, você está tão quentinho. E é muito fofo. Por favor, posso sair do frio e usar seu *tele-link*? Prometo que não mordo, a menos que você queira.

— Certo. Podemos combinar aquela troca de favores.

Quando ele abriu mais a porta, Peabody entrou e então parou, impedindo-o de fechar a porta.

— Ah, ai! Eu torci meu tornozelo correndo atrás daquele *babaca*.

— Talvez você precise se deitar.

Ela deu uma risadinha e deu uma cutucadinha provocadora nele.

— Talvez você possa... me aquecer um pouco antes de eu pegar seu *tele-link* emprestado.

— Vou começar por aqui, então. — Ele estendeu a mão e fechou-a sobre o seio esquerdo de Peabody. Ela sorriu para ele e se aproximou um pouco mais.

Em um movimento rápido, ela o pressionou de cara na parede.

— Quer violento? — brincou ele.

— A festa acabou! — anunciou Eve, enquanto contornava Peabody e prendia as mãos de Milo atrás das costas. — Milo Easton, você está preso. Temos muitas perguntas para você, Milo. Peabody, por que você não lê para ele os direitos e obrigações dele, enquanto soltamos os nossos eletrônicos pela casa?

— Você não pode simplesmente entrar aqui. Não pode tocar nas minhas coisas. Você não pode...

— Eu posso e *vou*, e já estou fazendo isso — corrigiu Eve. — Você está ferrado, Milo. Pode desmontar tudo — ordenou a McNab.

— Estou doido para fazer isso. — Mas ele demorou mais um pouco para colocar o casaco de Peabody sobre os ombros dela.

— Mande os guardas levarem-no para ser fichado — disse a Peabody. — Vamos deixar ele sozinho antes de conversar com ele.

Eve viu Peabody puxá-lo para fora e sorriu para Roarke.

— Tudo por um par de peitos.

— Eles são peitos lindos.

Ela apenas balançou a cabeça.

— Homens. Aposto que você quer ficar por aqui e curtir todo esse paraíso nerd.

— Você não conseguiria me tirar daqui, nem com um belo par de peitos.

— Aposto que eu conseguiria — disse ela, ao sair.

Eve aumentou a temperatura no interior da viatura para que estivesse bem quente quando Peabody chegasse.

— Ai, Deus! Isso é muito bom. Meus peitos estavam realmente congelando.

— Você se saiu muito bem, Dolly Darling.

— Inventei uma historinha para ficar mais verossímil.

— Uma acompanhante licenciada que faz *striptease* e tem um namorado traidor chamado Mickey.

— Pois é. Um cara pode achar que suas chances de transar podem aumentar se a mulher for uma acompanhante licenciada. Quer dizer, meu trabalho é trepar com as pessoas, certo? Quanto ao lance da *striptease*, imaginei que os homens sempre têm fantasias com mulheres tirando a roupa, então foi um toque adicional. Ah, e Dolly Darling é apenas o meu nome artístico. Eu teria chegado a essa parte, se fosse necessário. Vou ganhar um bônus por deixá-lo agarrar meu peito?

— Seu peito, assim como o resto do seu corpo, pertence à Polícia de Nova York. Além do mais, McNab vai domar como se você fosse um cavalo de corrida na primeira oportunidade. Esse é o seu bônus.

— Você mencionou sexo e McNab na mesma frase!
— Só dessa vez, também é um bônus.
— Tenho uma roupa em casa que Dolly usaria. Vou usar hoje à noite para...
— Você não ganhou um bônus tão grande. Milo vai pegar um advogado. Nós o pegamos de surpresa, o deixamos desnorteado e por isso ele não pediu um advogado na hora, mas, com certeza, vai fazer isso.
— Até lá já vamos ter muitas evidências contra ele e muito com o que negociar.
— Sim. Eu gostaria de protelar um pouco esse momento. Por que você não avisa à Promotoria que já temos o Milo sob custódia e vamos começar com as perguntas? Quero a identidade do cara grandão. Não precisaremos negociar com Milo se conseguirmos identificar o assassino.
— Precisamos correr, daqui a pouco somos obrigadas a notificar os federais.
— Amanhã à noite, de um jeito ou de outro. Até lá a gente encerra o caso ou notificamos eles.

Ela queria encerrar aquele caso, pensou Eve enquanto se dirigia para encontrar Milo na Sala de Interrogatório B. Ela realmente queria fechar tudo aquilo com uma chave de ouro.

Entrou na sala com Peabody, que já vestia sua jaqueta e sua blusa cuidadosamente abotoada.

— Tenente Eve Dallas e detetive Delia Peabody, entrando na sala de Interrogatório com Milo Easton. Como vai, Milo?

— Não tenho nada a dizer.

— Isso quer dizer que você já ouviu seus direitos e entendeu tudo, certo?

— Eu sei a porra dos meus direitos. Quero um advogado. Não digo uma palavra sem a presença do meu advogado.

— Tudo bem, sem problemas. Mas vou te dar alguns conselhos, meu chapa. Dizem por aí que o seu... cliente, vamos chamá-lo assim, ainda está limpando a casa. Você vai ser descartado, Milo, então é melhor tomar muito cuidado com o advogado que vai chamar. Qualquer ligação dele com o seu cliente vai significar que perdemos nosso tempo tentando salvar sua bunda hoje.

— Salvar minha bunda? Você acha que eu sou burro?

— Até onde eu sei, você é muito inteligente em termos de informática. Não sei o quanto você é inteligente com pessoas. Lembre-se de que você é a última ponta solta. Você pode achar que vai conseguir se esconder naquela sua fortaleza eletrônica, só que, mais cedo ou mais tarde, ele vai te pegar. Nós fizemos isso e nem demorou muito.

Milo recostou-se na cadeira com um sorriso de escárnio.

— Advogado!

— Tudo bem. Peabody, entre em contato com a Promotoria e avise que Milo exigiu o seu direito a um advogado, então não há necessidade de propor aquele acordo. Vamos dar a Milo a ligação por *tele-link* a que ele tem direito e depois o colocamos em prisão preventiva. Supervisão a todo tempo. Não queremos que ninguém diga que não conseguimos mantê-lo vivo enquanto estávamos com ele. — Eve quase conseguiu ver as engrenagens de sua cabeça funcionando, ou, no caso dele, a placa-mãe esquentando, quando ela se levantou. — Você pode contratar uma banca de advogados, Milo, mas não vai escapar dessa. Temos o suficiente para jogar você numa cela por décadas, sem acesso a eletrônicos. E isso só com o que conseguimos na sua casa. Se você somar as acusações de fraude, evasão fiscal, lavagem de dinheiro, falsificação de dados contábeis e apropriação indébita, você será um velho caquético antes de tornar a ver a luz do dia.

— Vocês não têm porra nenhuma. Não vão encontrar nada comigo. Quanto à fraude e toda essa merda? É tudo mentira.

— Talvez você não seja tão inteligente quanto nos disseram. Não vamos encontrar nada? Caramba, Milo, nós encontramos *você*, não foi? E aposto que metade das peças e equipamentos, provavelmente até mais do que isso, que você tem no seu santuário nerd foi projetada, fabricada e vendida pelas Indústrias Roarke. E o próprio Roarke, em pessoa, está nesse momento desmontando todos os seus brinquedinhos. — Eve sentiu uma leve satisfação pessoal ao vê-lo engolir em seco à menção do nome de Roarke. — Você se acha o melhor? Por favor! Você não chega nem aos pés dele. Então, tudo bem, ligue para o seu advogado, Milo, e se viver o bastante para ir a julgamento, e é um grande "se", você vai se dar mal, sozinho, e passar os próximos... ahn, acho que oitenta anos, se a gente somar as penas, em uma cela sem acesso a um tablet sequer para brincar. Nada de acordos para você.

Ela foi em direção à porta.

— Um minuto.

— Eu tenho mais o que fazer, Milo.

— Quero saber que tipo de acordo é esse, antes de decidir.

— Ah, você quer que eu mostre as minhas cartas, mas sem me dar nada em troca? Esquece.

Ela estendeu a mão para a porta.

— Como vou saber se você não está mentindo?

— Milo, Milo, pegamos você e temos todas as provas. Por que eu precisaria mentir?

— E por que precisaria negociar?

— Prefiro não negociar, mas a Promotoria quer tudo arrumadinho. Isso economiza dinheiro dos contribuintes. Como você é o menos importante dessa história, eles estão dispostos a pegar leve em troca de informações relevantes. Alexander não precisa mais de você, Milo, e você sabe demais. Mas tudo bem, você pode arriscar, se quiser.

— Olha só, a fraude, a apropriação indébita e todas essas merdas, eu não fiz nada disso. Ele só me contratou para *hackear* alguns arquivos, para o esquema da auditoria. Caramba, é a empresa dele, certo? Se ele quer prejudicar a própria empresa, isso é problema dele.

— Vai querer o advogado ou não, Milo?

— Vamos só esclarecer essa parte antes. Não preciso de advogado ainda.

— A escolha é sua. Ferrar com a empresa dele por meio de apropriação indébita de fundos, corrupção, lavagem de dinheiro, fraude contra terceiros e assim por diante? Isso tudo é ilegal, Milo. E como ele te contratou, te pagou e você trabalhou para ele, você é cúmplice. E é o seu que está na reta agora.

— Então, eu vou te dar informações.

— Como?

— Minha política é copiar e fazer *backup* de tudo. Tenho cópias de todos os arquivos que ele me mandou destruir. E... sabe como é, gosto de saber muito bem o que estou fazendo, então invadi o sistema de segurança dele. Tenho nomes, contratos e acordos que ele fez. Tenho trabalhado nas finanças dele. Está tudo correndo bem para ele.

— E onde estão todos esses dados?

Milo remexeu a bunda magra na cadeira.

— Qual é o acordo? Antes eu quero saber qual é o acordo.

— Se você me oferecer provas concretas que consigam nos levar à prisão e à condenação de Sterling Alexander por assassinato, o estado de Nova York não fará nenhuma acusação de fraude, apropriação indébita, lavagem de dinheiro ou cumplicidade contra você.

— E quanto aos crimes eletrônicos, as acusações que fizeram vocês invadirem a minha casa?

— Agora você está ficando ganancioso. Acabei de te devolver uns cinquenta anos da sua vida.

— Ah, qual é!? Posso entregar Alexander para você numa bandeja, junto com todos os seus agentes. Ele tem operações em todos os

lugares. Empresas fictícias, golpes pela internet, fraudes imobiliárias. Você vai encerrar um caso importante, não é? E se a gente fizer o seguinte: eu testemunho contra ele e depois eu só vou embora. Só...
— Ele abriu as mãos e fez um som de *puf.*
— Não posso fazer isso. — Eve deu os ombros sem dar muita importância. — Talvez eu possa conversar com a assistente de promotoria para aliviar um pouco a sua barra.
— Alexander que é o peixe grande — interviu Peabody. — Podemos conseguir algo para ele, Dallas. Talvez prisão domiciliar, cinco a dez anos?
— Meu Deus, Peabody. — Como se estivesse frustrada, Eve passou a mão no cabelo. — Aí é melhor deixá-lo solto de uma vez.
— Por que você não facilita para a gente? — pediu Peabody. — Você tem a maior parte das provas contra Alexander. A gente vai economizar tempo, problemas e dinheiro com isso. Facilita, vai. Vai ser difícil convencer a Promotoria. O que acha, Dallas?
— Sim, sim, vai mesmo. Droga! — Ela respirou fundo. — Tudo bem, vou insistir nos cinco a dez anos em prisão domiciliar — disse a Milo. — Pelo que você hackeou e pelo que conseguimos extrair dos seus equipamentos que não tenha ligação com Alexander. Eu quero alguma coisa para te ajudar com esse acordo.
— Tenho um quarto do pânico. É no subsolo, totalmente seguro e protegido. Não dá para entrar lá sem a minha impressão palmar, reconhecimento de voz e reconhecimento digital da minha retina. Você precisa me levar lá para que eu possa colocar todos vocês lá dentro.
Eve pensou em Roarke e sorriu.
— É o que veremos, Peabody.
— Deixa comigo — disse Peabody.
— Peabody saindo da sala de interrogatório — recitou Eve, para a gravação. — Muito bem, Milo. Agora que arrumamos toda essa parte, vamos falar sobre os assassinatos.
— Hein?

Capítulo Vinte

Eve deu a ele um minuto para assimilar e processar o que Eve havia dito. Boquiaberto, sua estreita faixa de barba no queixo parecia a borda de uma tigela de vidro larga.

— Homicídio, Milo. Você sabe, o assassinato ilegal de um ser humano. Como, por exemplo, o de Marta Dickenson.

— Eu não matei aquela mulher. Não matei ninguém. Eu *hackeei* os arquivos dela, ok? Já te disse isso. Fizemos um acordo.

— Exato. Só que agora estamos falando disso. — Ela pegou a foto da cena do crime e a deslizou sobre a mesa na direção dele.

— Eu não fiz isso. — Ele empurrou a foto de volta. — Nunca *toquei* nela. Se você está tentando jogar isso para cima de mim, eu não falo mais nada.

— Você é quem sabe. — Ela deu de ombros. — As mesmas regras de antes se aplicam agora. Eu não posso te ajudar se você não falar. Ou se mentir para mim. Se você tentar me dizer que não estava lá e não sabe nada sobre isso, a gente para agora mesmo. Podemos retomar esse papo depois do reconhecimento de suspeitos.

— Do que você está falando? Que reconhecimento?

— Aquele em que trazemos a testemunha que viu você, seu amigo e a van Cargo na porta do apartamento de Whitestone na noite do assassinato de Marta Dickenson, a sua van. Acorda, Milo! Você acha que tiramos seu nome da cartola? Temos uma testemunha.

Ele se remexeu outra vez e passou as costas da mão sobre a boca.

— Eu não matei ninguém.

— Você admitiu trabalhar para Alexander, corrompendo e destruindo os arquivos em que Marta Dickenson estava trabalhando. Você e a *sua* van foram vistos na cena do crime no momento do assassinato. É melhor você chamar seu advogado, Milo, e tenho quase certeza de que ele ou ela vai te falar que está em maus lençóis.

— Eu não matei *ninguém*! Ok, tudo bem, aquela era a minha van, mas eu só dirigi.

— Você só dirigiu? — repetiu Eve tranquilamente, e pensou: *Peguei você, idiota.*

— Isso mesmo. Eu dirigi a van. Não sabia que depois iam matar a mulher. Dirigi a van e deveria *hackear* a segurança, se as senhas não funcionassem.

— Que senhas?

— As senhas do apartamento, as senhas que Jake Ingersol passou para a gente. O Alexander me contratou para pegar minha van, dirigir e hackear o sistema caso o Ingersol sacaneasse a gente, está entendendo? Só isso.

— Ok, estou entendendo. Mas vamos voltar um pouquinho. Como foi que Alexander contratou você? Como ele entrou em contato?

— Por meio de Ingersol. Já tinha feito uns trabalhos para ele antes. Eu só trabalho com indicação, entende? Cuidado é muito importante nesse ramo.

— Sei. Então foi Ingersol que trouxe Alexander até você?

— Foi. Eles tinham um bom esquema rolando, mas Alexander queria fazer alguns ajustes e receber uma parcela maior. É aí que eu entro. Ele tem um alvo em potencial, ou um grupo de investidores. Eu reúno um arquivo completo sobre eles. Finanças, outros investimentos, com o que, com quem eles gastam dinheiro. Verifico se eles tinham algum esquema por fora e se eram corruptos.

Uma contradição, reparou Eve, já que Milo tinha alegado há pouco não ter se envolvido no esquema de fraude. Resolveu dar mais corda para ele.

— Para chantagem?

— Eu também não chantageei ninguém. — Milo levantou as mãos, em defesa. — Eu não faço essas merdas. Eu só forneço informação ao cliente. O que o cliente faz com isso não é problema meu.

— Entendi. Mas como você é meticuloso, deve ter reunido arquivos que mostrem como e em que Alexander usou todos esses dados. Guardaria isso como uma espécie de resguardo, se fosse necessário.

— Como eu disse, é importante ser cuidadoso. Ele já intimidou algumas das vítimas, claro. Ele usava um pouco de força quando elas começavam a reclamar ou tentavam sair do esquema. Coisas desse tipo. Ele é um canalha ganancioso. Acredita que ele até tentou me fazer diminuir meus honorários?

— Vê se pode!

— Pois é, é sério. Você recebe aquilo pelo que pagou, certo? E o meu trabalho rendeu a ele uma quantidade absurda de dinheiro.

— Eu acredito. Há quanto tempo você trabalha para ele?

— Seis meses. Fazendo esses ajustes, de vez em quando.

— Então você estava envolvido na fraude.

Ele piscou e se remexeu na cadeira.

— Não cometi nenhuma fraude. Fiz só os ajustes. A gente já falou sobre isso.

— Tudo bem. Então você fez as alterações e ajudou Alexander a ganhar aquela quantidade absurda de dinheiro. Mas mesmo com sua ajuda, ele ia ter problemas com aquela auditoria de que não estava conseguindo se livrar.

— Isso não devia ter sido um problema, e não teria sido se o Parzarri não tivesse se envolvido num acidente e fosse colocado para fora do esquema antes de consertar os livros de contabilidade. Então, é aí que estou querendo chegar. — Sentindo-se mais à vontade, Milo se inclinou para a frente e continuou, descontraído. — Ele me disse que queria que eu pegasse a contadora para *hackear* tudo dela e conseguir algumas informações sobre ela para que fosse abordada assim que saísse do escritório, antes de poder examinar os livros. O que eu imaginava era que eles queriam os arquivos dela, colocar um pouco de pressão para deixá-la de boca fechada e depois seguir em frente. Talvez oferecessem alguma grana pelo silêncio dela, embora, como eu já disse, ele seja um canalha ganancioso. Tudo que eu fiz foi monitorar os *tele-links* dela e bisbilhotar as mensagens.

— E dirigir a van.

— É. Alexander não gosta de pagar, então eu acabo fazendo várias tarefas. Por mim tudo bem, porque ele acaba sendo basicamente uma renda fixa para mim. Eu só levei o cara dele até o escritório de contabilidade e depois, quando ele pegou a contadora, eu levei os dois para o apartamento. Não tiveram problema com os códigos, então eu fiquei esperando na van. Viu só? Nunca encostei um dedo nela. Eu estava dentro da van.

— Ok, isso faz sentido. O que aconteceu? Quero detalhes.

— Então, depois que ela foi jogada na parte de trás da van, começou a gritar e o cara deu umas porradas nela. Olha, sinto muito por isso, de verdade, mas acontece. É assim que funciona nesse trabalho, pode ser duro, às vezes.

— Entendo.

— Eu, eu só dirijo e libero a segurança e as fechaduras do lugar. Estava tudo certo. Voltei para a van e fiquei lá, esperando. Ele não demorou muito no apartamento. Não sei exatamente quantos minutos porque estava trabalhando no meu tablet, então algum tempo se passou. Até que ele voltou.

— E?... — perguntou Eve, depois de um momento.

— Foi só isso. O cara não fala muito. Eu só deixei ele nos escritórios de Alexander e Pope, como ele mandou, levei a van de volta para a garagem onde eu deixo ela e peguei um táxi para casa.

— Quem é esse "cara"?

— Não sei.

— Milo...

— É sério. — Ele ergueu a mão direita como se fizesse um juramento. — Não. Sei. Quem. Ele. É! Nem quero saber. É um cara assustador, e eu percebi que, se eu tentasse descobrir algo sobre ele, a coisa poderia pegar para o meu lado. Não é como se a gente trabalhasse sempre junto, sabe? Eu só o tinha visto algumas vezes antes, e outras poucas vezes depois de tudo isso, não quero nunca mais.

Eve estava propensa a acreditar nele, mas o pressionaria um pouco mais depois.

— Ele não falou nada sobre Dickenson?

— Ele não falou absolutamente nada, só para que eu o levasse de volta até ao escritório. Ele estava com a pasta e o casaco dela. Achei aquilo estranho, mas pensei que parte do castigo dela era ir para casa a pé sem casaco. Estava muito frio naquela noite. Só depois que eu fui ver que ela tinha morrido. Disseram que foi um assalto, mas...

— Você sabia que não tinha sido isso.

— Bem, até *poderia* ter sido um assalto, mas imaginei que algo tinha dado errado. Mesmo assim, não fiz perguntas. Quando você começa a fazer perguntas, está procurando problema.

— Você não perguntou nada quando Alexander mandou você arrombar o edifício da Brewer, invadir o escritório, o computador de Dickenson, o cofre, pegar e/ou destruir arquivos?

— Isso é o trabalho. — Milo pousou as pontas das mãos na mesa como se estivesse colocando o assunto em uma caixa. — Claro que a gente sempre faz algumas perguntas, mas as ordens foram bem diretas. Tentei dizer a ele que eu poderia cuidar dos arquivos antes, mas ele não quis pagar pelo serviço. Acabou pagando de qualquer jeito, certo? Mão de vaca.

— Você não fez perguntas quando ele mandou você invadir o sistema de comunicações e segurança do hospital?

— Só as perguntas básicas, para eu poder programar o trabalho. Escuta, eu posso dizer a mesma coisa aqui. Eu não sabia que eles iriam matar o Parzarri. Tipo, que falta de noção, certo? O cara era bom no que fazia.

— O que você achou?

— Achei que Alexander queria que o seu cara assustasse o Parzarri, para ter certeza de que ele não tinha estragado tudo, nem falado com ninguém. Ele ficou incomunicável por alguns dias e Alexander começou a ficar preocupado. Ainda mais depois que você entrou em cena. Cara, ele ficou irritado

— Ah, é?

— Bastante. Ok, vou abrir o jogo, cooperação total. Ele queria que eu invadisse a rede de comunicação de vocês: a Central, os tablets, os *tele-links*, e os aparelhos de casa. Gostaria de dizer que vocês têm um sistema de proteção fantástico contra *hackers*. Não tive tempo para descobrir como ultrapassar as barreiras. Então o que eu fiz foi pegar a outra policial, aquela que estava aqui ainda agora.

— Detetive Peabody.

— Sim. O departamento de Polícia de Nova York tem uma proteção bem decente contra *hackers*, mas dá para acessar. Rastreei o localizador do comunicador dela. Foi assim que o cara soube onde vocês estavam.

— Mas você não fez perguntas.
— Imaginei que ele fosse mexer com vocês, para assustar. Achei aquilo muita burrice. Se ele faz isso, vocês iam ligar os pontos, mas ele não me paga para ter conselho. Jogar aquele bebê pelo ar foi muito cruel, cara. Foi bem pesado. A propósito, sensacional, a sua recepção.
— Obrigada. Voltemos a Parzarri por um minuto, só para fechar isso. Você *hackeou* os sistemas do hospital, conseguiu os dados sobre a chegada do jatinho, a equipe que estava na ambulância, criou identidades falsas e enviou o comunicado falso.
— Sim, esse era o trabalho.
— E dirigiu a ambulância.
— Isso foi no calor do momento. — Ele abriu um sorriso. — Luzes acesas, sirene ligada. Adrenalina!
— Mas enquanto você dirigia, Milo, enquanto você curtia toda essa adrenalina, Parzarri estava na parte de trás da ambulância, sendo sufocado.
— Eu não sabia. Sério, você tem que prestar muita atenção quando está dirigindo uma ambulância.
— E o que você achou quando largou a ambulância com Parzarri dentro daquela passagem subterrânea e trocou de carro?
— O mesmo que antes. — Seus olhos se desviaram. — Foi tudo para dar um susto nele.

Você está mentindo agora, pensou Eve. *Mentindo para mim, seu mentiroso filho da puta.*

— Então foi tudo para dar um susto nele e deixá-lo ferido, já que você não sabia que ele estava morto. Era para deixá-lo ferido, sozinho, pegar a pasta dele e ir embora?
— Fui pago para *hackear* e dirigir. É isso. E eu não ia dizer nada. O cara parecia... meio drogado. Aquilo me deu um mau pressentimento. Ainda tínhamos que ir para o prédio da WIN, para o grandalhão conversar com Ingersol.

— Só conversar.

— Isso era tudo que eu sabia. Liguei para Ingersol e avisei que Alexander queria discutir alguns novos detalhes. Disse que era importante, e eles deveriam se encontrar lá no apartamento. Mas antes disso, o gorilão me faz parar. Aquilo não estava no cronograma, mas eu faço o que me mandam. Não discuto com aquele cara. Ele entrou em uma lojinha de ferragens fajuta. Eu tive que dar a volta no quarteirão e isso levou algum tempo, por causa do trânsito e tudo mais. Ele estava esperando por mim quando eu voltei e tinha uma sacola da loja. Eu não sabia o que tinha dentro dela. Até onde eu sei, ele estava precisando de uma ferramenta.

— É uma suposição razoável.

— Pois é.

Eve esperou um pouco.

— E então?

— Ah, bem. Whitestone tinha trocado as senhas depois do que aconteceu lá, mas eu tinha o padrão e conhecia o sistema, então foi fácil entrar. Daí eu estacionei, fui tomar um café, sentei e trabalhei um pouco até receber o sinal para voltar e buscar o cara. — Milo parou e umedeceu os lábios. — Dessa vez eu fiquei assustado. O cara parecia, sei lá, mais do que drogado. Parecia um pouco louco, talvez. E pensei ter sentido cheiro de sangue. Não tenho certeza, só sabia que tudo que eu queria era voltar para o escritório, largar ele lá, deixar o carro na garagem da empresa e voltar para casa. Juro que já tinha decidido recusar outros trabalhos que envolvessem aquele cara. O que quer que Alexander me oferecesse de grana, não valia a pena.

— Um pouco tarde para isso, Milo.

— Olha, eu sou um hacker. Não machuco ninguém. Eu descubro informações e, sim, talvez desvie algum dinheiro, mas não sou violento.

— Você só vende informações para pessoas que são violentas.

— Eu não tenho nada a ver com o que as pessoas fazem com as informações.
— Bem... Na verdade, Milo, você está errado em relação a isso. A lei tem uma visão diferente dessa história. É por isso que você está preso por cúmplice de três assassinatos.
— Você *não pode* fazer isso. Eu só dirigi a van.

Eve imaginou que aquele fosse o bordão dele pelo resto de sua vida miserável.

— É por isso que se chama cumplicidade, Milo. Você devia pesquisar sobre isso. Você só dirigiu a van na noite em que Marta Dickenson foi sequestrada e assassinada. Também será acusado pelo sequestro, a propósito.

— Mas... o que... — As palavras saíram, mas ficaram soltas no ar.

— Talvez, apenas talvez, o seu advogado possa argumentar que você não sabia sobre a intenção de matar, daquela primeira vez. Mas como você mesmo admitiu que sabia que ela tinha sido assassinada, será condenado como cúmplice nos casos depois desse. Em vez de denunciar, você aceitou o trabalho seguinte com as mesmas pessoas, e depois mais um. Ninguém vai acreditar que você foi tão burro a ponto de não saber o que estava fazendo. Você cometeu o mesmo erro várias vezes, Milo. E três pessoas estão mortas.

Eve viu lágrimas surgirem nos cantos dos olhos dele.

— Eu cooperei. Contei tudo para você.
— É verdade. Obrigada. — Ela se levantou.
— Você mentiu. Você me enganou. Você... armou para cima de mim.
— Não, sim, não. Eu posso mentir num interrogatório, mas neste caso não foi preciso. Se não tivéssemos te achado e trazido para cá, Alexander mandaria o gigante matar você logo, logo. Não tenha dúvida disso, Milo. Além do mais, o estado de Nova York não apresentará acusações de fraude contra você. Mas não tenho controle algum sobre

o que os federais farão a respeito do restante, e tenho certeza que eles vão atrás de você.

— Eu não machuquei ninguém.

— Caramba, você realmente acredita nisso, né? — Eve se perguntou se deveria ter pena dele, mas não conseguiu sentir isso. — Também vou pedir à Promotoria que considere a prisão domiciliar pelos seus crimes como *hacker*. É claro que essa prisão domiciliar acontecerá após você ter cumprido pena em regime fechado pelas acusações de assassinato e, depois em outra prisão federal, por fraude. Se viver tanto tempo. Mas eu vou tentar conseguir isso para você, Milo.

Lágrimas escorriam livremente de seus olhos agora e sua voz ficou grossa como elas.

— Você é uma vadia do caralho.

— Mais uma vez, sim, e obrigada — Ela abriu a porta e sinalizou para os guardas. — Podem descer com ele e o fichar. — Ela listou uma série de acusações enquanto Milo gritava, pedindo um advogado. — Ele pode entrar em contato com o advogado pelo qual ele está chorando. Ele deve ficar separado da população em geral, e não pode, de jeito nenhum, ter acesso a qualquer aparelho eletrônico. Se e quando o advogado aparecer aqui, isso precisa ser registrado no processo. Nenhum equipamento eletrônico será permitido na sala em que eles conversarem. — Quando sua parceira se aproximou, Eve chamou: — Peabody!

— Você estava num ritmo bom com ele, então eu não entrei de novo. Não queria que ele se distraísse. Assisti a tudo da Sala de Observação, caso acontecesse alguma coisa. Não achei que você fosse precisar das informações que recebi há um minuto. Eles já entraram no quarto do pânico. Estão trabalhando nos arquivos e equipamentos de lá, neste exato momento.

— Que rápido! — disse ela, enquanto os policiais levavam Milo para fora.

— Sim, parece que a nossa equipe é melhor do que ele. — Ela sorriu para Milo quando ele passou, e depois voltou a ficar séria. — Ele realmente não entendeu nada, Dallas. Acha que só dirigiu a van e apenas acessou algumas informações, então não é responsável.

— Ele gosta muito de poder e de dinheiro para acreditar no contrário. Ganância, adrenalina e burrice. Esse é a carta na manga de toda essa operação deles. É melhor eu falar com alguém da Promotoria.

— Reo entrou na Sala de Observação enquanto você estava lá dentro com o Milo. Ela está conversando com o chefe dela, agora.

— Boa. Vou entrar em contato com ela. E quero encontrar a pessoa por trás do retrato falado, cacete. Precisamos pegar o capataz de Alexander, antes de derrubá-lo.

— Ele deletaria o cara, né? Alexander entregaria o cara de bandeja para a gente em troca de um acordo.

— Não quero fazer acordo. De qualquer modo, se a gente pegar o Alexander, o assassino vai sumir do mapa. Aí o perderíamos de vez. Precisamos abafar qualquer divulgação da prisão de Milo na mídia, a qualquer custo. Se assustarmos os outros dois, poderemos acabar com as nossas chances de prendê-los. Vamos colocar alguns homens para ficarem de olho no Alexander. Se tiver qualquer suspeita de que vai fugir para a toca dele, nós o pegamos antes.

— Deixa comigo. Você acha que Milo estava falando sério quando disse que não sabia o nome do idiota?

— Acho que o cara assustou o Milo de verdade. E acho que ele não queria nem saber de nada para poder alegar, e achar que era verdade, o que alegou lá dentro. Ele não sabia, então não tinha nada a ver com nada.

— Ele vai ter o resto da vida para pensar sobre como estava errado — disse Reo ao chegar, pequena e loura, com um doce aroma de magnólia na boca. — Você manipulou direitinho ele, me deu de presente.

— Ele entende de eletrônica, mas não manja porra nenhuma de gente.

— Você fez um pouco do meu trabalho lá. Nós que negociamos acordos.

— Sou um pouco multitarefa.

— Bem, nesse caso, o chefe concorda com você. Vamos deixar os federais irem atrás dele pela fraude, se quiserem aumentar o tempo de pena dele. Muito provavelmente vão diminuir um pouco pelo que ele deu de Alexander. Quando você vai pegá-lo?

— Ainda estou esperando. Preciso pegar o cara, antes. Estou trabalhando nisso.

— Dallas, os federais podem até relaxar com o *hacker*, mas pode apostar que eles vão com tudo para cima de um tubarão grande quanto Sterling Alexander. Não vão hesitar em prendê-lo antes de você terminar de resolver seus assassinatos.

— Estou trabalhando nisso — repetiu Eve. — E se eu não tiver esse braço direito acusado de assassinatos até amanhã, já tenho um plano de contingência.

— Sou toda ouvidos.

— Vamos para a minha sala. Quero ver se a procura pelo rosto do cara já teve algum resultado.

— Você está pronta para amanhã? — perguntou Reo, enquanto andavam.

— Acabei de dizer que tenho um plano de contingência.

— Estou falando da premier. Até nesse trabalho nós podemos relaxar de vez em quando.

— Não exatamente, e essa é a contingência.

Em sua sala, Eve contou sobre o plano enquanto Reo bebia água de uma garrafa que pegou na sua bolsa do tamanho de um bebê elefante.

— Você acha mesmo que ele vai tentar matar você em um evento com tapete vermelho e tudo?

— Acho que ele tem certeza de que eu vou estar lá, e vai acreditar que estou distraída, aproveitando o glamour e a atenção.

— Ele não te conhece, né? Você nunca baixa a guarda, não anda desprevenida e não se deleita. Não com glamour e essas coisas.

— A percepção dele é a realidade do que ele vê, e toda a repercussão sobre o bebê voador a aumentou, assim como a entrevista de Nadine comigo, e a empolgação com a premier. Mira está convencida de que ele precisa me eliminar para conseguir ficar satisfeito com o trabalho que fez, e seu nível de violência e seu prazer aumentam a cada assassinato. Não posso discordar disso.

— Tem espaço para erro aí, Dallas.

— Sempre tem, mas é ele quem vai errar. Se o pegarmos, prendemos Alexander. Entregaremos a você a conspiração para assassinato e um grande e gordo buquê de fraudes e apropriações, que você vai investigar a fundo junto com os federais.

— Os homens que trabalham com Alexander vão se espalhar como ratos, mas espero que os federais peguem todos.

— Os dados de Milo deverão ajudar nisso. É um bom prato para oferecer aos federais. Eles vão ficar nos devendo.

— É o que você acha. Nem sempre funciona assim, mas não se trata apenas de um bom caso; é uma boa carta na manga que poderemos usar com eles alguma hora.

Ela olhou para o monitor de Eve, a tela dividida entre o esboço de Yancy e milhares de rostos rolando.

— Esse é o cara?

— É o que temos. Yancy estava confiante, mas estamos procurando por uma correspondência há várias horas, sem nada concreto.

— Boa sorte. Espero que você consiga logo a correspondência, assim eu vou me divertir muito mais amanhã, sem precisar esperar por um assassino de aluguel ressentido que talvez atire em você.

— Não sei. Isso meio que adiciona um... pouco de brilho.

— Só você mesmo... — disse Reo com uma risada, e se levantou.
— Vou ver se Milo já conseguiu o advogado e então...
Ela parou de falar quando o computador de Eve apitou.
Correspondência de reconhecimento facial encontrada, probabilidade de noventa e cinco vírgula oito por cento.
— Puta merda! Você deve ser algum tipo de amuleto da sorte, Reo. Se eu for para Las Vegas, você vai comigo.
— É ele! — concordou Reo, estudando a foto que surgiu por cima do ombro de Eve. — Clinton Rosco Frye.
— Trinta e três anos, segurança pessoal autônomo. É, isso está certinho. Ele não colocou Alexander na lista de empregadores dele.
— Ela deu uma lida no restante da descrição. — Eu *sabia*. Viu só? Jogador de futebol americano semiprofissional. Isso já tem oito anos e era da segunda liga, mas eu *sabia*! Dois anos de exército, mais quatro anos no grupo de Paramilitares Patriotas de Montana.
— Ele saiu do colégio direto para o exército. De lá, direto para os Patriotas de Montana que, como eu acabei de pesquisar — disse Reo, batendo no seu tablet —, tem três estrelas e meia, de quatro, na escala de loucos e fanáticos políticos. E jogou futebol americano durante algum tempo. Como a pessoa vai de segurança pessoal a assassino?
— Se você não consegue entrar nas grandes ligas e não vai além do semiprofissional, que se dane, use o seu corpo imenso e movimentos ágeis para virar guarda-costas e ganhar mais dinheiro. Dê sorte de pegar um cliente bom, um que pague bem e faça de você sua primeira opção para espancar pessoas. A coisa vai crescendo a partir daí naturalmente. Olha, ele tem alguns registros aqui, todos envolvendo violência. Agressão, destruição de propriedade privada. Nunca cumpriu pena, só pagou multas, participou daquelas palhaçadas de controle de raiva e prestou serviços comunitários. Nunca se envolveu com drogas ilegais, nem com álcool. Continua saudável e em forma. E, de acordo com o imposto de renda, leva uma vida muito boa como

segurança autônomo. Obviamente deve ter mais dinheiro guardado, mas ele não se importa em declarar uma bela quantia de rendimentos e pagar os impostos por ela. Ele precisa do sucesso.

— O endereço listado aqui não fica muito longe da primeira cena do crime, certo?

— Não, não fica. Também não é muito longe da Alexander e Pope. É útil morar perto do trabalho. — Eve se levantou e pegou sua jaqueta.

— Parece que você terá que se contentar só com o brilho dos meus sapatos amanhã à noite — disse Reo. — Eles são maravilhosos. Vou conseguir o seu mandado, e, se eu não estiver aqui quando você prender o Clinton, ligue para mim. Trabalhe até tarde hoje e amanhã é só festa.

— Pode ser. — Ela vestiu a jaqueta no mesmo tempo em que disparou para a sala de ocorrências — Peabody, policiais Carmichael, Franks, Baxter e Trueheart! Preparem-se para sair! Conseguimos a identificação do suspeito, agora identificado como Clinton Frye. Vamos pegar esse filho da mãe.

Ela armou um plano básico e chamou Callendar, da DDE, para monitorar os sensores de calor, imagens e sons. Bloqueou as saídas do prédio de oito andares e pensou em como tirar Frye do último andar em que ele morava, no apartamento de esquina.

— Ele está lá em cima ou não? — perguntou a Callendar.

— Estou procurando. Não encontrei nenhuma fonte de calor. Nem escudos protetores. Ele não está em casa, Dallas.

— Droga!

— Posso entrar no sistema de segurança do prédio e te dar acesso às imagens do corredor do lado de fora do apartamento dele, dos elevadores e das escadas.

— Ótimo, faça isso.

— Ficamos aqui, Dallas? — quis saber Peabody. — Esperamos que ele volte?

Isso seria uma opção, pensou Eve.

— Vamos ver se conseguimos algumas informações. O apartamento do outro lado do corredor está ocupado?

— Deixe eu ver... Está, sim — confirmou Callendar. — Vejo duas pessoas. Uma delas é uma criança ou um anão.

— Ótimo. Peabody, vamos falar com o vizinho. Os outros esperem aqui. Se o avistarem, não o assustem. O cara corre rápido.

Ela atravessou a rua correndo e analisando a vizinhança enquanto se movimentava. Bairro bacana. Um homem poderia sair para caminhar, ir ao mercado e almoçar mais tarde na delicatéssen. Ela não queria que Frye voltasse para casa e a encontrasse.

— Ele pode estar no trabalho — sugeriu Peabody, quando Eve abriu os trincos da porta do prédio com sua chave mestra.

— Não creio que Alexander o chame com tanta frequência. Ele é o tipo de sujeito que se destaca. Por que ter por perto alguém que as pessoas notariam? Talvez ele tenha um escritório separado em algum lugar. Ou simplesmente saiu. Ou está matando mais alguém por conta própria ou sob as ordens de Alexander.

— Quem sobrou?

— Alexander conseguiria ter um lucro maior e se livraria de uma irritação pessoal se seu meio-irmão morresse prematuramente.

— Será que mataria Pope *enquanto* investigamos três outros assassinatos ligados a ele?

— Pode ser que ele seja arrogante a esse ponto. Meu instinto e as probabilidades dizem que ele vai esperar alguns meses. Mas como a matança de Frye está funcionando bem, por que não usar os serviços dele novamente?

Elas saltaram do elevador no oitavo andar e bateram à porta do apartamento em frente ao de Frye.

— O sistema de segurança é bom, mas não tão bom nem paranoico, aparentemente — comentou Eve, enquanto analisava a porta de Frye.

Quando a porta do vizinho se abriu, uma mulher de trinta e poucos anos, cabelo emaranhado, roupas amassadas e olhos exaustos encarou Eve.

— Quem é você?

— Tenente Dallas, Polícia de Nova York. — Eve mostrou seu distintivo.

— Você não pode me prender só por eu pensar em comprar algemas e prender meu filho à cama dele para eu poder tirar uma soneca, pode?

— Provavelmente essa não é uma ideia muito inteligente de se compartilhar com uma policial.

— Já deixei de ser inteligente. Não tenho mais cérebro. Esse é o terceiro dia de resfriado do meu filho. Por que, por que eles não conseguem curar um simples resfriado? Eu trocaria qualquer tecnologia pela cura desse negócio.

Ela indicou com a mão um menino de cerca de seis anos sentado no chão cercado por uma pilha de brinquedos. Seu nariz era um pontinho vermelho brilhante em um rosto com olhos cansados que, mesmo assim, projetavam ideias claramente destrutivas.

— Ele já está se sentindo melhor, esse é o meu problema.

— Quero sorvete! — berrou o menino, e bateu com os pés no chão. — Quero sorvete!

— Você só vai ganhar alguma coisa depois de tirar uma soneca.

A resposta do menino foi um grito ensurdecedor.

— Pode me levar. — A mulher estendeu as mãos com os pulsos erguidos. — Me prende, me leva! A escola só vai deixar ele ir amanhã, e só se eu jurar pelo meu próprio sangue, algo que estou disposta, que a fase de contágio já passou. O pai dele está fora, numa viagem de negócios, aquele sortudo.

— Sinto muito, mas...

— Sorvete!

Com mais um grito, o menino arremessou o brinquedo mais próximo que encontrou. Eve se esquivou do caminhãozinho, que não acertou a mãe por questão de centímetros.

— Já chega! — A mulher girou o corpo. — Já deu! Doente ou não, Bailey Andrew Landon, a sua bunda vai ficar tão vermelha quanto o seu nariz.

Embora Eve considerasse aquela uma reação razoável, colocou a mão no braço da mulher.

— Ei, garoto! — Ela empurrou a jaqueta para trás, de forma a deixar sua arma bem à vista. — Você acaba de violar o Código oito-dois-sete-seis B. Agora só restam duas opções: tirar uma soneca ou ir para a cadeia. Não tem sorvete na prisão, nem brinquedos nem desenhos animados passando na TV. Só existe a prisão.

Os olhos sonolentos do menino se arregalaram.

— Mamãe!

— Não posso fazer nada, querido. Ela é da polícia. Por favor, policial. — A mãe se virou para Eve com as mãos em gesto de súplica, e com um sorriso quase louco no rosto. — Por favor, dê ao meu filhinho uma outra chance. Ele é um bom menino. Está cansado e não anda se sentindo muito bem.

— A lei é a lei! — Eve lançou um olhar duro e severo para a criança. — Soneca ou prisão.

— Vou tirar uma soneca! — anunciou ele, levantando-se do chão e correndo como se estivesse sendo perseguido por demônios. Eve ouviu uma porta bater.

— Mamãe já vai aí, meu querido — gritou a mulher, e se voltou para Eve. — Se você tirar as botas, eu beijo seus pés. Eu pinto suas unhas. Faço o jantar para você.

— É só responder a algumas perguntas e ficamos quites.

— Nunca ficaremos quites, mas o que quer saber?

— Clinton Frye. — Eve apontou para a porta do outro lado do corredor. — Quando você o viu pela última vez?

— Ontem, umas cinco da tarde, eu acho. Pedi comida em casa porque não posso sair com Bailey, e ele estava de saída.

— Ele disse aonde ia?

— Ele não fala nada. Eu nunca conversei com ele nos cinco anos em que moramos aqui. Ele não é o que você chamaria de "bom vizinho".

— Já teve algum problema com ele?

— Não. Mas não estou surpresa por receber a polícia na minha porta perguntando sobre ele. É um homem que passa uma energia... estranha. Nunca vi nenhuma visita, nenhum amigo.

— E ele não voltou para casa desde que você o viu? Desde ontem?

— Exatamente. Ele estava com algumas malas, então presumi que ia fazer uma viagem.

— Malas de viagem?

— Isso mesmo. Se fosse qualquer outra pessoa, eu teria puxado uma conversa "ah, vai viajar?". No caso dele, eu simplesmente fiquei de bico fechado.

— Ok. Obrigada.

— Tem certeza que não posso fazer mais nada por você? Um bolo, talvez? Nunca fiz um bolo, mas posso tentar.

— Não, obrigada. Agradecemos o seu tempo.

— Na verdade, ele é um bom menino, mas tem se sentido muito triste nos últimos dias. Acho que nós dois vamos tirar uma soneca e, se tivermos sorte, acordaremos humanos novamente.

— Boa sorte. — Eve deu um passo para trás e olhou para o outro lado do corredor.

— Você acha que ele fugiu e foi se esconder em algum lugar? — perguntou Peabody.

— Acho que ele pensou que poderíamos vir procurá-lo. O bebê voador — disse ela, mais uma vez. — Com todos aqueles vídeos, ele não sabia se alguém tinha registros de seu rosto, e, se fosse esse o caso, demoraríamos menos do que demoramos com o retrato falado. Então ele pegou o que queria e se mudou. Mas não desapareceu, não foi para muito longe.

Ela pegou seu comunicador, ordenou uma pesquisa e uma verificação em companhias de transporte de passageiros, e pediu a Callendar para subir e examinar quaisquer eletrônicos que ele tivesse deixado para trás.

— Vamos ver o que conseguimos achar — disse Eve, e pegou sua chave mestra.

— A propósito, você fez um bom trabalho com o garoto — elogiou Peabody. — Assustando o coitado e fazendo ele acreditar que iria prendê-lo.

— E quem disse que eu não teria feito isso? — Eve se virou e abriu a porta.

Capítulo Vinte e Um

O espaço vazio foi o que primeiro chamou a atenção de Eve. A sala de "estar" parecia exatamente o oposto — uma sala onde ninguém "estava", um espaço sem vida que dava a impressão de que o morador havia ido embora há semanas, em vez de há um único dia.

Um sofá enorme, um televisão enorme, algumas mesas e uma única cadeira naquele lugar espaçoso faziam com que a sala parecesse abandonada e inerte. Faltava arte, cor, qualquer toque pessoal ou algo que melhorasse a sala. Até o tapete tinha um tom cinza apático e sem graça.

Será que ele se sentava ali, perguntou-se Eve, o homenzarrão no sofá grandão olhando para a tela grandona? Será que ele se sentava ali sozinho e em silêncio, enquanto todas aquelas imagens de pessoas, vidas e movimento passavam?

— Isso é o extremo do minimalismo — comentou Peabody.

Sem dizer nada, Eve foi até a cozinha, com todos os eletrodomésticos brilhantes e limpos. Abriu a geladeira, encontrou cerveja, garrafas de água e isotônicos. Barrinhas energéticas, biscoitos de soja no armário e um conjunto de quatro pratos, quatro canecas e quatro tigelas.

Muito espaço para nada, pensou, e foi até a parede toda de janelas. Talvez ele ficasse parado ali, olhando tudo, olhando para baixo. Observando. Era como assistir a um filme.

Abriu gavetas ao acaso. Quatro facas, quatro garfos, quatro colheres, alguns blocos de anotações não usados.

— Não tem nenhuma quinquilharia — disse. — Nada largado numa gaveta nem enfiado em um armário para ser esquecido pela eternidade. Nenhum lixo, nada de desperdício, apesar de tudo aqui ser um desperdício. Todo esse espaço, todo esse brilho e ele não sabia o que fazer.

Ela e Peabody saíram da sala e entraram no quarto.

O colchão estava colocado sobre um estrado simples, a cama feita e alisada com precisão militar. Eve apostou consigo mesma que, se jogasse uma ficha de crédito ali, ela iria quicar.

Mais uma vez, apenas uma cadeira, uma escrivaninha grande e uma estação de computador sem o computador.

— Dê uma olhada na cômoda e na escrivaninha — disse a Peabody, e foi até o closet.

Um espaço generoso novamente, com várias prateleiras e gavetas embutidas. Todas vazias.

— Nem mesmo uma partícula de poeira foi deixada para trás.

— O mesmo aqui — anunciou Peabody fechando uma das gavetas.

Ela encontrou o banheiro igualmente vazio, inclusive o cesto de roupa suja.

— Ele levou até a cueca usada, supondo que ele tivesse alguma. Limpou a pia. Pegou tudo o que queria, e que cabia em duas malas, e deixou o restante para trás da forma mais organizada possível.

— Por quê? — perguntou Peabody. — Se estamos aqui, é porque sabemos quem ele é. Não precisamos de suas impressões digitais nem de DNA.

— Não sei. Vamos verificar o outro cômodo. — Ali, no segundo quarto, elas encontraram vestígios de Clinton Frye. — Isso não coube na mala — declarou Eve.

Ele tinha montado sua própria academia — máquinas, pesos, um saco de pancada, uma *punching ball*, uma geladeira com a porta de vidro com mais garrafas de água e isotônicos. E uma pilha organizada de toalhas brancas.

Curiosa, ela se aproximou para verificar o equipamento de levantar peso.

— Está em cento e quarenta quilos. É, você é um filho da mãe forte, Frye. Ele passou muito tempo aqui, puxando ferro, suando e, pode ter certeza, documentando suas séries diárias e o número de repetições. Admirando-se nos espelhos, observando seu físico. Isso é o que importa para ele. É aqui que ele mora de verdade.

Com as mãos na cintura, ela averiguou o espaço.

— Vamos mandar uma equipe examinar o local, mas ele não deixou nada para trás. Ele é muito meticuloso, nesse aspecto. Esse equipamento não é novo, mas podemos tentar rastreá-lo até o local onde foi comprado. Vamos descobrir onde ele conseguia comida: o mercado, restaurantes que costumava frequentar, onde comprava suas roupas e onde mandava lavá-las. Vamos ter uma ideia de como era a rotina dele.

— Não tem nada eletrônico para a DDE analisar.

— Temos as máquinas — corrigiu Eve. — Haverá registros de suas séries e rotina. Vamos pegar tudo o que a gente conseguir. Não tem nada a ver com dinheiro — pensou, em voz alta. — A menos que seja só sobre ficar com dinheiro. É sobre as conquistas, ter um trabalho, uma função. Isso é tudo o que ele tem. E agora ele acha que matar é a sua vocação.

— Mas com um propósito, certo? Não é só matar por matar, não tem nada a ver com espancar um cara aleatório na rua. Ainda é um trabalho.

Assentindo com a cabeça, Eve lançou para Peabody um olhar de aprovação.

— É exatamente isso. O Milo tem muita sorte de estar preso, porque ele seria um alvo para o Clinton, mesmo se o Alexander não tivesse contratado o serviço. Um trabalho. Ele estaria lidando com as pontas soltas, como ele fez aqui.

— Ele pode ir atrás de Alexander.

— Sim, pode, e muito provavelmente vai. O cão que morde o adestrador. Acontece. Mas não por enquanto — calculou Eve. — Ele precisa lidar com nós duas, antes. Vou trabalhar de casa. Quero que você chame uma escolta para acompanhar você de volta para sua casa, isso quer dizer deixá-la do lado de dentro.

— Você acha que ele tentaria me pegar desse jeito?

— Acho que ele está se preparando para amanhã à noite, mas não vale a pena arriscar.

Ela iria trabalhar um pouco mais em casa, pensou Eve, quando finalmente entrou no carro. No caminho, também, decidiu ligar para Mira.

Ela aproveitou o tempo que a assistente de Mira levou para lembrá-la da agenda lotada da médica e informar que a doutora estava prestes a ir para casa para preparar a gravação.

Quando Mira atendeu, Eve foi direto ao assunto.

— Gostaria que você desse uma olhada em uma coisa e me desse a sua opinião.

— Claro.

— Este é o apartamento de Clinton Frye. A senhora recebeu o relatório dizendo que conseguimos identificar o assassino?

— Recebi, sim. E já dei uma olhada nos dados dele.

— Que bom. Ele saiu do apartamento ontem no início da noite com duas malas segundo a vizinha.

— Ele está fugindo?

— Eu acho que não. Acho que ele só trocou de lugar. Olha só.

Ela exibiu a gravação que mostrava a sala de estar, a cozinha e até a academia pessoal de Frye.

— Um cara solitário — decidiu Mira. — Vai além da falta de estilo ou de decoração, é falta de emoção, de conexão. Ele pode, é claro, ter empacotado todos os seus itens pessoais junto com suas roupas e eletrônicos, mas duas malas não comportariam muita coisa.

— Não tinha sinal algum de que havia mais coisas. Nada de paredes escurecidas onde ele poderia ter quadros, por exemplo. E eu tive a impressão de que era assim que ele vivia: sozinho e sem conexões.

— Exceto pela academia — observou Mira — que é totalmente equipada e muito organizada. Esse é, ou tem sido, o seu interesse principal. O que encaixa no perfil dele, já que ele foi militar e também praticou esporte profissionalmente.

— Semiprofissional — acrescentou Eve.

— Sim, isso é importante, eu acho. Ele nunca foi bom, esperto ou inteligente o bastante. Nunca esteve, pode-se dizer, no auge de sua área de atuação.

Até agora, pensou Eve.

— As mesinhas de cabeceira não tinham gavetas, prateleiras nem portas. Eram duas mesas simples. Nenhum lugar para guardar brinquedos sexuais nem camisinha. Ele podia guardar isso em outro lugar, mas, de acordo com a vizinha, ela nunca viu ninguém entrar na casa dele nem sair. As perguntas feitas aos outros vizinhos do prédio indicaram a mesma coisa. As pessoas reparavam nele. É um cara grande, mas ninguém conhecia ele de verdade.

— De novo vemos aquela falta de conexão e de companheirismo. Mesmo assim, ele já jogou e trabalhou em equipe no passado. Nos esportes e na vida militar.

— Sim, vou dar uma olhada nisso, ver por que ele saiu de lá, ou se tiraram ele. O lugar estava limpo — adicionou Eve. — Incrivelmente limpo. Até as gavetas tinham sido limpas. A cama dele estava feita, sabe? Um cara morando sozinho, um cara que ia sair e não planejava voltar para casa, mas a cama estava arrumada que nem um beliche num campo de exército.

— Sim. O treinamento é importante para ele. Treinamento físico e organização de seu espaço. Se você tivesse encontrado roupas, elas estariam muito arrumadas e organizadas. Coisas simples, eficientes, nada muito chamativo. Mas de boa qualidade. As louças combinam. Sem dúvida ele comprou um conjunto, mas continuou com esse conjunto. O fato de ter levado com ele tudo o que conseguiu me diz que ele deve ter ficado bem triste em deixar os equipamentos de ginástica para trás. Isso também significa algo para ele. Substituível, claro. Mas era *dele*, algo que *ele* usava e gostava. Algo que provava a *sua* força e o *seu* senso de identidade. Ele vai culpar você por isso.

— Mais uma razão para ir atrás de mim, e tenho certeza de que vai ser amanhã. É a única escolha lógica que nos resta. E, de acordo com o seu senso de identidade e sua zona de conforto, ele vai aparecer como segurança. Essa é mais uma escolha lógica.

— Concordo. Mas, como ele já mostrou, é um planejador descuidado. Talvez não faça a escolha lógica. Pode agir por impulso.

Eve considerou essa possibilidade enquanto passava pelos portões de casa.

— Se ele conseguir um ingresso e entrar lá como convidado ou como um dos funcionários, nós vamos conseguir identificá-lo.

— Ele não vai atacar você diretamente. Se conseguir se infiltrar na segurança, ele vai descobrir os pontos fracos do lugar.

— É verdade. Mas eu também vou. Obrigada, doutora. A gente se vê amanhã.

— Planeje tudo com muito cuidado — advertiu Mira. — Quando ele vier, vai ser brutal.

— Estarei protegida e preparada, doutora — disse Eve, e desligou.

Ela iria tirar uma hora antes, decidiu. Fazer um treino completo. Testar e tonificar seu corpo, limpar a cabeça.

Esperava sinceramente que as coisas não terminassem com ela indo para cima de um cara que conseguia levantar cento e cinquenta quilos. Mas se isso acontecesse, queria estar preparada.

Já tinha um insulto preparado para Summerset, que *certamente* iria comentar sobre ela voltar para casa tão cedo. Ela diria que aquele era o Dia dos Agentes Funerários e ela tinha decidido sair mais cedo do trabalho em homenagem a ele.

Era curta e grossa.

Mas quando entrou, ele não estava escondido no saguão. Devia estar em algum outro lugar, presumiu. Talvez desenterrando cogumelos em uma adega úmida ou visitando um amigo macabro.

Feliz de ter a casa só para ela, subiu correndo a escada. E quando se virou em direção ao quarto, quase gritou como uma menininha quando ele saiu lá de dentro.

Em vez disso, ela disse:

— Que porra é essa?!

— A roupa limpa deve ser guardada — disse ele, calmamente. — Mesmo a pequena coleção de trapos que você chama de camisetas.

O lembrete de que ele manuseava as roupas dela a deixou sem palavras. Ela perdeu qualquer chance de insultá-lo quando ele simplesmente continuou andando pelo corredor.

O melhor que conseguiu foi um "Droga!" quando entrou no quarto. Então quase gritou novamente quando o gato saltou de debaixo do sofá.

— Já são dois sustos — murmurou, deixando escapar um suspiro. Estava mais agitada do que imaginava.

Aquela, definitivamente, era uma boa hora para malhar, suar e se preparar.

Uma rápida olhadela da sua bunda no espelho a tranquilizou. Os hematomas amarelados já não se pareciam com qualquer massa de terra que ela pudesse identificar. Eram mais uma espécie de constelação desfocada.

Os seios não estavam tão mal também, decidiu, e deu uma cutucada no próprio esterno. Não sentiu dores fortes nem fisgadas, nem mesmo quando testou o ombro.

Portanto, ela trabalharia os músculos e os lembraria de que eles tinham um trabalho a fazer.

Colocou um top e um short de ginástica e, após um breve debate, deixou as camisetas, que *não eram* trapos, bem guardadas na gaveta.

Inspirada, pegou o disco que mostrava a planta do cinema e o analisou enquanto descia de elevador até a academia.

Levou algum tempo — equipamentos eletrônicos sempre a faziam perder tempo — mas conseguiu programar três cenários virtuais usando a planta. Decidiu se lançar em numa boa e gratificante corrida, pensou, enquanto se familiarizava com o cinema.

Estabeleceu um ritmo acelerado. Se ela tivesse que correr, não haveria tempo para se aquecer. Seguiu através pelo saguão, subiu as escadas e tornou a descer, passou pelo andar de manutenção, continuou a correr por trás do telão e atravessou a área da plateia principal, para em seguida subir de novo e descer mais uma vez.

Ele era rápido, pensou. Ela seria mais rápida.

Ele era forte. Ela seria inteligente.

Quando Roarke entrou, ela já estava toda suada.

Ele estudou o cenário que ela tinha no telão e ergueu as sobrancelhas.

— Você programou isso sozinha?

— Aham. — Ela ofegou, ainda não queria parar. — Eu consigo fazer coisas eletrônicas.

— Você demorou muito?

— Cala a boca.

— Vamos ver se eu consigo te alcançar.

— Eu já estou... vinte e seis minutos na sua frente, e agora vou passar para o cenário da rua. Nunca se sabe.

— Pois é, nunca se sabe. — Ele subiu na máquina ao lado dela e em poucos segundos sincronizou a corrida com a dela.

Eve queria perguntar o que ele tinha encontrado na casa de Milo e o que ele sabia, mas percebeu que precisava de fôlego para correr.

Evitou as pessoas e o trânsito da rua, que ela programara para surgir de forma aleatória. Quando ia começar a correr pelo cinema uma última vez, já tinha suado tanto que estava pingando.

— Ok. Ok. — Diminuiu a velocidade para um ritmo de caminhada, respirou fundo e bebeu água. — Ok.

— Cenários interessantes — elogiou Roarke. — Mais ainda, eu acho, se você estivesse perseguindo ou sendo perseguida. Misture tudo e brinque um pouco mais com isso.

— Sim, faz isso você.

Ela saiu da máquina, deitou-se de costas no chão e disse a si mesma que iria alongar o corpo dali a um segundo. Por enquanto ficaria largada ali, observando Roarke.

Meu Deus do céu, ele tinha uma bunda perfeita. Ela não se importaria de dar uma pequena mordida nela. Talvez até uma grande. E talvez pudesse prolongar essa uma hora de exercício para uma hora e meia.

Que melhor forma de se tonificar, além dessa?

Ela o observou enquanto alongava os tendões das próprias coxas e os quadríceps, tão tensos da longa corrida que pareciam quase travados. E encontrou outra inspiração.

— Acho que travei algum músculo. — Ela se sentou de cabeça baixa, esfregando a panturrilha.

— O quê?

— Não é nada. É só... — Ela soltou um pequeno chiado.

— Deixa eu ver. — Ele desligou a máquina e se ajoelhou ao lado dela. — O que você travou?

— Você — disse ela, puxando-o para cima dela.

— Você se acha muito esperta, não é?

— Te trouxe até aqui, não? — Ela enganchou as pernas ao redor dele, e, com o peso do corpo, levou Roarke para debaixo de si. — Exatamente onde eu te quero.

— Este cenário também estava programado?

— Não, estou improvisando. Estamos suados. — Ela se inclinou e deu uma mordidinha no queixo dele. — Agitados e molhados. Por que desperdiçar a oportunidade?

— Admiro seu senso de eficiência. — Ele passou uma das mãos na bunda dela e a deslizou para a parte de trás da coxa. — Você ainda está tensa.

— Por que você não me relaxa?

Ela tentou se inclinar novamente, mas desta vez foi ele que a virou e pressionou corpo contra corpo e boca contra boca, em uma explosão de calor que lhes atingiu até a alma.

O corpo se estremeceu com o calor, e depois queria cada vez mais. Paixão pela paixão, descuidada e ambiciosa.

Ela puxou-lhe a camisa e suas unhas curtas arranharam a pele dele, os dedos cravando-se nos músculos. Ela ansiava por aquele corpo, pelo peso, pela forma, pela sensação gloriosa dele pressionado contra ela.

Em instantes, estava mais uma vez sem fôlego, os músculos tremendo, o coração batendo forte. Antes de conseguir recuperar o fôlego, ele a provocou com as mãos e a boca.

Ele a sentiu gozar, estremecendo no processo, entre suspiros e gemidos.

Não era o suficiente, ainda não era, para nenhum dos dois.

Cálculo Mortal

Ele arrancou seu top, sabendo que suas mãos estavam ásperas. Mas não se importou. Ele a queria selvagem, ele a queria desesperada, queria, precisava, arrastá-la para a loucura junto com ele.

E ela foi. Seu corpo energizado, ansioso e desenfreado sob o dele. Suas mãos, também ásperas, apalpando e agarrando tudo.

Nada de paciência, nada de ternura ali. Não naquele momento. Apenas uma necessidade urgente implorando para ser saciada.

Ele libertou o animal dentro de si e sua companheira o enfrentou com ferocidade.

Enlouquecidos e desenfreados, arrancaram as roupas um do outro. Ele a penetrou com força e bem fundo, empurrando os joelhos dela para cima e querendo que ela o envolvesse mais, que ela o recebesse por completo.

Que ela o devorasse.

Ela gritou, o prazer rasgando-a com garras afiadas e quentes. As mãos dela agarraram os quadris dele com mais força, enquanto ela própria se impulsionava em resposta.

Rápido. Mais rápido. Até que o grito de liberação dela veio em soluços desesperados. Até que suas mãos deslizaram frouxamente para o chão.

E ele abafou o nome dela na garganta.

A respiração dela continuava ofegante. Ela pensou que seu coração pulsante tivesse saltado do peito e estivesse dançando por aí.

— Meu Deus! — ela conseguiu dizer, com uma voz rouca e uma sede súbita e incontrolável. — Meu Jesus Cristinho dando cambalhotas!

— Bom, está aí uma imagem que eu não imaginava. — Ele desabou sobre ela. Pensou em rolar de lado para dar a ela um pouco de ar. Faria isso, dali a um ou dois dias.

— Pode ser que eu tenha estirado algum músculo de verdade, agora.

— Não vou cair nessa de novo. Você me usou.

— Ótimo, porque eu acho que não consigo me mexer mais.

Com muito esforço, ele rolou de cima dela e deitou-se de costas olhando para o teto, assim como ela.

— Podemos ficar aqui — propôs ele.

— Para sempre?

— É uma opção.

— O crime tomaria conta da cidade e o mundo financeiro entraria em colapso. Não podemos ser os responsáveis por isso.

— É, acho que não. Eu preciso de água, de qualquer jeito. Uns três litros.

— Pode derramar a água em mim.

Ele se levantou e percebeu que se sentia meio embriagado. Sensação agradável, decidiu, enquanto pegava duas garrafas de água. Bebeu um pouco do líquido ao voltar, sorriu para ela — que mantinha os olhos fechados, o rosto ainda ruborizado — e virou a garrafa para deixar um pouco da água gelada espirrar em sua barriga.

— Ei!

— Ué, você pediu. — Ele se sentou ao lado dela e ofereceu-lhe uma garrafa.

Ela bebeu a metade e suspirou.

— Pensei em malhar um pouco e espairecer um pouco. Missão cumprida, com um grande bônus. — Ela colocou a mão na dele. — Tudo vai acontecer amanhã à noite.

— Acho que você tem razão.

— A gente vai estar pronto. Você encontrou alguma coisa na casa de Milo que eu possa usar?

— Ah, encontramos muita coisa. Mais do que suficiente para colocar várias pessoas, incluindo Alexander, na prisão por um longo tempo. Milo tem registros impecáveis e aquela curiosidade insaciável dos *hackers*. Alexander abriu sua caixa de Pandora pessoal, quando o contratou.

— Alguma coisa a respeito de Frye? Você conseguiu algum detalhe específico sobre ele?

— Consegui, sim. Não consegui nada com o nome dele. Milo só chama Frye de distribuidor de porradas, ou DP, mas documentou os trabalhos pelo nome da vítima. Marta Dickenson, hora, local, preço. Com Parzarri e Ingersol foi a mesma coisa. Um babaquinha arrogante, o Milo. Criou arquivos próprios sobre tudo e os escondeu acreditando, é óbvio, que ninguém seria inteligente ou bom o bastante para chegar até eles passando pela proteção que criou.

— Mas você é e você passou.

— *Nós* fomos e *nós* passamos. Quanto a Frye, espere um pouco. É um pouco estranho, até para o nosso nível, conversar sobre assassinatos pelados e suados. Vamos ao menos dar um mergulho enquanto você me conta tudo o que tem de novo.

Como se a proposta não fosse estranha, ela pensou, mas aceitou de bom grado a água fria e a oportunidade de relatar tudo a ele.

— Preciso fazer algumas ligações — disse ela, quando eles se secaram e se vestiram. — Quero falar com o antigo comandante de Frye para ter uma noção de como foi seu tempo de militar. Depois vou conversar com seu treinador na época em que ele jogava futebol americano. Também quero ligar para Reo e saber em que pé eles estão com Milo. E preciso descobrir como manter os federais fora disso por mais vinte e quatro horas.

— Você poderia ter Alexander preso numa cela antes disso, mas você o quer lá, na premier.

— Quero mesmo. Ele acha que saiu impune dessa. Vai estar todo presunçoso, de *smoking* com o peito estufado, todo empolgado, dando boas-vindas a Hollywood. Aquelas mãos são manchadas de sangue. Além da satisfação mesquinha de prendê-lo em público, isso vai conseguir tempo para nos organizarmos e capturarmos todos os agentes dele. Se os federais ou os policiais locais os atacarem cedo demais, alguém pode alertar Alexander. Se formos precipitadas, pode alertar os outros. E eu realmente queria pegar todos os envolvidos.

— Vamos beber e comer um pouco. Sexo selvagem me deixa com fome. Acho que com os dados de Milo e outros que eu mesmo reuni, poderemos entregar a você uma vassoura muito grande para a limpeza.

Era mesmo uma vassoura imensa, pensou Eve, enquanto lia os arquivos. A mãe de todas as vassouras. Havia informações nacionais, internacionais e globais, entre os dados de Milo, a Minhoca e Roarke. Ela tinha provas contundentes sobre todas as operações ilegais de Sterling Alexander. Nomes, locais, valores. Acrescente os arquivos da auditoria a tudo aquilo, ela faria uma festa.

Os federais vão deitar e rolar com tudo aquilo. Mas o problema com eles era a burocracia. Eve não tinha tempo para desperdiçar com excesso de burocracia.

Mas tinha uma juíza respeitada, o comandante da Polícia de Nova York e o secretário de segurança para fazer isso por ela.

— Você pode marcar uma holoconferência?

— Sim, claro. O que você tem em mente?

— A juíza Yung, Whitney e Tibble. Eles têm conexões e força política. Se os federais quiserem pegar Alexander, eles não apenas terão que acompanhar o nosso jogo como seguir nosso cronograma. Acho que as evidências que temos e o que elas representam vão ser o suficiente para obtermos a cooperação deles. É uma operação gigantesca. Se eles concordarem com tudo e processarem Alexander pela fraude e pelo resto *enquanto* nós o indiciamos pelos assassinatos, todo mundo sai ganhando.

— E se eles se mostrarem gananciosos?

— Eles não podem seguir em frente com a prisão de Alexander até terem os dados. — Aquela era a sua carta na manga, pensou Eve. — E não podem roubar os dados de nós até passarem por todo o processo. A essa altura, nós já vamos ter pegado o cara. Se eles aceitarem os termos, receberão a glória. Se não o fizerem, eles ficam para depois.

— Pode funcionar.

— Pode. — Agora ela precisava ter certeza de que *iria* funcionar.

— Vamos colocar Reo também. E eu preciso de você.

— Acho que isso ficou evidente na academia.

— Rá-rá! Eu também preciso da sua habilidade nerd no caso de algum dos dados e sua obtenção precisarem ser explicados. Merda, talvez a gente devesse chamar Feeney também, e talvez McNab. E se eu deixar a Peabody fora disso, ela vai ficar chateada.

— Você faz os contatos. Eu preparo tudo.

Ela olhou para a própria camiseta.

— Isso é um trapo?

— Numa escala de um a dez?

— Ah, qual é?!

— É uma roupa confortável para usar em casa, perfeitamente aceitável.

— Isso mesmo. — Ela apontou para ele. — Prepare tudo.

Demorou mais de duas horas para reportar todos os detalhes. Eve desejou café mais de uma vez, mas não se sentia confortável em tomá-lo enquanto informava seus superiores. Havia tomado a decisão certa ao pedir a Roarke para participar. Feeney e McNab poderiam explicar o trabalho eletrônico, mas Roarke conseguia explicar os meandros do mercado de um jeito mais rápido e sucinto do que ela jamais conseguiria.

— Não estou duvidando de você, tenente — disse Yung. — Quero saber se você pensou devidamente sobre a oportunidade que tem nas mãos. Com tudo que você tem, conseguiria prender Alexander hoje mesmo. Também seria possível conseguir que as autoridades locais prendessem seus agentes ou grande parte deles.

— No caso de uma operação deste tamanho e dessa proporção, juíza Yung, com certeza, teremos vazamento de informações. Não quero dar a Frye nenhum motivo de adiar os planos que possa estar fazendo. Se ele desaparecer, não tenho como saber quando vamos encontrá-lo de novo, ou quando ele vai tentar terminar o trabalho que se propôs a fazer. E peço perdão por ser tão direta, meritíssima, mas, embora Alexander tenha encomendado o assassinato da sua cunhada e precise pagar por isso, Clinton Frye foi quem quebrou o pescoço dela. Ele não só precisa pagar por isso e pelos outros dois assassinatos, como também não pode ter outra chance de fazer o mesmo com outras pessoas.

— Muito bem. Se estivermos todos de acordo, de fato tenho alguma influência e, com a cooperação do gabinete da Promotoria, posso traçar um plano legal com o qual acredito que as autoridades federais concordarão.

— A Promotoria também vai ajudar de todas as formas possíveis — garantiu Reo. — E a gente já vai ganhar vantagem com o Milo Easton.

— Vamos começar a movimentar tudo — Tibble assentiu para Dallas. — Bom trabalho, tenente, detetive, todos vocês. Excelente trabalho. Vamos começar a cuidar da parte burocrática.

— Quando estivermos com tudo acertado, avisaremos vocês — disse Whitney. — Enquanto isso, siga conforme planejado. E, de novo, bom trabalho.

Quando Roarke terminou a conferência, Eve foi tomar café.

— Nossa, estou feliz de essa parte ter acabado, todo esse blá-blá-blá.

— Essa parte é um inferno — concordou Roarke.

— E você ama comandar esse inferno. Ok. Vou ver os detalhes da minha operação. Onde eu vou poder carregar uma arma usando essa droga de vestido?

— Já pensei nisso. Na verdade, é uma coisinha que eu pretendia te dar só no Natal. Acho que posso te dar agora.

Ele entrou em seu escritório e voltou com uma caixa.

— O que é isso?

O olhar que ele lançou a ela foi uma mistura perfeita de diversão e irritação.

— Por que você sempre pergunta quando é só levantar a tampa?

Como não tinha uma resposta razoável para isso, Eve apenas abriu a caixa.

— Uau, que máximo! — Ela pegou o coldre elegante.

— É para ser usado preso à sua coxa. Reconheço que não será tão fácil de sacar a arma, mas você terá uma pistola com você e ninguém vai saber disso.

Para testar, ela tirou a calça e prendeu o coldre.

— Quem diria que eu estaria me dando um presente também? Este é um belo visual, tenente.

— É, acho que pode dar certo. Sim, vai funcionar. — Ela caminhou ao redor do cômodo para ajustar ao corpo. — Puxa, vai dar certo. Obrigada.

— Imagina, neste caso, sou eu que agradeço.

— Eu usei você, lembra?

— No entanto, estranhamente, ver minha esposa pelada andando de um lado para o outro com um coldre na coxa renovou as minhas energias. A propósito, os seus hematomas nessa área estão mais parecidos com um mapa desbotado do México hoje. *Olé!*

Ela riu, soltou o coldre e colocou a calça.

— É um ótimo presente.

— Feliz Natal.

— Vou testar com a minha pistola amanhã. Tenho que estar na Central às dezoito horas.

— Entendido. Trina já está com um horário marcadinho na agenda.

— Não! — Uma expressão de medo tomou conta dela. — Não, não, nada disso. Não tenho tempo para tudo isso.

— Assim você não perde tempo arrumando o próprio cabelo e com maquiagem, pode conversar sobre a operação com Peabody e vai estar completamente pronta antes de ir para a Central. É eficiente.

— Foda-se a eficiência — reclamou ela.

— Seja corajosa, querida — disse ele, e deu um tapinha na bunda dela. — Tudo vai acabar antes que você perceba.

Isso nunca acontecia, pensou ela. Mas aquela tortura de fato lhe daria mais tempo para rever os detalhes.

Ah, as coisas que ela fazia pelo trabalho.

Capítulo Vinte e Dois

Ela passou horas examinando as plantas do cinema, tapando buracos onde os encontrava, verificando mais de uma vez as possíveis rotas e todos os pontos de acesso.

Se ele, de fato, comparecesse, não iria mais sair de lá.

E caso ele não fosse, ela já havia emitido Boletins de Vigilância e Busca e Boletins de Alerta Geral. Também tinha enviado o retrato falado, sua identidade e uma descrição física para cada centro de transporte público e privado da cidade. Apesar de Clinton não ter carteira de motorista válida, ela fez o possível para cobrir também as locadoras de veículos.

Ele poderia comprar um veículo, ponderou. Ou poderia simplesmente pegar um dos carros da empresa de Alexander. Mas ela não poderia fazer de tudo, montar barreiras em pontes e túneis, não poderia fechar a cidade de Nova York inteira para procurar um homem, somente.

Ela ponderou suas opções, considerando seus próprios instintos e o perfil criado por Mira.

Ele iria atrás dela.

Eve estava ansiosa por isso. A ideia do confronto e de derrubar um assassino ocupou sua cabeça e *quase* a fez esquecer sua hora com Trina.

Disse a si mesma que ainda faltavam muitas horas para aquela tortura. Depois passou tanto tempo participando de conferências por *tele-link*, coordenando o serviço de segurança do cinema com o da Polícia de Nova York e recebendo atualizações do seu comandante, que nem viu o tempo passar.

Quando Peabody entrou em sua sala de trabalho em casa, Eve não se importou. Tinha pedido à sua parceira que chegasse mais cedo para ser informada de tudo.

— Desculpe, estou atrasada.

A cabeça de Eve se ergueu.

— Atrasada? — Ela olhou a hora. — Você está atrasada. Por que está atrasada?

— O trânsito está uma loucura. Como tínhamos que trazer nossas roupas elegantes para cá, pensamos que seria melhor vir de táxi em vez de metrô. Só que pegamos um engarrafamento terrível, um após outro. Mas ainda temos algum tempo antes de Trina chegar para nos preparar, e tenho monitorado todos os memorandos trocados entre você e o comandante, você e o chefe de segurança do cinema, você e todo mundo. Puxa, você ficou o dia todo nisso.

— Temos que pensar nos inocentes que vão estar lá, além da maldita mídia. Temos que estar preparados para pegá-lo quando ele chegar, porque não queremos que os cidadãos nem a mídia testemunhem alguns policiais mortos ou feridos e o pânico que vai se seguir.

— Eu voto contra essa bagunça.

— Também não queremos ninguém ferido, nem que o nosso suspeito escape, nem que a mídia fique difamando a polícia de Nova York

— Também voto contra isso.

— Portanto, o melhor resultado possível é localizá-lo e em seguida prendê-lo de forma rápida e silenciosa. — Eve alongou o pescoço, sentindo a musculatura rígida pelas longas horas de trabalho. — O que é muito improvável.

— Por quê? Você já planejou e replanejou todos os cenários, tem Planos completos de A a Z. Estamos preparados.

— Só que ele é grande, é rápido e é capaz de lançar crianças pequenas para o ar.

— Acho que não vão ter crianças na premier.

— Ele consegue levantar cento e quarenta quilos — lembrou Eve.

— Poderia arremessar nós duas para o alto sem precisar diminuir o passo.

— Escute, Dallas, se você acha que algo pode dar errado, talvez devêssemos cancelar tudo. Simplesmente *não vamos* à premier.

— Eu não disse que vai dar errado. Vamos conseguir, mas não estou contando que tudo vá acontecer de forma rápida e discreta. Estou torcendo para ninguém se ferir e não criarmos pânico.

— A gente consegue.

— A gente *conseguiu* — corrigiu Eve. — Ele está acostumado a uma cadeia de comando. Exército, vida paramilitar, esportes organizados. O mais provável é que ele venha atrás de mim primeiro. Mas isso não significa que ele não possa te escolher se tiver uma oportunidade. Onde está sua arma?

— Com as minhas coisas. Colocamos tudo no quarto de hóspedes que Summerset preparou para a gente. Eu ia levar a arma na minha bolsa, eu a comprei numa liquidação muito boa. Ela tem um fecho de rubi falso que...

— Peabody.

— Combina com o vestido — insistiu Peabody —, e cabe a arma dentro. Mas então eu tive uma ideia genial.

— Que tipo de ideia genial?

— É que o meu vestido tem uma espécie de saia drapeada, então eu abri uma costura lateral e coloquei uma espécie de fenda ali. — Ela demonstrou com a mão sobre o quadril. — Aí eu fiz um coldre de coxa.

— Você *fez* um coldre?

— É uma cinta-liga reforçada, não muito bonita. Não tive tempo de bolar uma coisa mais bonita. Fiz isso ontem à noite, com o que tinha em mãos. Mas vai carregar a minha arma, e é só eu deslizar minha mão pela fenda para pegá-la.

— Você fez um coldre! — repetiu Eve, confusa e impressionada.

— Fazer coisas artesanais é um dos ideais da Família Livre. Quanto ao coldre, ele é um conceito que vai contra os preceitos da Família Livre, mas foi o trabalho de uma policial sagaz.

— Policial astuta! — Os olhos de Peabody se iluminaram com o elogio. — Eu poderia criar uma linha inteira de acessórios com esse nome, iniciar uma indústria caseira de abastecimento para policiais. Vi o esboço do seu vestido. Onde a sua arma vai ficar?

— Coldre de coxa, adequado para a minha pistola. Eu não o fiz com as minhas próprias mãos — acrescentou. — A fenda no vestido teria sido uma boa.

— Não acho que a gente conseguiria no seu vestido. Já vi o croqui. Um corte desse iria arruinar a sua silhueta.

— Sim, estou muito preocupada com isso. — O importante, pensou Eve, era que as duas tivessem acesso rápido às suas armas. — Vamos repassar os planos mais uma vez.

— Posso pegar um café, antes? Imagino que, como estamos basicamente de plantão, o vinho não esteja autorizado. O que é uma pena, porque ainda estou um pouco nervosa com todo o lance do tapete vermelho.

— Você devia estar mais preocupada em ser atacada por um ex-jogador de futebol americano semiprofissional que pesa uns oitenta e poucos quilos a mais que você.

— É um nervosismo diferente.

Abastecidas com café, elas examinaram cada detalhe da operação, de trás para a frente, repassaram tudo e repetiram mais uma vez.

Já chega, decidiu Eve, e segundos depois ouviu a risada inconfundível de Mavis.

Talvez Trina estivesse no mesmo engarrafamento que atrasara Peabody. Talvez estivesse presa num trânsito infernal que duraria vários dias. Talvez...

Então, ao lado da imagem de fada rosa e dourada de Mavis, apareceu Trina, a tragédia.

— Oie! Vocês estão prontas para a festa? — perguntou Mavis, e deu dois rodopios rápidos. Os rodopios a levaram perto o suficiente das telas, das plantas e do esboço de toda a operação no computador.

— Vocês estão trabalhando? Por que ainda estão trabalhando?

— Por que o crime nunca dorme? — arriscou Eve.

— *Não me digam* que vocês não vão à premier. — Mavis apontou o dedo acusador para Eve e Peabody. — Hoje vai ser supermag. É o filme de *vocês*! Peabody e eu faremos nossa estreia nas telonas.

— Nós vamos, sim. — O olhar de Eve deslizou cautelosamente em direção a Trina, que a estudava como se ela estivesse presa sobre uma lâmina prestes a ser analisada no laboratório de Dick Cabeção. — Vamos à festa e vamos trabalhar.

— E curtir! — completou Peabody.

— Vocês vão ficar ótimas fazendo tudo isso quando eu terminar com as três. — Trina, com o cabelo numa cascata de cachos vermelhos e dourados que fizeram Eve imaginar uma torre em chamas, circulou a tenente. Então a deixou sem palavras ao beliscar sua bochecha.

— A sua pele está boa. Você tem cuidado dela.

— Eu... Pode ser. — Ela deu um tapa na gosma que Trina estava empurrando para cima dela. Não porque tivesse medo de Trina, não tanto assim, mas porque aquilo a fez se sentir bem. — Me belisca de novo para você ver.

— Relaxa! Vou preparar para vocês duas um tratamento de hidratação profunda. Isso vai dar à pele de vocês um belo brilho suave.

— Eu não preciso de um...

— É rápido e relaxante. — Com seu jeito destemido, Trina passou por cima das objeções de Eve. — Eu preparo e pinto a tela. Vamos começar!

— Antes eu tenho que explicar a Mavis o que vai acontecer hoje à noite.

— Você pode fazer isso enquanto sua pele está hidratando. Mavis já fez a dela. Vamos nos instalar na suíte master.

— Já?

— Eu maquio você como se fosse uma vadia? Faço você parecer sem graça e abatida? — questionou Trina.

— Não, mas já pintou tatuagens em mim sem meu conhecimento e permissão.

Trina só abriu um sorriso largo, muito largo, mostrando os dentes.

— Ok, mas hoje não.

— Talvez uma tatuagem provisória fique bem em mim. Meu vestido tem umas rosas na altura da cintura — explicou Peabody. — Uma tatuagem pequenininha da flor ficaria fofa.

— Vamos ver. Ao trabalho! — insistiu Trina. — Você que mudou o cronograma, então vamos segui-lo.

Trina estava certa, pensou Eve. Ela teria de aguentar aquilo.

— Onde está todo mundo? — perguntou ela, enquanto todas iam para o quarto.

— McNab e Roarke estão repassando os detalhes eletrônicos da operação — disse Peabody.

— Vai ter uma operação policial?

Eve deu um tapinha no ombro de Mavis.

— Vou explicar tudo. Onde está Leonardo?

— Ainda está em casa, com Bella. Vai se encontrar com a gente na Central porque você disse que tínhamos que sair juntos de lá. Não queríamos deixá-la com a babá tão cedo. Carly, a babá, é mag. Eu gosto muito dela e a Bellamina gosta do penteado dela, mas ficar com Carly desde agora até depois da festa pós-premier é muito tempo.

— O penteado é legal mesmo — acrescentou Trina. — E todo mundo ama a Belle, não tem como não amar.

— Ela é um ímã de afeto — concordou Mavis. — Mas se existe uma operação, isso significa que existe um bandido, e seus bandidos matam pessoas. Já vimos isso no filme, Dallas. Não dá para pular a reprise?

— É um assassino diferente e um filme diferente. — Eve olhou para as duas poltronas portáteis de salão que estavam instaladas no seu quarto, e desejou estar em qualquer outro lugar, menos ali.

— Você e Peabody primeiro — disse Trina para Eve. — Assim você pode contar o que diabos está acontecendo enquanto estiverem fazendo a hidratação. Mavis, você pode nos trazer um pouco daquele espumante maravilhoso sobre o qual Roarke falou?

— Estou trabalhando — avisou Eve.

— Eu também, mas quero espumante.

Trina abriu um de seus estojos.

E foi assim que tudo começou.

Uma hora depois, ou será que foram dias?, Eve estava de rosto hidratado, coberto de gosma, revigorado e maquiado. Explicar o básico da operação a Mavis ajudou um pouco, mas, quando Trina chegou ao cabelo, ela agarrou o braço da poltrona com força...

— Não faça nenhuma loucura.

— Defina loucura.

— É só você se olhar no espelho.

— Ha, ha. Vou dar um pouco mais de brilho e sustentação no seu cabelo. Estive nos estúdios de filmagem do filme algumas vezes, então sei como Marlo Durn preparou o cabelo para esse papel, que é exatamente como eu sempre faço o seu, de qualquer modo. Não quero ir muito além disso, só dar um pouco mais de glamour.

— Amei o meu penteado! — Visivelmente encantada, Peabody girou em frente ao espelho.

Ela exibia um emaranhado de cabelos, pelo menos foi o que pareceu a Eve. Não era uma torre imensa como a de Trina, tinha apenas algumas ondas que pendiam na cabeça... e havia uma pequena rosa florescendo em sua nuca.

— Vou colocar o meu vestido para que vocês possam me ver toda arrumada.

— Não se esqueça da sua arma! — gritou Eve quando Peabody saía da sala dançando.

— Você realmente acha que esse idiota vai tentar te matar na premier? — perguntou Mavis

— Não só acho — disse Eve a Mavis. — Eu *espero* que sim. Estamos preparadas.

— Bem, se ele te matar, você vai ser um lindo cadáver. — Trina deu um passo atrás e analisou Eve com olhar crítico, e então assentiu com a cabeça. — Eu sou muito boa. — Ela fez um gesto para Eve se levantar e, juntas, foram até o espelho.

O cabelo não parecia tão diferente, concluiu Eve. Um pouco mais bagunçado, e parecia ir em várias direções, mas de um jeito elegante. Provavelmente apropriado. Havia um monte de coisa em seus olhos, ela sabia porque tinha visto Trina juntando, misturando e espalhando tudo nela. Mas seus olhos só pareciam maiores e um pouco dramáticos. Provavelmente era apropriado também.

E não havia tatuagens visíveis.

— Ok, ficou ok.

— Você ficou supersexy! — disse Mavis. — Vamos cuidar de Peabody agora, enquanto você se veste, e depois a Trina vai me preparar. A gente se encontra na Central.

— Pensei que você já estivesse pronta.

Com uma risada alta, Mavis afofou seus cachos loiros bagunçados com pontas cor-de-rosa.

— Esse é meu visual normal. Para a festa de hoje nós vamos mais além.

Eve não se sentia capaz de imaginar o que Mavis queria dizer com o "mais além" dela. Ela se permitiu respirar fundo, aliviada, quando teve o quarto todo para ela novamente.

Com operação policial ou não, para ela, o pior já tinha passado.

Quando Roarke entrou, ela já estava toda vestida, meio agachada, com uma das mãos sob a bainha encurtada do seu vestido. Fazendo um movimento suave e rápido, ela ergueu o braço com a arma na mão e assumiu sua postura de policial.

— Faça isso de novo. — pediu ele. — Quero fazer um vídeo para meu uso pessoal.

— Não é tão estranho quanto eu imaginava, pelo menos depois de um pouco de prática.

— Coloque a arma no coldre e faça de novo. Vamos ver.

Ela levantou o vestido, revirou os olhos ao ouvir o murmúrio de aprovação de Roarke e tornou a ajeitá-lo.

Será que ela via o quanto brilhava em contraste com a cor escura e intensa do vestido? Ele duvidava disso. Para uma mulher assustadoramente observadora, ela perdia muita coisa a respeito de Eve Dallas. O vestido parecia deslizar suavemente sobre o seu corpo comprido e esguio a partir do pescoço marcante, onde o diamante em forma de gota que ele tinha dado a ela pairava sobre a curva sutil dos seus seios, e em seguida a roupa flutuava com muita suavidade pelo meio de sua coxa.

— Eu precisava testar e treinar meus movimentos usando esses sapatos altos. — Os sapatos, da mesma cor intensa do vestido, brilhavam tanto quanto o diamante em seu pescoço. — Até que eu consigo me virar.

— Sou um homem de muita sorte.
— Isso não é novidade.
— Nunca é demais repetir. Você está deslumbrante. Use isto. — Ele tirou uma caixa do bolso e abriu-a para exibir um par de brincos longos de diamantes e rubis.
— São novos?
O tom acusatório dela o fez rir.
— Esses não são novos, não. Eu os escolhi porque combinam com o vestido. Tinha outro colar em mente, mas acho que a Lágrima do Gigante é a joia perfeita para hoje, além de ser uma de minhas favoritas. Estarei pronto em um minuto.
— Isso é muito errado porque eu sei que você realmente vai levar só um minuto, e demorou uma eternidade para eu ficar desse jeito.
— Valeu cada segundo. McNab, eu e Feeney já estarnos prontos, só para você saber.
— Ótimo. — Ela se voltou para o espelho e tornou a sacar sua arma. Ela também estava pronta.

Eve lidou com a exclamação de aprovação de Baxter, o rubor de Trueheart, as sobrancelhas arqueadas de Santiago ignorando todos friamente. Como sabia que aquilo ajudaria a acalmar os nervos, deixou Peabody desfilar algumas vezes e se virar para receber o coro de assobios e uivos.

Depois que a zoação esperada aconteceu, ela examinou mais uma vez a operação, as posições e os códigos.

— Quaisquer dúvidas, problemas e preocupações que vocês tenham, me digam agora.

— Podemos listar a pipoca como despesa extra? — quis saber Baxter.

— Não, e nada de pipoca. Não quero ninguém com dedos escorregadios hoje. Aqueles de vocês que vão trabalhar com o grupo

de segurança do cinema ou vão se juntar aos funcionários podem ir. Os que vão como convidados esperem vinte minutos. Confirmem a posição de vocês a cada quinze minutos. — Ela esquadrinhou a sala.
— Vamos assistir a um bom filme.

Ter Mavis junto dela tornou as coisas mais leves. O *mais longe* a que ela se referia tinha se materializado sob a forma de uma cascata loura cintilante trespassada por uma infinidade de finas tranças roxas que combinavam com a cor de seu vestido. Além de laços verde-esmeralda — da cor dos seus sapatos — amarrados em cada trança. Ao lado dela, Leonardo usava o mesmo verde-esmeralda em um *smoking* mais comprido, com camisa e gravata roxas.

— Queria que você estivesse bebendo uns goles deste espumante.
— Mais tarde — disse-lhe Eve.
— Você nem está com medo.
— Só de tropeçar ao andar com esses malditos sapatos.
— Puxa, mas esses sapatos são magnásticos, Dallas. Todos nós estamos magnásticos.
— Acho que estou enjoada — declarou Peabody em seu vestido dourado, enquanto apertou o estômago com a mão.

Leonardo tirou uma caixinha de prata e abriu.
— Balinhas de menta. Elas ajudam. A primeira vez que pisei em um tapete vermelho eu passei mal de verdade. Lembra disso, Mavis?
— Pobre ursinho! — disse Mavis, em um tom gentil. — Ele mal conseguiu chegar ao banheiro antes de vomitar.
— Você não vai ficar enjoada. — McNab esfregou as costas dela.
— Você vai se divertir.

Ele vestia o que Eve supôs que poderia ser chamado de *smoking*, mas, toda vez que ele se movia ou a luz batia no tecido, cores cintilavam. Uma hora vermelho, depois azul, de repente dourado.

Isso a deixou um pouco tonta.

Ela desviou o olhar e falou com a sua equipe.

— Todos estão em suas devidas posições. Nenhum sinal do suspeito. Reineke disse que a multidão junto às barreiras é maior do que esperávamos. — Estamos quase lá, pensou. — Mavis, Leonardo, vocês se importam de entrar primeiro?

— Sem problemas — garantiu Mavis.

— Só quero vocês longe e fora do caminho.

— Não se preocupe. — Leonardo colocou seu braço comprido ao redor de Mavis. — Eu cuido dela.

— Ah, meu ursinho!

— Sem beijinhos, estamos quase chegando. Quero que vocês socializem, e, até isso acabar, não quero vocês muito perto de mim.

— Estamos todos bem. Quanto a você, continue assim — advertiu Mavis, e deu um abraço rápido em Eve. — E você, siga as minhas dicas — disse a Peabody. — Bem, Dallas veio pela operação, mas eu vim pelo espetáculo, lembram?

— Sorria, mas tente parecer calma e natural — disse Peabody. — Ombros para trás, cuidado com a postura. Não tem problema em acenar. Se fizer pose, apoie o corpo no pé de trás. Fotos olhando por cima do ombro geralmente ficam ótimas.

— É certeza de que você vai arrasar assim. — Mavis deu um tapinha no braço de Peabody. — Aqui vamos nós. Peguem esse canalha bem depressa para nossa gente se divertir.

O motorista da equipe de segurança pessoal de Roarke abriu a porta da limusine. Um mar de sons os envolveu. Gritos, gente berrando os nomes de cada um deles, flashes de câmeras e *tele-links*.

Leonardo saltou primeiro e ofereceu sua mão a Mavis. E quando ela saiu do carro, a onda de sons cresceu. Apesar das circunstâncias e da tensão, foi emocionante para Eve ouvir a multidão gritar o nome de Mavis.

— Ela é tipo uma sensação — observou Eve. Em seguida, se concentrou. — Saindo do veículo agora, Peabody logo em seguida.

Cálculo Mortal

Ao seu aceno de cabeça, Roarke saltou e ofereceu a mão a Eve. Outra onda de gritos e uma impressionante galáxia de luzes os saudaram. Muitos rostos, flashes e a passarela em vermelho vivo.

Enquanto os olhos de Eve examinavam a multidão à procura do seu homem, os gritos com o seu nome e o de Roarke começaram.

Ela notou que o roteiro programado seguia à risca as informações de Peabody; o tapete ia em frente e então se derramava em um belo oceano vermelho. Pessoas em *smokings* e ternos elegantes, ou vestidos brilhantes e joias cintilantes passeavam sobre ele. Sorrindo, rindo abertamente e posando.

Clinton Frye não estava entre eles.

Ainda.

— Tenente Dallas é outra sensação — comentou Roarke.

— Isso é estranho. E meio assustador. Estamos em movimento — acrescentou, quando eles finalmente começaram a andar pelo tapete vermelho.

Tudo ficou ainda mais estranho com as perguntas gritadas, os microfones enfiados no rosto deles, o entusiasmo efervescente da mídia e a energia meio selvagem das pessoas aglomeradas contra as grades de contenção.

Para quê? pensou Eve. Ela andava por aquelas ruas quase todos os dias. Provavelmente — considerando as probabilidades — já tinha prendido pelo menos uma daquelas pessoas torcendo, gritando e acenando.

Toda aquela empolgação frenética só para ver uma policial rapidamente? Isso a fez ter vergonha de Nova York.

Quando ela sussurrou isso para Roarke, ele riu. Apenas riu e depois completou o constrangimento beijando-a.

A multidão foi à loucura.

— Para com isso!

— Eu poderia resistir — disse ele, levando a mão dela aos lábios dele — Se você parasse de me divertir.

— Vou trabalhar nisso.

Aquilo era apenas parte da operação, disse Eve a si mesma quando os repórteres começaram a se aglomerar em volta dela. Apenas parte da armadilha.

Ótima noite, estou animada, blá-blá-blá, sim, o vestido é de Leonardo. De quem são esses sapatos? São meus, mesmo.

Por alguma razão, essa última resposta provocou uma risada vibrante de um repórter de moda muito bem-vestido.

Ela caminhou no que agora lhe parecia uma armadura medieval de combate. Falava, sorria, procurava algo, esquadrinhava o espaço, ouvia as atualizações em seu ouvido — ainda não havia sinal do suspeito — e mantinha Mavis e Peabody em seu radar. Então viu Nadine, com um tecido fluido prata, e Mira em um vestido coral e esvoaçante. Dennis Mira parecia perdido e desnorteado. Nossa, ele era muito fofo. O comandante parecia ele mesmo, ao lado da esposa esplendorosa e levemente assustadora.

Ouviu seu nome, olhou ao redor e viu Marlo, a mão unida à de Matthew, quase correndo em sua direção.

— Dallas! Você veio! Eu já estava certa de que você estava perseguindo algum assassino, em vez de aparecer. É tão bom ver vocês dois. Estamos muito ansiosos para hoje e para amanhã.

— Nós também — disse Roarke, estendendo a mão. — É bom ver você, Matthew.

— É ótimo estar de volta a Nova York.

Entre pedidos exclamados por mais fotos, Marlo mudou de posição de forma suave e passou o braço na cintura de Eve.

Perto demais, pensou Eve, e se obrigou a relaxar. Com o cabelo louro penteado, ninguém confundiria Marlo com ela.

— Precisamos entrar — murmurou Marlo em seu ouvido, enquanto fazia mais uma pose. — Mesmo com o aquecimento, está frio aqui fora, e, quanto mais ficarmos aqui, melhor para eles.

— Está bem, já está na hora. — Eve olhou para Peabody e fez um sinal discreto.

É claro que isso gerou mais saudações, mais fotos, mais uma rodada de frases do tipo "Você está linda!".

— Você está ficando gelada — comentou Roarke, e, com seu jeito fácil e inabalável, guiou a todos para dentro do cinema.

O tapete vermelho continuava ali dentro. A multidão era menor, mais exclusiva e o barulho mais baixo.

E lá estava Sterling Alexander, notou Eve. Parecia presunçoso enquanto tomava um drinque e encurralava Mason Roundtree, o diretor do filme.

Também viu Biden, da Young-Sachs, de relance. E continuou a sondar o espaço com os olhos.

Alva Moonie, com sua governanta ao lado, se destacava do grupo principal e segurava as duas mãos de Whitestone. Um ar de compaixão encheu o seu rosto.

Do outro lado do saguão, Candida, toda vestida de branco transparente, dava total atenção a um bando de repórteres.

— Eu me perguntei se eles viriam — murmurou Eve para Roarke. — Whitestone, Newton e a noiva.

Roarke seguiu a direção do olhar dela.

— É difícil para eles. Dá para notar.

— Então por que vir aqui, com toda essa muvuca e comoção?

— Algumas pessoas precisam de gente em volta, distrações e barulho para enfrentar a tristeza. Outras precisam de solidão e silêncio. Tudo isso pode servir de consolo — disse ele, enquanto observava Alva colocar os braços em torno de Whitestone.

— É, acho que isso faz sentido.

Eve viu seus homens espalhados por toda parte. Baxter — que parecia já ter nascido de *smoking* — conversava de forma aparentemente descontraída com Carmichael, que também não estava nada mal.

Mas Eve enxergava os policiais nos olhos deles, a atenção e o alerta na posição de seus corpos.

Em seguida, viu Feeney ajeitando o nó da gravata. Queria trocar umas palavras rápidas com ele, mas foi interceptada por Julian Cross.

Ele pegou as mãos dela, fitou-a com olhos não tão azuis e não tão maliciosos como os de Roarke, e então ergueu-as até os lábios.

— Estava te esperando.

Ele tinha conseguido imitar bem o sotaque irlandês nas poucas cenas que ela vira, mas não havia nenhum vestígio dele agora.

— Queria mais uma chance de agradecer a você por salvar a minha vida.

— A Nadine foi quem salvou sua vida.

— É verdade. Ela não me deixou morrer. Mas você descobriu que Joel matou K. T., tentou me incriminar e até teria me matado. Com tudo isso, você me deu coragem para mudar minha vida. Estou sóbrio agora e pretendo continuar assim.

— Que bom. Fico feliz em saber.

Ele se curvou para dar um beijo em sua bochecha e então olhou para Roarke.

— Você é um homem de sorte.

— É o que eu sempre digo — reagiu Roarke. — A sobriedade cai bem em você, Julian.

— Eu me sinto bem. Obrigado — repetiu. — A vocês dois. Preciso falar com Connie e sei que ela gostaria de ver vocês dois antes do... evento de amanhã — comentou, com o brilho de seu charme natural.

— O Mason vai fazer um pequeno discurso antes de entrarmos, a menos que vocês consigam entrar primeiro e evitar o discurso. Vamos ter mais tempo para pôr a conversa em dia na festa e amanhã também.

— Às vezes você faz mais que salvar uma vida — disse Roarke, quando Julian se afastou. — Você *muda* as pessoas.

— Ele mudou a si mesmo.

O nível de ruído aumentou enquanto as bebidas eram servidas à vontade. Risos ecoavam, beijos físicos e beijos soltos no ar fluíam.

Ela sentiu algo, um leve formigamento na base da espinha e virou-se de forma casual. Ouviu a atualização em seu fone de ouvido segundos antes de avistar Frye. Deliberadamente, permitiu que seu olhar passasse por ele e se direcionasse para outro lugar.

— Ouvi. Estou vendo! — disse Roarke colocando as pontas dos dedos no braço dela.

— Ele está usando um crachá de segurança e pode ter acesso a todas as áreas. Tem muita gente aqui. A melhor chance de pegá-lo sem causar um tumulto e sem ferir ninguém é fazer isso lá dentro. Vou entrar e ele vai me seguir. Tenho homens lá — lembrou a Roarke. — E estou armada. Esse era o plano.

— Entendido. E você sabe que eu vou atrás dele.

— Sei, mas não se adiante.

— Baxter, leve Alexander, discretamente, sob custódia assim que eu passar pelas portas da sala de projeção. McNab, dê o sinal verde para que os federais capturem os outros operadores. Vamos começar agora.

Eve lançou um sorriso para Roarke e foi sozinha até as portas do cinema. Agora, quando alguém chamava pelo seu nome, ela ignorava a voz ou acenava rapidamente. Podia sentir os olhos de Frye sobre ela, perseguindo-a. Ele precisava se aproximar mais e ela sabia disso. O assassino não podia se arriscar a cometer outro erro, como antes, então precisava chegar bem perto.

Tinha uma pistola de atordoar, uma faca. Talvez ambos.

Fazendo cálculos rápidos, ela passou pelas portas e entrou no palácio dourado que era o interior do cinema.

Ela nunca tinha pisado ali antes, mas conhecia cada centímetro do lugar, cada saída, cada cantinho.

Sacou sua arma enquanto se afastava das portas e moveu-se cuidadosamente pela esquerda. Ela precisava que Frye aparecesse por completo e se movimentasse livremente, mas sem correr o risco de escapar outra vez.

Dois de seus homens iriam se dirigir para aquelas portas mais adiante para bloqueá-las assim que possível. E assim ele ficaria encurralado.

Eve deu mais alguns passos e, propositalmente, deu as costas para as portas por onde entrara.

Outros olhos estavam observando-o agora, olhos nos quais ela confiava. E ela o ouviria. Ela o sentiria.

E fez as duas coisas quando a porta se abriu silenciosamente.

Ele estava mais perto, ela pensou, enquanto ouvia as vozes em seu ouvido e o seu próprio instinto. Só um pouco mais perto.

Então se virou, com a arma em punho. O rosto dele não se modificou, mas a mão que segurava a pequena arma de atordoar estremeceu com o susto.

— Você pode conseguir atirar antes de mim, mas pode acreditar que, se eu errar, os outros quatro policiais nesta sala não vão. É melhor abaixar essa arma, Frye, ou você será atingido por várias rajadas. Vai doer pra cacete.

Ela viu os olhos dele se moverem da esquerda para a direita e jogar o peso do corpo para os dedos dos pés.

— Não tem para onde correr — avisou ela. — Acabou!

No instante em que ela falou isso, a porta se abriu.

— Eve Dallas! — Candida, obviamente bêbada, entrou aos tropeções. — Tenho algo a dizer para você, sua vadia.

Frye tinha mãos rápidas que combinavam com os pés ágeis. Agarrou Candida, colocou-se atrás dela, bloqueando com eficácia qualquer tiro, e lançou a mulher na direção de Eve, aproveitando a velocidade da própria rotação.

Cálculo Mortal

O punho que se agitava no ar bateu no olho de Eve quando a mulher que berrava aterrissou sobre ela.

— Sua vadia! — gritou Candida, batendo, chutando. — Você rasgou meu vestido!

Xingando, Eve empurrou Candida para o lado, deixando-a largada e se colocou em pé. Rajadas explodiram pelo ar enquanto Frye se esquivava e serpenteava pelo cinema. Xingando ainda mais alto, Eve tirou as drogas de sapato dela e correu atrás de Frye.

Ele era rápido, pensou, mas, porra, ela seria mais rápida. Seu olho direito lacrimejava muito, embaçando sua visão e latejando como uma dor de dente incurável.

Ele se afastou da porta quando ela ou um dos outros disparou uma rajada que passou pelo seu ombro. O assassino respondeu ao fogo de forma descontrolada e saltou para cima do palco como um receptor que pula para receber um arremesso longo em uma partida de futebol americano. Eve saltou logo atrás dele, apontou e atirou.

Acertou-o em cheio nas costas. Frye não caiu, apenas balançou e estremeceu um pouco.

Ele se virou com a arma erguida, o medo e a raiva estampados no rosto. Gritos de "Largue a arma" eram ouvidos de todos os lados, e os gritos dela se juntando aos outros. Mas aqueles olhos cheios de ódio nunca se afastaram do seu rosto.

Frye não erraria a essa distância, pensou Eve. Nem ela. E ponderou: Ah, que se dane!, preparou-se para atirar e também para receber um tiro.

Roarke saltou pelo palco, como uma pantera. Acertou as pernas de Frye, bem na altura dos joelhos, fazendo-os voar e atingirem o chão.

— Algemas! — gritou Eve, e correu em direção a Roarke. Antes de chegar aonde os dois estavam, Roarke recuou, avançou outra vez e deu um soco violento no rosto de Frye.

E depois mais um.

— Ok, ok, ok. Ele já era. O suspeito foi pego.

— Tenente! — Jenkinson jogou as algemas, tinha uma expressão de dor quando subiu no palco.

— Você se machucou? Foi atingido? — quis saber Eve.

— Não, foi só de raspão. Estou com colete à prova de bala. Ainda assim, deu para sentir um choque.

— Sei como é — disse Eve. — Sente-se e recupere o fôlego. Você também — disse para Roarke, mas ele já estava sentado ao lado de Frye, ainda atordoado.

Quando Frye tentou se levantar, Eve enfiou a arma de atordoar no rosto dele.

— Você já era! — repetiu ela. — De cara no chão! Vire o corpo e coloque as mãos nas costas.

Quando ele apalpou o bolso, Roarke o cutucou com força.

— Procurando por isso, garotão? — Ele ergueu uma faca e deixou a luz refletir na lâmina. — Eu a tirei do seu bolso antes mesmo de você encostar no chão. Encoste a mão na minha esposa mais uma vez e essa lâmina vai entrar em você.

O melhor que Eve conseguiu fazer foi lançar-lhe um olhar de advertência e sacudir a cabeça.

— Jenkinson, embale a faca num saco de evidências, sim? O resto de vocês me ajude a rolar este canalha gigante.

Ele resistiu e bateu os pés no chão, lembrando a Eve do garoto gripado e exausto fazendo pirraça.

— Nossa, você está *acabado*! — Ela teve que expandir as algemas para caber nos pulsos de Frye, e sentia-se completa e extremamente grata por não ter de ter tido um combate físico com ele. — Clinton Rosco Frye, você está preso por conspiração de assassinato e pelo assassinato por encomenda de Marta Dickenson, Chaz Parzarri, Jake Ingersol. Seres humanos. Você também será acusado por outras coisas, inclusive, seu imbecil, agressão com intenção de assassinato de duas

Cálculo Mortal

oficiais. Duas vezes! Levantem-no e tirem-no daqui pela porta dos fundos. Podem fichá-lo. Eu irei logo em seguida.

Ela se agachou e olhou para Roarke enquanto eles obrigavam Frye a se levantar. Ele ainda não tinha emitido som algum mas foram necessários quatro policiais para contê-lo e levá-lo para fora do cinema.

Roarke apontou com a cabeça para o rosto de Eve.

— Ele fez isso com você, aquele canalha?

— Está muito ruim? — Ela tocou na bochecha e no olho e sentiu tudo latejar absurdamente. — Merda, merda. Não, não foi ele que fez isso, pelo menos não com as própias mãos. Ele jogou aquela idiota da Candida para cima de mim. O punho dela me atingiu, quer dizer, acho que foi o punho.

— Primeiro ele atirou um bebê, agora uma bêbada idiota.

— Bem, isso combina com ele. — Ela olhou para trás e viu as pessoas amontoadas no fundo do cinema, com Peabody, Baxter e outros tentando fazê-las recuar. E deu a Roarke um leve sorriso. — Desculpe, mas parece que vou perder a premier. Preciso resolver isso.

— Nós vamos perder. Eu vou com você.

— Você não precisa ir... — ela parou de falar e deu de ombros. Claro que ele achava que tinha que ir com ela. — Belo golpe, a propósito.

— Passei algum tempo no campo, quando era menino.

— No campo? Ah, entendi... Em campo, jogando futebol. Você leva jeito.

— Sinto isso em cada osso do corpo — disse ele, e flexionou os nós dos dedos, que estavam em carne viva. — Foi como bater em uma parede de concreto, derrubá-la e socá-la.

Ela pegou a mão dele e estudou as articulações.

— Parece que mais alguém vai precisar de um pouco de gelo.

— Estou justamente em busca de um pouco de gelo, mas com uísque por cima.

— Quem pode culpar você? Bem... Droga, acho que demos um show, de qualquer modo.

— É verdade, e ainda vamos conseguir ir à pós-festa, em algum momento. — Ele se levantou, estendeu a mão para levantá-la e colocou os dedos da mão ferida sobre a sua bochecha machucada. Os dois apenas sorriram um para o outro.

— Dallas! — Peabody chegou correndo com os sapatos brilhantes de Eve na mão. — Ai! Você levou uma pancada feia. Você está bem? Vocês dois estão bem?

— Está tudo certo, dentro do possível. Vamos sair pelos fundos. Preciso fichar e interrogar Frye.

— Vou com você.

— Não. Preciso que você fique aqui, lide com essa situação, acalme as pessoas e veja se aquela burra da Candida não está ferida.

— Mas...

— Eu consigo lidar com Frye, mas não consigo estar em dois lugares ao mesmo tempo. Preciso de você aqui. Você está no comando, agora. Entrarei em contato assim que terminar. Voltamos para a festa, se conseguirmos. Se não der, dá para esperar até segunda-feira.

— Tudo bem.

— E Alexander?

— Baxter e Trueheart o prenderam, e ele está revoltado.

— Que pena que eu perdi isso.

— Uau. Que noite!

— Que noite! — concordou Eve. Ela pegou a mão boa do Roarke e se obrigou a calçar os sapatos. — Tudo correu praticamente conforme o planejado.

Ele riu e apertou a mão dela.

— Praticamente.

Eles saíram pelos fundos, um se apoiando no outro.

Epílogo

Eve estava sentada diante de Frye na Sala de Interrogatório. Eles o tinham prendido com algemas reforçadas, presas a correntes soldadas ao chão.

Ele havia resistido como um gigante enlouquecido ao longo de todo o caminho, segundo Reineke.

— O Alexander entregou você — começou Eve. — Disse que você agiu por conta própria, o ameaçou e o coagiu. O que acha disso? — Ele permaneceu calado. — Você quer que ele escape impune? — Uma mentira, claro, já que eles tinham pegado Alexander de jeito, conforme Eve acabara de informar a ele e aos seus quatro advogados. Ele não sairia da prisão pelo resto da vida. — Você não quer me contar a sua versão da história? — Como ele continuou calado, ela se recostou na cadeira — Tudo bem, vou te contar o que sei, as provas que eu tenho e tudo aquilo que vai colocar você numa cela pelas próximas três gerações. Você sequestrou Marta

Dickenson com a ajuda de Milo Easton, sob as ordens de Sterling Alexander. Você a forçou a entrar no apartamento vazio no subsolo do novo escritório do Grupo WIN, interrogou-a, bateu nela, aterrorizou-a e enfim quebrou o pescoço dela. Alexander alega que foi sua ideia quebrar o pescoço, e Easton diz que não sabia de nada do que estava acontecendo. O que você diz? — Nada. — Posso contar sobre os outros dois assassinatos da mesma forma, com Alexander alegando ignorância ou coerção, Milo alegando não saber de nada e você agindo por conta própria. Se você não me contar a sua versão, vai ser condenado por tudo e eles vão sair ilesos. Você é tão burro assim?

A fúria saltou em seus olhos.

— Não me chama de burro!

E essas, notou Eve, eram as primeiras palavras que ela o ouvia pronunciar. E com elas ele havia demonstrado seu ponto fraco.

— Estou perguntando se você é burro. Se você vai apenas se curvar e assumir a culpa por todos os crimes enquanto Alexander ferra você, a pergunta já foi respondida em afirmativa. Eu sei que ele te contratou. Sei que ele te pagou. Sei que ele te disse o que fazer. Mostre para mim que você não é burro, que você não vai simplesmente ficar sentado aí e deixar que ele coloque a culpa de tudo em você. — Ela se inclinou um pouco para a frente. — Ele não tem o direito de transformar você em bode expiatório. Alexander acha que você é burro, mas nós dois sabemos que foi ele quem deu as ordens. Você apenas executou o trabalho. Apenas seguiu as ordens dele.

— Ele disse: "Pegue a mulher, descubra o que ela sabe e o que fez. Pegue o que ela tem e cale-a para sempre. Depois, livre-se dela." Eu decidi o que fazer e como.

— Ok. — Com o rosto impassível, ela se recostou na cadeira. — Você pensa por si mesmo, já entendi. Quanto ele pagou a você para raptá-la, interrogá-la e matá-la?

— Vinte e cinco mil. Eu quis tudo em dinheiro vivo. Ele tentou baixar o preço e me enrolar, como sempre. Eu disse "quero dinheiro vivo, agora!". *Não sou* idiota.

— Ok, certo — *Idiota*, pensou Eve. — Você disse *como sempre?* Ele já tinha te contratado para se livrar de alguém antes? — Quando ele não disse nada, ela o cutucou de leve. — Ele segue um padrão específico, você não vê? Conseguir que outras pessoas façam o trabalho, negociando o preço e se achando muito mais inteligente que você.

— Ele apenas me paga para bagunçar tudo. Dar uma surra nas pessoas, talvez quebrar um braço.

— Então, no caso de Dickenson, foi a primeira vez que Alexander o contratou para matar alguém.

— Custou mais. Duas vezes mais. Eu avisei a ele. Peguei as coisas dela depois e o casaco. Um belo casaco. Para parecer um assalto. Você não desconfiaria de nada se aquele idiota do Milo não tivesse contado.

— Você fez parecer que era um assalto, isso foi uma boa ideia. Eles foram burros, Frye, por mandar você fazer isso naquele lugar, um lugar que tem ligação com Alexander. Mas isso não foi culpa sua. Depois foi a vez de Parzarri. Como isso foi organizado?

— Ele...

— Quem?

— Alexander, quem você acha? Ele me disse que o contador também precisava sumir. Tinha estragado o esquema e era... era um risco. Ele disse: "Descubra se ele abriu o bico e livre-se dele." Eu avisei que ia custar mais. Era um homem, mais difícil de matar do que uma mulher, então era mais caro.

Ela acenou com a cabeça, como se apreciasse a habilidade dele para fazer negócios.

— Você faz o trabalho, você define o preço. Quanto custou?

— Trinta mil. Ele não queria pagar, mas esse era o meu preço, então ele pagou. Eu planejei como conseguir a ambulância e o resto.

Então disse a ele que era preciso contratar Milo, e isso iria custar ainda mais caro. Mas ele pagou. Ele só me disse o que fazer, mas eu decidi como.

— A mesma coisa com Ingersol?

— Ele age como se eu não fosse nada, como se fosse melhor do que eu. E me chama de Bubba. Meu nome não é Bubba. — A raiva espalhou-se por suas largas maçãs do rosto por meio de um tom avermelhado. — Eu não trabalho para ele, mas ele age como se eu fosse seu empregado, como se pudesse me dizer o que fazer. Alexander falou que ele também era um risco e mandou eu me livrar dele. Cobrei os mesmos trinta mil, mas teria feito por menos. Gostei de fazer esses serviços. Ele zombou de mim, me tratou como se eu fosse burro. Eu não sou burro.

— Sterling Alexander o contratou, pagou a você vinte e cinco mil dólares para matar Dickenson, trinta mil para matar Parzarri e trinta mil para matar Ingersol, certo?

— Eu já te disse tudo. Ele mandou eu me livrar deles e eu determinei o preço.

— Tudo bem. Por que você tentou matar a mim e à minha parceira?

— Alexander não gostou de ver vocês andando por aí e fazendo perguntas. Disse que vocês eram duas vadias intrometidas. Especialmente você, que se casou com um cara endinheirado e agora pensa que é igual a ele. Ele mandou eu me livrar de vocês duas, e rápido. Eu disse que para matar duas policiais o preço era sessenta mil. Ele disse que, como eram duas pessoas de uma vez só, eu poderia dar um desconto. Ofereceu cinquenta. Achei que cinquenta era um preço bom. Você não morreu. Deveria ter morrido. Mesmo assim, eu sou rápido. Sempre fui rápido.

Ela não trouxe o bebê para a conversa, não havia muito sentido em fazer isso naquele momento.

— Mas você perdeu.

— Ele quis a grana de volta, mas eu avisei que ainda *não tinha terminado*. Não gostei do jeito como ele me olhou. Achei que talvez ele fosse mandar alguém atrás de mim. Ou talvez alguém tivesse me visto e você viria atrás de mim. Precisei me mudar para outro lugar. Gostava da minha casa, mas precisei arranjar outra. E tinha que terminar o serviço. Se você começa, tem que terminar. Simples assim.

— Você ia matar a mim e à minha parceira esta noite, Frye?

— Devia ter matado. Foi tudo culpa do Milo. Ele contou muitas coisas a você.

— Na verdade, não. Eu saquei tudo que tinha rolado. Sou mais esperta que você. E não sou covarde. Você armou para uma mulher desarmada, sufocou um homem ferido depois de prendê-lo, espancou um homem até a morte depois de eletrocutá-lo. E tentou me eletrocutar pelas costas. Você é um covarde, é um assassino, e está ferrado.

Ele se levantou e tentou agarrá-la, mas as correntes o seguraram.

— Vou matar você! Vou sair daqui e vou te matar.

— Você não vai fazer nem uma coisa nem outra, mas talvez fique satisfeito em saber que Alexander vai passar o restante da vida em uma cela junto com você e com Milo, temos os três. Quanto a todas as pessoas que ele tinha lá fora fraudando, roubando e arruinando a vida dos outros? Elas também vão passar um bom tempo na cadeia. Você não vai ficar sozinho. — Ela se levantou. — Fim do interrogatório! — disse ela e foi para a porta. — Levem-no de volta.

Quatro guardas corpulentos entraram e ela foi em direção à sua sala. Parou, surpresa, ao ver Pope sentado em um banco no corredor. Ele se levantou quando a viu

— Tenente! Eu...

— O que você está fazendo aqui?

— Sterling. Me disseram que... O advogado dele me avisou que ele não quer me receber.

— E por que você quer vê-lo?

— Ele é meu irmão. Independentemente do que tenha feito, é meu irmão.

— Você sabia, pelo menos de algumas coisas, não é?

— Eu não sabia sobre os assassinatos. Juro para você que não sabia. Eu fiquei me perguntando, depois de Jake... eu me perguntei se... mas isso não parecia ser uma possibilidade de verdade. Eu sabia... acho que suspeitava?... Sinceramente, não sei muito bem. Mas achava que talvez ele estivesse lidando com apropriação indébita de fundos. Eu o teria ajudado. Pelo menos teria tentado. Ele sempre me exclui de tudo. Eu sempre tento manter a porta aberta. — Lágrimas inundaram seus olhos. — Mas ele sempre me exclui.

— Você não pode ajudá-lo, sr. Pope. Sua empresa vai precisar de apoio, muito apoio. Sua mãe ajudou a construir essa empresa. Talvez a única coisa que você possa fazer agora seja cuidar de tudo e consertar o que está errado.

— Ele não precisava do dinheiro. Não precisava! Não precisava fazer nada disso.

— Às vezes não se trata de necessidade, e sim de desejo. Sinto muito pela sua situação, sr. Pope. Vá para casa. Vá para a sua família. É a melhor coisa que pode fazer, no momento.

— Certo. Você deve precisar falar comigo novamente.

— Vou precisar sim. E a Polícia Federal também. Mas não hoje.

— Tudo bem. Tudo bem. Eu vou para casa, então. Mas... se ele mudar de ideia... Se perguntar por mim...

— Nós te avisamos.

Eve o observou partir, consumido pela tristeza.

— É muito triste — disse Roarke, que estava na sala de ocorrências. — Ele é leal a algo que não existe. E sabe disso, mas *não consegue* deixar de ser leal.

— Espero que ele supere isso. Seu meio-irmão inútil, ganancioso e assassino está indo para trás das grades e durante muito tempo.

— Você conseguiu o que queria de Frye?

— Tudo o que precisava, depois que ele decidiu falar. Ele é meio... fora da casinha. Talvez tenha batido muito com a cabeça, quando jogava, ou pode simplesmente ter algum tipo de distúrbio no cérebro. O seu ex-treinador me contou que ele não conseguia acompanhar o planejamento das jogadas, não conseguia entender ou simplesmente as ignorava. Acabou sendo dispensado. Mas Frye sabe o que é certo e o que é errado, sabe o que fez e se orgulha de ter planejado o andamento de cada ação e de ter negociado o pagamento. Ele não é louco, nem mentalmente debilitado. É só vazio.

Ele se aproximou um pouco mais e tocou suavemente o olho ferido dela com os lábios.

— Vamos colocar um pouco de gelo nisso.

— Não está tão ruim assim.

— Vamos ver. — Ele pegou o seu tablet e o ligou. — Aqui está algo que anda circulando por toda a mídia e pela Internet. — Ele girou o aparelho para que ela se visse na tela, os olhos já ficando roxos, sorrindo para Roarke enquanto ele retribuía o gesto, com a mão em sua bochecha, os nós dos dedos dele em carne viva.

— Droga. Eles tiraram fotos? Estavam tirando fotos no momento em que estávamos levando um assassino para longe da sociedade?

— Eu gostei.

Ela fez cara de sarcástica e deu outra olhada na imagem.

— Sabe de uma coisa? Você tem razão. É a nossa cara. A gente é assim, e eu também gostei da foto. Quero uma cópia. Vou colocar essa foto em porta-retratos, na minha mesa.

— Ah, é?

— Vou colocá-la na minha mesa de trabalho *de casa* — especificou ela. — Mas sim. É muito a gente. É exatamente quem somos, e eu gosto de quem somos.

— Eu também. Vamos procurar gelo para o seu olho.

— E para os nós dos seus dedos.

Ele concordou e disse:

— Cuidaremos um do outro no carro. Então... Vamos para casa ou para a festa?

Ela pensou no seu olho machucado, no adiantado da hora. Pensou na foto dos dois. E em quem eles eram.

— Ah, que se foda. Vamos festejar!

Este livro foi composto na tipografia Adobe
Garamond Pro, em corpo 13/16, e impresso em
papel offset no Sistema Cameron da
Divisão Gráfica da Distribuidora Record.